KB111246

뜨
거
워
지
다

뜨거워지다

초판 1쇄 인쇄일 2016년 08월 18일
초판 1쇄 발행일 2016년 08월 24일

지은이 | 김미정
펴낸이 | 김기선
편집장 | 김은지

펴낸곳 | 와이엠북스(YMBOOKS)
출판등록 | 2012년 7월 17일 (제382-2012-000021호)
주소 | 서울시 도봉구 노해로 379, 1005호(창동, 대성빌딩)
전화 | 02)906-7768 / **팩스** | 02)906-7769
E-mail | ymbooks@nate.com

ISBN 979-11-322-3830-0 03810

값 9,000원

뜨거워지다

YMBOOKS ROMANCE STORY

김미정 장편소설

YM
BOOKS

차 례

프롤로그. 만나다

    손 안에 들어오고도 남을 만큼 작고 하얀 얼굴을 한 손으로 감싸 쥐고 다른 손은 여자의 허리를 안은 채 거칠게 입술을 파고들었다. 터질 것 같은 심장의 통증보다는 맞붙은 입술의 달콤함과 부드러움에 취해 정신을 놓은 상태였다.

    떨리며 벌어지는 붉은 입술과 열기로 둘러싸인 부드러운 혀의 감촉이 낯설면서도 좋아, 입술을 뗄 수 없었다. 살과 살이 맞붙어 질척이는 소리가 귓가를 울릴수록 재형의 아래가 뻐근해져 왔다. 거부하지 않고 다 내어주듯 벌어진 입술 사이로 보이는 고른 치아와 붉은 혀는 마치 자신을 기다리는 것처럼 수줍어 보였다.

    잠시 잠깐 떨어졌던 입술을 다시 붙이고 혼신의 힘을 다하듯 핥고 맛보며 빨아들였다. 이러면 안 된다는 것을 알면서도 조금만 더, 조금만 더를 속으로 외치며 젖은 혀를 빨아들였다. 상대가 신음 소리를 감추며 당황해하는 모습을 알면서도 한 번 맛을 보기 시작하자 멈출 수가 없었다.

"하아……."

거칠고 급박해진 호흡을 가다듬으며 재형은 여자의 귓불을 만졌다.

"선생님, 누가 우리를 보고 있어요."

"……!"

자신의 품에 안겨 들떠 있던 모습은 온데간데없고 담담하다 못해 싸늘한 표정으로 바뀐 여학생의 입가에 보일 듯 말 듯 조소가 피어오르고 있었다.

"헉!"

재형은 눈을 번쩍 뜨며 상체를 일으켰다.

"어머, 괜찮으세요? 악몽을 꾸셨나 봐요?"

옆 좌석의 승객이 걱정스러운 표정으로 물어오자 재형은 대답 대신 괜찮다는 표시로 손을 들어 보였다. 손으로 자신의 얼굴에 맺힌 땀을 훔치며 눈을 질끈 감았다. 의식하지 않으려 가라앉혀두었던 일들이 몇 년 만에 꿈으로 나타난 것이다. 왜 이 순간에 다시 기억이 난 것일까.

-곧 착륙을 하니 안전벨트를 착용하시고 승무원의 지시에 따라 주십시오.

안내 방송에 따라 여기저기서 안전벨트를 채우는 소리가 들려왔다. 재형은 힘이 빠진 손으로 안전벨트를 채우다 헛손질을 몇 번 했다. 세수를 하듯 얼굴을 몇 번 쓰다듬고는 머리를 쓸어 넘겼다.

한국으로 돌아왔다는 부담감 때문에 그런 꿈을 꾼 것일까.

"하아."

재형은 눈을 감고 놀란 가슴을 진정시키려 했다. 그러나 눈을 감는 순간 여학생의 얼굴이 또렷이 떠올랐다.

창가 쪽 뒷편 책상에 앉아 자신의 시선을 피하지 않던 아이는 창백할 정도로 하얀 얼굴과 대조되는 붉은 입술을 가지고 있었다. 한 번에 눈길을 확 끌어당기는 묘한 눈빛에 붙들려 쉽게 시선을 뗄 수 없게 하던 아이, 온유. 모든 남학생들의 시선을 잡아챌 만큼 고혹적인 분위기를 가지고 있었으나 정작 본인은 누구에게도 관심이 없던 아이. 첫눈에 빠져버린 온유에겐 말로 정의할 수 없을 만큼 사람을 이끄는 무엇인가가 있었다.

"이재형 본부장님?"

"네."

입국게이트를 바라보며 서 있는 사람들을 무심하게 지나치며 걷는데 자신만큼 키가 큰 남자가 다가와 깍듯하게 인사를 했다. 네, 라고 답을 하자 남자가 캐리어를 받아 쥐었다.

"오시느라 고생하셨습니다. 앞으로 본부장님을 모실 김정욱입니다."

"아, 반갑습니다."

재형은 먼저 손을 내밀어 악수를 청했다. 웃는 모습이 선한 이웃집 동생같이 느껴졌다.

"저를 단번에 알아봐서 놀랐습니다."

"상사에 대한 기본은 얼굴 익히기 아니겠습니까?"

뜨거워지다   9

씨익 웃는 정욱의 얼굴이 어딘지 개구지게 보여 재형도 같이 미소를 지었다. 7년 만에 뉴욕지사에서 돌아오는 길이었다. 예전엔 10년이면 강산이 변한다 했는데 요즘은 1년도 채 안 되어 강산이 변하는 기분이었다. 번화하고 화려한 뉴욕을 매일 누벼도 생소한 곳이 생기는 마당에, 7년간 떠나 있었던 한국은 더할 것이다.

"집으로 모시……"

"아니, 회사로 갑시다."

"네."

예정된 입국일을 당겨 들어온 재형은 집이 아닌 회사로 먼저 가고자 했다. 그는 얼굴이 알려지기 전에 사람들의 분위기를 파악해 둘 필요가 있다 여겼다. 믿고 움직여주지 않는 직원들과 큰일을 도모하기에는 한계가 있기에 그들과 신뢰 관계를 쌓고 싶었다. 지시에 살고 지시에 죽는 회사원들에게 명령과 수행을 강요할 수는 있지만 그 강요 사이의 작은 틈으로 인해 서로 무너지게 될 수도 있는 것이다.

"짐 실었습니다. 회사로 모시겠습니다."

트렁크에 캐리어를 실은 김 비서가 운전석으로 오르며 보고를 하자 재형은 피식 웃음이 났다. 시시콜콜 보고하며 움직이는 정욱이 성가시기보다는 어쩐지 귀여우면서 정이 갔다.

웅, 우우웅.

발신인을 가만히 보던 재형은 심호흡을 한 번 한 다음에 통화 버튼을 눌렀다.

"네, 이재형입니다."

-전화 한 통화 하는 게 그렇게 어렵니?

불편한 기색이 다분한 어머니의 음성에 재형은 눈을 감고 등받이에 머리를 기대었다. 전화 한 통화가 힘든 것이 아니라 매번 날을 세우는 어머니의 신경질을 받아주고 싶지 않은 것이다.

"저녁에 뵐 텐데."

재형은 길게 말하지 않고 입을 다물었다. 껄끄러운 사이가 되어버린 어머니와의 틈은 좀처럼 메워지지 않았다. 본인이 자처해 나가는 해외지사를 불같이 반대하던 어머니의 모습이 아직도 생생했다.

-덕분에 아주머니만 바빠졌다.

비아냥을 담은 말투에 재형은 미간을 구겼다. 손에 물 한 번 묻히지 않았다 해도 과언이 아닌 어머니는 아들뻘 되는 남자와 사고를 쳤었다. 막강한 재산을 가진 외할아버지가 아니었다면 벌써 아버지에게 이혼을 당하고도 남았을 것이다.

"아주머니 솜씨라면 맛이 좋겠네요."

맞받아치자 전화가 일방적으로 뚝 끊겨져버렸다.

"하아."

재형은 던지듯이 휴대폰을 내려놓고는 등받이에 기대어 밖을 바라봤다. 시원하게 뚫린 길을 차는 막힘없이 달리고 있었다.

'최온유, 너 어디 아파?'

가끔 사라지곤 하는 온유는 미술실 창고로 가면 어김없이 그곳에 있었다. 반가운 마음 반, 꾸짖고 싶은 마음 반으로 다가서다 흠칫 놀랐다.

'선생님과 키스하고 싶어요.'

생각할 겨를도 없이 닿은 부드럽고 따스한 입술에 이성이 마비되어버렸다.

그때 그 일이 일어나지 않았다면 지금쯤 온유는 자신의 옆에 있을 것이다. 그 생각을 하면 명치끝이 아릿하게 아파오며 속이 울렁거렸다.

'찾지 않겠다는 약속을 해. 그러면 안 건드려.'

지켜주고 싶어 택한 선택이었는데 놓아버리는 일이 되어버렸다. 그래서 지난 7년, 내내 아팠고 우울했으며 온유가 너무 보고 싶었다. 당장에라도 달려가 만나고 싶었다. 그런데 찾아갈 수가 없었다. 되지도 않는 협박에 굴복한 자신이 너무 싫어 견딜 수가 없었다.

차창에 반사된 햇살 때문에 눈을 찌푸리던 재형은 차가 명강그룹의 건물을 반 바퀴 돌아 지하주차장으로 내려가자 눈을 감았다. 한국에 왔다는 실감이 서서히 나기 시작했다. 그리고 온유를 찾고 싶다는 생각이 소록소록 피어나고 있었다. 망설였고 갈등했었는데.

"여기는 임원 전용 엘리베이터가 없습니다."

엘리베이터에 오른 재형은 정욱을 보며 말없이 고개만 끄덕였다. 로비에 다다르자 한 무리의 사람들이 엘리베이터에 올랐다. 뒤편에 선 재형은 그런 그들을 생각 없이 바라보고 있었다. 그러다 두 남자가 심각하게 머리를 맞대고 속닥거리는 모습이 어딘지 부자연스러워 눈이 가늘어졌다.

"들었어?"

"뭘?"

"전략팀의 최 과장."

한 남자가 작은 목소리로 소곤거렸지만 한정된 공간에서 울리는 소리의 파장은 꽤 멀리까지 나아갔다. 귀에 대고 얘기하지 않는 이상 이 엘리베이터를 탄 이들에게 들리지 않을 수 없을 것이다.

재형은 그들이 무슨 말을 나눌지 기대가 되었다. 하지만 겉보기에는 전혀 관심 없는 모습을 고수했다.

"최 과장이 뭐?"

다른 직원이 멀뚱한 표정을 지으며 눈을 껌뻑였다.

"그저께 회식 때 노래방에서 최 과장한테 집적거린 남자가 있었는데, 영업부 권 부장님이 완적 개박살을 냈다는데?"

"오, 대박!"

재형은 어이가 없어 피식 웃음이 나왔다. 회사에 관한 말이나 오너에 대한 뒷담화라도 오고 갈 줄 알았는데, 아니라서 조금 실망스럽기도 했다.

"그런데 그 남자는 누군데?"

애초에 말을 꺼냈던 남자가 어깨를 으쓱하며 고개를 저었다.

"몰라. 노래방에서 최 과장 미모에 반해 들이댔다는 말이 있더라고."

"그래에? 하긴 최 과장의 색기는 우주 최강이지. 아무도 못 따라올 거야."

재형은 '색기'라는 말에 고개가 기울어졌다. 남자들이 저리 입에 담을 정도면 꽤나 섹시한 모양이지, 라는 생각이 들었다. 반면 여직원들이 저 단어를 들으면 불쾌할 텐데 하는 생각이 들었다.

"그런데 권 부장님이 주먹을 날리는데 최 과장은 놀라지도 않고 태연하게 서 있었다더라."

"헐, 진짜?"

"어!"

중간중간 엘리베이터가 멈췄지만 타는 사람들은 없고 내리는 이들만 있었다.

땡. 엘리베이터 문이 열리고 몇 남지 않은 직원들이 모두 내리자 재형은 옆에 선 김 비서를 보며 입을 열었다.

"최 과장이 그렇게 예쁩니까?"

"네? 그게…… 뭐랄까, 눈코입이 다 큼직큼직하고 묘한 분위기를 풍기는데 눈길 한 번에 여기가 울렁거릴 정도긴 합니다."

'묘한'이라는 말에 힘을 주며 정욱이 자신의 가슴을 가리켰지만 재형은 설레발이라 생각했다. 눈길 한 번에 심장이 내려앉는 이는 자신의 인생에 온유가 처음이자 마지막이었다.

"안 믿으십니까?"

"아, 뭐. 믿습니다."

재형은 건성으로 대답하며 손을 휘휘 저었다. 그러자 '진짠데' 하며 김 비서가 중얼거렸다.

"인사기록부는 어디서 봅니까?"

김 비서가 저렇게까지 억울하다는 듯한 표정으로 중얼거리니 확인하는 척이라도 해줘야 할 것 같았다.

"각 부서 책임자분들은 자신의 아이디로 접속하면 언제든 열람하실 수 있습니다."

재형은 고개를 끄덕이며 손목시계를 쳐다봤다. 이제 곧 퇴근 시간이니 회사 안이 부산스러워질 것이다.

땡.

"기획본부팀과 경영전략팀이 있는 17층입니다."

정욱이 간단하게 층 안내를 하며 먼저 내려 문을 잡아주자 재형은 진동하는 휴대폰을 쳐다보며 내렸다. 언제 귀국하느냐는 성재의 문자에 피식 웃음이 지어졌다. 한국에 이미 들어왔다 하면 뭐라고 할지.

툭. 문자를 보내며 걷던 재형은 우뚝 멈추어 서 있던 비서와 부딪치고 말았다.

"뭐 합니까?"

"본부장님, 저기……."

정욱이 가리키는 방향에 남직원, 여직원이 서서 말을 나누고 있었다.

직원들의 잡담까지 눈여겨볼 만큼 관심 있지 않았던 재형은 정욱을 보며 어서 가자는 눈짓을 했다.

"저분이 최 과장입니다."

"최 과장?"

엘리베이터 뒷담화의 주인공이 시선의 끝에 서 있었다.

"네, 최인경 과장입니다."

재형은 건성으로 보던 두 남녀를 다시 한 번 훑었다. 뒷담화의 주인공이었던 최 과장을 보던 재형의 눈이 가늘어졌다. 어딘지 익숙한 느낌에 심장이 두근거렸다. 남직원들의 말처럼 여직원의 색기에 자신의 심장이 본능적으로 반응하는 것인지 확인하고 싶었다. 얼굴을 확실하게 보고 싶은데 비스듬히 서 있어 옆얼굴만 보였다.

"최, 인경이라고?"

재형은 다시 한 번 이름을 중얼거리며 방향을 조금 틀어 자리를 옮겼다. 그러다 믿기지 않는다는 얼굴로 두 남녀를 바라봤다. 아니, 남녀가 아니라 여자를 바라봤다.

늘 가슴 한편을 묵직하게 만드는 온유가 자신의 눈앞에 서 있었다. 학생 때보다 키가 더 크고 더 마르긴 했지만 변함없이 고혹적인 자태로 입가에 미소를 걸고 있었다. 손을 들어 남자의 어깨를 털어주고 다시 내려가는 손짓이 우아한 곡선을 그리고 있었다.

"본부장님, 제 말이 맞죠? 눈길 한 번에 여기, 심장이 쪼그라들 만큼 오묘한 느낌."

재형이 약간 얼이 빠진 얼굴로 돌아보자 그것을 오해한 정욱은 자신의 말이 맞지 않느냐는 듯 으스댔다.

"최…… 인경이 맞아?"

"네."

"온유가 아니고?"

"네?"

멀뚱하게 반문하는 정욱의 얼굴에서 시선을 거둔 재형은 최 과장을 뚫어져라 바라봤다.

1화. 확인하다

　인경은 오른쪽 뺨이 따가워지는 것을 느끼며 고개를 돌렸다. 자신을 빤히 바라보며 서 있는 남자와 눈이 마주치자 고개가 살짝 기울어졌다.

　"어딜 봐?"

　"어? ……아, 아냐."

　강석의 핀잔에 인경은 입가에 미소를 지으며 고개를 저었다. 회사에 일이 있어 온 방문객이라 여겨 시선을 거뒀는데, 왠지 신경이 쓰였다.

　"손은 괜찮아?"

　"조금 까졌을 뿐이야."

　"오지랖 넓게 왜 나서서는……."

　혼자 해결할 수 있었는데 왜 나서서 사람들의 입방아에 오르게 했느냐고 핀잔을 주려다 말았다.

"나 곧 회의 있어."

"그래. 참, 저녁에 같이 가기로 한 거 안 잊었지?"

"내가 꼭 가야, 앗!"

인경은 심드렁하게 말하며 팔짱을 끼다 몸이 휘청 넘어갔다. 자의에 의한 것이 아닌 타의에 의해 몸이 돌려졌던 것이다.

"……!"

인경은 커다래진 눈으로 무례한 상대를 쳐다봤다. 옆에 선 강석이 자신을 대신해 매섭게 따지고 들었지만 어깨를 낚아챈 남자는 눈길 한 번 흩트리지 않고 자신을 빤히 바라보고 있었다.

"이봐요! 지금 이게 뭐 하는 겁니까!"

재형은 눈도 깜빡하지 않고 여자를 쳐다보고 있었다. 옆에 선 강석이 다시 언성을 높이든 말든 그에겐 관심 밖의 일이었다.

"최…… 인경이라고?"

자신의 손을 떼어놓으려는 강석을 재형은 철저하게 무시했다. 지금 자신의 눈에 든 이는 한 사람밖에 없었다.

"지금 뭐 하는 겁니까, 진짜!"

강석의 말에 그제야 재형의 미간이 찌푸려졌다. 이 남자는 누구인데 이렇게 오지랖 넓게 나서는 것인지 짜증이 났다. 가만히 좀 있으라고, 너 아니어도 지금 충분히 혼란스러우니 조용히 좀 하라고 소리를 지르고 싶었다.

"이유는 당신이 아니라 이 여자분한테 말할 거니까 손 놓으시죠."

기가 찬다는 듯 탄성을 내뱉는 강석을 무시한 재형은 계속 여자를 바라봤다. 자신이 생각하는 사람이 맞는데, 전혀 소통이 안 되는 기분이었다. 장시간 비행기를 타고 와 피로가 겹쳤다고 해도 헷갈릴 수 없는 사람이었다.

"저…… 권 부장님. 이분은 새로 발령을 받아 오신 이재형 본부장님입니다."

"네?"

찌푸렸던 미간에 더 힘을 주는 강석을 보며 재형은 입꼬리를 살짝 밀어 올렸다. 여기서 분위기 파악을 하고 피해주어야 할 사람은 너라는 것을 이제 알겠느냐는 표정을 지었다.

"먼저 놓아야 할 분은 본부장입니다."

정욱의 말을 듣고도 자신을 노려보는 강석을 재형은 무시해버렸다. 큰 눈을 감았다 뜨는 인경의 시선에 심장이 두근거렸다. 호소력 짙은 인경의 눈은, 그리움이 묻어나는 자신의 기억 그대로였다. 다만 다른 건 감정을 배제하고 있는 듯한 가면 같은 눈동자였다.

"최인경 과장이 맞습니까?"

"……네, 그렇습니다."

재형은 미간을 살짝 구기다 눈을 가늘게 떴다. 최 과장에게서 온유의 분위기가 묻어나고 있었다. 변한 듯 변하지 않은 모습에서 아련한 익숙함이 느껴졌다. 성형수술을 한다고 이렇게 완벽하게 같을 수가 있을까. 아무리 의학이 발달했다 해도 겉모습이면 모를까 그 사람 특유의 색깔까지 고칠 수는, 따라잡을 수는 없을 것이다.

"제가 뭘 잘못했습니까?"

재형은 인경의 목소리에 눈을 감았다 떴다. 귓가에 기억 속에서만 맴돌던 온유의 목소리가 현시로 나타났음을 깨달았다. 목소리까지 듣는 순간 더욱더 온유라는 확신이 생겼다.

"개명을 한 건가?"

"본부장님?"

자신의 느닷없는 행동에 꽤나 당황했는지 김 비서가 목소리를 낮춰 말하며 눈치를 봤다

"사무실로 가시는 게…… 직원들이 모여들고 있습니다."

직원들이 의아한 눈길로 웅성거리기 시작하자 김 비서가 작은 목소리로 다시 재촉했다. 하지만 이대로 온유를 놓칠 수 없었다.

"이름이 최인경이 맞습니까?"

믿기지가 않아 다시 물었다.

"제 이름은 최. 인. 경이 맞습니다만."

아니잖아! 하고 소리를 치려던 재형은 어금니를 아프게 맞물었다. 자신의 손을 살며시 밀어내는 몸짓에 심장이 전기충격을 받은 것처럼 감전되었다. 맞닿은 손가락을 그대로 얽고 너 맞지 않느냐고, 온유 너인 것을 속이지 말라고 소리치고 싶었다.

"저한테 볼일이 없으시면 그만 가보겠습니다."

자신에게 머물던 인경의 눈길이 옆에 선 남자에게로 옮겨 가자 재형은 조바심이 났다.

"본부장님."

돌아가겠다는 인경의 말을 무시하고 싶던 재형은 정욱의 난감해하는 목소리를 듣고 어깨를 잡았던 손을 놓았다.

"가자. 사무실까지 내가 데려다줄게."

재형은 인경의 팔을 잡고 성큼 걸어가는 남자를 노려보다 그녀의 뒷모습을 바라봤다. 슬쩍 돌아보던 인경이 고개를 살짝 기울이자 눈이 가늘어졌다.

"하아……."

권 부장이라는 자와 멀어지는 인경을 보며 재형은 당장 달려가 끌고 오고 싶은 심정이었지만 움직일 수가 없었다. 자신을 태연하게 쳐다보더니 살짝 고개를 숙여 인사를 하는 모습에서 온유의 모습이 겹쳐졌다.

"모른 체하시겠다?"

재형은 허탈한 듯 웅얼거리며 두 손으로 마른세수를 몇 번 하고는 회한 같은 한숨을 삼켰다. 이렇게 만나지려고 그때의 꿈을 꾸었던 것일까.

"최인경 과장 이름으로 된 보고서, 지금 다 열람하겠습니다."

"네?"

당황한 기색이 역력한 김 비서의 얼굴을 외면하며 기획본부실로 들어간 재형은 간단하게 자신을 소개하고 본부장실로 들어갔다.

"꿈이 아냐, 현실이야."

재형은 혼란스러운 마음을 다독이며 창가로 다가갔다. 이름이 달라져 있는 온유를 보며 고개가 갸웃거려지기는 했지만 입가에 떠오르는 미소를 보는 순간 온유임을 확신했다. 그런데 자신의 이름이 최인경이라고 하니 순간 욱하는 감정이 치받아 올라왔다.

자신을 바라보던 눈동자 또한 과거를 기억하는 온유가 분명하다고 생각했다. 어깨를 낚아챘음에도 불쾌한 기색보다는 얼굴에 스며드는 묘한 미소가 그것을 증명한다고 생각했다.

"본부장님, 서류 가져왔습니다."

재형은 책상으로 다가가 의자에 앉으며 정욱이 가져온 보고서를 하나하나 살피기 시작했다. 고등학생이었던 온유가 썼던 과학

실험 보고서가 성인버전으로 탈바꿈한 느낌이 들었다.

"찾는 보고서가 따로 있으십니까?"

재형은 고개를 들어 정욱을 보다 픽, 하고 웃었다. 무엇을 찾고자 보고서를 다 올리라고 했던 것일까. 온유라는 증거를 찾기 위해 굳이 이럴 필요는 없었다는 생각이 들자 조금은 허탈한 기분이었다.

"아니 왜 다들 퇴근을 안 하고 있습니까?"

본부장실 한쪽 벽이 통유리로 되어 있어 직원들의 동향이 훤히 보였다. 블라인드가 내려져 있지만 완벽한 차단 모드가 아니었다. 느닷없이 나타난 본부장 때문에 직원들이 퇴근을 못하고 눈치를 보고 있는 모습이 안쓰럽기까지 했다.

"본부장님이 퇴근을 안 하시는데……."

"그렇게 답답하게 일하지 맙시다. 제 할 일을 했으면 칼퇴근, 조기퇴근 아무 상관없으니 개의치 말라고 전해주세요."

"진심…… 이십니까?"

눈을 동그랗게 뜨고 되묻는 정욱을 보며 재형은 입꼬리를 올렸다.

"지금 이 시간 이후 눈에 띄는 직원은 앞으로 쭈욱 그 시간이 퇴근 시간이라고 으름장을 놓아도 좋습니다."

"넵!"

시원하게 대답한 정욱이 본부장실을 나가는 것을 보며 재형은 인경이 최근에 올린 보고서를 펼쳤다. 책임자 란에 휘갈긴 사인을 물끄러미 바라봤다. 생소한 이름에서 온유의 필체가 묻어나와 가슴이 아릿하게 아팠다.

"망설였는데……."

뉴욕에서 한국으로 돌아가면 온유를 찾아야 할지 말아야 할지 망설였었다. 그런데 그런 고민은 부질없었다는 듯 온유가 눈앞에 나타난 것이다. 재형의 입가에서 시작된 미소가 얼굴 전체로 서서히 번져나갔다.

"내가 알아서 간다니까 왜 왔어?"

인경은 자신의 책상 앞에 버티고 선 강석을 보며 심드렁하게 굴었다. 까다로운 보고서를 마무리 짓고 가려고 먼저 가라고 했는데도 강석은 그러질 않았다.

"어차피 넌 차 없잖아."

"손만 들면 탈 수 있는 택시 많은데 무슨."

"택시 위험해. 그리고 아버지, 너랑 같이 안 오면 나 못 들어오게 하시잖아."

인경은 어이없다는 표정으로 강석을 째려봤다. 다른 날이면 안 갔을 테지만 오늘은 강석의 아버지 생신 축하 자리여서 빠질 수도 없었다. 무사히 대학을 졸업할 수 있도록 도와주신 분의 은혜를 저버릴 수는 없었다.

"선물은 뭐 준비했어?"

인경은 벗어두었던 재킷을 걸치며 강석에게 물었다.

"봉투 준비했어."

"허."

탄성을 내뱉으며 옷매무새를 고치는 인경을 강석은 감상하듯이 바라봤다. 마른 듯해도 꽤 육감적인 몸을 지닌 인경은 남자들이 돌아서서라도 한 번 더 보게 만드는 매력이 있었다.

"훑어보지 마."

"내가 언제?"

자신의 시선을 나무라는 인경의 질책에 강석은 억울하다는 표정을 지으며 어깨를 으쓱했다.

"그나저나 아까 본부장은 너한테 왜 그랬대?"

강석은 대수롭지 않은 듯 물었지만 속은 아니었다. 인경의 어깨를 잡아채는 바람에 화들짝 놀라 말렸지만 날카로운 시선으로 바라보는 본부장의 눈빛이 예사롭지 않았다. 본부장의 얼굴에 스치던 곤혹스러운 눈빛이 마음에 걸렸다.

"몰라."

미묘한 변화가 이는 인경의 얼굴이 어딘지 씁쓸하면서 눈빛이 아련하게 보여 강석의 눈이 가늘어졌다.

"아무튼 한 번만 더 너한테 손대면 가만 안 둬."

"훗."

강석이 낮게 중얼거리는 소리를 들은 인경은 어이없다는 듯 피식 웃었다.

"본부장까지 때리고 나면 회사 무사히 다닐 수 있겠어?"

"내가 이 회사 아니면 갈 데가 없어? 너 아니면 다니지도 않았을 회사야."

강석은 인경을 향해 눈을 부라렸다. 자신이 인경을 따라 입사했을 때, 아버지의 실망은 이만저만이 아니었다 하나뿐인 아들이 자신의 사업을 물려받지 않고 딴 곳에서 일한다는 사실이 무척 섭섭한 모양새였다. 하지만 어느 정도 일을 배우고 돌아오겠다고 약속 드리자 눈에 띠게 반색을 하셨다.

"어디를 가나 너에게 집적대는 놈들뿐이야. 우글우글, 짜증 나."

"그 우글우글하는 남자들보다 네가 더 위험한 남자야. 알아?"

야무지게 나무라는 인경을 보며 강석은 어이가 없다는 듯 웃었다. 좀 훑어봤다고 저렇게 정곡을 찌르며 구박을 하다니.

"그래도 늑대 중에 내가 제일 점잖은 늑대일 거야."

"점잖기는. 너 나 보면서 음흉한 생각 했잖아."

"내, 내가 언제?"

강석은 허를 찔린 듯 움찔 놀라며 말을 버벅거렸다.

"안 했어?"

인경이 의심의 눈초리로 쳐다보자 강석은 당황한 표정을 지우려 손으로 얼굴을 쓱 문지르고는 머리를 쓸어 넘겼다. 눈치 빠른 인경이 이제껏 알고도 모른 척했던 것임을 알자 머쓱해지는 기분이었다.

"솔직히 말해서 안 한 건 아냐."

"거 봐."

인경이 앞서 걷다 몸을 돌려 마주 보고 서자 강석은 저도 모르게 마른침을 꿀꺽 삼켰다.

"어느 선까지 상상했어?"

인경이 꽤 짓궂게 묻자 강석은 어이없다는 듯 웃음을 터트렸다. 나는 아무것도 몰라요, 하며 내숭을 떨지 않는 솔직함에 남자들이 더 열광하는 것 아닐까. 인경을 보는 남자들은 다들 얼굴을 보며 몇 초간 넋을 빼다 몸매를 훑고는 아우! 하는 환호성에 가까운, 하지만 가질 수 없어 안타까워하는 탄성을 내뱉고는 했다.

"말해주면 감당할 수 있어?"

인경은 뒤돌아 강석을 보다 눈을 깜빡였다. 듣지 않는 게 더 나은 일도 있는 것이다. 그러니 여기서 그만 멈추는 것이 좋을지도 모른다. 남자들이 자신을 두고 어떤 상상의 나래를 펼치는지, 대충 감은 잡지만 완전하지는 않았다.

"감당하기 힘들 정도⋯⋯."

"인경아, 조심!"

"악!"

인경은 강석을 보며 뒷걸음치다 무엇인가에 툭 부딪치자 소스라치게 놀랐다.

"퇴근입니까?"

재형이 자신을 내려다보며 우뚝 서 있었다. 옆에 선 비서가 난감한 웃음을 머금고 아이처럼 손을 들어 작게 흔들며 인사를 건네었다. 손 인사를 하는 김 비서가 엉뚱해 보여 인경은 피식 웃었다. 그러다 대답을 재촉하는 재형과 눈이 마주쳤다.

"네."

인경은 자신을 바라보는 재형의 눈빛을 피하고 싶은 반면 더 도발하고 싶기도 했다.

"저희는 약속이 있어서."

강석이 병풍처럼 인경을 가리며 나오자 재형의 눈살이 찌푸려졌다. 아까부터 인경의 옆에서 알짱거리는 너는 누구냐고 묻고 싶었다.

"전략팀에서 올린 광고 전략, 지금 검토했으면 하는데."

강석은 고의로 퇴근을 방해하고 나오는 재형을 며 인상을 구겼다. 낮게 한숨을 쉬는 인경의 숨결을 느낀 강석은 짜증난다는 듯 입을 열었다.

"내일 하시죠. 퇴근하는, 더군다나 약속이 있어 가는 직원에게 이건 아닌 것 같습니다."

"그럼, 내일 합시다."

깔끔하게 물러서는 재형의 태도에 강석은 약간 병 찐 얼굴로 인경을 쳐다봤다. 직위를 이용해 함부로 굴 줄 알았는데, 아니어서 조금은 당황스러웠다.

"안 탑니까?"

엘리베이터를 붙잡고 서 있는 재형이 고개를 까닥거리며 바라보자 인경은 걸음을 떼었다. 둘만 있다면 문제가 될 수 있지만 강석과 김 비서가 옆에 있으니 문제 될 것은 없다 생각했다.

"몇 층 갑니까?"

재형이 맨 아래층 지하 4층을 누르자 정욱은 멀뚱한 표정을 지었다. 정문 바로 앞에 차를 대기해두었는데 착각을 하셨나 하고 생각했다.

"지하 1층 부탁합니다."

강석은 최대한 감정을 싣지 않으려 애를 썼다.

"본부장님, 제가……."

재형이 버튼 앞에 버티고 서자 정욱은 자신이 직무에 충실하지 못한 것 같아 초조했다.

"됐습니다. 어려운 일도 아닌데."

정욱은 자신이 층수를 누르고 안내를 해야 할 것 같은데 본부장이 대신 버튼을 누르자 어쩔 줄 몰랐다. 그러다 재형의 눈짓에 엘리베이터 문 앞에 자리를 잡고 섰다.

"저녁 식사 약속입니까?"

인경은 재형의 얼굴을 마주 보면서도 질문의 입을 열지 않았다.

시시콜콜 사생활을 보고할 이유는 없다 여겼다.

"입이 붙었습니까?"

"네, 저녁 식사 약속입니다."

"제가 질문한 상대는 권 부장이 아닙니다만?"

온유의 목소리가 듣고 싶어 질문을 던졌는데 강석이 대신 대답을 하고 나오자 재형은 심기가 불편하다는 것을 여실히 드러냈다.

땡.

"어? 어어어!"

인경을 쩨려보던 재형은 엘리베이터가 지하 1층에 멈추자 내리는 강석의 뒤로 김 비서를 확 떠밀고는 문을 닫아버렸다. 다급하게 뒤돌아서던 강석의 얼굴이 닫히는 문 사이로 사라지자 엘리베이터는 지하 4층을 향해 내려가기 시작했다.

"무슨 짓입니까?"

인경은 재형의 어이없는 행동에 앙칼지게 물었다.

"최온유."

"제가 최온유이기를 바라는 겁니까?"

자신의 시선을 피하지 않고 당당하게 말하는 인경을 보며 재형은 미간에 금을 그었다. 아니라고 부정하고 싶어 하는 표정에서 속눈썹이 가늘게 떨리는 것이 보였다.

"바라는 게 아니라 최온유라고 확신합니다."

인경은 눈을 커다랗게 뜨고 재형을 바라봤다. 보통 이런 경우 맞지 않느냐고 추궁을 하는 것이 보편적인데 본부장은 무조건 네가 온유여야 한다는 듯 고집을 피우는 것으로 보였다.

"제가 최온유든 최인경이든 그 사실의 확인이 중요합니까?"

인경은 이름이 무슨 상관이냐는 표정으로 입술을 달싹였다. 아무렇지 않은 척 평정심을 유지하고 있었지만 실상 속은 정신없이 널을 뛰고 있었다. 가까이 서 있는 재형에게서 위험한 수컷의 정복욕이 느껴져 더 당황스러웠다.

우우웅, 우우웅, 웅웅웅.

인경은 가방 속 휴대폰의 발신자가 누구인지 보지 않아도 알았다. 같이 내려야 하는 자신이 내리지 않아 강석도 꽤 황당했을 것이다. 재형이 이런 방법으로 뒤를 낚아챌 줄은 몰랐기에 당하고 말았다.

"중요하지 않지만 난 최온유로 부르고 싶으니까."

인사기록부를 뒤져 최인경 과장의 신상을 샅샅이 훑었다. 가족이 없이 혼자 덩그러니 기록되어 있는 주민등록등본을 한참 동안 바라봤었다. 증명사진 속의 또렷한 이목구비는 여전했다. 하지만 눈빛은 더 깊어져 있었다. 김 비서의 말대로 마주친 눈빛 한 번에 심장이 파열을 일으킬 정도였다.

그런데 자신이 떠날 때 온유가 다녔던 고등학교 이름이 이력서에 올라와 있지 않았다. 졸업한 고등학교가 달랐고, 꽤 부지런하게 살았는지 각종 자격증이 빼곡히 적혀 있었다. 온유의 흔적을 더 찾으러 뒤졌지만 간략한 인사 정보에서는 더 이상 볼 것이 없었다.

"그럼 마음대로 부르세요. 어차피 최 과장으로 불리는 건 마찬가지니까."

"그건 아니지."

인경은 성큼 다가온 재형 때문에 움찔 놀랐다.

"같은 최 과장이 될 수는 없지. 최 과장이라고 부르지만 내 무의식속에서 네 이름은 '최온유야' 하는 반사작용이 일어나니까. 절대 그 최 과장이 최온유 과장과 같을 수는 없지."

인경은 다가온 재형을 올려다보며 눈을 깜빡였다. 이름에 집착하는 재형이 조금 어이없다는 생각이 들었다. 최인경이든 최온유든 이름이 다르다고 몸이 바뀌는 것은 아니었다. 그러니 지나가는 다른 이의 이름으로 불리운다 해도 자신은 그저 자신일 뿐이었다.

"남자 직원들이 하던 말이 무엇인지 이제 알겠군."

고등학생이던 온유의 눈빛도 만만치 않은 색기를 뿜어냈었다. 그런데 성인이 된 온유는 빨려 들어가 허우적거릴 만큼 묘한 눈빛이었다. 속속들이 알고 싶어질 정도로 소유욕을 자극하는 여자로 성장해 있었다.

"이 눈빛에 빠져 허우적거린 건 나였지."

인경은 더 다가온 재형으로 인해 눈을 커다랗게 떴다. 훅 끼쳐오는 재형의 체취가 머리를 어지럽게 했다. 이대로 있는 건 위험하다. 좀 전에 지하 4층에 도착한 엘리베이터의 열림 버튼을 누르고 이곳에서 나가야 했다. 재형이 손을 뻗었을 때 잡히는 거리에 있어서는 안 되는 것이다. 그러니 포위망을 빨리 벗어나야 했다.

"처음으로 돌아오길 잘했다는 생각이 들어."

"……!"

재형의 손이 부드럽게 턱을 감싸 쥐자 놀란 인경은 눈을 커다랗게 떴다. 머리는 밀어내야 한다고 하는데 몸이 움직이지 않았다. 서서히 거리를 좁히는 재형의 얼굴을 보며 미간을 찌푸렸다. 열기를 안은 숨을 뱉으며 다가온 재형의 입술이 닿기 직전, 인경은 고개를 세차게 돌렸다. 눈앞이 아득해지고 심장은 터질 것 같았다.

"그때는 네가 먼저 시작했지. 너의 불안하고 수줍은 떨림에 빠져 허우적거렸지만 지금도 그 일을 후회하지 않아. 그 상황을 또 맞닥뜨린다 해도 난 할 거야.”

인경이 붉은 입술을 질끈 깨물자 금방이라도 터질 것 같이 보였다.

“나를 봐, 온유야.”

인경은 이제 그만하자는 생각이 들었다. 그래서 그를 정면으로 올곧게 바라보며 입술을 달싹였다.

“지금 성희롱을 하고 계십니다. 본. 부. 장. 님.”

“성희롱이라……. 미안하지만 증거가 없을 겁니다.”

엘리베이터 CCTV가 돌고 있는데 증거가 없을 거라니, 이런 사기꾼 같으니라고.

“무슨, 흡!”

재형의 입술이 닿았다가 떨어지는가 싶더니 곧 아랫입술이 물렸다. 그의 입 속으로 딸려 들어가듯 아랫입술이 빨리자 인경은 그의 어깨를 손바닥으로 때렸다. 하지만 자신보다 힘이 센 남자를 밀어내지도 못하고 힘만 빼고 있었다.

그의 혀가 입술을 가르고 들어와 달아나는 혀를 낚아채 감아올리자 인경은 거친 숨을 몰아쉬었다. 능숙하게 제 속을 헤집고 핥는 그의 혀는 교묘한 구석이 있었다. 마치 따라오지 않으면 손해를 볼 것이라는 듯 유연하게 움직이고 있었다.

“훗.”

혀가 얽혔다가 풀어지는 단순 동작들이 심장을 무리하게 강타하고 있었지만 재형은 멈추지 않았다. 꿈에서 느꼈던 온유의 입술이 바로 앞에 있었다. 그날처럼 야릇한 흥분이 일고 미친 듯이 핥고 싶은 욕망이 들끓었다.

"하아."

"하아, 하……. 고소하겠습니다."

입술이 떨어지자 인경이 꽤 당돌하게 일침을 가하고 나왔다. 재형은 부드럽게 웃으며 입술을 열었다.

"얼마든지 고소하고 위자료 청구해. 그 대신, 이왕 고소당하는 거 왕창 탐하고 나서 고소당할 거니까."

재형의 입술이 다시 닿자 인경의 심장이 바닥으로 툭, 떨어져 사방팔방으로 피가 퍼져 나갔다. 어서 응하라는 듯 부드러운 혀가 구석구석 입 안을 맴돌며 핥아대자 인경은 이성의 끈이 툭 끊어졌다. 그와 동시에 당황함에 커졌던 눈이 스르륵 감기며 재형의 혀를 마주 감고 거침없이 그를 탐했다. 기억 속의 그가 기다렸다는 듯이 불쑥 튀어나와 자신을 안고 있었다. 아무 소리도 들리지 않는 가운데 입술이 붙었다 떨어지며 내는 질척거리는 소리가 엘리베이터 안에 가득했다.

"하아, 부족해."

잠시 물러났던 재형이 다시 다가오려 하자 인경은 손을 뻗어 그를 저지했다. 머릿속이 헝클어져 엉망진창이었다.

땡.

"인경아!"

열리는 문 사이로 나타난 강석의 얼굴은 분노로 얼룩져 당장이라도 폭발할 듯 숨을 몰아쉬고 있었다.

"무슨 짓입니까!"

숨을 몰아쉬며 엘리베이터 벽에 기대 바를 붙잡고 있는 인경의 모습을 보는 순간 강석의 눈이 뒤집어졌다. 직책이고, 상관이고 뭐고 간에 멱살부터 틀어쥐고 싶은 마음이 굴뚝같았다.

"무슨 짓을 하기 바란 겁니까?"

강석은 부드러움 속에 깃든 재형의 조롱에 기분이 더러웠다. 평소와 달리 평온해 보이지 않는 인경을 보면 알 수 있는 일이었다. 남자들의 치근거림에도 절대 넘어가지 않고 유연하게 위기를 넘기는 인경이 지금은 흐트러진 모습으로 서 있었다.

"최, 과장님, 무슨 일 있었습니까?"

인경은 재형의 질문에 눈살을 찌푸렸다. 어쩌자고 입술을 움직이고 혀를 움직였던 것일까. 자신을 질책했지만 이미 되돌리기에는 소용없는 일이었다.

"……가자, 강석아."

인경은 대꾸도 않고 강석을 지나 엘리베이터에서 내렸다. 자신의 몸에 달라붙은 재형의 체취가 코끝을 맴돌며 떠나지를 않아 심장이 울렁거렸다.

"너 괜찮아?"

강석은 마지못해 물러나며 인경의 안색을 살폈다. 엘리베이터 문이 열리고 보였던 광경은 인경이 손을 뻗어 다가오려는 그의 가슴을 밀어내고 있는 모습이었다. 그냥 서서 얘기를 했다면 그런 제스처는 취하지 않았을 것이다. 재형이 다가가 무슨 짓을 했기 때문에, 또는 하려 했기 때문에 인경이 다음 행동을 저지하기 위해 손을 뻗은 것이 분명했다.

"안 괜찮으면?"

인경은 숨을 크게 한 번 뱉고는 강석을 쳐다봤다. 그의 시선은 엘리베이터 안에 서 있는 재형에게 닿아 있었다. 강석을 따라 고개를 돌리자 재형의 시선이 자신에게 달라붙었다.

"본부장, 너한테 왜 그러는 건데?"

강석의 신경질적인 목소리가 인경의 시선을 잡아챘다. 분해하는 강석을 달래고 싶었지만 자신도 여유가 없어 말이 신경질적으로 나왔다.

"내가 어떻게 알아?"

"정말 왜 그러는지 몰라?"

인경은 속입술을 질끈 깨물고는 가만히 있었다. 왜 그러는지 모르지 않았다. 자신의 인생이 송두리째 달라져버린 일과 재형은 맞물려 있었다.

"그만 가자. 늦었어."

분을 삭이지 못하는 강석을 보다 인경은 엘리베이터 쪽으로 고개를 돌렸다. 재형이 휴대폰을 허공에서 살짝 흔드는 것이 보였다. 눈을 가늘게 뜨는 순간 가방에 넣어둔 휴대폰의 진동음이 들렸다.

우우우웅.

휴대폰을 꺼내 확인하자 재형에게서 문자가 와 있었다.

[내일 보자, 온유야.]

당연하다는 듯 적힌 이름에 미간이 구겨졌다.

2화. 흔들어보다

"본부장님, 지하 4층에서 무슨 일이 있었는지 물어봐도……."

"묻지 마."

재형이 딱 잘라 말하자 정욱은 눈동자를 이리저리 굴리다 입을 꾹 다물고 차 문을 열었다. 재형이 차에 오르고 문을 닫으려던 정욱은 다시 조심스럽게 입을 열었다.

"그럼 보안실은 왜 가셨는지……."

"보안이 잘 되고 있는지 확인하러."

"아, 네에."

정욱이 고개를 깍듯하게 숙여 보이고 운전석으로 가는 것을 보며 재형은 자신의 입술을 검지 마디로 만졌다. 부드럽게 닿았다 떨어지며 전해지던 숨결과 열에 들뜬 눈동자를 보는 순간 온유가 돌아왔다는 것을 알았다. 제 손에 느껴지는, 제 품에 안겨 있는 온유에게 더 깊이 들어가고 싶다는 생각뿐이었다. 손을 뻗어 자신을 저지하는 손목을 잡아채려는데 엘리베이터 문이 열리는 바람에 김이 샜다.

강석과 나란히 걸어가며 뒤돌아보는 온유를 잡고 싶었다. 너의 옆에 서야 할 사람은 자신이라고 말하고 싶었다.

'제가 최온유이기를 바라는 겁니까?'

가시가 돋친 말. 차갑게 변한 눈동자에서 아픔이 전해져왔다. 부모님이 지어주신 이름을 버릴 만큼 자신이 모르는 일이 있었던 것일까.

분명 온유는 아무 탈 없이 졸업하게 해준다는 약속을 했었다. 그래서 다시는 만나지 않는다는 것과 찾지 않는다는 조건에 토를 달지 않았던 것이다. 하지만 찾지 말라는 약속을 지키는 건 쉽지 않았다. 멀리서 보는 것은 괜찮을 것이라 여겨 등교하는 온유를 보기 위해 천천히 차로 따라붙었다. 무사히 교문을 통과하는 모습을 보면서도 하루 종일 어떻게 견딜까를 걱정했다.

고2 여름이 지나고 전학을 온 온유는 전학생이기도 하고 남학생들의 우상이라는 이유로 여학생 친구가 없었다. 그런 온유가 버텨낼 하루하루가 걱정되어 미칠 지경이었다. 필기구가 사라지고, 실내화가 없어지고, 체육복이 화장실에 버려져 있을 것만 같아 신경이 곤두섰다. 하지만 자신은 학교 안으로 한 발도 들일 수 없는 처지였다. 만날 수 없으니 견딜 수 없다는 생각이 모든 것을 지배하기 시작할 즈음 한국을 떠났었다. 하지만 이내 후회했다. 멀리서라도 보며 살 것을, 하고.

그런 그녀가 어떻게 살아왔을까, 하는 의문 너머로 그녀에게 일어났을 수많은 일들이 궁금해지기 시작했다. 세월을 한달음에 건

널 수는 없지만 이제부터 차근차근 알아가고 시작하고 싶었다.

현관을 들어서자 평소와 달리 거실로 나와 있는 외할아버지가 보였다.

"할아버지, 저 왔습니다."

"오, 우리 재형이 왔느냐."

재형은 언제나 할아버지의 영원한 꼬마손자였다. 무엇을 하든 잘했다는 칭찬과 실수를 해도 괜찮다는 위로와 격려를 받았다.

"왔니?"

"……네."

아름답지만 활기가 없는 어머니를 보자 재형은 미간을 구겼다. 자신이 해외 지사로 나간 후 집안의 무거운 공기를 견디지 못한 동생 재희도 유학을 핑계로 이 집을 나갔다는 것은 알고 있었다. 그리고 다들 자신을 피한다고 생각한 어머니는 그 모든 화를 자신에게 풀었다. 고스란히 어머니의 화를 참고 견딘 것은 온유 때문이었다. 온유만 아니었다면 자신도 참지 않았을 것이다.

"아버지하고 같이 들어올 줄 알았더니?"

재형은 한숨을 내쉬었다. 회사에서 만난 아버지는 집에 들어오기 싫어하셨다. 외할아버지가 버티고 있는 집에서 큰소리 한 번 내지 못하고 참고 사는 것이 꽤 스트레스인 것 같았다. 어머니가 사고를 쳤을 때도 아버지는 화를 마음껏 내지 못하셨다. 그러다 보니 두 분의 관계 회복은 더 어려워졌다.

"그래, 회사 분위기는 어떠했어?"

"설레었습니다."

"설레었다고?"

의외의 대답에 할아버지는 놀란 듯했지만 재형의 입가는 매끄럽게 올라갔다. 생각지도 못한 장소에서 온유를 만났고, 가슴이 설레어 일이 되지 않았다. 그냥 가볍게 들러본 참이니 별로 할 일은 없었지만 온유가 작성한 보고서를 거의 다 훑고 아버지를 잠깐 만나고 나서 자신이 한 일은 온유의 인적사항을 보고 또 보고, 외우고 또 외우는 일이었다.

그리고 엘리베이터에서 온유와 단둘이 남았던 일, 온유를 안고 체온을 느끼고 숨결을 앗았던 일을 생각하자 저절로 입가에 미소가 만들어졌다.

"선생 하는 게 좋다더니 이제는 회사가 더 좋은가 보구나?"

날카로운 가시로 콕콕 쑤시는 어머니의 말에 재형은 미간을 구겼다. 좋아하는 직업을 버리고 다른 길을 택한 아들의 심정이 어떤지 알아달라고 한 적은 없지만 뻔히 이유를 아는 어머니가 저리 나오니 입이 꽉 다물어졌다.

"대꾸도 않네."

대꾸를 해주지 않는 아들에게 불만이 점점 쌓여 이제는 터지기 직전같이 보였다.

"시차 적응도 안 됐을 건데 첫날부터 무리했구나. 얼른 먹고 올라가 쉬어라."

"네."

어머니의 히스테리가 시작되기 전에 자리를 뜨고 싶었는데 할아버지가 알아서 교통정리를 해주시니 고마웠다.

재형은 방으로 들어서자마자 노트북을 열었다. 엘리베이터에서의 일을 동영상으로 보면서 재형은 강석을 뚫어지게 바라봤다. 온유의 옆에서 보호자를 자처하는 듯한 태도가 마음에 들지 않았고 강석을 의지하는 듯한 온유의 태도에도 부아가 치밀었다.

"훗⋯⋯. 태연한 척하더니 당황했네."

김 비서를 엘리베이터 밖으로 밀어냈을 때, 동영상에 찍힌 온유가 움찔하는 반응이 마음에 들었다. 몇 번이나 반복해서 보던 재형은 온유가 적극적으로 다가온 장면부터 편집을 해 따로 복사했다.

"최, 인경 과장이라⋯⋯."

혼잣말을 하던 재형은 의아한 점이 생각나 휴대폰을 집어 김 비서에게 전화를 걸었다.

-네, 본부장님.

"저녁은 먹었습니까?"

-사주시려고요? ⋯⋯어쩌죠, 전 이미 먹었는데⋯⋯.

재형은 쿡, 하는 웃음이 새어 나왔다. 퇴근 시간이 지나 쉬고 있을 비서에게 전화를 건 것이 미안해 예의상 물었던 것인데 반응이 의외였다.

"저도 먹었습니다."

재형은 큰 웃음이 터지려는 것을 참고 부담 갖지 말라는 뜻으로 말했다. 전화를 건 이유는 온유의 나이로 보아 입사한 지 길어야 3년 정도일 것 같은데 벌써 과장을 단 것이 의아해 확인하기 위해서였다.

-그건 책임자 고시를 쳐서 그런 겁니다. 단번에 합격하기 쉽지 않은데 입사 2년 차부터 주어지는 승진 기회로, 다들 응시는 많이 합니다만 합격자는 많이 나오지 않습니다.

"그런데 온, 아니 최 과장은 책임자 고시에 합격해서 지금 과장이라는 말입니까?"

-네. 제도를 도입해 시행한 지는 5년 정도 됩니다.

"5년이나?"

파격적인 인사 승진제도로 젊은 층들이 많이 치고 올라오니 처음에는 반발도 많았다고 했다. 하지만 머리가 잘 돌아가는 인력들이 요직을 차지하고 나니 회사 돌아가는 것이 다르다는 것에 다들 공감했다고. 근무 년 수만 채우면서 자동 승진하는 기성세대와 달리 젊은 층은 승진의 기회를 놓치지 않는 추세라 했다.

"해외지사는 왜 그런 제도가 없습니까?"

5년 전에 책임자 승진 고시를 시행했다면 자신도 알고 있어야 했다. 그런데 전혀 보고받은 바가 없었다.

-해외지사는 사실 지사장 말고는 다들 현지 외국인을 고용하는 추세라서 국내만 적용했을 겁니다.

"아, 그렇군요. 쉬는데 방해했습니다."

-아닙니다, 본부장님. 언제든지 전화주시면 달려…… 는 못 가더라도 입 움직이는 일이야 식은 죽 먹기니 부담 가지지 마십시오.

정욱의 설레발에 웃음을 짓던 재형은 전화를 끊고 동영상 속의 온유를 가만히 바라봤다. 최인경이라는 이름으로 올라온 광고전략 기획안이 꽤 신선하다는 생각을 했다.

보안실 모니터를 바라보던 인경은 뭔가 분하다는 표정으로 입술을 달싹였다.

"본부장님이 비디오 테잎을 수거해 갔다고요?"

"네, 어제 퇴근하시면서……."

인경은 할 말이 사라져 벙 찐 표정을 짓다 재형의 발 빠른 움직임과 치밀함에 눈살이 찌푸려졌다.

"복사본 없어요?"

이대로 맥없이 물러날 수 없다 생각한 인경은 뭐라도 건져야겠다고 생각했다.

"녹화된 테잎이 그것뿐이라서."

인경은 자신의 이마를 짚으며 한숨을 내쉬었다. 이건 뭐, 말은 고소하라면서 원천 봉쇄를 하겠다는 것이 아닌가. 증거인멸을 하다니.

"저기……."

"네!"

보안실 직원이 조심스럽게 부르자 인경은 반가운 기색으로 대답했다. 뭔가 건질 것이 남아 있다면 쌀 한 톨이라도 건져 갈 생각이었다.

"테잎을 복사한 CD가 있긴 한데……."

"그거 어디 있어요?"

인경은 눈을 커다랗게 뜨고 당장이라도 내놓으라는 듯 직원에게 다가섰다.

"그것도 본부장님이."

"허!"

인경은 갑자기 어간이 막히고 숨이 턱 막히는 것 같았다. 엘리베이터에 둘이 남았을 때, 상황이 그렇게까지 흘러갈 줄은 몰랐었다. 그 일로 인해 밤엔 잠도 자지 못했다. 잊고 싶었지만 잊을 수 없었던 그날의 기억이 인경을 괴롭혔다. 그의 말대로 과거 먼저 시작하고 그를 도발한 건 자신이었다. 하지만 수줍게 다가가 살짝 터치했을 뿐인데 혀뿌리가 뽑힐 만큼 파고 든 것은 선생인 재형이었다.

재형과 다시 엮이는 것을 방지하고, 또 쉽게 보이고 싶지 않아 경고 차원으로라도 고소를 하는 것이 맞다 여겼다. 하지만 물증은 이미 사라지고, 아니 재형의 손에 넘어가고 없었다.

"아후!"

원본을 들고 갔으면 됐지 복사는 왜 또 뜬 거야! 속으로 구시렁거린 인경은 보안실을 나와 복도를 걸으며 분을 삭였다.

땡. 아무도 없는 엘리베이터에 오른 인경은 벽에 한쪽 어깨를 기대었다.

인생에서 성공한 사람이 되기를 바란 건 아니지만 다들 선망의 대상으로 바라보는 명강그룹에 도전해보고 싶었다. 그저 단순한 이유로 입사 지원을 했고 만일 이직을 하더라도 경력에 나쁘지 않을 것이라 여겼다. 입사를 하고 한참 후에야 친구 태웅에 의해 명강그룹이 강운 고등학교와 연관이 있다는 것을 알았다. 그리고 자연스럽게 재형을 떠올렸었다. 이곳에 있다 보면 언젠가는 한 번쯤 스쳐 지나가듯 만날지도 모른다고 생각했었다. 명강그룹에서 그와 부딪치면 어떤 기분일지 궁금했었는데.

7년. 다시 만날 수도 있다는 것을 예상은 했지만 단번에 자신을 알아보는 그로 인해 속이 아렸다. 자신은 단번에 알아보지 못한 데 비해 그는 온유라는 확신을 가지고 다가왔다.

"하아."

어제부터 머리가 뒤죽박죽이었다. 처음 눈이 마주쳤을 때는 재형을 알아보지 못했었다. 자신의 어깨를 잡아챘을 때 비로소 누구인지 알아봤다, 강운 고등학교 화학 선생이었던 이재형을.

엘리베이터에서 그가 거리를 좁혀 다가왔을 때 키스할 것이라는 생각도 했었다. 그렇게 가까이 붙어 서 있는데 몰랐다면 거짓말이다. 밀쳐내려고 했지만 정말 밀쳐내려고 했던 것일까, 하는 의문이 들었다.

"어디 갑니까?"

인경은 불현듯 들리는 목소리에 눈을 떴다. 엘리베이터가 언제 멈추었는지 17층을 가리키고 있었다. 그리고 본부장이 엘리베이터 문 앞에 서 있었다.

"가는 게 아니라 도착한 겁니다."

인경은 엘리베이터에서 내려 왼쪽에 있는 전략팀 사무실을 향해 몸을 돌렸다.

"고소 안 합니까?"

인경은 순간 울컥하는 기분에 소리를 지를 뻔했지만 심호흡을 하며 돌아섰다. 최대한 여유 있게 그에게 비아냥거리고 싶었다.

"사기꾼이 아니라는 건 인정해드릴게요."

"무슨 말입니까?"

재형은 묘한 웃음을 지으며 자신을 쳐다보는 인경을 더듬듯이 바라봤다. 마주쳤던 시선을 벗어나 그녀의 오똑한 코, 윤기가 나는 붉은 입술, 도톰한 귓불을 차례로 바라봤다. 그러다 다시 시선을 움직여 눈을 마주했다.

"증거가 없을 것이라는 말에 사기꾼이라 생각했는데."

홋, 재형은 피식 웃음이 터졌다.

"증거. 보고 싶지 않습니까?"

인경은 눈살을 찌푸리며 본부장실로 오라는 재형을 노려봤다. 지금 녹화된 것을 보며 같이 즐기기라도 하겠다는 거야, 뭐야.

"같이 보고 싶지는 않으니 그냥 저한테 복사본을 넘기시죠. CD로 가져가신 거."

"그건 소장용입니다."

인경은 기가 막힌 표정으로 재형을 바라봤다. 방금 소장용이라고 한 거 맞아?

"단둘이 있는 거 사양합니다."

"하."

재형은 허탈한 웃음이 터졌다. 엘리베이터에서 있었던 일로 인해 인경이 일부러 날을 세우는 것이라 생각했다. 하지만 여기서 사양한다는 말에 물러서면 앞으로 계속 휘둘릴 것이라는 생각이 들었다.

"김 비서가 바로 문 앞에 있는데…… 겁납니까?"

인경은 능청스럽게 나오는 재형을 보며 눈을 가늘게 뜨다 한숨을 푹 내쉬었다. 그와 단둘이 있어야 한다는 것이 마음에 들지 않았지만 저렇게 즐거워하고 신나 하는 것을 막고 싶었다. 어떻게든 증거를 잡아 여직원 성희롱죄로 발도 못 붙이게 하고 싶었다.

"몇 시에 가면 됩니까?"

깐깐하게 나오는 인경을 보며 재형은 고개를 기울였다. 보통내기가 아니라는 건 이미 알고 있었던 사실이지만 다시 겪으니 즐겁다는 생각이 먼저 들었다.

"지금."

재형은 먼저 등을 돌려 자신의 사무실로 걸어갔다. 인경이 뒤에 따라오는지 돌아보고 싶었지만 참았다. 그러다 언뜻 유리문에 비치는 인경을 머리부터 발끝까지 훑었다. 몸에 딱 붙는 정장 차림의 인경에게서 교복을 입은 온유의 모습이 겹쳐졌다. 어깨를 조금 넘던 머리칼은 이제 가슴을 덮을 정도로 길어져 있었고, 교복 치마 아래의 운동화는 스틸레토 구두로 바뀌어 있었다.

"들어가시죠."

재형은 문을 열고 인경이 먼저 들어가도록 손짓을 했다. 잠시 머뭇 거리던 인경이 걸음을 떼고 자신의 앞으로 스쳐 지나가자 재형은 미친 듯이 뛰는 심장 때문에 미간을 찌푸렸다. 모르쇠로 일관하는 인경에게 지고 싶지 않은데 심장이 말을 듣지 않아 난감했다. 미칠 듯이 뛰어대는 심장에게 가만히 좀 있으라고 투덜거리고 싶은 기분이었다.

"뭐 합니까?"

재형은 블라인드를 돌려 창을 다 가리고 책상 위에 있던 노트북을 테이블에 올리며 물었다.

"녹음합니다."

"녹음?"

재형이 멀뚱한 얼굴로 묻자 인경이 어깨를 으쓱하며 '보험 들어 두는 겁니다'라고 답을 했다. 그 말에 재형은 좀 어이가 없다는 듯 웃었다. 단둘이 있는 것을 극도로 경계하는 인경을 보면서 어제 엘리베이터 사건 때문이냐고 물으려다 말았다.

"온유라는 파일을 클릭하면 됩니다."

'온유'라는 말에 인경의 가지런한 눈썹이 살짝 비틀리는 것을 보았지만 재형은 대수롭지 않은 척하며 노트북의 화면을 돌려주었다.

"같이 본다고 하지 않았습니까?"

인경이 고개를 까닥하며 그렇지 않느냐는 표정을 짓자 재형은 입가에 미소를 지었다.

"난 이미 외울 정도로 봐서."

"하……."

어이가 없다는 듯 탄성을 내뱉은 인경은 파일을 클릭했다. 중요한 부분만 복사를 뜬 CD라서 그런지 네 명이 엘리베이터 안에 있는 장면부터 시작됐다. 서로가 서 있는 위치를 보며 인경은 재형이 치밀하게 계산했음을 알았다. 자신의 퇴근 시간을 기다린 것이 아니라면 엘리베이터 앞에서 만나 오르는 그 짧은 순간, 이런 계산을 했다는 말이었다. 비디오 테잎을 수거해 갈 정도로 치밀했으니 그러고도 남았겠다는 생각이 들었다.

속으로 혀를 차던 인경은 김 비서가 무방비로 서 있다 등이 떠밀리는 순간을 보며 한숨을 삼켰다. 둘만 서 있는 장면에서 재형이 돌아서는 순간 자신이 한 발 뒤로 물러나는 것이 보였다. 꽤 당당하게 뭐 하는 거냐고 따졌던 것 같은데 자신도 모르게 물러선 것을 보자 속이 쓰렸다. 다시 만나면 태연하게, 아무렇지 않게, 또는 모르는 듯 굴 수 있을 거라 생각했는데 아니었나 보다. 머리가 받아들이는 것과 가슴이 받아들이는 것은 완전히 다른 것이었다.

탁.

재형이 손을 뻗어 화면을 정지하자 그녀의 시선이 그를 향했다. 눈동자로 말을 거는 것 같았다, 지금 뭐 하는 짓이냐고.

"확인하기 전에 명시할 것이 있습니다."

인경은 못마땅한 표정을 지으며 고개를 기울이다 입술을 달싹였다.

"증거를 인멸하는 건 범죄입니다. 그러니 이 파일은 저한테도 넘기는 것이 맞습니다."

재형은 인경이 야무지게 따지고 나오자 입가에 미소가 지어졌다. 자신이 무엇을 명시하려는지 알고나 그러는지.

"내 말을 듣고 나면 증거 운운 못할 겁니다."

"설마."

인경은 어이가 없다는 표정을 지었다. 자신을 올곧게 바라보며 부드러운 미소를 짓고 있는 재형의 얼굴을 보고 있자니 속이 울렁거렸다.

"명시하십시오."

인경은 빨리 파일을 받아 이 자리를 뜨고 싶었다. 오래 붙어 있어봐야 피곤만 쌓이는 일이었다.

"처음에는 거부했던 최, ……과장이 나중에는 나에게 같이 반응했다는 겁니다."

탁. 인경이 대꾸할 시간을 주지 않고 재형은 동영상을 재생했다. 화면을 바라보던 인경의 표정이 서서히 굳어지는 것을 보며 재형은 양쪽 입꼬리를 둥글게 말아 올렸다.

인경은 무릎에 자연스럽게 포개두었던 손을 말아 쥐었다. 그의 말처럼 처음에는 거부하는 모습이 역력했다. 그를 때려가며 저항하는 모습이었지만 그 다음은 얼굴의 각도를 바꿔가며 그를 탐하고 있는 자신이 보였다.

"미쳤어……. 미쳤네."

인경은 혼잣말을 중얼거리다 두 손에 얼굴을 묻었다. 이건 고소고 뭐고 아무것도 성립이 안 되는 것이었다. 증거는 애당초 없었다는 말이었다. 화면을 잘라 제출한다 해도 재형이 뒷부분을 보강해 제출한다면 절대 이길 수 없는 싸움이었다. 명백한 자신의 패배였다.

"이건 복사 뜬 CD."

재형이 또 복사를 해두었는지 CD를 꺼내 테이블 위에 내려놓자 그것을 본 인경의 미간이 구겨졌다.

"외울 정도로 보면서 즐거웠습니까? 이렇게 복사 뜬 CD를 내줄 만큼?"

짜증이 오른 인경은 신랄하게 말했다. 승리에 취한 그가 얄미워 스크래치라도 주고 싶었다.

"네, 즐거웠습니다."

"하아…… 전 이만."

인경은 두 손바닥을 재형에게 들어 보이며 그만 가겠다는 의사를 취하고는 자리를 일어섰다. 더 있어봐야 소득도 없는 일이었다.

"최 과장."

쿵. 문을 열려는 찰나 그가 다가와 가볍게 문을 밀어서 닫아버리자 인경은 마른침을 꿀꺽 삼켰다. 그의 사정권 안에 들어 있는 지금이 제일 위험했다. 그래도 문을 열고 나가야 하니 뒤로 물러설 수는 없었다.

"이거."

재형이 다시 CD를 내밀자 인경이 눈을 치켜뜨며 올려다봤다. 사람 놀리는 방법도 가지가지라는 생각이 들었다.

"기념으로 주는 겁니다."

뭘 기념할 것이 있다고 주냔 말이다.

"……!"

못마땅한 표정으로 CD를 받아 쳐다보던 인경은 불쑥 턱 밑으로 들어오는 손에 움찔 놀랐다.

"기념품도 받았는데 답례 정도는 하는 게 맞지 않나?"

자신의 턱을 가볍게 쥔 그의 얼굴에 떠오른 미소가 마음에 들지 않아 인경은 협박을 하듯 또박또박 말했다.

"답례는 강요하는 것이 아닙니다. 만일 또다시 입술을 훔치면 혀를 물 수도 있습니다."

"야성미가 넘쳐 더 스릴 있을 겁니다."

재형의 대꾸가 어이없었던 것인지 인경이 헛, 하는 탄성을 내뱉자 달콤한 숨결이 그의 코끝을 스쳤다. 그러니 더 참을 수가 없었다. 그냥 장난만 칠 생각이었는데 생각이 바뀌고 말았다.

"……!"

협박에도 불구하고 재형의 고개가 점점 내려오자 인경의 눈이 커다래졌다. 고개를 돌리려 했지만 그가 완강한 힘으로 턱을 쥐고 있어 쉽지 않았다. 여기는 본부장실이고 CCTV도 없으니 몸부림을 치는 정도로는 그가 쉽게 물러서지 않을 것이다. 인경은 한쪽 발에 힘을 실어 중심을 잡고 다른 발을 힘껏 움직였다.

"윽!"

재형이 갑자기 아픔의 비명을 지르며 정강이를 감싸 쥐었다.

"또 당할 거라고 생각하셨다면 오산입니다."

인경은 정강이를 문지르며 허리를 세우지 못하는 재형을 향해 혀를 쏙 내밀었다가 집어넣었다.

"주시는 것이니 기념품은 잘 받아가겠습니다."

"온유, 으윽."

재형은 뒤늦게 손을 뻗었지만 인경은 사라지고 없었다. 스틸레토 구두의 앞코로 반격해올 줄은 몰랐다.

"아, 최온유, 너 하나도 안 변했어."

재형은 아픈 곳을 문지르며 투덜거리듯이 말했다.

당시 미성년자였던 온유를 보호할 힘이 자신에게는 없었고 온유만 다치지 않는다면 자신은 어찌 되어도 상관없다 여겨 물러났었다. 그런데 이제 온유는 성인이 되어 자신의 앞에 있었다.

그 어떤 힘에도 굴복하지 않을 힘을 기른 자신과 성인이 된 온유.

"성인이 된 것을 축하한다."

혼잣말을 한 재형의 입꼬리가 기분 좋게 올라갔다.

인경은 들고 있던 CD를 책상에 내동댕이치듯이 던지고는 노려보고 있었다.

"최 과장님?"

은진의 부름에 이내 표정을 수습하고 돌아봤다.

"영업부 권 부장님이 전화를 여러 번 하셨어요. 아까는 직접 왔다 가셨고."

"아!"

그제야 인경은 자신의 휴대폰을 재형의 사무실에 두고 나온 것이 그제야 생각났다. 일이 점점 꼬이는 느낌이 들었다. 보험을 든 것이 아니라 자신의 신상을 통째로 그의 수중에 던져준 꼴이었다.

은진이 말을 전하고 돌아서자 인경은 한숨을 연달아 쉬며 미치겠네, 라고 중얼거렸다.

-어디 갔었어? 휴대폰도 안 되고.

"술 마시자."

인경은 술이라도 한잔 마셔야 오늘 밤 잠을 잘 수 있을 것 같았다. 어제 혼자 뜬눈으로 보낸 게 어쩐지 억울하다는 생각도 들었다. 그가 돌아왔든 말든 무슨 상관이란 말인가.

-오늘 영업부 회식 있어.

"그럼 우리도 같이해."

-야, 아무리 너희 팀장님이 너를 예뻐라 해도 직권을 그렇게 남발하면 쓰냐?

강석이 무슨 말을 하든 말든 인경은 영업부 회식 장소를 확인하고 전화를 끊어버렸다. 미친 듯이 일하고 올라온 자리에서 그 정도 힘도 못 쓴다면 노력한 보람이 없지.

인경은 입가에 야릇한 미소를 지으며 팀장을 돌아봤다.

"미쳐."

인경은 속으로 내내 되뇌던 '미쳐'를 입 밖으로 내뱉었다. 영업부와 조인해서 회식을 한 것까지는 좋은데 기획본부실도 합류한 것이 문제였다. 본부장 환영식이라는 이름하에 모인 자리가 인경에겐 완전 지옥이었다. 대각선으로 앉은 재형이 자꾸 노려보듯이 보는 것도 '미쳐'를 외치는 이유 중 하나였다.

"술 먹고 싶다고 급하게 마시더니, 이젠 맛이 없어졌냐?"

"어, 더 이상 안 넘어가."

강석을 한 번 돌아본 인경은 고개를 저었다. 집요하게 자신을 훑고 있는 재형의 시선을 피하려면 이곳을 나가든지 다른 자리로 옮겨 앉든지 해야 했다.

"속 아파?"

인경은 고개를 저었다. 얼마 전 겨우 나은 위염이 자신을 째려보고 있는 재형으로 인해 다시 생길 것만 같았다.

"우리 둘이 마시러 가면 안 될까?"

"둘이?"

강석이 눈을 동그랗게 뜨고 반문하자 인경은 고개를 끄덕였다. 술이 고프기는 했지만 이렇게 시끌벅적한 분위기를 원한 것은 아니었다. 더군다나 본부장 환영식이 되다 보니 사람들의 목소리가 점점 커져선 다들 본부장에게 눈도장이라도 찍어두려고 혈안이었다.

"최 꽈짱! 여기써 뭐 해에? 우리 본부장님한테 한잔 드려야쥐!"

강석과 소곤거리던 인경은 미간을 찌푸리다 난감한 표정을 지었다. 자신의 상사인 팀장이 뒤에 와서는 술병과 술잔을 들이밀며 본부장한테 가보라는 제스처를 취하고 있었다.

"다들 많이 술을 드려, 제 술이 넘어가겠습니까?"

재형의 곁에서 술을 권하는 직원들이 매 초마다 바뀌고 있다고 해도 과언이 아니었다. 그런데 그는 그 많은 술을 다 받아 마시면서도 꽤 멀쩡해 보였다.

"최 꽈짜아앙. 우리가 기획실을 이기는 방법은 져주는 거야. 알쟈나아—"

까칠하게 굴었더니 자신을 달래고 나오는 팀장이었다. 팀원이 본부장한테 찍힐까 봐 걱정하는데, 못한다고 할 수는 없었다.

"다녀와."

강석마저 부드러운 미소를 지으며 다녀오라고 하니 일어서지 않을 수 없었다.

시끌벅적한 분위기는 좀체 가라앉을 기미가 보이지 않았다. 팀장이 자신의 등을 가볍게 떠밀며 한쪽 눈을 찡긋하자 인경은 마지못해 발을 뗐다. 걸음걸음마다 부딪치는 재형의 시선이 묵직하게 다가와 마음이 편치 않았다.

"한잔 드시겠습니까?"

곁에 다가가 자세를 낮추고 묻자 재형이 빤히 바라보기만 해 멋쩍은 순간이었다. 벌써 술에 취해 누가 누구인지 모르는 것은 아닌지 궁금했다.

"일단 앉지."

그가 자세를 조금 틀어 자리를 내어주자 인경은 마지못해 빈자리로 들어가 앉았다. 술을 따르려고 하자 그가 가볍게 저지했다.

"오늘 이 잔들을 다 받으면 내일 못 일어납니다. 오늘따라 무릎도 아프고."

정중한 거절에 묻은 까칠함을 감지한 인경은 입을 비죽 내밀었다. 아까 정강이를 찬 것에 대한 불만을 술 거부로 갚고 있다고 생각했다.

"많이 아팠습니까?"

인경은 내 잘못이 아니고 네 잘못 때문에 일어난 일이지 않느냐는 표정을 지었다. 애당초 그러지 않았다면 정강이는 무사했을 것이다.

"아팠다 하면 어떻게 해주시려고?"

한쪽 입꼬리를 올리며 피식 웃는 그의 미소가 무척 매력적이었다. 세월이 흘러 이렇게 가까이서 다시 보게 될 줄은 몰랐다. 이렇게 가까이서, 그의 숨결을 느끼게 될 줄은.

"그럼…… 맨소래담 바르십시오."

인경은 다 큰 어른이 뭐를 바라느냐는 듯 퉁명스럽게 말했다. 자신을 빤히 바라보던 재형이 어이없다는 듯 코웃음을 쳤다.

"안 드실 거면……."

술을 안 받겠다고 하니 자리로 돌아갈 생각이었다.

"내가 한잔 주지."

자신의 손에 있던 술병이 그대로 재형의 손으로 들어갔다. 그리고 다른 손에 들고 있던 술잔 속으로 술이 딸려 들어갔다. 넘칠 것처럼 찰랑찰랑 부어주는 것을 보니 역시 자신한테 삐져 있는 것이라고 생각했다.

"제가 못 마실 거라고 생각하십니까?"

대놓고 갈구는 그를 향해 인경은 눈을 게슴츠레하게 떴다. 그러자 그가 탁자에 팔을 올려 턱을 괸 채 자신을 마주 봤다. 그 바람에 아까부터 마주치던 강석의 시선이 차단되었다.

"이제는 마실 수 있는 나이잖아?"

재형은 입가에 미소를 머금고 약간은 신랄하게 말했다. 그 옛날 온유가 술을 사달라고 했던 기억이 새삼스레 떠오른 것이다.

고3이 된 온유는 첫 중간고사를 치고 술을 사달라고 했었다. 미성년자가 무슨 술이냐고 딱밤을 한 대 때리고는 오렌지주스를 사주었다.

'어른하고 같이 마시면 마실 수 있는 거 아닌가?'

다른 사람이 아닌 자신한테 술을 사달라고 한 것은 기특한데, 미성년자에게 술을 먹일 만큼 개념 없는 교사는 아니었다. 어른이 되어 마셔도 늦지 않다고, 지금 힘들다고 술 힘을 빌리면 더 힘든 구렁텅이로 떨어진다고 설교를 잔뜩 했었다.

사실 잔소리만 잔뜩 했지만, 온유가 졸업하고 나면 술을 사주려고 했었다. 성인이 되어 시작하는 모든 일의 처음을 함께하고 싶었다.

"성인이 되었으니 술 마시는 거 안 말려."

"······!"

인경은 가시가 박힌 재형의 말에 미간을 구겼다가 술잔을 움직였다. 한입에 깨끗하게 털어 넣기에는 양이 좀 많지만 그렇다고 나

뭐 마시기는 우스운 일이었다.

"쓰으읍, 흡!"

한입에 넣고 꿀꺽 삼키자 그의 엄지가 스치듯 지나가며 입술에 맺힌 술을 닦아냈다. 인경은 당황했다는 것을 들키고 싶지 않아 속 입술을 깨물고 그를 곧게 바라봤다.

"술도 마시고. 많이 컸다, 최온유."

인경은 술기운이 오르는 것을 느끼며 눈을 감았다. 온유가 아니라고 천 번을 말해도 그는 천백 번을 부정할 것이다. 그가 뭐라 부르든 간섭하지 않는 것이 더 나을지도 모른다. 부정할수록 자신이 온유라는 것을 상기시킬 테니까.

"……!"

가만히 손을 잡자, 감겨 있던 인경의 눈이 커다랗게 뜨였다. 불안한 듯 떨리는 눈동자를 보며, 재형은 인경을 흔들고 싶었다. 타인처럼 굴고 있는 모습에서 자꾸 밀려나는 것 같아 씁쓸했다. 반가워해주지는 않아도 자신을 기억해줄 줄 알았다. 아니, 분명 기억하는 것 같은데 모르는 척을 하는 게 속상했다.

"놓으시죠."

직원들을 의식한 인경은 목소리를 낮춰 말했지만 그는 상관하지 않는다는 듯 입술을 달싹였다.

"같이 있고 싶어."

심장이 폭탄을 맞은 듯 콰쾅! 하고 터져버렸다. 뭐라고 말을 해야 할 것 같은데 아무런 말도 떠오르지 않았다. 그의 진중하고 가라앉은 눈빛에 사로잡혀 아무것도 못할 것 같았다. 도망치다 멈출 것 같고, 온유가 아니라고 부정하다 인정해버릴 것만 같아 불안했다.

3화. 기억의 파편들

"영업부의 권강석입니다."

시간이 멈춘 것 같았다. 그의 시선에 묶여 알았다고 대답할 것만 같았다. 그러다 등 뒤로 들려오는 강석의 목소리에 정신이 돌아왔다.

"제 술 한잔 받으시죠."

재형은 마치 시비를 거는 듯한 강석의 태도에 눈썹을 일그러트렸다. 오지 않을 것 같던 강석이 다가와 술을 권하니 괜히 인경을 한 번 더 쳐다보게 됐다. 좀 전에 인경을 보지 못하게 시선을 차단한 게 불만스러웠던 모양이다.

"그럼 저는 이만……."

인경이 자리에서 일어서며 강석을 바라보자 재형은 그 시선을 잡아채고 싶었다.

"여기."

자신이 했던 것처럼 강석이 술잔을 건네는 척하며 온유를 보지 못하게 시선을 차단하고 나왔다. 재형은 만만치 않은 온유에, 병풍 보디가드를 자처하는 강석까지 상대해야 한다고 생각하니 짜증이 일었다.

"오늘 무리하시는 것 같습니다."

걱정하는 척하며 술을 과할 정도로 찰랑거리게 붓는 강석을 향해 재형은 입꼬리를 올렸다. 감추지 않고 드러내는 명백한 경계를 보고 있자니 피식 웃음이 나오기도 했다.

"무리해서 마시는 건 바보나 하는 일입니다."

바보같이 준다고 다 받아 마실 수는 없다. 그렇다고 안 마실 수도 없으니 시간이 흐르면 다들 취해 정신이 없을 때 적당히 마셔 주고는 잔을 내려놓으면 되는 것이다. 그렇더라도 온유를 두고 떠났다는 것에 마음을 주체할 수 없어 술로 보낸 시간이 길었던 자신은 웬만큼 먹어서는 취하지도 않았다.

"자자! 이제 분위기도 익었고 하니 2차는 노래방으로 이동하겠습니다!"

누군가의 외침에 다들 술렁거리며 자리에서 일어섰다. 그 와중에 강석과 재형은 서로의 시선을 잡은 채 말없이 바라보고 있었다.

"그만 일어서야 할 것 같습니다. 노래방에서 다시 뵙죠."

강석은 재형에게 경고하듯이 말했다. 오늘 회식의 주제는 본부장 환영식이니 사라지지 말라는 말이었다. 더불어 인경을 중간에 데리고 나가지 말라는 뜻이기도 했다.

"본부장님, 괜찮으십니까?"

정욱이 테이블을 돌아와 자신의 얼굴을 살피며 묻자 재형은 괜찮다는 뜻으로 손을 들어 보였다. 직원들 속에 섞여 나가는 강석을 보며 미간을 구겼다. 인경이 나가다 말고 강석을 기다리고 있는 모습이 마음에 안 들었다.

"저…… 본부장님, 혹시…… 최 과장님한테 관심 있으십니까?"

"뭐?"

재형은 앞서 걷다 움찔 놀라 뒤에 선 정욱을 쳐다봤다. 그의 표정으로 보아 온유와의 일을 다 본 듯했다. 하긴 아무리 어수선한 분위기라도 본 사람들이 있었을 것이다.

"노선 확실하게 하지 않으시면 피해는 최 과장님이 보실 겁니다."

"경고인가?"

"경고라니요? 절대 아닙니다."

화들짝 놀란 정욱이 두 손을 내저으며 고개까지 젓자 재형은 쿡, 하고 웃음이 나왔다.

"조언이라고 생각해주심 감사하겠습니다."

정욱의 말에 재형은 알겠다는 듯 끄덕이다 고개를 돌렸다. 저만치 걸어가는 인경의 머리가 강석에게 가려 잘 보이지 않자 눈이 가늘어졌다.

현란한 조명 아래, 다들 노래 부르는 것에 한이라도 맺힌 듯 열창하고 있었다. 아무리 본부장 환영식이라지만 적당한 때 빠져주는 것이 좋은 상사의 표본임을 모르지 않았다. 전략팀의 팀장과 캔 맥주를 기울이는 강석을 보다 재형은 조용히 자리에서 일어섰다. 강석의 어이없는 경고쯤은 가볍게 무시하면 그만이었다.

쓸데없는 곳에 자존심을 세우기보다는 자신을 밀어내는 온유에게 더 신경을 써야 했다. 온유는 다가서려고 본인이 마음을 먹지 않는 한 절대 다가오지 않는 성격이었다. 그러니 그 마음을 잡아야 했다.

재형은 주머니에 손을 찔러 넣고 노래방의 복도를 걷다 걸음을 멈추었다. 복도 끝 소파에 인경이 다리를 꼬고 앉아 벽에 등을 기대고 있었다.

"도망간 줄 알았는데."

인경은 자세를 흩트리지 않고 눈을 치켜 올려 재형을 쳐다봤다.

"취기가 올라 좀 쉬고 있는 중입니다."

인경은 갈 길 가라는 듯 제 할 말만 하고는 눈을 감았다. 자는 것은 아니지만 눈을 감는 것만으로도 피로가 풀리는 듯했다.

"잊고 간 물건이 있던데."

인경은 속으로 짧은 탄성을 내뱉으며 재형을 쳐다봤다. 돌려달라고 하면 순순히 돌려줄까.

"찾아가야 하지 않을까?"

아무래도 재형이 순순히 내어줄 것 같지 않았다. 한숨을 푹 내쉰 인경은 밑져야 본전이라는 생각에 물어나 보자고 생각했다.

"지금 가지고 있어요?"

재형이 재킷 안주머니에 있는 휴대폰을 꺼내 허공에 흔들어 보이자 인경은 눈을 게슴츠레하게 떴다. 왠지 약을 올리는 것 같아 저도 모르게 입이 삐죽 나왔다.

"한 시간만 같이 있어주면 휴대폰 돌려줄게."

인경은 눈살을 찌푸리며 재형을 노려봤다. 휴대폰을 인질로 협상하려는 그가 얄미웠다. 저장된 전화번호가 좀 아깝긴 해도 다시 번호를 찾는 방법이 전혀 없는 건 아니었다. 미련을 거둔 인경은 입가에 야릇한 미소를 지으며 말했다.

"버리세요."

재형은 상관없다는 듯, 보란 듯이 버리라고 말하는 인경을 보며 입꼬리를 말아 올렸다.

"버리면 또 소각장에서 뒈질 건가?"

"……!"

인경은 놀라 커진 눈으로 재형을 보다 재빨리 시선을 거두었다. 알아들은 표를 내면 앞으로 내내 피곤해질 것 같았다.

"무슨 말씀이신지."

인경은 부러 멀뚱한 표정으로 재형을 쳐다봤다. 그런데 자신을 올곧게 바라보고 있는 재형의 눈빛에 온몸이 욱신거리듯 아파와 난감했다.

"저는 이만…… 앗!"

재형을 피하려고 자리를 뜰 생각에 일어서던 인경은 그에게 잡혀 노래방을 나가게 됐다.

"본부장님!"

재형은 인경이 소리를 지르든 말든 손을 들어 택시를 세우고 뒷좌석으로 인경을 밀어 넣었다.

"안녕하세요, 어디로 모실까요?"

서글서글한 미소를 짓는 운전기사가 행선지를 묻자 인경은 본부장을 째려보며 신랄하게 말했다.

"기사님, 지금 납치당하는 중이니 신고 좀 해주세요."

"네?"

운전기사가 눈을 휘둥그레 뜨며 돌아보자 재형은 그만 웃음이 터졌다. 역시 만만치 않은 온유였다.

"지금 성희롱에, 휴대폰 인질극에 납치까지. 좀 어이없지 않습니까?"

"전혀."

재형은 인경이 도망갈 것을 우려해 편의점에서 음료수를 고르면서도 손목을 놓지 않았다.

"그리고 이 손은 좀 놓으시죠. 술에 취하면 손잡는 게 버릇입니까?"

따박따박 말하며 쉼 없이 투덜거리는 인경을 돌아본 재형은 그녀의 도톰한 입술을 빤히 바라봤다.

"또 성희롱 장전 중입니까?"

인경은 긴장으로 마른침이 넘어갔지만 태연하게 상황을 넘기고 싶었다. 설마 편의점에서 음료수를 고르다 그러진 않겠지, 하는 생각도 있었다. 그런데 재형이 입가에 지었던 미소를 싹 거두고 다가오자 불안하고 초조했다. 이러다 또 일이 터질 것만 같아 눈앞이 캄캄했다.

"읏."

입술에 무엇인가가 닿자 인경은 화들짝 놀라며 비명을 질렀는데, 정작 입술에 닿은 것은 차가운 캔커피였다.

"커피 장전 중이었습니다."

마음 같아서는 온유의 입술을 또 훔치고 싶었다. 그런 마음을 털어버리려고 재형은 인경의 손을 잡고 편의점 앞에 놓인 테이블로 다가갔다.

"참나."

그제야 손목을 놓아주자 인경이 어이없다는 듯 투덜거렸다. 재형은 맞은편에 앉아 캔커피를 들이켜며 인경을 빤히 쳐다봤다. 캔커피를 한 모금 가득 마신 인경이 손등으로 입술을 닦자 재형은 눈을 감았다 떴다. 손등으로 입술을 닦는 행동을 다 큰 처녀가 아무렇지 않게 하고 있으니 어딘지 좀 허당기가 있어 보였다.

"취했나?"

"조금?"

인경이 고개를 살짝 기울이며 솔직하게 말하자 재형은 눈을 곱게 접었다.

"어떻게 지냈어?"

멀뚱한 표정으로 바라보는 인경에겐 너무 뜬금없는 질문이겠지만 재형은 늘 궁금했었다. 아프지는 않은지, 밥은 잘 먹고 있는지, 뉴욕의 아파트 베란다 창을 바라보며 혼자 묻곤 했었다.

"제가 어떻게 지냈는지가 왜 궁금합니까?"

재형은 앞머리를 쓸어 넘기며 낮은 한숨을 쉬었다. 자신을 밀어내는 태도가 역력해 마음이 아팠다.

"이유 없이 궁금하니까."

"노코멘트입니다."

"영업부 권 부장 하고는 무슨 사이야?"

커피를 마시던 인경이 그냥 어깨만 으쓱하고 말자 재형의 눈이 가늘어졌다. 인경과 고등학교, 대학교를 같은 곳에서 나온 강석의 이력서를 보며 알 수 없는 경계심이 들었다.

"애인?"

아니라는 답이 나오길 바랐다. 하지만 인경은 대답할 가치도 없다는 듯 그저 캔커피만 만지작거렸다.

"그럼, 사겼던 사람은 몇 명이야?"

커피를 한 모금 마시며 자신에게서 시선을 떼지 않던 인경이 눈을 살짝 내리뜨자 속눈썹이 파르르 떨렸다.

"전혀 없었구나."

"사생활에 대답할 의무 없습니다."

못마땅하다는 듯 입을 비죽거리는 인경을 보며 재형은 검지로 이마를 짚었다. 원래 곁을 잘 안 내주는 성격이라는 것을 알고 있었다. 온유는 전학을 오고 왕따를 당해서인지 사람에게 쉽게 마음을 열지 않았다. 그리고 그건 자신과의 첫 만남에서도 마찬가지였다.

'너 지금 여기서 뭐 하는 거야? 수업 시작했는데!'

소각장을 서성이고 있는 온유와의 첫 대면이었다. 그전에 교실에서 얼굴을 보아 누구인지 알고는 있었다. 아버지가 준 만년필을 잃어버렸다는 말에, 그러면 소각장이 아닌 교실에서 찾아야 하지 않느냐고 했더니 온유는 더 이상 입을 열지 않았었다.

조금은 절박해 보이는 표정 때문이었는지 몰라도 같이 찾아주고 싶은 마음에 함께 잿더미를 헤집었다. 하지만 이미 타버린 것인지, 애초에 여기 없었던 것인지 찾을 수가 없었다. 온유는 한곳에 시선을 고정한 채 움직이지를 않았다.

'이것밖에 없는데……'

분명 목소리는 물기에 젖어 엉망인데 눈은 울지 않고 있었다. 아버지 유품이라는 말에 짠한 마음이 들어 등을 토닥여주고 싶었다.

이후로도 온유는 정말 중요한 물건이 사라지면 늘 소각장을 먼저 찾았다. 소각장에 없으면 언젠가는 돌아온다고 했다. 사라지기 이전의 온전함을 유지하지는 않지만. 찢어지고 낙서가 된 노트, 화장실 변기 물에 빠졌다가 돌아온 실내화. 더러운 것을 닦은 듯한 체육복. 온유의 물건은 늘 성한 곳이 없었다.

'반에 왕따나, 누구 괴롭히는 애 있어?'

2학기 시작할 무렵 전학을 왔다는 말에 반 아이들과 어울리지 못하는 것인가 싶어 담임은 아니었지만 반장에게 지나가듯 물었었다.

'여자애들은 다 온유 질투해서 물건도 버리고 말도 안 걸고 그래요.'

자신의 의도를 파악한 것인지 반장은 딱 찍어 온유를 언급했었다. 우물쭈물하던 반장은 충격적인 말을 했었다. 여학생 몇몇이 우연히 온유의 물건에 손을 대고 있는 현장을 잡게 되어 반장으로서 온유를 그만 괴롭히라는 말을 했다고. 그랬더니 여학생들이 아무것도 모르면 나서지 말라며, 자신들도 편한 것만은 아니라고 했다며.

조직적인 왕따의 움직임을 알고 교사로서 가만히 있을 수는 없다 생각해 범인을 찾았다.

'걔 애인이 온유 좋다고 걔를 찼어요.'

원인을 파고 들어가 보니 기가 막혔다. 자신의 남자친구가 온유에게 반해 이별을 통보했기 때문에 괴롭혔다는 말에 혀를 내둘렀다. 다시는 괴롭히지 않겠다는 약속과 반성문 30장을 받고 그렇게 사건은 일단락되었다.

'다시 봤어요, 선생님을.'

'처음에는 어떻게 봤는데?'

무심하던 온유의 시선이 자신을 다르게 담고 있다는 생각이 들었다.

'처음엔…… 어리바리?'

'야! 너 선생님한테…….'

웃음을 터트리는 온유에게 더는 뭐라 할 수 없었다. 자신을 바라보는 눈길에 다정함이 묻어난 온유의 얼굴이 밝아 보였다. 그 일 이후 온유는 예전처럼 힘들어 보이지 않았고 성적은 자꾸 올라갔다. 교내 시험은 무조건 100점이었고 한 달에 한 번 치는 모의고사 점수는 최상위권이었다.

그렇게 온유를 하나씩 알아가고 있었다.

그렇게 온유의 곁에 머무는 한 사람이 되어가고 있었다.

탁. 캔이 테이블과 부딪치는 소리를 들은 재형은 생각에서 빠져 나왔다.

"저녁이 되니 쌀쌀하네."

인경이 혼잣말을 하며 자신의 팔을 서로 교차해 문지르는 모습을 가만히 바라봤다. 다리를 꼬고 앉아 고개를 살짝 기울인 인경의 모습에서 그 옛날 온유가 또 겹쳐졌다. 다른 것이 있다면 온유는 반듯한 자세였고 지금의 인경은 다리를 꼬고 앉았다는 정도였다.

"재킷 벗어줄까?"

"……네."

잠시 뜸을 들이던 인경이 네, 라고 대답하자 재형은 의외라는 표정을 지었다.

"감사합니다."

재킷을 건네주자 인경이 어깨에 걸치더니 고개를 갸웃하는 것이 보였다.

"뭐가 잘못됐어?"

"향수 바꿨어요? 예전에는 이런 향기가 아니었……!"

인경은 화들짝 놀라며 자신의 혀를 꾹 깨물어버렸다. 큰 눈동자를 이리저리 굴리며 재형의 눈치를 봤다.

"원래 향수 안 쓰는데……."

재형은 웃음이 나오려는 것을 참고 대수롭지 않다는 듯 대꾸했다. 온유이다, 아니다에 대한 질문을 교묘히 피해가면서 대답을 않더니, 저렇게 무심결에 자신이 온유인 것을 드러내니 좀 승리감이 느껴졌다.

"예전에는 무슨 향기였는데?"

모르는 척하며 물었더니 인경이 입을 비죽거리다 입술을 깨무는 것이 보였다. 이미 온유인 것을 다 들켰다고 말해주고 싶었다.

"그만 가죠."

인경이 재킷을 걸친 채 일어나 도로변으로 다가가자 재형도 마지못해 일어섰다.

"여기."

손을 들어 택시를 세운 인경이 재킷을 내밀자 재형은 갈등했다. 인경이 잡은 택시를 같이 타고 갈 것인지, 말 것인지. 같이 간다고 하면 분명 반감을 가지고 또 따박따박 따지고 들 것이다.

"커피 잘 마셨습니다. 재킷도 고마웠고요."

"내일 봅시다."

재형은 미련을 접고 택시 문을 닫아주었다.

막 택시가 떠나려는 찰나 재형은 어이가 없다는 듯 웃어버렸다. 재킷을 벗어준다고 할 때 스스럼없이 받아들여 뭔가 좀 이상하다 생각했는데, 아니나 다를까 인경이 택시 안에서 휴대폰을 가볍게 흔들어 보였다.

"보통이 넘어."

언제 빼 갔는지, 휴대폰 인질극은 그렇게 막을 내렸다.

자리마다 놓인 생수병과 서류들이 회의가 시작되기만을 기다리고 있었다. 재형은 미리 건네받은 서류를 검토하다 미간을 잔뜩 찌푸렸다. 온유를 회의 시간에도 볼 수 있어 기분은 좋은데, 직원들의 화젯거리가 온유라서 못마땅했다. 직원들의 잡담을 듣지 않으려 해도 신경이 곤두서서 그런지 잘 들렸다.

"어제 최 과장님, 회식 도중에 사라진 거 보고, 권 부장님이 엄청 찾았나 보더라."

"본부장님도 중간에 사라져서 둘이 간 거 아닌가 하는 말들이 있던데?"

재형은 속으로 당황한 것을 감추며 마른침을 삼켰다.

"설마 같이 사라졌을까?"

"그렇겠지? 아니겠지?"

슬쩍 눈치를 보는 직원의 시선을 모르는 척하던 재형은 속으로 중얼거렸다. 같이 사라져 미안하다고.

"아까 보니 권 부장님은 최 과장님한테 중간에 도망갔으니 점심이라도 사라고 으름장 놓더라고."

"둘이 꽤 친하긴 해."

"그렇지? 우주 최강 미녀와 친해서 마구마구 부럽다."

"그나저나 캬하, 몸매 정말 죽이지 않냐? 저 마른 몸에 볼륨감 봐라."

"야, 몸매만 죽이냐. 일은 또 얼마나 똑 부러지게 하는데."

"누가 채 갈지는 몰라도 진짜 복 받은 놈일 거야."

"영업부 권 부장님 아니겠어?"

탁! 재형은 보던 서류를 신경질적으로 내려놓으며 잡담의 주인 공들을 노려봤다. 눈이 마주친 직원들이 무안한 듯 헛기침을 하며 서류를 보는 척했다.

"김 비서, 회의 시작합시다."

"네. 모두 착석해주십시오."

기획본부실 직원들과 경영전략팀이 모인 회의실에서 재형의 눈에는 온유만 보였다. 팀장과 간간히 말을 나누는 모습에서 눈을 뗄수가 없었다. 피식 웃는 얼굴과 뭔가 마음에 안 든다는 듯 고개를 젓는 모습까지, 눈에 넣어도 아프지 않은 모습이었다.

"다음은 경영전략팀의 보고입니다."

기획실의 단순한 보고인데도 회의는 30분을 우습게 넘기고 있었다.

인경이 자료를 들고 일어서자 여기저기서 남자 직원들의 얕은 탄성이 들려왔다. 재형은 이것들이 미쳤나, 라는 생각과 함께 그들을 하나하나 째려보았다.

"이번 광고 전략의 포인트는 시장입니다."

낭랑한 온유의 음성이 퍼지자 재형은 눈을 감고 팔짱을 꼈다.

"백화점은 비싸다는 인식이 있고 시장은 값이 저렴하다는 인식이 보편적입니다. 하여 우리가 이번에 내놓은 상품의 판매량을 높이기 위해서는 백화점보다는 시장이나 마트 쪽을 겨냥하는 것이 좋다는 의견입니다."

똑 부러지는 브리핑에 재형은 자신이 다 흡족했다. 마치 제 자식이 당차게 일을 해낸 듯 든든함도 들었다.

"그럼 광고는 방송 쪽만 겨냥합니까?"

인경은 불쑥 끼어든 재형의 질문에 고개를 살짝 기울였다.

"아닙니다. 지면 광고의 양을 늘리고 방송 광고는 시청률이 높은 시간 대 한 곳만 주력할 예정입니다."

망설임 없이 돌아온 답에 재형은 상체를 기울여 팔짱을 낀 팔을 책상 위에 올렸다.

"그렇게 하면 광고가 부족하지 않습니까?"

인경이 올린 광고 전략을 이미 충분히 검토해 요점이 무엇인지 알고 있으면서도 재형은 이상하게 딴지를 걸고 싶었다.

"광고로 빠져나가는 자금을 줄이면 더 좋은 물건에 착한 가격을 가진 상품을 만들 수 있습니다."

"그럼 방송 시간 대는 언제입니까?"

"특정 물품의 광고 시간 대가 있으나 저희들은 의외의 시간을 공략할 예정입니다."

"예를 들면?"

인경은 눈을 가늘게 뜨고 재형을 쳐다봤다. 이미 올린 보고서에 다 나와 있는데, 재형의 성격상 살펴보지 않았을 리가 없었다. 그런데도 저렇게 질문을 퍼붓는 이유는 자신에게 불만이 있다는 것을 알리기 위한 치졸한 방법이라 생각했다.

오늘 아침, 엘리베이터에서 만난 재형은 어딘지 모르게 심기가 불편해 보였지만 자신이 그의 불편한 심기를 풀어줄 의무는 없다고 생각해 신경을 접었었다.

"보고서 8페이지를 보시면 상세한 보고가 있습니다."

인경은 그만 치사하게 굴라는 뜻으로 재형을 슬쩍 째려봤다. 그러자 그가 입꼬리를 올리고 웃는 것이 보였다.

"10분간 쉬었다 합시다."

재형의 말에 회의실이 술렁거렸다. 재형은 보고서를 보는 척하다 대부분의 사람들이 나가자 자리에서 일어섰다. 성큼성큼 걸어 인경이 회의실을 나가기 전에 팔을 낚아챘다. 화들짝 놀란 인경의 얼굴이 눈에 들어왔지만 재형은 반대편 회의실 문을 열었다. 대회의실과 소회의실은 얇은 벽 하나로 나뉘어 있었다.

"지금 뭐 하시는 겁니까?"

"뭐 하는 것 같습니까?"

인경은 황당하다는 얼굴로 재형을 쳐다보다 입을 열었다.

"치사하게 굴지 맙시다."

인경은 재형이 어제 휴대폰을 어이없게 빼앗겨 그런다고 생각했다.

"답, 일부러 안 하는 겁니까?"

그러나 의외의 말에 인경은 멀뚱한 표정을 지었다. 답이라니?

"문자에 대한 답, 말입니다."

재형은 인경이 꿀을 먹은 것처럼 대답을 안 하자 속이 탔다.

"문자라면……."

인경은 휴대폰을 꺼내 확인을 해보았다. 어제 낮에 재형이 전원을 꺼둔 것을 다시 켤 생각을 못했다. 술에 취하기도 했고 피곤하기도 해 들어가자마자 잠을 청했던 것이다.

[잘 들어갔습니까?]

[들어갔어?]

[온유야.]

[자냐?]

문자가 들어온 줄 몰랐던 인경은 미간을 설핏 찌푸렸다. 재형의 마지막 문자에서는 까칠함마저 느껴질 정도였다.

"……잘 들어갔고, 잘 잤습니다."

인경은 속 좁게 뭐 이런 걸로 신경질이냐는 표정을 지었다. 그가 어제 얼마나 걱정을 했는지, 그 걱정으로 잠을 설쳤다는 것을 전혀 알지 못했다.

"술 취한 너를 따라갈까 말까 망설이다 보냈는데 연락도 안 되고 답도 없으니, 내가 얼마나 초조했는지 알아?"

휴대폰 인질극이 어이없이 끝나버린 일에 웃다 온유가 타고 간 택시 번호판을 미처 확인을 못했던 것이다. 그래서 걱정도 되고 잘 자라는 인사도 할 겸 문자를 보냈던 거였는데.

"걱정해주시는 건 감사합니다만 전 본부장님 애인이 아닙니다."

야무지게 관계 정리를 하고 나오는 인경의 말에 재형의 눈썹이 치켜 올라갔다.

"애인만 걱정할 수 있습니까? 직장 동료나 상사는 걱정하면 안 되는 겁니까?"

재형은 배알이 꼬여 신랄하게 말하며 인경을 노려봤다. 잘 들어갔는지 확인을 하지 않고는 잠을 잘 수 없어 늦은 밤 온유의 집으로 찾아갔었다. 온유가 머무는 오피스텔의 3층을 바라보며 생각했었다. 가족들과 떨어져 살며 불이 꺼진 집에 들어가는 기분과, 가족이 아예 없는 경우는 비교할 수 없을 것이라고. 그런 집에 들어가는 일을 온유는 고등학생 때부터 하고 있었다. 짠한 마음이 일어 재형은 그렇게 찬바람을 맞으며 한동안 서 있었다.

"네, 그럼 걱정하십시오. 얼마든지. 하지만 저한테 자신의 걱정을 알아달라는 강요는 하지 마십시오."

재형은 잘도 따지고 드는 인경을 보며 검지로 이마를 문질렀다.

"어제 회식 자리에서 최 과장이 본부장님한테 꼬리쳤다던데."

그때, 대회의실에서 여직원들이 나누는 말이 소회의실로 넘어오자 인경의 어깨가 움찔했다.

"최 과장님이? 아닐 거야."

"아니긴, 손잡고 있는 거 봤다더라."

"정말? 어머, 어머!"

재형의 미간이 절로 구겨졌다. 이번에는 여직원들의 잡담이 이어지고 있었다. 그리고 그것을 온유가 고스란히 다 듣고 있었다. 태연하게 문을 바라보며 서 있는 모습이 교무실 한편에 서 있던 모습과 겹쳐졌다.

"꼬리만 치면 모든 남자들이 다 넘어올 거라고 생각하나 봐."

말에 담긴 가시가 인경의 심장을 푹 찔러왔다. 입술 안쪽을 아프게 깨문 인경은 눈을 감았다.

'학생이 이런 짓을! 이건 그냥 넘어갈 수 없는 문제예요!'

교무주임의 매서운 눈이 온유에게 박혀들었다. 그리고 그 뒤에 앉아 비릿한 비소를 짓고 있는 이사장의 얼굴. 모두 부숴버리고 싶었다.

'어떻게 학생이 선생한테 꼬리칠 생각을 해, 생각을!'

모든 잘못의 시발점은 자신이라고 입을 모으고 있었다. 더러 몇몇 선생님이 자신을 편들고 나왔지만 그 말은 힘이 없었다. 학생주임은 길길이 뛰는 교무주임의 기세에 밀려 입도 못 떼고 있었다.

'무슨 오해가 있었⋯⋯.'

'김 선생님, 그게 지금 할 소립니까! 현장을 본 사람이 있는데!'

분기탱천한 교무주임의 말에 토를 달았던 김 성생님은 후, 하는 한숨을 쉬고 천장을 올려다봤다. 긴급 소집된 대책회의에서 화학 선생님은 보이지 않았다.

'그럼 어쩐다? 퇴학을 시켜야 하나?'

기다렸다는 듯 회심의 미소를 짓는 이사장을 똑바로 쳐다봤다. 힘이 없어 질 수밖에 없다는 것을 뼈저리게 느끼며 속입술만 아프게 깨물었었다. 눈물을 보이는 것은 자존심에 허락되지 않았다.

'당연히 퇴학 절차를 밟는 것이 맞습니다.'

느릿느릿한 어조로 조롱하듯이 말하는 이사장의 말에 교무주임이 맞장구를 치자 다른 선생님들은 자신의 시선을 피했다.

'이제 1학기도 얼마 안 남았고, 한 학기만 더 지나면 졸업인데 퇴학만은⋯⋯.'

영어 선생님이 안타까운 눈으로 나섰지만 역시 힘이 되어주지 못했다. 온유는 삼국지에 나오는 자기 꾀에 넘어간 조조가 생각났다.

쾅! 이사장실의 문이 거칠게 열리자 모두의 시선이 그곳으로 향했다.

'당사자 없이 대책회의를 하는 건 아닌 것 같습니다. 일단 학생은 내보내시죠.'

다들 떨떠름한 얼굴로 이사장의 눈치를 봤다.

'이재형 선생, 괜히 나서지 않았으면 합니다.'

이사장이 난감한 얼굴로 달래듯이 나왔지만 화학 선생님은 전혀 개의치 않는다는 듯 성큼성큼 걸어 자신의 앞으로 다가왔다.

'아무 소리 하지 마. 넌…… 선생님한테 당했다고 해. 무조건 그렇게만 말해. 나머지는 내가 알아서 할게.'

자신한테만 들리게 속삭인 그 말.

'넌 절대 다치게 안 해.'

심장으로 말이 스며든다는 것을 알았다. 그리고 그 말에 심장이 뜨거워질 수 있다는 것을 알았다.

"듣지 마."

인경은 들려오는 목소리에 눈을 떠 앞에 서 있는 재형을 바라봤다. 그가 두 손을 들어 자신의 두 귀를 막아주고 있었다.

그 옛날 화학 선생이었던 재형이 지금 눈앞에 서 있었다.

4화. 다가서다

자신을 걱정하며 바라보는 눈빛은 여전했다. 세상 모든 것을 다 막아줄 수 없는데도 다 막아줄 듯한 눈빛으로 자신을 바라보는 재형의 손을 가만히 잡아 내렸다.

"이런 일, 익숙합니다. 그러니 상관없습니다."

말로는 상관없다고 하는데 인경의 가라앉은 목소리와 표정은 마치 재형 자신이 당한 것처럼 기분이 엉망이었다.

"하아."

재형의 짙은 한숨 소리에 인경은 고개를 돌렸다. 학교에서뿐만이 아니라 사회에 나와서도 인경은 입방아에 오르는 일에 익숙해져 있었다.

오해하는 사람들을 다 이해시킬 수는 없는 일이다. 그러니 그들이 오해를 하든 이해를 하든 상관하지 않았다. 자신에게 주어진 일에 그저 최선을 다할 뿐이었다.

"익숙하다고?"

재형은 자신의 손을 가만히 내리는 인경을 보며 미간을 구겼다. 얼마나 당했으면 익숙하다는 말이 나오는 것일까. 과거에도 그랬다. 온유가 너무 의연하게 대처를 하기에 전에 있던 학교에서도 그런 일이 자주 있었던 것일까, 하고 수소문해봤지만 전혀 아니었다. 아버지는 대학 교수였고, 어머니는 약사였던 온유의 집안은 풍족하고 남부러울 것이 없는 집이었다. 하지만 부모님의 교통사고로 온유는 모든 것을 잃었다. 유일하게 남은 핏줄은 할머니뿐이었다.

"네."

짧은 대답 속에서 인경이 자신을 감추고 있다는 생각이 들었다. 아무리 부딪치고 익숙해져도 나아지지 않는 것이 있기 마련이다.

"힘들면 나한테 기대."

인경은 어이없다는 얼굴로 재형을 바라보다 이내 픽, 하고 웃었다.

"사양합니다."

"온유는 나한테 기댔어."

"……!"

인경은 재형을 빤히 보다 눈을 감았다 떴다. 모든 것을 잃은 자신에게 세상은 가혹했다. 부모님 두 분 다 외동이어서 친척도 없었다. 물려받은 재산이 적지 않아 그나마 다행이라 여겼지만 할머니가 간암을 숨기고 계셨다. 온유는 집만 놔두고 할머니의 병원비에다 쏟아 부었다. 이미 죽을 날을 받아두었다며 미래를 위해 아끼라는 할머니를 그냥 두고 볼 수는 없었다. 할머니를 붙잡아야 했다.

혼자 남겨지기엔 너무 무서운 세상이었다. 하루하루가 힘들고 고되었지만 지고 싶지 않아 이를 악물고 버텨냈었다.

"저는 온유가 아닙니다."

"입으로 아니라고 부정하면 아닌 게 되는 거야? 온유의 모습에, 온유의 눈동자를 하고 바라보는 네가 바로 앞에 서 있는데……. 내가 어떤 기분일 것 같아? 어떤 마음으로 서 있을 것 같으냐고."

재형은 터질 것 같은 마음을 억누르며 인경을 바라봤다. 온유라고 부정하는 것은 자신을 부정하는 것만 같아 견딜 수가 없었다.

"차라리 도플갱어면 포기라도 하겠는데 그게 아니니 더 미칠 것 같아."

"선생님은……."

"……!"

인경의 목소리가 너무 작아 재형은 자신이 잘못 들은 줄 알았다. 그녀는 분명 자신을 '선생님'이라 불렀다. '본부장님'이 아니라.

"그때 내가 왜 그랬는지, 무슨 마음으로 다가갔는지 모르잖아요."

재형은 인경의 고백 같은 말에 어간이 막혔다. 사실 그때 온유가 자신에게 왜 그랬는지, 무슨 마음으로 도발을 한 건지 이유는 알지 못했다. 그 현장을 들킨 것 또한 우연인지 필연인지 알 수가 없었다.

"지금 말해주면 되잖아."

재형은 어떤 이유를 들어도 흔들리지 않을 것이라 생각했다.

"그 이유 아시면 저한테 절대 이러시지 않을 겁니다."

인경은 담담한 표정으로 고개를 돌렸다. 자신이 온유인 것을 다 알고 있는 그에게 더 이상의 발뺌은 무의미한 일이라 생각했다.

"이유를 듣고 판단하는 사람은 나야. 그러니 그 이유, 말해."

"선생님은 저를 좋아하셨는지 몰라도 전 어디까지나…… 이용한 겁니다."

인경은 심장이 바스라질 것만 같아 속입술을 아프게 깨물었다. 화학 선생님에게 심적으로 기댄 것은 맞지만 절대 사랑일 리가 없다 생각했다. 사랑이라는 확신도 없었고 그 당시 사랑놀이를 할 처지도 아니었다.

"먼저 나가겠습니다."

인경이 복도 쪽과 연결된 문을 열고 소회의실을 나가자 재형은 손으로 얼굴을 쓸어 내렸다.

인경은 식판에 음식을 담아주는 아주머니에게 고맙다는 인사를 하고는 창가 쪽 자리에 앉았다.

"왜 그렇게 기운이 없어."

"없긴. 영업 나갔다더니 일찍 들어왔네?"

인경은 강석과 시선도 마주치지 않고 건성으로 물었다.

"잘 안 됐어."

"아……."

인경은 혼잣말처럼 탄성을 내뱉고는 시선을 내렸다. 지금 자신의 머릿속에는 강석이 아닌 다른 이로 가득했다. 재형을 밀어내려고 하면 할수록 더 달라붙는 느낌이었다. 악착같이 밀어내는데도 그는 끈질기게 자신을 흔들었다.

"시선 맞추면서 좀 물어봐. 나 오늘 계약 안 돼서 기분 엉망인데."

"너무 열심히 하는 거 아냐? 곧 아버지 회사로 갈 거잖아."

강석은 허탈하게 웃었다. 아버지 회사가 있음에도 강석은 인경이 도서관에 틀어박혀 승진고시를 준비하면 자신도 같이 공부를 했다. 그렇게 붙어 있지 않으면 인경을 놓칠 것만 같아 불안해서.

"갈 때 가더라도 대박 한 건 터트리고 가야지."

"너 작년에 대박 터트려서 부장으로 고속 승진했잖아."

"출발선이 같았는데 이제 나 혼자 앞서가서 질투하냐?"

"질투는 무슨……. 난 영업 체질도 아닌데, 뭐."

강석은 인경을 빤히 바라봤다. 영업 체질은 아닐지 몰라도 저 큰 눈을 한 번 깜빡이면 상대는 홀려서 다 들어줄지도 모른다. 눈으로 자신의 말을 전하는 것이 얼마나 매력적인 일인지 인경을 보면서 알았다.

'최인경입니다. 잘 부탁드립니다.'

전학 온 학생이라며 선생님이 자신을 소개하라고 했을 때, 인경은 잘 부탁한다는 말과 달리 아이들에게 관심 따위 없어 보였다. 친해지려는 노력도, 거리를 두려는 노력도 하지 않는 아이가 인경이었다. 넋을 놓고 바라보다 눈이 마주치는 순간 투명한 눈동자에 심장이 벌컥거렸다. 그런 자신과 달리 무감한 눈빛으로 고개를 돌리던 인경의 시선은 수업 시간 내내 교과서에서 벗어나지 않았었다.

공부를 잘하는 인경의 관심을 끌기 위해 수학 문제를 내밀며 가르쳐달라고 했을 때, 자신을 말없이 빤히 바라보던 그 순간이 아직도 생생했다.

'방정식 알아? 이거 방정식 모르면 못 푸는 문젠데.'

마치 모든 시간이 멈춘 것처럼, 아무 소리도 들리지 않던 순간을 가르고 인경의 목소리가 울려 퍼졌다. 가슴속으로.

'……그럼 방정식부터 가르쳐줘.'

인경의 옆에 자연스럽게 머물기 위해 택한 것이 죽어도 하기 싫어했던 공부였다. 매일 머리를 맞대고 문제를 풀다 보니 인경에 대한 마음이 한없이 부풀어 올랐다. 안고 싶었고 입을 맞추고 싶어 안달이 났다. 더는 주체할 수 없는 지경이 되자 시름시름 앓게 되었다.

며칠 학교도 못 나가고 열에 시달리고 있을 때, 인경이 찾아왔다. 큰 눈을 깜빡이며 자신을 걱정하는 맑은 모습에 자신의 불순한 마음이 미안해 어쩔 줄을 몰랐다.

'같이 공부하니까 좋았는데……. 얼른 나아.'

그날로 자리를 털고 일어나자 엄마는 신기해 죽겠다는 얼굴을 했다. 그런 자신을 보고 쌍수를 들며 인경을 환영한 사람은 아버지였다. 인경이 마음에 든다고, 며느리 삼고 싶을 정도라고 노래를 부르셨다. 그래서 아버지께 인경이 대학을 갈 수 있게 학자금을 빌려주라고 했었다. 아버지도 좋은 생각이라며 동의하셨지만 인경은 정중하게 거절했다. 좋은 기회인데 왜 거절하느냐고 닦달해도 그녀는 완강했다.

'네가 가고 싶은 대학에 이 녀석도 합격시키면 그냥 장학금으로 주겠다.'

아버지가 인경을 불러 딜을 하셨고 인경은 마지못해 수락했었다. 그 덕분에 자신은 대학에 합격을 했고, 아버지는 매일 사고를 치던 아들이 대학 다니는 모습을 아버지는 보게 된 것이었다.

"오늘 영화 볼래?"

강석은 딴생각에 잠긴 인경의 시선을 자신에게로 돌리고 싶었다. 오전 내내 영업 일로 나가 있으면서도 회의 시간에 재형과 인경이 서로를 마주 볼 것을 생각하니 일이 손에 잡히지 않았다. 그래서 그런지 몰라도 영업 계약도 이루어지지 않았다.

"무슨 영화?"

인경은 시큰둥하게 물으며 휴대폰을 꺼내 시간을 확인했다. 그러다 재형이 보낸 문자를 발견했다. '온유야'라는 글자가 점점 크게 확대되어 다가왔다. 소회의실에서 있었던 일이 내내 마음을 돌아다니며 정신을 어지럽게 하고 있었다. 자신의 귀를 막아주며 보호하려던 그의 모습이 지워지지 않았다.

회의실 안에서 과거의 화학 선생과 온유, 현재의 재형과 자신이 한 자리에 모였던 것이다. 그리고 자신은 지금, 과거의 온유와 충돌하고 있었다.

"공포영화 보러 가자. 피 엄청 튀는 걸로."

강석은 어이가 없어 들고 있던 젓가락으로 인경의 식판을 탁 내리치다 짓궂은 표정으로 입을 열었다.

"나한테 안기려고?"

"미쳤냐?"

자신에게 눈을 부라리고는 밥 먹는 일에 열중하는 인경을 보며 강석은 고개를 갸웃했다.

"······회의 때 무슨 일 있었어?"

강석은 멀뚱한 표정으로 쳐다만 보는 인경을 가만히 바라보다 다시 입을 열었다.

"네가 공포영화 보자고 할 때는 무척 심란하다는 뜻이잖아."

"아! 내가 그랬어?"

마치 다른 사람 얘기하듯 인경이 대수롭지 않게 굴자 강석은 한숨을 푹 내쉬었다.

"그래, 네가 그랬어."

"……그렇구나."

"하, 참, 대화할 맛 떨어지네. 그냥 입 다물고 밥 먹을게."

"예매하고 밥 먹어."

"아놔."

강석은 어이가 없다는 듯 투덜거리면서도 휴대폰을 꺼내 영화표를 예매했다. 그러다 음식을 오물오물 씹는 인경의 입술을 보고 자신의 가슴을 손바닥으로 쓸어내렸다. 이렇게 인경의 옆에서 심장이 덜거덕거리는 일을 수시로 당하면 건강에 해로울 것이다.

"예매한 영화, 무척 잔인하다니까 나한테 안기길 바란다, 꼭."

"이 식판, 두꺼울까?"

"갑자기 그건 왜?"

"맞으면 너 뻗을까, 죽을까."

인경이 고개를 삐딱하게 기울이며 째려보자 강석은 피식 웃다 입을 열었다.

"맞기 전에 피하겠지."

"쳇."

인경이 못마땅하다는 듯 입을 비죽거리자 강석은 이마를 짚고 웃다 머리를 쓸어 넘겼다. 정말 심장이 울렁거려 미칠 지경이었다.

일이 손에 잡히지 않았다. 노트북 화면 가득 재형의 얼굴만이 어른거릴 뿐이었다. 선생님이라고 부르는 순간 변하던 재형의 눈빛이 내내 마음에 치이기 시작했다. 자신이 온유임을 밝히자 모든 것이 엉망이 된 듯한 기분을 떨칠 수가 없었다.

"최 과장님."

인경은 노트북 화면을 뚫을듯이 보다 고개를 들었다.

"본부장님이 찾으십니다."

"아, 왜……."

인경은 황당한 표정으로 눈만 깜빡였다.

"그게, 곧 있을 회사 창립 기념행사에 대한 기획안 때문이라는……."

"그건 기획실에서 할 일이잖아요?"

"그렇긴 한데……. 별도로 지시할 것이 있으신 모양입니다."

은진도 확신이 서지 않는 얼굴로 말을 얼버무리다 끝을 맺어버렸다.

"팀장님은 어디 가셨……."

인경은 팀장에게 구조를 요청할 생각으로 자리를 돌아봤지만 부재중이었다.

"외근 나가셨습니다."

"하필 이 타이밍에."

인경은 이마를 짚으며 한숨을 푹 내쉬다 은진을 향해 애써 미소를 지었다.

최대한 본부장과 부딪치지 않으려 했는데, 그럴 수가 없음을 깨닫는 중이었다. 엄연히 부서가 다르니 괜찮을 거라 여겨 좀 안심했는데 그가 아무나 차출할 수 있는 본부장이라는 것을 간과했던 것이다.

인경은 전략팀의 유리문 너머 보이는 기획실을 보며 심호흡을 했다. 끝까지 오리발을 내밀었어야 하는데, 귀를 막아주는 다정함에 넘어가고 만 것이다.

"바보 최온유."

인경은 괜히 자신을 향해 질책하고는 전략팀 사무실을 벗어났다. 정면에 보이는 기획실 문을 들어서는 것이 죽기보다 싫은 일이었다. 전략팀은 같은 팀원이라는 이유로 자신을 감싸고 돌지만 다른 부서들은 달랐다. 오늘 회의 쉬는 시간에 증명이 되지 않았느냔 말이다.

"뭐 합니까?"

인경은 뒤에서 들리는 목소리에 움찔 놀랐다. 아니 본부장실에 안 있고 어디를 돌아다니는 거야. 게다가 사람을 호출까지 했으면서, 쯧.

"길 막고 있습니다."

인경은 심기가 뒤틀려 투덜거리듯이 말했다. 피할 수 없으면 즐기라는데, 도통 즐길 마음이 생기지 않았다. 도살장에 끌려가는 소가 이런 마음일 것이다.

"길 막지 말고 같이 갑시다."

재형이 사무실이 아닌 엘리베이터 쪽으로 걷자 인경은 두 눈을 동그랗게 뜨고 물었다.

"어디 가십니까?"

"장소 섭외 갑니다."

정욱이 엘리베이터 버튼을 잡고 서서는 어서 타라는 눈짓을 해 인경은 마지못해 걸음을 떼었다.

"섭외 목적은……."

"창립 기념 축하행사."

말을 툭 잘라버리듯 대답하는 재형의 시큰둥한 태도에 김 비서를 보며 눈으로 이유를 물었다. 그러자 김 비서는 자신도 모르겠다는 의미로 어깨를 으쓱했다.

의아했지만 그래도 오전의 일을 문제 삼지 않는 것 같아 인경은 마음이 좀 놓였다. 사실 자신이 온유라고 해서 달라질 일은 없었다. '아! 역시, 네가 온유였어?' 하고 넘겨주면 제일 고마운 일이었다. 그것처럼 재형이 대수롭지 않게 굴어줘서 고마운 부분도 있었다.

"근데 전략팀에서 할 일은 아닌 듯한데……."

"본부장 권한으로 같이 가고 싶은 직원 찍. 은. 겁니다."

자신의 말을 또 뭉텅 자르고 '찍은'에 힘을 줘 말하는 재형을 보며 고개를 절레절레 저었다. 마치 거대한 포크로 자신을 찍고는 즐기는 듯한 재형의 악마 같은 얼굴이 떠올라 심기가 마구 뒤틀렸다.

"김 비서. 차 리모컨 주고 그만 올라가봐."

"네? ……네."

지하주차장에 도착하자 재형이 김 비서를 돌려보내려 했다.

"같이 가야 하지 않습니까?"

둘만 있어야 한다는 부담감에 인경은 그를 저지했다. 하지만 자신을 한 번 돌아본 재형이 고개를 갸웃하더니 김 비서에게 손을 내밀어 리모컨을 달라고 재촉했다. 인경은 김 비서를 보며 그러지 말라는 뜻으로 인상을 구겼지만 아무 소용이 없었다.

"잘 다녀오십시오."

김 비서의 인사가 그리 야속할 수 없었다.

"타."

조수석 문을 열고 서 있는 재형을 돌아보자 그가 고갯짓을 하며 재촉했다. 한숨을 푹 내쉰 인경이 차로 다가가자 재형이 입꼬리를 말아 올렸다.

"그렇게 도살장에 끌려가는 것처럼 죽을상 지을 필요는 없어."

인경은 차에 타려다 뚱한 표정으로 재형을 돌아봤다. 얼굴에 드리운 마음을 읽어낸 그를 향해 입을 비죽 내밀었다.

"지금 가는 곳이 도살장인지 아닌지 확인이 안 돼서 그럽니다."

재형은 쿡, 하고 웃음이 터졌다. 여전히 말에서는 지지 않는 온유라고 생각했다. 조용하면서도 할 말을 다 하는 온유는 부드러움 속에 고집을 숨기고 있었다.

"지금, 넌 학생이 아니고 난 선생이 아니라서 참 좋다."

운전석에 오른 재형은 자신을 무감한 눈으로 바라보는 인경의 시선을 마주하며 입을 열었다.

"변하지 않은 너를 보면 가슴이 두근거려. 시크하게 굴지만 그 속은 뜨거운 용암으로 펄펄 끓고 있다는 것을 아니까."

"오해하시는 겁니다."

인경은 최대한 거리를 두고 그를 밀어내고 싶었다.

"그 자리에 있어주면 좋겠어."

인경은 재형을 빤히 바라봤다. 자신을 오롯이 바라보는 재형의 눈빛에 한없이 위로를 받는 기분이 들었다. 그 옛날처럼 자신을 이해해주고 다독여주는 그의 눈빛도 변하지 않았다는 것을 알았다. 하지만 그와는 다시 이어질 수 없는 끈이며 이어져서도 안 되는 끈이었다.

"다가가는 건 내가 할게. 넌 움직이지 마."

인경은 뭐라고 말을 해야 할지 갑갑한 심정이었다. 그를 보면 심장이 뛴긴 해도 자신이 없었다. 그리고 이미 예전에 자신은 그를 이용했었다는 그 사실 하나만으로도 충분히 위축이 되었다.

"난 네가 좋아. 그때나 지금이나 변함없이."

인경은 누군가가 심장을 강타한 것처럼 통증을 느꼈다. 그의 부드러운 목소리가 귓가를 돌아 심장과 온몸을 마비시키는 것 같았다. 마음을 다잡지 않으면 그대로 무너질 것 같아 입술을 짓이기듯이 깨물었다.

"대연회장으로 안내해드리겠습니다."

호텔 연회장 담당 매니저가 앞서 걷다가 상냥한 미소를 지으며 돌아봤다. 두 사람 모두 답을 하지 않았지만 매니저는 얼굴에 미소를 고수하고 있었다.

"저녁에는 앞에 있는 수영장 홀까지 사용하실 수 있습니다."

연회장으로 들어서 매니저가 수영장으로 향하는 유리문을 열자 물에 반사된 햇빛이 눈부셨다.

"좋군요. 잠시 둘러보고 싶은데 괜찮겠습니까?"

"네, 편하게 둘러보십시오. 저는 밖에서 대기하겠습니다."

매니저가 자리를 피해주자 재형이 자신을 향해 손을 내밀었다.

"뭐 하는 겁니까?"

잡으라는 말임을 알면서도 손이 선뜻 나가지 않아 물었다.

"같이 걸어줄 것도 아니면서 이래라 저래라 하지 말라고, 온유가 말했었지."

인경은 옛 기억을 상기시키는 재형을 보며 입술 안쪽을 질끈 깨물었다.

급식소에서 얼굴도 잘 모르는 남학생이 사귀자고 대시를 하는 바람에 조금 소란스럽던 때였다. 그 모습을 처음부터 지켜보았는지 화학 선생님은 조금 강압적으로 그 남학생을 야단쳤고 자신은 그 틈에 급식소를 빠져나갔었다.

'돌아다니지 말고 교실로 들어갈 것이지 왜 여기 있어?'

등나무 벤치에 가만히 앉아 최근 들어 건강이 눈에 띄게 나빠진 할머니에 대한 걱정으로 시간을 보내고 있었다. 상념을 깨고 들려온 선생님의 목소리에 저도 모르게 피식 웃음이 피어올랐다.

'급식실에서 난동 부린 선생님?'

'난동이라니?'

못마땅함이 역력한 선생님의 얼굴을 보는데, 묘한 감정이 일었었다.

'데려다주세요.'

얼른 교실로 가라는 재촉에 장난 삼아 던진 말이었는데 당황한 것인지 선생님은 움직이지 않고 눈을 커다랗게 뜬 채 자신을 바라보고 있었다. 잘 알 수는 없었지만 뭔가 혼란스러워 보였다.

'같이 걸어줄 것도 아니면서 이래라저래라 하지 마세요.'

'하아, 녀석……. 까분다.'

어이없다는 듯 웃는 선생님의 얼굴이 참 순하고 다정하게 보여 한참을 바라봤던 기억이 있었다.

"그래서요?"

"그때 같이 걸어줄걸 하는 아쉬움에 지금이라도 같이 걸으려고."

인경은 자신을 바라보는 재형의 시선을 피해 수영장으로 고개를 돌리다 이내 눈을 감았다. 동공을 찌를 듯 반사되는 햇살을 견딜 수가 없었다.

"이제라도 같이 걸어볼까?"

재형이 여전히 손을 내민 채 서 있었다. 그 모습이 시리고 아파 인경은 입매를 비틀었다.

"사양합니다."

그렇게 말하고 돌아서려던 인경은 재형의 말에 멈칫했다.

"녀석……. 까분다."

기억이 쓰나미가 되어 온몸을 적셔버리자 심장이 바들바들 떨렸다.

예약한 영화 티켓을 자동 발권하는 강석에게 다가가며 인경은 무심한 눈으로 주위를 돌아봤다.

"강석아, 커피……."

"온유 선배님?"

강석에게 커피 마실 거냐고 물으려던 인경은 그 자리에서 굳어버렸다. 전혀 모르는 얼굴이었다. 그럼에도 자신의 예전 이름을 알고 있는, 선배라는 호칭을 붙이며 다가온 여자를 빤히 바라봤다.

"아, 얘는 최인경인데……."

"아, 죄송합니다. 너무 닮아서 그만."

여자가 당황한 얼굴로 고개를 숙여 미안함을 표하고는 종종걸음으로 멀어지자 강석이 입을 열었다.

"너 정말 그 사람하고 많이 닮았나 보다."

"그, 그럴 리가……."

인경은 얼굴 근육이 굳어지는 것 같았다. 한 번도 자신을 알아보는 사람과 맞닥트린 일이 없었다. 어쩌면 그들이 아는 척을 안

한 것인지도.

학교를 뒤집으려던 일이 아니었는데 일의 파장이 커져버려 당황한 것은 오히려 자신이었다. 기회를 잡았다고 생각한 이사장의 승리에 취한 미소가 아직도 생생했다. 그리고 자신을 막아서주던 화학 선생님의 얼굴. 그 학교를 다닌 아이들은 두고두고 그 일을 입에 올릴 것이고, 지나가다 저를 보고 자기들끼리 수근거릴 테지만 상관없었다. 자신의 귀에만 들리지 않으면 되니까.

"저 여자 당황하는 모습 장난 아닌데?"

"커, 커피 사 올게."

"난 화장실 좀."

강석은 카페 코너로 걸어가는 인경을 보다 고개를 갸웃거렸다. 창백하게 변하던 인경이 안색이 마음에 걸렸다.

"나 온유 선배하고 또옥같은 사람 봤어!"

화장실에서 나오던 강석은 인경을 다른 이와 착각한 여자가 일행들을 만나 재잘거리는 것을 보며 픽 웃고는 그냥 지나치려 했다.

"뭐? 그 키스 사건의 선배 말이야? 어디서 봤어?"

강석은 키스 사건이라는 말에 걸음을 멈추었다. 휴대폰을 꺼내 만지작거리는 척하며 그들의 대화에 귀를 기울였다. 궁금증을 가진다는 것이 우스웠지만 왠지 인경과 관련이 있을 것만 같았다. 본부장이 놀란 얼굴로 인경을 보며 정말 최인경이 맞느냐고 추궁을 했던 일이 떠올랐다.

"그 사람이 누군데요?"

누구냐고 묻는 한 사람의 질문이 키스 사건의 전말을 터트리는 신호가 되었다. 화학 선생과 그 선배가 미술 창고에서 키스를 하다

현장을 들켰다는 간략한 설명과 뒤이어 이어지는 질문들과 답들.

"학교 측에서는 퇴학시키고자 했는데 화학 선생님이 그만두는 조건으로 그 선배의 퇴학을 막았지."

"선생님이 그만둔다고 퇴학을 막을 수 있어요?"

"그 화학 선생이 이사장 아들이었거든. 팔은 안으로 굽는다고, 이사장도 아들이 그렇게까지 희생하는데 별수 없었겠지, 뭐."

현장을 본 선생은 그 날의 일에 대해 입을 닫았지만 같이 본 두 명의 학생은 여기저기 떠들어댔던 모양이었다. 아니면 아이들의 질문에 시달리다 말을 했거나. 그런데 두 학생들의 증언이 달랐다고. 선생님이 여학생을 꼼짝 못하게 잡고 키스를 했다는 말이 있는 반면 그 선배도 즐겼다는 의견으로 나뉘었다고.

"즐겨요?"

"한두 번이 아니었다는 말도 있고, 둘이 잠자리까지 했다는 말도 있었어."

말이 가진 뉘앙스가 얼마나 무서운지 강석은 다시 한 번 느꼈다. 안타까움을 안고 묻는 목소리와 달리 남의 일에 즐거워하는 목소리는 들떠 있어 남들에게 들리는 힘이 달랐다.

"그 사건이 있고 한 달 정도 지나 이사장이 강제 전학시켰다는 말도 돌았어."

이사장의 아들이었던 선생과 학생의 관계에서 당하는 건 학생일 확률이 더 클 것이다. 그런데 선생이 책임을 지고 학교를 떠나 사건을 일단락시키고 학생을 보호했다는 말에 그 선생은 그 학생을 정말 좋아했을 것이라는 생각이 들었다. 이사장의 아들이니 학교를 물려받는 수순을 기다렸을 텐데 그것을 깨끗하게 포기했다면 좋아하지 않고는 설명이 안 되는 일이었다.

"정말 좋아했나 보네."

강석은 혼잣말을 하며 인경에게 다가갔다.

"어?"

"아, 아냐. 커피 잘 마실게."

인경이 멀뚱한 표정으로 쳐다보자 강석은 멋쩍은 웃음을 지었다. 그러다 인경의 시선이 아래를 향하자 이내 얼굴을 굳혔다. 이상하게 금방 들은 이야기의 주인공이 자신의 앞에 있는 인경인 것만 같았다. 전혀 다른 장소에서, 본부장도 아까 그 여자도 인경을 다른 사람으로 착각하는 일이 드문 일일까.

"들어가자."

"어."

고3, 그 중요한 시기에 전학을 왔던 인경이었다. 게다가 인경에게 과한 관심을 가지는 본부장의 태도도 거슬렸다. 인경이 예뻐서, 또는 매력적이어서 가지는 관심이 아닌 다른 류의 관심이 그에게서 느껴졌다.

"설마……."

인경을 바라보는 강석의 눈이 가늘어졌다.

[집에 들어갔어?]

인경은 영화 상영 전 휴대폰을 꺼내 무음을 설정하려다 문자를 봤다. 재형의 문자를 가만히 쳐다볼 뿐 손가락을 움직이지 않았다.

"시작한다."

"어? 어."

인경은 가방에 휴대폰을 툭 던지듯이 집어넣고는 턱을 괴었다.

'온유 선배님?'

심장을 뜨거운 숯으로 지진 것처럼 화들짝 놀랐었다. 자신이 온유인 것을 밝히고 나니 여기저기서 약속이나 한 듯 알아보는 것 같아 기분이 묘했다.

'난 네가 좋아. 그때나 지금이나 변함없이.'

재형의 말에 어떻게 그럴 수가 있느냐고 소리치고 싶었다. 분명 이용한 것이라고 말했는데도 개의치 않는 그가 좀 신기하기도 했다. 뭐가 그렇게 그를 괜찮게 만드는 것인지 알고 싶기도 했다.

자신을 끝까지 지켜준 그에게 한없는 신뢰는 줄 수 있지만 좋아하는 감정은 어림없다 여겼다. 그냥 그가 자신에게 빠져 허우적거리게 만들다 상처를 줄 생각이었는데 일이 꼬여버렸던 것이다. 어려서 그랬는지 몰라도 그땐 그것이 최대의 복수라고 생각했었다. 그런데 이제 와 보니 어린 치기에 불과한 일이었다. 그런 일로 아들이 입는 상처엔 끄덕도 하지 않을 사람을 상대로 계획을 세웠으니 하늘이 웃을 일이었다.

"으, 진짜 잔인하다."

인경은 그제야 영화의 장면이 눈에 들어왔다. 그런데 무섭다거나 괴롭다거나 잔인하다는 생각이 들지 않았다. 오로지 재형의 모습만이 스크린을 가득 메울 뿐이었다. 낮에는 노트북을 한가득 메우더니 저녁에는 스크린을 메우고 있었다. 인경은 고개를 저어 그를 지우려, 밀어내려 했지만 되지가 않았다.

영화가 끝나고 어떠했느냐는 강석의 질문에 그저 잔인하더라는 말밖에 할 말이 없었다. 두 시간 내내 무엇을 보았는지 기억이 나지 않았다. 머릿속이 과거와 현재, 앞으로의 일들을 생각한다고 마구 뒤섞여 엉망이었다.

"왜 그렇게 말이 없어? 구내식당에서도 내내 다운되어 보이더니……."

"피곤해서 그런가 봐. 회의 내내 긴장했거든."

강석은 인상을 구겼다. 어디를 가나 긴장하지 않는 인경이 늘 하던 회의로 긴장을 했다고 하니, 그 원인은 재형이라고 생각됐다. 인경을 바라보는 눈빛이 다른 남자들과 달랐다. 탐욕의 눈길이 아닌 어딘지 아련하면서도 반가운 눈빛으로 인경을 바라보고 있어 내내 신경이 곤두섰다.

"고마워. 조심해서 돌아가."

"인경아."

"어?"

내리려던 인경은 강석을 돌아봤다. 그런데 강석의 시선은 자신이 아닌 다른 곳을 노려보고 있었다. 강석의 시선을 따라가 보니 재형이 오피스텔 입구에 서 있었다.

"너 만나러 온 것 같은데."

강석은 인경을 내려주기가 싫었다. 이대로 차를 돌려 어디로든 가버리고 싶었다. 하지만 그렇게 하면 인경이 난색을 표할 것이 분명했다.

"……나 내릴게."

인경은 손잡이를 잡았다가 멈칫했다. 자신을 바라보고 있는 강석의 얼굴이 어딘지 쓸쓸해 보여 마음이 아팠다.

"아마 낮에 준비하던 창립 기념행사 때문에 왔나 봐. 영화 본다고 휴대폰을 안 받았더니."

"……그래, 대충 처리하고 들어가서 쉬어."

인경은 고개를 끄덕여주고는 차에서 내렸다. 강석이 떠날 때까지 서 있다가 바쁘게 몸을 돌려 오피스텔로 들어갔다.

"본부장님?"

자신의 부름에 돌아보는 재형의 얼굴에 의외라는 표정이 나타났다 사라졌다.

"아, 저녁에 약속 있다고 했었지."

재형의 태도로 보아 자신을 기다린 것은 아닌 듯했다.

"여기는 어떻게……."

"나 여기 507호에 살아."

재형의 말에 인경은 큰 눈을 커다랗게 뜨고는 입술을 반쯤 벌렸다.

"움직이지 말라고 했으니 내가 움직여야지. 그래서 네 곁에 가까이 있는 것부터 시작하려고."

인경은 입술을 질끈 깨물었다. 웃고 있는 재형의 얼굴이 또렷하게 보이지 않아 눈을 깜빡이자 다시 시야가 돌아왔다.

"이번에도 이용해. 얼마든지 이용당해줄 테니까."

맑게 웃는 재형의 얼굴이 모든 것을 감수했던 화학 선생님의 모습과 겹쳐지는 순간 눈가에 맑은 액이 차올랐다. 어떻게 저렇게 한결같을 수가 있는지 묻고 싶었다. 자신은 그 당시 분노하고 있었으며 갚아주고 싶어 이를 갈았다. 이용했다고 하는데도 어떻게 또 이용하라는 말을 하는 걸까.

인경은 다리에 힘이 빠졌다.

5화. 딜(deal)

"최 과장님, 여기 보고서 찾아왔습니다."

"고마워요."

인경은 은진이 건네주는 보고서를 한 장 넘기다 기획본부실 쪽으로 고개를 돌렸다. 그가 자신이 있는 오피스텔로 이사 왔다는 것에 신경이 예민해졌다. 출근하다 마주치는 것도 부담스럽고, 또 만나지 않아도 부담스러운 부분이 있었다.

아침에 오피스텔을 나서면서도 마음에 무엇인가가 달린 것처럼 무겁게 느껴져 내내 애를 먹었다. 해외에 떨어져 있었던 재형은 언제 그랬느냐는 듯 나타난 순간부터 그 간극을 빠르게 메우고 다가왔다.

"흐음."

인경은 깊은 심호흡을 하고는 턱을 괴었다. 보고서가 하나도 눈에 들어오지 않아 난감했다.

"최 과장님, 여기 커피 대령입니다."

책상 위로 불쑥 들어온 커피를 보며 인경은 고개를 들었다. 강석이 개구진 얼굴로 웃고 있었다.

"아침부터 무슨 일이야?"

어제 본부장이 집 앞에 있었으니 궁금할 터였다. 집에 잘 도착했다는 문자를 보내며 전화를 할까 말까 망설였을 것이고, 혼자 오만 상상을 했을 것이다. 출근하자마자 자신을 찾아온 강석이 어째 안쓰러워 보였다.

"왜 왔대?"

"집이 거기래."

"뭐!"

바락 소리를 지른 강석의 목소리에 전략팀 사람들의 시선이 꽂히자 인경은 난색을 표했다. 아침부터 소란스러운 건 질색이었다.

"집이 거기라고? 뭐야, 도대체……."

자신도 생각했다. 왜 하필 같은 오피스텔인지. 더 좋고 화려한 곳도 많을 텐데 별로 좋지도 않고 교통도 불편한 곳에 왜 왔는지 내내 생각했다. 그런데 답은 바로 자신 같았다.

"언제 이사했는데? 한국 들어오고 시간이 없었잖아? 너 거기에 있는 거 알고 온 거야? 왜 하필 거기야?"

질문을 마구 쏟아내는 강석을 보며 인경은 커피를 한 모금 마셨다. 부드러운 원두가 목을 쓰다듬어주면서 어제 잠을 제대로 자지 못한 후유증을 씻어주는 것 같았다.

"내가 답해줄 질문들이 아닌데?"

인경은 멀뚱한 표정으로 어깨를 으쓱했다.

이용하려 했다. 자신에게 빠져 집착하게 만들고 정신을 못 차릴 때 차버리고 가슴에 대못을 박아 죽음보다 더한 고통을 주고 싶었다. 그렇게 하는 것이 갚아주는 것이라 여겼고 가장 좋은 방법이라 생각했었다.

그런데 시간이 지나고 보니 자신도 고통받았던 것이다. 오랜 시간 그를 잊지 못했으니까. 화학 수업 시간이나 교과서, 시험지를 보면 어김없이 그가 생각났고 가슴이 아려와 힘들었다. 잘 지내고 있을까, 하는 궁금증도 일었고 가끔 보고 싶다는 생각도 했었다. 하지만 거기까지라고 생각해 마음을 닫았었다. 담아봐야 좋을 인연이 아니었기에.

"이 불만스럽게 이는 짜증은 뭘까?"

"나 지금 바빠."

인경은 투덜거리는 강석을 향해 가라는 듯 손을 휘휘 저었다. 이젠 재형이 아무런 행동을 취하지 않아도 그의 생각으로 머리가 묵직했다. 더 이상 신경 쓰고 싶지 않은데, 이사 온 사람을 자신의 건물도 아닌데 쫓아낼 수도 없었다.

"바쁜 척은. 나중에 밥 사."

개구지게 한 번 웃어주고 돌아서는 강석을 보며 인경은 피식 웃었다. 자신이 강석에게 아주 나쁜 사람이라는 것을 알고 있었다. 어떤 마음으로 자신의 곁을 맴도는지 알면서 그저 친구라는 이름으로 받아주고 있었다. 자신의 옆을 7년간 지킨 바보 같은 남자, 권강석. 하루하루 버티듯이 살았기에 강석이 내미는 손을 확실하게 뿌리치지 못한 부분도 있었다. 하지만 늘 망설여졌고 가슴 한편이 아려와 그 손을 잡을 수 없었다.

하지만 이제 그를 떠나보내야 할 때가 다가온 것 같았다. 어차피 가봐야 자신은 강석의 손을 잡지 않을 테니까.

재형은 서류의 글자들이 가진 의미를 빠르게 파악하며 읽어 내려갔다. 하루에 쌓이는 보고서가 장난이 아니었다. 오전 내내 서류와 씨름을 하고 나니 목이 뻐근할 지경이었다.

"이건 뭡니까?"

재형은 마지막 서류를 김 비서를 향해 들어 보였다. 창립 기념 행사만 하는 줄 알았는데, 체육대회라는 글귀가 따라붙어 있었다. 마치 장소 섭외가 잘못되었다는 말처럼 보였다.

"이번에 지시가 내려왔는데 따로 하던 직원 체육대회를 같이 묶어 하신다고……."

갑작스러운 소식이었지만 집에 있었다면 아버지와 식사를 하며 지나가는 말로라도 미리 알 수 있었을 것이다. 하지만 집에 있으면 이상하게 숨이 막혔다. 해외지사에 있을 때 일이 있어 한 번씩 돌아오면 적응이 안 됐다. 각자 따로 놀고 있는 집안 분위기에 숨 막혀 하니 한국에 돌아오면서는 아예 독립을 원한 것이다. 그리고 그 독립은 온유의 옆으로 가는 첫 단추라 생각했다.

보지 않으면 견딜 수 있는 것이다. 그렇게 7년간 보지 않고 버텼는데 한 순간에 무너졌다. 김 비서 말대로 '묘한'에 무너졌다고 해도 과언은 아니었다. 다시 만난 온유는 기억 속의 온유보다 더 생동감이 있었다. 눈앞에서 살아 움직이는 온유를 보는 순간 아무것도 거르지 않고 그대로 마음에 담고 말았다.

"장소를 연회장과 체육시설이 있는 곳으로 각각 따로 정해야 한다는 말이군."

재형은 체육대회 일정이 빼곡하게 적힌 보고서를 보며 미간을 구겼다. 계주, 100미터 달리기, 줄다리기 정도는 이해가 되는데 댄스경연이라는 말에 눈이 가늘어졌다.

"이건 뭡니까, 댄스경연?"

"아, 그건 팀별로 춤을 추는 건데, 심사는 회장님 이하 사장님과 이사님들이 점수를 매기십니다."

재형은 황당하다는 표정으로 입을 벌렸다.

"마지막 댄스경연에서 1등 하면 상금이 무려 50만 원이나 됩니다. 그리고 종합 1위 부서엔 회식지원금이 나옵니다."

"경쟁이 치열하겠습니다?"

재형은 즐거워하는 정욱을 쳐다보다 피식 웃으며 서류로 눈길을 내렸다. 직원들의 복지에 무척 신경을 쓰시는 아버지의 생각인 것 같았다.

어렵게 자란 아버지는 아끼는 것을 늘 강조하셨다. 초등학생 때 색연필 중 하나가 부러지거나 심이 나오지 않으면 아버지는 그것을 일일이 손봐주시곤 했다. 그래서 뭔가가 고장이 나면 아버지를 제일 먼저 찾았던 기억이 있었다. 고치면서 이것저것 살아온 이야기를 해주시는 아버지가 너무 좋아 부러 연필깎이를 고장낸 적도 있었다. 하지만 어머니는 재력이 튼튼한 외할아버지 밑에서 풍족하다 못해 넘치는 생활을 하셨다. 그러니 신경 쓸 것 없이 사면 되는 것을 뭣하러 시간을 들여 고치느냐는 주의였다. 너무나 상반된 두 분이 결혼을 한 것은 정말 미스터리 중 하나였다.

"그런데 왜 기획본부팀은 없습니까?"

댄스경연에 참가하는 명단을 훑다가 재형은 의아한 눈길로 정욱을 바라봤다. 거의 모든 부서가 임의지만 참가 곡과 참가 인원을 명시해놓았는데 기획팀만 없었다.

"그건, 기획본부팀은 아무래도 낙하산 인사가 많은 곳이니……."

재형은 알겠다는 의미로 고개를 끄덕였다. 좋은 의미론 직원들이 즐기게 뒤를 받쳐주는 것이 기획본부팀이 할 일이니 참가를 안 하는 것일 수도 있고 아니면 권위 의식에서 점잖을 뺐다고 그랬을 수도 있었다.

"장소 섭외 가게 전략팀 최 과장 호출해주세요."

"네, 알겠습니다!"

정욱이 본부장실을 나가자 재형은 서류를 놓고 의자에 깊게 기대었다. 온유의 불 꺼진 오피스텔을 보면서 곁에 있어야겠다는 생각이 불현듯 들었다. 그래서 단 하루 만에 결정하고 정욱을 시켜 오피스텔 계약을 맡겼다. 계약서를 들고 흥분된 얼굴로 들어온 정욱은 무용담처럼 말했다. 같은 층수에 빈 집이 없어 같은 위 아랫집을 하려 했지만 그것도 여의치 않아 그나마 같은 라인을 잡았다고. 계약서를 들이미는 그의 얼굴에 흡족한 미소가 떠올라 그만 소리 내어 웃고 말았다. 같은 오피스텔이면 되는데 같은 라인까지 신경 쓴 것에 기특하다는 생각이 들어 칭찬을 하지 않을 수 없었다. 왜 아버지가 김 비서를 자신의 옆에 붙여주었는지 알 만했다. 상사의 마음을 파악하고 알아서 눈치껏 구는 정욱이 꽤 유능해 보이는 순간이기도 했다.

인경은 불만스러운 얼굴로 엘리베이터에서 내렸다. 기획본부실에서 할 일 아니냐고 했더니 김 비서가 전략팀은 명강그룹 소속이 아니냐고 일침을 하고 나왔다. 그 덕분에 계획에 없던 외근을 하게 된 것이다.

"벌써 와 있었어?"

뒤에서 들리는 재형의 목소리에 뜨끔 놀란 인경은 태연을 가장하고 천천히 돌아봤다. 아침에 그가 출근을 같이하자고 하면 어쩌나 생각했는데 자신만의 착각이었다. 지하철을 타기 위해 걷는 동안 내내 신경이 날카로웠다. 어디서 불쑥 튀어나오는 건 아닌가 하고 생각했다. 그러다 문득 지하철 입구를 통과하며 혼자 웃었다. 그가 오기를, 자신을 기다려주기를 바랐던 것일까. 무의식 속에서 그런 생각을 한 자신을 한껏 조롱하며 출근했던 것이다.

"외근 같이 갈 사람이 그렇게 없습니까?"

"어, 없어."

아무리 투덜거려도 안 들어준다는 듯 재형이 조수석 문을 열고 기다리자 인경은 입을 비죽 내밀었다가 차로 다가갔다.

"그렇게 생각에 잠겨 걷는 건 위험해. 다음부터는 앞을 잘 보고 걸어."

"네?"

차에 타려던 인경은 무슨 말인지 몰라 눈을 동그랗게 뜨고 재형을 쳐다봤다.

"지하철 타는 곳까지 15분이 넘게 걸리던데. 내가 걸어본 바로는 적어도 6분이면 되는 거리였어. 아침부터 무슨 생각을 그렇게 한 거야?"

"……!"

인경은 그가 멀리서 지켜봤다는 생각이 들자 심장이 욱신거렸다. 반면 몰래 지켜봤다는 사실에 기분이 언짢아졌다.

"스토커 기질 있습니까?"

"관심이라고 하면 안 돼?"

무슨 말을 하든 유연하게 넘기는 재형을 보며 인경은 미간을 좁혔다. 어떻게 하면 저렇게 여유 있고 부드러울까.

"어디로 갑니까?"

인경은 사적인 대화는 하지 말아야겠다는 생각을 하며 대화 주제를 바꿔버렸다. 부드러움 속에 강인함을 숨긴 그는 은근 고집이 있는 사람이었다.

"체육대회 때문에 장소를 또 섭외해야 합니다."

아까까지 친근하게 반말을 하던 그가 경어를 쓰며 딱딱하게 굴자 인경의 눈이 가늘어졌다. 왜 이렇게 마음이 심란해지고 기분이 바닥을 기는지 모를 일이었다. 요 며칠, 마치 긴 세월을 건너온 것 같다는 생각을 하며 안전벨트를 맸다.

"장소 섭외하고 점심 먹고 들어갈 건데, 뭐 좋아해?"

인경은 안전벨트를 매다 미간을 찌푸렸다.

"존댓말이든 반말이든 통일하시는 건 어떻습니까?"

친근과 딱딱함이 모호한 경계 속에서, 헷갈려하는 자신에게도 필요한 일이었다. 그가 고개를 삐딱하게 기울이며 바라보자 심장이 간질거렸다. 속으로 왜 간질거리느냐고 질타해도 심장은 말을 듣지 않았다. 자신을 바라보는 눈길에서 아련한 그리움을 찾는 것 같아 괴롭기도 했다.

"반말을 하면 온유와 있는 것 같아 좋아서고, 존댓말을 하는 건……."

인경은 저도 모르게 마른침을 삼켰다. 온유라는 이름에 심장이 터질 것만 같았다. 여전히 이용해도 좋다는 그가, 여전히 온유를 기억하는 그가 두려우면서도 반가웠다.

"성인이 된 온유를 가지고 싶은 소유욕, 그것을 차단하기 위한 방편이야."

"......!"

인경은 놀라 커진 눈으로 재형을 바라봤다.

"아직은 인경이라는 껍질 속에서 나오기를 거부하니까. 내 마음대로 끄집어내면 온유가 부서질 것 같아서 조심스러워."

인경은 눈을 감으며 입술 안쪽을 질끈 깨물었다. 다가오는 그를 밀어내야 한다. 받아들일 수도 없고 인정해줄 수도 없었다. 네 마음을 안다고 해서 달라지는 일은 없다는 것을 알려야 했다.

"집에서 선보라는 말 안 합니까? 나이도 많으신데 어서 결혼해서 효도하셔야죠."

어김없이 이사장의 날카로운 눈빛이 떠올랐다. 그를 생각하면 세트처럼 따라오는 사람이었다.

할머니가 돌아가시고 남은 병원비에 막막해했던 심정은 아직도 생생했다. 원래 주기로 했던 수술비를 밀린 병원비 정산으로 대신하며 이사장은 자신의 제안을 철회하지 않았다. 학적부에 적힌 강제 전학이라는 네 글자가 가슴에 남아 아팠다. 그렇게 힘이라는 것에 굴복하며 어른이 된 자신은 실리적으로 살고자 했다. 억울한 아버지를 생각하면 미안하고 미안했지만 자신은 하루하루를 살아가야 했다. 나중에 부모님을 만나 힘들었다고 투정을 부리고, 언젠가는 부모님의 품에서 쉬고 싶다는 생각으로 버텨냈다. 지금은 현실을 살아가야 하니까 버티는 것이 최고의 선택이었다.

"그럼, 나랑 결혼할 생각 있어?"

"딸꾹!"

인경은 너무 의외의 말에 놀라 딸꾹질을 했다. 입술을 꽉 물고 딸꾹질을 참으려 했는데 으끅, 이라는 단어를 토해내며 딸꾹질은 계속 이어졌다.

"저런."

어이없다는 듯 웃는 재형의 모습이 너무 해맑아 인경은 고개를 돌렸다. 분위기 파악을 못한 딸꾹질은 멈출 기미가 보이지 않았다.

"숨 참아봐."

재형의 부드러운 목소리를 따라 숨을 멈춘 인경은 이내 다시 터지는 딸꾹질에 실망한 표정을 지었다.

"그게 그렇게 놀랄 말이었어?"

한쪽 입꼬리를 올리며 피식 웃는 그의 모습은 마약과 같았다.

"이상한 소리를 하니깐, 딸꾹, 윽, 그렇죠!"

인경은 멈추지 않는 딸꾹질에 짜증이 나 마지막에 바락 소리를 질렀다. 그러다 눈이 보름달처럼 커다래졌다.

"멈추게 하는 방법이 있는데."

재형이 조수석 등받이에 팔을 걸치고 서서히 다가오자 인경은 화들짝 놀라 몸을 차 문 가까이로 옮겼다. 하지만 그는 멈출 기미가 없어 보여 난감했다. 하지 말라는 말을 하면 되는데 말도 못하는 두 살배기 아이처럼 어버버, 하며 그를 바라봤다. 손을 뻗어 더이상 다가오지 못하게 막으면 되는데 몸이 말을 듣지 않았다.

"웃."

그의 입술이 귓가 근처에서 멈추자 인경은 어깨를 움츠리며 눈을 질끈 감았다.

"드디어 멈췄네."

그가 귓가에 속삭이는데, 따스한 입김이 온몸의 신경을 건드리는 듯했다. 눈을 뜨자 그는 언제 그랬냐는 듯 자리로 돌아가 있었다. 심장이 멋대로 이완과 수축을 하며 마음을 괴롭히고 있었다.

차가 때마침 움직여줘서 다행이라는 생각을 했다. 그대로 있었다면 내렸을지도 모를 일이었다.

"키스하는 줄 알았어?"

그의 질문이 얄미워 인경은 눈을 가늘게 뜨고 째려봤다. 솔직히 그가 입술을 훔치는 줄 알았다. 그 덕분에 딸꾹질이 멈추기는 했지만 다시 만난 첫날, 엘리베이터에서 거침없이 자신을 탐하던 그가 떠오르고 말았다.

"너하고 데이트할 때 할 거야. 키스는."

인경은 어이없다는 듯 입술을 벌리고 재형을 쳐다보며 미간을 구겼다. 누가 데이트를 한다는 말인지.

"누구와 데이트하신다고요?"

인경은 부러 눈을 깜빡이며 모르는 척 재형을 약 올렸다. 그러자 그가 허탈하게 웃더니 자신을 돌아봤다. 그 눈빛이 너무 순수하고 다정해 보여 넘어갈 것만 같았다.

"최온유이자 최인경인 너."

"저는 데이트 안 합니다."

인경은 자세를 바로잡으며 운전하는 그를 곁눈질로 훑어봤다. 자신이 무슨 말을 하든 그는 동요하지 않는 듯했다. 그 점이 좀 억울했다. 자신이 말을 걸면 당황해하는 다른 남자들과 그는 확연하게 달랐다.

"내기할까?"

"싫습니다."

무엇을 내기로 걸 것이냐고 말하려다 말았다.

"질까 봐 겁나?"

"겁 안 납니다. 그리고 뭘 하든 본부장님한테는 안 집니다."

그의 명백한 도발이라는 것을 알면서도 인경은 장담을 했다.

"그럼 이번 체육대회에서 기획본부팀이 댄스경연에서 1등 하면 나하고 데이트하는 거다?"

인경은 황당한 표정으로 재형을 바라봤다. 그동안 본사에 있지 않아 돌아가는 상황을 몰라 저러는 것이라 생각했다.

"잘 모르셔서 그런 말을……."

"딜?"

재형이 군소리하지 말라는 듯 말을 자르고 나오자 인경은 눈을 가늘게 떴다. 재형이 너무 자신만만하게 굴어 좀 불안감이 엄습했지만 경영전략팀이 질 턱이 없었다.

"딜!"

인경은 자신만만한 표정을 지으며 재형을 쳐다봤다. 그의 데이트가 싹도 못 피우고 질 것을 생각하니 안쓰러운 마음이 들었다.

"점심은 뭐 먹었어?"

직원 휴게실에서 인경을 기다린 강석은 얼굴을 보자마자 물었다.

"부글탕."

"뭐?"

강석은 황당하는 표정으로 인경을 바라봤다. 외근 나간다는 문자에 그냥 그러려니 했는데 본부장과 같이 갔다는 말에 온종일 신경이 곤두섰다.

"너희 부서는 댄스경연 무슨 곡으로 할 거야?"

"기밀을 누설할 수는 없지."

"쳇."

토라지는 듯 입을 비죽거리는 인경을 보며 강석은 커피를 마셨다. 언제까지 인경을 바라보기만 할 거냐는 아버지의 재촉을 당한 후라 그런지 다른 때와 마음이 달랐다.

"나 소원 있는데."

"뭔데?"

딴생각에 젖어 있는 것이 명백한 인경의 눈빛을 보면서 강석은 씁쓸한 미소를 지었다. 가끔 저렇게 자신을 앞에 두고도 딴 곳을 다녀오는 인경의 눈빛에 상처를 입고는 했다. 그래도 언제 그랬느냐 듯 자신을 바르게 바라보는 눈빛과 마주하면 섭섭한 건 다 잊어버렸다.

"우리 부서가 너희 팀 이기면, 나랑 데이트하자."

"……데이트는 무슨."

당황한 듯 입술을 반쯤 벌리던 그녀가 피식 웃으며 어깨를 으쓱하자 강석은 인경에게 한 발 다가갔다. 자신이 다가서니 흠칫 놀라는 인경을 보며 강석은 최대한 떨지 않으려 애를 썼다.

"정식으로 사귀자는 말이지."

"뭐? 장난……."

"이기면 되잖아."

강석은 인경이 장난처럼 치부하며 거절할 것을 예상해 입도 못 열게 다음 말을 내뱉었다.

"이기면 데이트 안 해도 되고, 친구 하나 건지고. 어때?"

인경의 눈빛이 뭔가를 말하는 듯 짙어지는 것을 보며 강석은 고개를 까딱거렸다. 쉽게 동의하고 나오지 않을 것을 알지만 이제는 자신도 물러설 곳이 없었다. 밀어붙이거나 포기하거나, 둘 중 하나였다. 여직원들이 쑥덕거리는 말이 아니어도 본부장과 인경의 사이에 흐르는 묘하고도 친밀한 분위기를 자신도 감지하고 있었던 것이다. 그래서 인경을 바라보는 본부장의 눈길을 차단하고 싶었다. 내 사람이라는 못을 박고 더 이상의 접근을 밀어내고 싶은 마음이 굴뚝같았다.

오랜 시간 동안 인경이 자신에게 내어준 자리는 친구 이상도 이하도 아니었다. 처음엔 곁에 있을 수만 있다면 하는 생각으로 수긍했지만 이제는 친구 자리에 만족하기 싫었다.

"다들 왜 이러는지 모르겠다."

어깨를 으쓱하고 무심결에 말을 내뱉는 인경을 보며 강석은 눈을 가늘게 떴다.

"다들?"

"어? 그게…… 우리 팀을 못 잡아먹어 다들 난리라는 말이지."

멈칫하는 인경의 모습에 강석은 고개를 갸웃거렸다. 3년 동안 1등을 놓친 적이 없으니 다들 견제한다는 말이 틀린 말은 아니지만 어쩐지 그 '다들'이 다른 의미 같아 신경이 쓰였다.

정욱은 심각한 표정으로 재형을 보다 아랫입술을 꼬옥 깨물었다. 자신이 이제껏 모시던 상사들과 너무나 다른 성향이라 갈피를 잡기가 어렵다는 생각이 문득 들었다.

"우리가 그래도 명강그룹의 핵심인데 분위기는 띄워야지."

재형은 가식적인 미소를 지으며 정욱을 닦달했다.

"최 과장님이 있는 경영전략팀은 불패신화를 갖고 있습니다."

무엇을 하든 최선을 다하는 최 과장은 체육대회의 댄스경연에서 3년간 1등을 놓친 적이 없었다.

"이제 무너질 때 됐네."

"네?"

"데이트할 일이 생겼다는 말입니다."

정욱은 눈을 동그랗게 뜨고는 재형을 보다 어깨를 추욱 늘어뜨렸다. 기획본부실의 남직원은 자신을 합쳐 겨우 5명이었다. 그러니 자신이 빠질 수는 없다는 말이었다. 매년 경영전략팀을 보며 입을 헤, 벌리고 즐기던 일이 이제는 끝이 났다는 것을 알았다. 자신의 상사가 뜻을 이루도록 보필하는 것은 자신의 할 일이었지만 말리고 싶었다. 몸치인 자신을 데리고 무슨 댄스경연이냐고 울부짖고 싶었다. 하지만 데이트 생각에 들떠 있는 상사를 보니 못한다는 말을 할 수 없었다.

"연습은 언제부터 합니까?"

정욱은 비장한 각오를 하며 재형을 바라봤다.

"헉, 헉, 헉……."

잠깐의 연습에도 정욱은 숨이 차올라 상체를 숙이고 연신 거친 호흡을 내뱉었다. 어려운 동작이 아닌 듯한데 따라잡으려니 만만치 않았다. 반면 건성건성 설명을 듣는 것 같은데 동작이 절도 있고, 때론 유연하게 움직이는 재형을 보니 조금 위축이 되었다. 1등을 꼭 해야 하는 당위성을 안은 본부장과 달리 자신은 힘들어 죽을 지경이었다. 하지만 다른 3명의 직원들은 재미있다는 반응이었다.

"김 비서, 여기 물."

정욱은 마루바닥에 퍼질러 앉아 땀을 닦으며 볼멘소리를 마구 늘어놓았다. 수많은 말 속에서 전하고자 하는 것은 없는 시간을 쪼개 꼭 이래야 하냐는 요지였다.

"목표를 정했으면 무조건 직진이지."

"으."

정욱은 자신의 머리를 감싸며 고통스럽다는 듯 비명을 삼켰다. 기획본부실에서도 참가한다는 말에 임원진들의 기대가 높아진 것은 좋은데 왜 자신이 피해를 보는 기분이 드는지 알 수가 없었다.

"힘듭니까?"

"네!"

정욱은 기다렸다는 듯이 목소리를 높였다. 그냥 참가하는 데 의의를 두면 되는 것 아니냐고 볼멘소리를 뒤이어 구시렁거렸다.

"데이트해야 합니다."

결연한 의지를 내보이며 자신의 투덜거림을 일축하는 본부장을 물끄러미 보던 정욱이 조심스럽게 물었다.

"아는 사이였습니까, 최 과장님하고?"

첫날부터 화려한 눈도장을 찍은 본부장이 아니었느냔 말이다. 그 덕분에 최 과장의 이름까지 직원들의 입에 오르내렸지만.

고개를 끄덕이고 나서 벽에 머리를 기댄 재형의 눈빛이 아련하게 변하는 것을 본 정욱은 좀 짠하다는 생각을 했다. 무엇에 홀린 양 최 과장한테 다가서던 재형을 말릴 겨를도 없었다. 여러 가지 감정들이 드러나던 눈동자를 보는데 자신의 심장이 쿵, 하고 떨어질 정도였었다.

"좋아했습니까?"

자신을 빤히 쳐다보는 재형의 눈동자가 흔들리는 것 같았다. 알고 있었지만 인식을 못했거나 알면서 드러내지 않았거나 둘 중 하나 같았다.

"좋아했지."

피식 웃으며 답을 하는 재형이 어딘지 힘이 없어 보였다. 같은 오피스텔에 있으면서도 얼굴 보는 것이 여의치 않은 분위기였다.

"지금도 좋아하고 있고."

"아."

정욱는 탄성을 내뱉으며 고개를 주억거렸다. 둘 사이에 무슨 사연이 있는지 몰라 섣불리 말하기는 그랬지만 본부장을 대하는 최 과장의 태도가 여느 직원들을 대하는 것과는 다르다는 것은 알고 있었다.

"1등 하면 하루 휴가 줄게."

"정말입니까?"

"한 입으로 두 말 할까."

환한 미소를 짓는 재형을 보며 정욱은 눈을 말똥말똥하게 뜨다 맞장구를 쳤다. 좋아했느냐는 질문에 아련한 눈빛을 보이는 그는 영락없이 사랑에 빠진 소년이었다. 난공불락인 최 과장을 본부장이 무너뜨리게 되면 아마 남직원들 모두를 적으로 돌리는 일이 될 것이다.

주말 아침, 창립 기념 체육대회로 인해 늦잠은 물 건너간 일이었다. 인경은 야구 모자를 푹 눌러쓰고는 현관을 나섰다.

"준비는 많이 했어?"

계단을 내려오니 그가 오피스텔 현관 앞에 서 있었다. 일주일이 넘게 회사에서 말고는 부딪치는 일이 없었다. 정말 이웃이 된 것이 맞는지 의심스러울 정도로 그와 맞닥트리는 일이 없었다.

"1등 할 자신 있어요?"

입가에 미소를 걸고 있는 재형을 보자 심장이 두근두근 뛰기 시작했다.

"물론."

"자신만만해서 보기는 좋은데 나중에 실망하실까 심히 걱정이 되네요."

인경은 두근거리는 심장을 외면하며 부러 심드렁하게 굴었다. 은진이 알아온 정보에 의하면 기획본부팀은 연습실을 빌려 연습을 하고 있다고 했다. 모든 것이 철저하게 비밀에 붙여져 있어 무슨 곡에 맞춰 준비하는지조차 알 수가 없다고.

"혹시 내가 1등 못할까 봐 걱정하는 거야?"

"설마."

인경은 말도 안 된다는 듯 고개를 저었다. 다들 열심인 것을 알지만 3년 연속 우승을 차지한 입장에서 이번에도 우승은 자신 있었다.

"그래, 걱정하지 마. 온유하고 데이트를 하기 위해 피나는 노력을 했으니까."

동문서답처럼 구는 재형을 보며 인경은 어이가 없다는 표정으로 쓰고 있던 모자챙을 당겨 눌렀다.

"내 차 타."

"사양합니다."

"'사양합니다'는 입에 자동으로 붙은 단어야? 까불지 말고 타지?"

못마땅하다는 듯 신랄하게 말하는 그를 돌아보다 인경은 피식 웃어버렸다. 자신을 향해 저렇게 야단을 치듯 말하는 사람은 없었다. 다들 쭈뼛거리며 다가와 버벅거리거나 던지듯이 무엇인가를 주고는 도망가기 일쑤였다.

"……!"

언제 다가왔는지 그가 자신의 모자를 벗기고는 짙어진 눈으로 내려다보고 있었다. 그 눈빛이 위협적으로 다가와 인경은 마른침을 꼴깍 넘겼다.

"직원들 눈 때문에 그러는 거라면 도착하기 전에 근처에 내려줄게. 난 근처에 내려주는 거, 마음에 안 들지만."

차를 한 번 돌아보고 알았다는 듯 고개를 끄덕이던 인경은 움찔 놀랐다. 그의 손가락이 머리카락을 자연스럽게 넘겨주고 있어 당황스러웠다.

"모자 쓰면 네 눈동자 안 보여서 싫어."

솔직하게 표현하며 다가오는 그 때문에 아침부터 심장이 엉망이었다. 아무것도 아닌 말인데 왜 이렇게 설레는 것인지 이해불가였다.

"그리고 오늘……."

재형이 고개를 조금 숙여 다가오자 인경은 흠칫 놀라며 몸을 굳혔다.

"참 예쁘다."

흔하게 들은 칭찬인데 심장이 간질거렸다.

"그래서 키스하고 싶은데…….. 첫 데이트 때까지 아껴두려고."

심장이 쿠당탕 소리를 내며 바닥으로 떨어지는 것이 보였다. 발 앞에 떨어진 심장은 가엾게도 미친 듯이 펄떡거리며 뛰고 있었다.

체육관 안의 열기는 점점 높아져갔다. 다들 오늘 하루를 위해 살아왔던 것인지 열정적으로 경기를 하고 있었다. 그리고 다가온 댄스경연대회. 무대 앞에 다들 옹기종기 모여 앉아 눈을 빛내고 있었다. 여기저기서 터지는 함성 소리와 안내 방송이 나오며 영업부가 무대를 내려오고 있었다. 자신을 향해 손을 흔드는 강석에게 마주 손을 흔들어주며 인경은 애써 미소 지었다.

"다음은 기획본부팀이지? 너무 기대된다!"

"나도 나도!"

다들 기획본부팀에서 어떤 무대를 마련했을지 기대감에 찬 눈으로 기다리는 중이었다.

마치 약속이나 한 듯 동시에 데이트 신청을 내건 두 사람 때문에 인경은 고민이 되었다. 재형이 이기는 것과 강석이 지는 것, 또는 그 반대의 경우를 생각하니 기분이 착잡했다. 그 생각에 사로잡혀 경영전략팀 무대를 어떻게 하고 내려왔는지 기억도 잘 나지 않았다.

다만 무대에서 군무를 추던 중 마주친 재형의 눈빛이 자신을 집요하게 따라다녔다는 건 알고 있었다. 그래서 무대를 내려올 때는 부러 강석에게 시선을 두었다. 그의 시선을 마주하고 감당할 자신이 점점 없어졌다. 학생 때처럼 잔소리를 하면 알았다며 그냥 고개를 끄덕일 것만 같았다.

"다음은 기획본부팀의 '니가 있어야 할 곳'입니다!"

여직원들의 함성과 남직원들의 야유가 동시에 터져 나왔다. 여직원들의 인기를 독차지하는 바람에 남직원들의 적이 되어버린 기획본부장을 향해 여직원들은 비명을 지르며 수선을 떨었다. 젊고 잘생긴 본부장을 바라보는 여직원들의 눈길이 다들 만만치 않았다.

"와! 완전 대에박!"

"난 완전 설레!"

누군가의 호들갑을 들으며 인경은 재형을 바라봤다. 노래 가사와 맞춰 춤을 추며 손가락을 까딱거리자 여직원들이 다들 쓰러지는 제스처를 취했다. 그 모습에서 인경은 피식 웃음이 나왔다.

다들 고생한 티가 역력했다. 어느 부서 할 것 없이 '타도 경영전략팀'을 외쳤을 것 같은 무대들이었다.

강석이 있는 영업부 무대를 볼 때는 아무런 생각이 없었는데 재형이 있는 기획본부팀의 무대를 보고 있으려니 심장이 미친 듯이 뛰었다. 그의 시선이 한 번씩 자신에게 와 닿는 순간은 전기 충격을 받은 것처럼 심장이 심하게 수축되었다. 노래 가사가 그의 마음인 것만 같아 괜스레 울컥하는 기분이 들었다.

가사에 맞춰 어서 돌아오라며 손짓을 할 때는 눈물이 핑 돌았다. 유일하게 속을 터놓고 의지했던 사람이었고 자신을 지켜주겠다는 말을 지켰던 사람이었다. 그런 그가 자신에게 돌아왔다는 것을 인지하는 순간 인경은 결국 울음이 터졌다. 할머니의 죽음 이후 말라버렸던 눈물이 가슴을 적시고 있었다.

그래서 온유는 강석이 있는 영업부가 아니라 재형이 있는 기획본부팀이 이기기를 바랐다.

6화. 그와의 하루

　체육대회가 끝나고 직원들 사이에 섞여 나가는 인경을 잡지 못한 재형은 깔끔하게 물러서고 정욱과 사우나를 택했다. 중간에 인경에게 전화를 걸 수도 있었지만 오늘은 그냥 내버려두는 것이 좋을 것 같았다. 무대에서 바라본 인경은 자신이 선택한 곡의 가사를 단번에 파악한 듯 눈동자가 아련해져 있었다. 그것으로 일단은 되었다고 생각했다.

　우웅. 노곤한 잠을 방해하는 전화지만 입가가 빙긋 올라갔다.

　"네, 아버지."

　-1등 해야 된다고 노래를 부르더니 만족하느냐?

　심사위원으로 참가하는 아버지에게 은근슬쩍 압박을 가했다. 기획본부팀이 처음으로 참가한 체육대회니 면은 서야 하지 않겠냐고. 종합 점수로 최종 우승은 경영전략팀이 되었지만 댄스경연은 기획본부팀이 1등을 차지했다.

"그래도 최우수상은 너무하신 거 아닙니까?"

직원들의, 특히 여직원들의 막강한 지지를 얻어 기획본부팀이 1등을 했지만 경영전략팀은 임원진들의 눈에 들어 최우수상을 탔던 것이다.

-경영전략팀은 남녀 혼합이어서 점수가 더 높았어. 그래도 네 체면은 세웠으니 된 거 아니냐.

재형은 볼멘소리를 하다 피식 웃어버렸다. 아버지 말대로 체면도 세우고 데이트도 잡고, 일거양득이었다.

"네네, 감사합니다."

-녀석. 저녁에 창립 기념파티에 꼭 와. 인사드릴 분들이 꽤 있으니까.

"네, 시간 맞춰 가겠습니다."

재형은 가운을 입고 잠이 든 정욱을 보다 시간을 확인했다. 30분 정도 여유가 있었다.

머리가 좋은 온유는 중요한 포인트를 잘도 활용해 점수를 높였다. 힘으로 하는 경기는 어쩔 수 없지만 머리를 쓰는 게임엔 독보적이었다. 경영전략팀이 남녀로 맞춰 군무를 출 때는 상대의 손이 온유의 몸에 닿는 것조차 싫었다. 당장 저 손을 치워버리고 싶다는 생각이 들 정도였다. 온유의 고갯짓 한 번에, 눈길 한 번에 심장은 이미 제 것이 아니었다. 만일 온유가 작정하고 누군가를 유혹하려 든다면 안 넘어갈 남자가 없을 것이다.

"하아, 위험해."

온유를 두고 쑥덕거릴 남직원들을 생각하면 재형의 미간은 잔뜩 구겨졌다.

"안 보이는 데 가둬둘 수도 없고. 나참."

재형은 못마땅하다는 듯 혀를 차며 휴대폰 화면을 열었다. 온유의 이름을 찾아 통화를 연결하려던 재형은 짙은 한숨을 내쉬고 그만두었다. 당길 때와 밀 때를 적당히 배분해야 하는 법이다. 연애에서 우위를 차지하려면 상대를 덜 사랑하는 것이라 했다. 그렇다면 자신은 이미 갑이 아닌 을이었다. 덜 사랑하는 건 애초에 있을 수 없는 일이니.

"안녕하세요."

"어, 온유 왔어?"

인자한 미소를 짓는 주인아저씨의 알은체에 꾸벅 인사를 한 온유는 바에 자리를 잡고 앉았다.

"오늘도 오뎅 3개에 소주 한 병?"

"네."

인경은 입가에 미소를 지으며 고개를 끄덕였다. 아버지가 살아 계실 때 자주 들르고는 했던 오뎅집이었다. 아버지와 어머니가 다정하게 술잔을 기울이며 하루의 피곤을 풀고 있을 때면 자신은 옆에서 갖가지 모양의 어묵을 맛보았었다. 생김새가 다른 오뎅을 골라먹던 온유는 이제 그냥 한 가지 오뎅만 먹었다.

"가만 있어보자, 오늘이 기일이었어?"

"……아뇨."

부모님의 기일 때마다 와서 혼자 술을 마시고 생각에 잠겨 돌아가고는 했었다.

"아이참, 기일이 아니면 못 와요? 쓸데없는 소리는 왜 하고 그래요."

주인아주머니의 핀잔에 주인아저씨가 무안한 웃음을 지으며 오뎅을 담은 그릇과 소주를 건네주었다.

"내가 주책이지?"

"아니에요."

인경은 괜찮다는 의미로 웃어 보이고는 바에 올려져 있는 소주잔을 하나 꺼내 들었다. 강석이 술 한잔하고 들어가자는 것을 피곤하다는 이유로 물리치고 혼자 오뎅집에 들렀다.

"하아."

소주잔에 술을 붓고 오뎅 국물을 한 모금 떠 입에 넣자 뜨거운 열기가 속을 쓰다듬어주었다. 한 학기를 남겨두고 전학을 간 고등학교에서는 아무에게도 마음을 열지 않으리라 마음을 먹었었다. 지쳐 있었고 세상이 싫었었다. 하지만 무심한 듯 다가와 아이들의 집적거림을 막아주는 강석의 속 깊은 마음을 알자 누군가가 떠오르며 마음이 서서히 열렸다. 공부에 취미가 없다는 것을 알았지만 일부러 공부를 가르쳐달라는 강석을 밀어내지 않았었다. 버럭버럭 소리를 지르시는 강석의 아버지, 나긋나긋한 것이 천상 여자인 강석의 어머니, 무뚝뚝하지만 자신에게만은 친절한 강석의 남동생 강준을 보면서 그 가족의 일원이 되고 싶다는 생각도 잠시 했었다.

'형이 누나 엄청 좋아하는 거 몰라요?'

형의 마음을 몰라주는 것이 억울했던지 볼멘소리로 따지던 강준의 말에 미안하다는 말을 했었다. 누구를 마음에 담을 만큼 여유롭지 않았으며 사랑 타령하기에도 정신적으로 힘들어서 그럴 수 없다고 했었다. 한참 동안 자신을 빤히 보던 강준은 어휴, 멍충이 같은 형, 하며 한숨을 푹 쉬고 돌아섰었다. 그때 자신이 강석에게 얼마나 나쁜 사람인지를 어렴풋이 깨달았다. 동생의 눈에도 보이는 강석의 마음을 자신이 몰랐을 리 없었다. 하지만 생각하려 하지 않았다. 강석이 옆에 있으면 든든했고 혼자가 아니라는 위로가 되었기에 외면했었던 것이다.

그런데 재형이 나타나 손짓, 몸짓 하나가 마음에 콕콕 박히면서 강석에 대한 미안함과 죄책감이 짙어져버렸다. 마음이 재형에게 기우는 순간 강석을 쳐다볼 수 없었다. 강석은 자신에게 참 고마운 사람인데도 마음은 그것과 별개로 굴러가고 있었다. 굴러굴러 재형의 앞으로 자꾸만 다가가고 있어 난감한데도 그것이 자연스럽게 느껴질 정도였다. 참 아이러니한 상황 같았다. 재형을 택하는 것은 안 되는 일인데 심장은 왜 혼자서만 앞서가는지 모를 일이었다.

"하아, 사는 게 팍팍하다."

우우웅, 웅웅웅.

"여보세요?"

-집에 들어갔어?

강석의 걱정스러운 목소리가 들려오자 인경은 눈을 감았다. 우리는 무슨 인연이기에 넌 나를 이렇게 걱정하는 건지 모르겠다. 네 마음 알면서도 안 받아주는 나한테 질려서라도 돌아서는 게 정상인데.

"응."

집이 아니라고 하면 강석이 달려올 것을 알기에 거짓말을 했다.

-우리 부서는 회식이다, 자비로 하는 회식. 큭.

취한 것인지 강석의 혀가 꼬여 있었다. 이기면 데이트하자며, 사귀자고 했던 강석의 속이 지금쯤 말이 아닐 것이다. 하지만 영업부가 져서 자신은 안심하고 있었다.

-너희 전략팀은 회식비 받아서 좋겠다고 다들 부러워해. 야, 어떻게 연속 4년이나 우승하냐?

인경은 술잔을 만지작거리며 입가에 희미하게 미소를 지었다.

강석은 친구 자리에 둘 수 있게 되었지만 재형은 과거의 선생님 자리에 그냥 둘 수 있을까.

-다들 네 얘기한다. 악바리라고.

피식 웃음이 나왔다.

"적당히 먹고 들어가."

-응.

인경은 먼저 전화를 끊으려다 멈칫했다. 수화기 저편에서 들릴 듯 말 듯 보고 싶어, 라는 말이 흘러나오다 끊어졌다. 인경은 휴대폰을 맥없이 테이블에 내려놓고 이마를 짚었다. 미안하다는 말로는 보상이 안 되는 세월을 지나왔음을 인지했다.

두 사람 모두 7년 동안 자신의 곁에 머문 사람이었다. 강석은 현실 속에서, 재형은 과거와 기억 속에서. 그렇게 서로의 영역을 지켰던 것이다. 그런데 이제 그 둘이 충돌하고 있었다. 그 충돌을 인경은 방관자처럼 바라보고만 있을 수 없음을 깨달았다. 두 사람의 손을 잡고 심판하는 사람은 자신이 되어야 했다. 강석과 재형, 누구의 무게가 더 무거울까. 누구의 마음이 더 아릿하게 전해져올까.

"으, 속 쓰려."

인경은 양치를 하면서 혼잣말을 했다. 소주 한 병만 마시고 일어서려 했는데, 별다른 안주 없이 두 병을 더 마시고 말았던 것이다. 자신의 주량을 넘어서니 속이 견디지를 못했다.

[언제 출근해?]

재형의 문자를 보던 인경은 답을 하지 않고 출근 준비를 서둘렀다. 신발을 신고 현관문을 열다 멈칫했다. 재형이 현관 바로 앞에서 있었다.

"답도 안 하고 도망치듯이 출근하려 했어?"

인경은 못마땅한 얼굴로 재형을 올려다봤다. 이웃으로 왔지만 이제껏 부딪치지 않아 신경 쓰지 않아도 되겠다 여겼는데, 오늘 보니 왠지 자신이 잘못 생각한 것 같았다.

"아침 안 먹었지?"

재형이 손목시계를 힐끗 내려다보고는 다시 시선을 마주하며 고개를 기울였다.

"나도 안 먹었어. 같이 아침 먹으러 가자."

재형이 앞서 성큼성큼 걸어가자 인경은 마지못해 따라 나섰다.

"타."

재형이 언제부터 자신을 기다린 것인지 몰라도 준비를 하고 기다린 것은 분명했다. 주차장에 있어야 할 차가 오피스텔 현관 바로 앞에 서 있었다.

"간단하게 먹자."

인경은 휴대폰을 꺼내 시간을 확인했다. 어제 술에 취해 자는 바람에 아침을 준비하지 않아 편의점에서 간단하게 해결할 생각이었다. 그래서 좀 일찍 서두른 점이 없지 않았다. 그런데 그는 자신이 아직 출근 전이라는 것을 어떻게 알았을까.

"내가 아직 출근 안 했다는 거, 어떻게 알았어요?"

그의 한쪽 입꼬리가 올라가는 것을 보며 인경은 눈을 가늘게 떴다. 감시라도 붙였나, 하는 생각이 들었다.

"계단을 오르내리다 보면 네 냄새가 나. 집에 들어왔는지, 아침에 나갔는지, 다 알 수 있지."

"허……."

인경은 어이가 없다는 듯 한숨을 내뱉었다. 여러 사람들이 오가는 계단에서 그게 가능하다는 말인가. 그 사람 특유의 냄새가 있는 것은 알지만 냄새라는 것은 섞이기 마련이고 흐려지는 것 아닌가 말이다.

"안 믿는 분위긴데? 하지만 내가 후각이 좀 예민해."

인경은 대답 대신 입을 꼭 다물었다. 냄새에 민감한 사람들이 있다지만 자신이 기억하는 재형은 그 정도로 예민한 사람이 아니었다. 까칠하게 군다거나 짜증을 내지도 않는, 그냥 무던하게 웃어주던 선생님이었다. 무던하게 웃어주는 것은 지금도 변하지 않은 것 같아 쳐다보기가 좀 힘들었다. 눈을 마주하면 홀려버릴 것 같은 반짝임이 그에게 존재했다.

아침으로 해장국을 원한 건 아니었기에 시원한 레몬에이드로 속을 풀고 있었다. 하지만 스크램블을 보아도 식욕이 일지 않아 레몬에이드만 들이켰다.

"데이트는 언제 할까? 주말이 좋겠지?"

"무슨 데이트요?"

인경은 멀뚱한 얼굴로 재형을 바라봤다. 경영전략팀이 종합 우승뿐 아니라 댄스경연대회에서도 기획본부팀을 이겼는데 무슨 데이트를 한단 말인지.

"기획본부팀이 1등 했잖아?"

"하지만 경영전략팀에게 졌는……."

"난 경영전략팀을 이기겠다고 한 적 없어. 1등 하겠다고 했지."

인경은 탄성 같은 한숨을 내뱉으며 이마를 짚었다. 간교한 재형의 수에 말렸다는 것을 알았지만 이미 늦은 후였다. 엘리베이터 CCTV 비디오테잎 사건 때부터 알아봤어야 했는데.

"나하고 하루 데이트하는 거, 발 뺄 생각 하지도 마."

인경은 레몬에이드를 싹 비우고는 팔짱을 꼈다. 데이트를 안 해도 된다고 생각해 편안하게 있었는데 느닷없이 기습공격을 당하는 바람에 머릿속이 암전이었다. 어떻게 이 위기를 넘기지, 라는 생각밖에 들지 않았다.

"이번 주 금요일 밤 12시에 데리러 갈게."

"왜요?"

"데이트하려고."

재형이 고개를 비스듬히 기울이며 눈을 동그랗게 뜨자 인경은 입을 비죽 내밀었다.

"나참, 벌건 대낮을 두고 왜 밤에……."

"보통 하루는 몇 시간이 기준이지?"

질문하는 그도 대답하는 자신도 모르는 답이 아니었다. 그의 숨겨진 의도가 무엇인지 몰라 그저 눈을 동그랗게 뜨고 바라봤다. 재형이 답해보라는 듯 고갯짓을 하자 인경은 마지못해 입술을 달싹였다.

"24시간."

"그러니 금요일 자정 12시와 토요일 새벽으로 가는 12시 사이에 만나야 꽉 채운 하루가 되는 거지."

정말 상식을 뛰어넘는 데이트 날짜 계산 방식에 혀를 내두를 정도였다. 아니 그 밤에 만나 무엇을 한단 말인가.

"무슨…… 잠도 안 자고 데이트를……."

"자지 말라고 한 적 없어. 내 옆에서 자."

"……!"

만일 레몬에이드 컵을 들고 있었다면 바닥으로 떨어뜨렸을 것이라고 생각한 인경은 정신을 차리려 눈을 깜빡였다.

"뭐 할 건데요?"

그가 자신을 놀리는 것이라 생각해 부아가 치밀었다. 데이트하자면서 옆에서 자라는 건 도대체 무슨 심보고 의도냐고!

"24시간 키스만 하면 입술이 안 남아나겠지?"

인경은 어이가 없어 재형을 한껏 째려봤다.

"일단 내 옆에서 재우고 나서 아침 먹고, 공원에 가서 산책하고, 가까운 곳으로 드라이브를 갈까 생각 중."

인경은 옆에서 재운다는 재형의 말이 장난이 아님을 알고 벙 찐 표정을 지었다.

"정말 옆에서 잘 거예요?"

"응."

재형이 너무 천진난만한 얼굴로 대답하자 인경은 머리가 어지러웠다.

"잘 때 네 허락 없이 안 만질 테니까 걱정하지 마."

"안 믿어요."

"왜 안 믿어?"

"엘리베이터에서 겁탈하듯이 입술을 훔친 사람이 누구였는지 몰라요?"

"아!"

그새 까먹었단 말이야. 재형이 기억났다는 듯이 탄성을 내뱉자 인경은 눈을 가늘게 떴다.

"그건⋯⋯."

"그건?"

인경은 재촉하듯이 재형의 말을 낚아챘다. 지금 밀어붙여 정상적인 데이트로 돌리지 못하면 정말 24시간을 그에게 저당 잡힐 것 같아 불안했다.

"네가 눈을 동그랗게 뜨고 나 온유 맞아요, 하는 얼굴로 보는데 어떻게 그냥 넘어가?"

"지금 그 말, 어거지라고 생각 안 해요?"

"어, 안 해."

하! 인경은 속으로 탄성을 내뱉고는 이마를 짚었다가 머리를 쓸어 넘겼다. 그 옛날 배려심 깊고 자상했던 선생님은 이제 없는 것 같았다.

"최온유, 이제 너 지킨다는 명분으로 놓는 일, 없을 거야."

그의 눈빛이 한순간에 변하자 인경은 자신의 입술을 질끈 깨물었다. 그는 이제 수컷의 냄새를 풍기며 다가오는 위협적인 존재로 변해 있었다.

인경은 하루 종일 기계적으로 움직였다. 누가 보고서를 올려도 건성으로 검토하고 누가 불러도 듣지 못하고 멍하니 앉아 있었다.

"무슨 걱정 있어?"

자신을 빤히 쳐다보는 강석의 눈길에 인경은 어깨를 으쓱하고는 고개를 저었다.

"걱정은 무슨⋯⋯."

인경은 구내식당에서 밥을 먹으며 내내 생각했다. 아니, 아침에 재형을 만나고 나서 내내 생각했다. 서로에게 이득이 없는 사이인 것을 알면서 아무렇지 않은 듯 다가설 수는 없다 생각했다. 그런데 머리와 달리 마음은 이미 그에게 기울어 있음을 알았다.

"실례하겠습니다."

"⋯⋯!"

재형의 등장으로 깜짝 놀란 자신과 달리 강석은 떨떠름한 표정을 짓고 있었다. 김 비서가 식판을 내려놓고 강석의 옆에 앉는 것을 보며 인경은 한숨을 푹 쉬었다. 자신의 옆에 누가 앉았는지 보지 않아도 뻔했다.

"어머, 본부장님이야!"

"어떻게 해!"

"나 체육대회 이후로 완전 팬 됐잖아."

여기저기서 웅성거리는 소리와 모여드는 시선으로 인해 인경은 답답함을 느꼈다. 재형이 굳이 보태지 않아도 늘 따라붙는 시선들과 입방아만으로도 버거운데 도와주지는 못할망정 초를 치다니.

"다른 자리에 앉으시는 게 나을 듯합니다."

인경은 재형을 쳐다보지도 않고 낮게 으르렁거리듯이 내뱉었다.

"이미 앉았는데 옮기면 더 이상할 듯합니다."

자신의 말을 고대로 인용하는 재형 때문에 인경은 눈을 흘기며 못마땅한 표정을 지었다. 구내식당에 오는 것을 어찌 막겠느냐마는 하필 자신의 자리로 올 건 뭐란 말인가. 안 그래도 피곤한 일이 산더미인데. 인연도 아닌데 고민 그만하고 접는 것이 나은 선택이라고 생각했다.

"강석아, 너 주말에 뭐 해?"

그가 말한 데이트 날임을 알면서도 인경은 강석에게 질문을 던졌다. 재형의 눈썹이 일그러지는 것을 봤지만 싹 무시했다.

"글쎄, 아버지가 골프 얘기하시던데……."

"최 과장님은 주말에 데이트 있다고 안 하셨습니까?"

"……!"

불쑥 끼어든 재형으로 인해 인경은 화들짝 놀랐다.

"데이트?"

강석이 의아한 얼굴로 묻자 인경은 난감한 표정을 지었다. 재형이 직원들이 드나드는 구내식당에서 그 데이트 상대가 누구인지 밝힐까 봐 조마조마했다.

"제가 잘못 알았나요?"

인경은 재형을 보며 눈을 게슴츠레하게 떴다. 모든 이의 화살을 감수하며 데이트할 생각은 없었다. 여기서 재형이 밝힌다면 자신은 딜이고 뭐고 젖혀두고 정중하게 거절할 생각이었다.

"아, 제가 잘못 알았나 봅니다."

재형이 눈치 빠르게 수습을 하고 나오자 강석이 별 싱거운 사람 다 본다는 표정을 지었다. 인경은 한숨을 삼키며 재형과의 자리를 피하고 싶어 먼저 자리에서 일어섰다.

"같이 가……."

"넌 아직 남았잖아, 천천히 먹고 와."

같이 일어서려는 강석을 말린 인경은 재형에게는 눈길도 안 주고 잔반처리대로 향했다.

"……!"

잔반을 처리하고 물을 마시다 화들짝 놀랐다. 누군가가 손을 슬쩍 잡았다가 놓는 바람에 인경은 눈을 커다랗게 떴다. 어떤 인간인지 가만 안 둔다고 생각하며 돌아보는데, 재형이 서 있었다.

"먹는 양이 너무 적어."

속삭이듯이 말하는 재형을 빤히 바라봤다.

"원래 많이 안 먹습니다."

재형이 얼굴을 마주하며 눈가에 미소를 짓는데 심장이 떨렸다. 좀 전에 치한인 줄 알았던 마음은 온데간데없고 그의 시선이 닿는 모든 곳이 긴장으로 굳어졌다.

"그래서 데이트 계획 전면 수정입니다."

걱정하는 그를 밀어내려 딱딱하게 경어를 사용했더니 재형도 이내 경어로 응수했다.

"하루 종일 먹고 자고 먹고 자는 걸로."

그렇게 속삭인 재형이 아무 일 없었다는 듯이 돌아서 나가자 인경은 긴장으로 굳었던 몸을 풀며 짙은 한숨을 내쉬었다. 왜 이렇게 재형에게 꼼짝 못하는 것인지 억울했다.

금요일. 다들 불타는 금요일이라며 흥겨워했지만 인경은 아니었다. 머리에 쥐가 날 정도로 금요일이 다가오는 것을 고민한 적이 있었나 싶었다.

중간고사, 화학 시험을 치는 데 도저히 집중을 할 수 없었다. 이 사장의 아들이 화학 선생님이라는 사실이 너무 싫었다. 주관식을 비워두는 바람에 점수는 내려갔고 선생님은 풀이를 따로 해주겠다며 교무실로 오라고 했었다. 몰라서 못 푼 것이 아니라고 말해봐야 무슨 소용일까 싶었다.

교실 창틀에 앉아 바람이 장난을 치게 두었다. 머리칼이 흐트러지고 나부끼는 대로 내버려두니 마음이 조금 진정이 되었다.

'최온유.'

언제 왔는지 화학 선생님이 자신에게 다가오고 있었다. 긴 다리로 성큼성큼 걸어와 허리에 손을 얹고는 엄한 눈길로 자신을 보고 있었다.

'다시 한 번 짚어보자. 그럼 네 실수가 뭔지 알 수 있을 거야. 시험지 가져와.'

자신의 실수는 선생님이 이사장의 아들이라는 것을 모르고 심적으로 너무 기대었다는 것이다.

앗! 될 대로 되라 하는 심정으로 창가에서 내려서다 중심을 잃었다. 여름 같은 상큼한 향기가 코끝을 취하게 만들었다. 마른침을 넘기는 소리가 귀에 들려 고개를 들자 선생님의 눈이 자신을 집요하게 바라보고 있었다. 어딘지 거칠게 느껴지는 선생님의 숨소리에 심장이 같이 거칠게 뛰었다.

분위기가 묘해져 문제 풀이도 빨리 끝내버렸다. 목덜미에 붙은 선생님의 시선이 자꾸만 심장으로 스며드는 것 같아 신경이 쓰였다. 심하게 위축된 심장은 이제 고통스러울 지경에 다다라 있었다. 다 풀었으니 그만 가겠다는 말을 하고는 마구 쑤셔 넣듯이 가방에 필기구와 시험지를 넣고 자리에서 일어섰다.

'저녁 먹을래?'

교실 뒷문을 향해 걸음을 떼려는 순간 들려온 선생님의 목소리에 잡혀 더 이상 움직일 수가 없었다. 손이 아닌 목소리로 걸음을 잡을 수도 있다는 것을 처음 알았다.

'같이 먹자.'

같이. 참 좋은 단어라는 생각이 들었다. 못 이기는 척 같이 저녁을 먹으러 갔다. 웃으며 얘기하는 선생님을 보는데 마음이 괴롭고 편치 않았다. 그래서 술을 사달라고 했다가 딱밤을 맞았다. 어른하고 같이 마시면 마실 수 있는 것 아니냐고 했더니 카페와 술집을 같이하는 곳에서 주스를 사주셨다.

유쾌한 농담을 하는 선생님을 바라보는데 자꾸 눈가가 시큰해져 잠시 화장실을 찾았다. 그런데 어디선가 들리는 음탕한 신음 소리에 숨이 턱 막혔다. 여자의 애끓는 듯한 목소리와 나긋하며 나른한 목소리가 심장을 쥐고 놔주지 않았다. 나가야 한다는 생각도 못하고 얼떨떨한 표정으로 소리가 나는 곳을 돌아봤다. 아무것도 보이지 않지만 숨죽여 헐떡이는 소리가 자신을 마구 할퀴는 것 같았다.

'온유야.'

밖에서 자신을 부르는 선생님의 목소리에 화들짝 놀라 눈을 커다랗게 떴다. 마치 그 온유야, 가 몸을 더듬는 듯한 기분이 일어 눈을 질끈 감았다. 얼른 대답을 하고 화장실을 나가야 하는데 발이 붙은 것처럼 떨어지지 않았다. 서로의 살을 빨아들이며 내는 쪽쪽 소리가 들렸다 들리지 않았다 하는 그 모든 순간 온유는 얼어붙고 말았다. 어른이 된다는 건 저런 짓을 해도 된다는 말처럼 여겨졌다. 어떤 미친 인간들이 화장실에서 저러고 있나 싶은 생각은 나중에, 아주 나중에 들었다.

"그날 난 선생님과 있는 것이 좋았나? 만일 좋았다면 그건 데이트라고 할 수 있나?"

인경은 들고 있던 펜을 놓고 두 손에 얼굴을 묻었다.

"들어와."

현관에 서서 들어오라고 재촉하는 재형을 보며 인경은 마른침을 삼켰다. 정말 금요일 밤 12시가 되자 거짓말같이 초인종이 울렸다. 열어주기 싫어 못 들은 척하는데, 초인종은 급하게 울리지도 않고 끈기 있게 울림을 전해왔다. 그 울림이 꽤 깊어 자신이 재형을 피할 이유가 뭔지 헷갈리기 시작했다. 그냥 딜을 했고 우승이 아니고 1등이라는 그의 꾀에 자신이 넘어갔을 뿐이었다. 의미 없이 데이트를 한 번 하고 나면 그만인 것이다. 그러니 피할 이유가 없다 여겨졌다.

"편히 있어."

오피스텔의 구조야 다 같은 것이니 볼 것이 없었다. 영화를 볼 수 있게 되어 있는 스크린을 보며 인경은 소파에 앉았다. 쌓여 있는 DVD 테잎을 건성으로 훑은 인경은 옆에 놓인 쿠션을 끌어안았다.

"자, 여기 커피, 빵, 과일, 족발, 피자. 치킨도 있고."

인경은 그가 테이블에 주욱 늘어놓는 음식들을 보며 황당한 표정을 지었다. 이 밤에 이것을 다 먹었다간 소화불량으로 잠은커녕 응급실을 가야 할 판이었다.

"골라 먹어."

"피난 온 줄 알겠네요."

"난 울적할 땐 이렇게 먹었어."

인경은 반쯤 벌어진 입술을 다물 수가 없었다. 그렇게 먹은 몸치고는 너무 늘씬하게 잘빠진 몸이었다.

"거짓말."

"밤에 이렇게 먹고 낮에는 미친 듯이 러닝머신 위를 달렸지."

"그 짓을 왜 해요?"

이해가 안 간다는 얼굴로 쳐다보자 그의 눈빛이 어딘지 씁쓸하고 애잔하게 변했다.

"최온유를 두고 떠나야 해서 미칠 것 같았거든."

인사도 못하고 떠났던 그가 그동안 어떻게 지냈는지 알 것 같은 말이었다.

"미칠 것 같다면서…… 안 찾았잖아요."

원망이 아니었다. 한 번쯤은 안부나 소식을 묻는 메일을 보낼 줄 알았다. 먼저 그를 유혹한 것은, 다른 이들은 몰라도 자신은 아는 사실이었다. 어설픈 복수극은 그렇게 막을 내렸고 아무것도 이룬 것이 없었다.

"변명 같지만 나하고 있어 너한테 좋을 것이 없다 생각했어."

인경은 무릎을 세우고 끌어안은 쿠션에 얼굴을 반쯤 묻었다. 시간이 지날수록 진해지는 그리움이 있다는 것을 알았다. 하지만 함부로 꺼내볼 수 없는 그 그리움에 마음이 아팠고 내내 눌러 담았었다. 꺼내보면 안 되는 이유를 늘 찾았었다.

"영화 뭐 볼 거예요?"

인경은 가라앉는 분위기를 바꾸려 화제를 돌렸다. 그를 기다렸던 것이든 그리워했던 것이든 이미 다 소용없는 일이었다. 오늘만 지나면 자신은 제자리로 돌아갈 것이다. 그를 밀어내야 하는 이유는 명백했다.

"그때 나한테 왜 키스했어?"

화제를 전환했지만 전혀 먹히지를 않았다. 인경은 난감한 얼굴로 재형을 쳐다봤다. 복수에서 비롯되었다는 것을 말해야 하는데 입이 떨어지지 않았다.

"그때 나는, 난…… 선생님이."

"아니, 그때 말고. 엘리베이터 안에서 뜨겁게 반응했잖아."

질문이 아닌 단정이었다. 하지만 그 부분에 있어선 자신도 속으로 인정한 부분이었다.

"내, 내가 언제 뜨, 뜨겁게 반응했다고……."

말이 버벅거리며 나왔다. 지금도 그때 왜 그랬는지 설명하라고 하면 설명이 불가했다. 무슨 마음으로 입술을 움직였는지 명확하지 않았다.

"너 정말 뜨거웠어. 내가 놀랄 정도로."

"읏."

인경은 그가 다가오자 화들짝 놀라며 쿠션을 힘껏 껴안았다. 그런데 그렇게 방패 삼아 쥐고 있던 쿠션이 그의 손길 한 번에 떨어져 나갔다.

"그래서 온유도 나를 기다렸다고 생각했어."

속삭이듯이 말하는 재형을 보며 인경은 몸이 점점 굳어졌다.

"기다리긴 누가, 읏."

재형이 가볍게 손목을 그러쥐고 당기자 몸이 앞으로 쏠려 그와 가까워졌다. 닿을 듯한 거리 앞에서 인경은 마른침을 삼켰다.

"네 첫 키스 상대가 나라는 거 알아. 그때 미술창고에서 몰아붙이듯이 해서 겁 먹었던 것도 알고. 그런데 그거 알아?"

인경은 두렵고 떨리는 마음으로 재형을 쳐다봤다. 어른처럼 키스를 한 그날, 쓰러질 것 같은 기분을 느끼며 그의 팔을 꽉 움켜쥐었던 기억은 뚜렷했다. 만일 그때 들키지 않았다면 자신도 같이 그를 받아들이고 탐했을지는 지금도 의문으로 남아 있었다.

"그때 나도 첫 키스였거든."

"하아, 읍!"

재형의 말을 듣던 인경의 입술 사이로 짙은 한숨이 새어 나오다 막혀버렸다. 그의 입술이 맞닿고 입술이 번갈아 얽혔다. 그리고 거칠 것 없이 들어온 혀에 속살을 유린당했다. 자신의 뺨을 감싼 그의 손이 더 깊이 끌어당기자 입술이 더 야릇하게 부딪쳤다. 아랫입술과 윗입술을 번갈아 핥던 그가 혀를 찾아 옭아매자 인경의 입에서 얕은 신음이 새어 나왔다. 거칠지 않게 휘감는데도 마음이 마구 헝클어졌다. 달아나고 싶은데, 혀는 이미 그에게 붙들려 핥아지고 빨아들여지고 있었다.

"하아, 24시간도 부족할 판이네."

그의 입술이 떨어지자 온유는 흐릿해진 눈을 깜빡였다. 시야가 돌아오기 바쁘게 그가 다시 덮쳐왔다. 아까와 달리 거칠게 자신을 핥으며 들어온 재형의 혀가 속살을 샅샅이 빨아들이고 있었다. 숨이 차올라 고개가 점점 뒤로 젖혀졌다.

"하아, 하……."

떨어진 입술 사이로 숨을 몰아쉬던 인경은 그의 입술이 이마에 닿자 어깨를 움찔했다.

"겨우 미치지 않고 버텼는데……."

그의 입술이 가볍게 닿았다 떨어지며 속삭이는 말에 인경의 심장이 울컥하며 펌프질을 했다. 이어진 그의 다음 말에 묶여버린 마음은 인경을 흔들고도 남았다.

"이제는 온유, 네가 옆에 있어 미칠 것 같아."

소유욕으로 짙어진 재형의 눈동자에 열에 들뜬 자신의 모습이 고스란히 담겨 있었다.

7화. 못된 아이

온유의 입술은 부드럽고 연약해 닿는 느낌이 실크 같았다. 미끄러지듯이 흘러가는 실크처럼 감촉을 자극하는 피부였다. 당황한 듯 망설이는 혀를 찾아 훑고 빨아들이며 재형은 인경의 허리를 감싸 안았다. 살짝 떨어졌다 다시 갈급하게 찾아 입술을 열고 혀를 옭아맸다. 아랫입술을 깨물고 싶었지만 그럴 수 없었다. 너무 부드러워 깨무는 순간 피가 터져 나올 것만 같았다.

"읍."

인경이 손을 뻗어 자신의 입을 막아버리자 재형은 눈을 커다랗게 떴다. 떨고 있는 온유의 입술에 취해 심장은 터지기 직전이었다. 그런데 인경이 자신을 밀어내고 있어 미간이 좁아졌다.

"그만…… 그만요."

거친 호흡을 뱉어내는 인경은 시선을 외면하고 있었다. 자신을 멀리 밀어내려는 인경을 보며 재형은 입을 막은 손등에 자신의 손을 겹쳐 손바닥에 입을 맞추었다. 반쯤 벌어진 입술을 다물지 못한 인경이 화들짝 놀라 손을 떼려 비틀어도 재형은 놓아주지 않았다.

"키스는 입술에만 하는 게 아니잖아?"

"웃."

재형은 인경의 손바닥에 다시 입술을 붙였다 떼고는 손가락을 입술에 가만히 대보았다. 꼼지락거리며 달아나려는 손목을 그러쥐고는 자신에게로 당겼다. 인경이 벌린 거리가 다시 가까워졌다. 인경의 머리카락을 귀 뒤로 쓸어 넘기며 재형은 짙은 한숨을 쉬었다. 마음 같아서는 온유의 젖은 혀와 달콤한 입술을 다시 탐하고 싶었지만 움츠러드는 인경을 위해 한발 물러났다.

"그래, 그만할게."

안도하는 인경의 모습을 보며 재형은 쓸쓸한 미소를 지었다. 남녀와의 스킨십을 두려워하는 눈빛이 아니라 다른 이유를 담은 듯한 인경의 눈동자를 보자 기분이 이상했다.

"영화 보자. 보다가 잠 오면 방에 가서 자도 돼. 아니면 그냥 소파에서 자도 괜찮아. 이 소파가 은근 편하더라고."

재형은 애써 미소를 지어 보이고 손에 잡히는 대로 영화 DVD를 넣었다. 소파 끝에 앉아 있는 인경을 힐끔 돌아보는데 속이 울렁거렸다. 고등학교 때, 한순간 태도가 돌변했던 온유가 언뜻 보였다.

'이번에는 같이 걸어줄 건가요?'

학교 안, 여기서 이러면 어쩌자는 거냐고, 우리가 나란히 걸어도 괜찮은 사이냐고 묻고 싶었다.

교복 상의 주머니에 손을 찔러 넣은 온유가 묘한 미소를 짓자 속이 타는 것 같았다. 한 번씩 뱉어내는 말들이 심장을 푹푹 찔러대니 죽을 지경이었다.

처음 부임한 학교에서 한눈에 반해버린 학생이었다. 그저 좀 독특해서 눈길이 가는 것이라 여겼는데 마음을 어쩌지 못하고 온유가 속을 파고들었다. 여학생은 여자가 아니라고 생각하며 밀어내려 했는데도 쉽지 않았다.

재형은 소파 팔걸이에 팔을 올려 턱을 괴고는 영화가 아닌 인경을 바라봤다.

과거의 재형은 사랑하는 사람이 생기면 언제라도 고백할 수 있을 것이라 여겼다. 그런데 그 상대는 학생이었다. 늘 언제 크나, 하는 마음으로 바라봤다. 수업시간에는 온유만 보였다. 세상 귀찮다는 듯한 얼굴로 칠판을 바라보는 모습이 마음에 들지 않았다. 꿈을 꾸고 희망을 향해 도전할 나이인데 뭔가 기운이 없는 듯 창백한 얼굴이었다.

'오늘이 며칠이지?'

3일이라고 반 아이들이 합창을 하지 않아도 알고 있었다. 그리고 자신은 출석번호 43번이 누구인지도 이미 알고 있었다.

'그럼 43번…… 나와서 풀어보자.'

누구인지 알면서 모르는 척 번호만 불렀었다. 의자를 바닥에 끄는 소리가 나고 온유가 천천히 걸어 나오는데 숨이 막히는 기분이었다. 무감한 눈동자가 자신을 스쳐 지나가는 것을 그저 멍한 눈으로 바라봤었다. 분필을 잡고 적어 내려갈 때마다 드러나는 가느다란 손목에 마른침이 넘어왔다. 의미 없이 귀 뒤로 머리카락을 넘기는 모습에서 탄식 같은 신음이 터져 나오려 했다.

'잘 풀었어.'

칠판에 판서를 끝낸 온유가 돌아보자 신음이 저절로 삼켜졌다. 올곧게 자신을 바라보는 투명한 갈색 눈동자에 심장이 욱신거렸다. 자신을 향해 고개를 까딱이고는 자리로 들어가는 온유를 보며 주먹을 쥐었다 풀었다. 실수라도 좀 하면 붙잡아두고 다시 풀이라도 시킬 텐데, 언제나 완벽하게 문제를 풀어내니 붙잡을 구실도 없었다.

"하아……."

재형은 두 손으로 얼굴을 쓸어내리다 인경을 바라봤다. 스크린을 의미 없이 바라보는 인경이 선생이었던 자신의 곁을 무심하게 스쳐 지나가던 온유와 겹쳐졌다. 복도를 지나가며 마주친 선생님에게 묵례라도 하고 가면 좋으련만 그냥 지나가버리는 온유를 떨리는 마음으로 바라봤다. 그때도, 지금도 자신에게 눈길 한 번 안 주고 가버리는 온유가 야속해야 하는데, 입가에는 미소가 지어졌었다.

욕실의 거울을 보며 서 있던 인경은 입술을 질끈 깨물었다. 뒤늦게 밀어냈지만 격렬하게 탐하는 재형의 기세에 눌려 입술이 부풀고 말았다.

"온유야, 여기 얼음."

얼음을 건네주는 재형을 한 번 흘겨본 인경은 얼음주머니를 입술에 갖다 대었다. 남자와 키스를 한 경험이 없어 자신의 입술이 이렇게 약한 줄 몰랐다.

"씻고 나와. 밥 먹게."

고개를 끄덕이자 재형이 주방 쪽으로 걸어갔다.

얼마간 키스를 했던 것인지 감도 오지 않았다. 입술을 탐하는 그의 모든 행위에 치여 정신이 없었다. 겨우 그를 밀어냈지만 진정이 되지 않았다. 반면 순순히 물러나준 그에게 고마움도 들었다. 영화를 보다 지쳐 잠이 들었고 눈을 뜨니 그가 자신의 뺨을 만지고 머리카락을 쓸어주고 있었다. 허락 없이 만지지 않는다고 약속하지 않았냐고 일침을 가하자 그가 피식 웃으며 손을 번쩍 들고는 물러났다. 그 행동을 보고 그만 웃음이 터져버려 거리를 두었던 것이 말짱 도루묵이 되었다.

"하아……."

"왜 자꾸 한숨을 쉬어, 젊은것이."

인경은 화들짝 놀라며 거울을 바라봤다. 재형의 말에 돌아가신 할머니의 기억이 불쑥 솟아올라 명치끝이 아렸다.

'한숨 쉬지 말어.'

아픈 할머니 앞에서 무심결에 한숨을 뱉은 것이 미안했다. 그래서 명랑하게 웃으며 심호흡을 한 거라고 둘러댔었다.

'돈 없지?'

자신의 한숨이 돈 때문이라고 생각하시는 것 같았다. 얼마 전 중환자실까지 다녀온 할머니가 다시 회복을 해 얼마나 감사한지 모를 일이었다. 하지만 금전적으로 휘청하고 있는 것도 사실이었다. 사실 남아 있는 것이 없었다.

원래 쌓아두고 사시던 분들이 아니라 부동산은 집과 자동차, 작은 주말 농장이 다였다. 동산으로는 부모님이 자신 앞으로 들어둔 각종 보험금과 엄마가 매달 넣던 적금이었고 아빠의 사망보험금이 다였다. 사는 동안 풍족하게 살았지만 이제는 그 풍족함이 바보 같았다는 생각이 들었다.

엄마의 약국은 정신없는 틈에 이미 다른 사람의 손에 넘어갔다. 건물주가 이상한 수를 써 뺏어갔는데, 변호사 비용이 만만치 않아 포기하고 말았다. 더군다나 할머니가 아파 신경 쓸 여력도 없었다.

'이 할머니는 살 만큼 살았어. 그러니……'

'할머니, 제발 그런 말…… 하지 마.'

눈물이 나오려 해 입술을 아프게 깨물었다. 살 만큼 살고 가는 인생이란 없다. 하루살이도 죽는 그 순간 하루만 더, 하고 미련을 둔다는데 하물며 더 많은 날을 산 사람들의 미련은 어떻겠느냐 말이다.

에고, 불쌍한 것. 할머니의 한 맺힌 음성이 온몸을 물 먹은 솜처럼 만들었다. 무너지고 싶지 않아 할머니의 거친 손을 꼭 잡았더니 되려 선생님의 부드러운 손이 떠올랐다. 자신의 손을 꼭 잡고 이끌어주던 손이 원수의 손이었다는 생각에 이르자 울음이 터지기 시작했다.

'울지 마라, 온유야. 울지 마, 온유야.'

할머니의 메마른 음성이 쓰다듬듯이 머리 위에 내려앉았다.

바람이 불어오는 공원엔 꽤 많은 사람들이 나와 자리를 펴놓고 햇살을 즐기고 있었다. 아이들의 웃음소리가 제일 많이 퍼지는 곳은 연못가였다. 금붕어에게 먹이를 던져주며 즐거워하는 아이들을 인경은 가만히 바라봤다.

"우리도 먹이 줄까?"

자신들이 더하지 않아도 자리 경쟁은 이미 복잡하고 치열했다. 서로 좋은 위치에서 먹이를 주기 위해, 자신이 준 먹이를 얼마나 잘 먹는지 보기 위해 신경전이 장난 아니었다.

"아이들한테 양보하죠."

"아쉽네."

다정하다고 생각했던 선생님은 나이가 들어 만나니 개구지고 짓궂은 부분이 있었다. 재형의 익살스러운 표정에 인경은 피식 웃다 화들짝 놀랐다.

"보는 눈이 많은데 이건 좀 아니지……."

인경은 자신의 허리를 꽉 움켜쥐는 재형을 째려봤지만 소용이 없었다.

"난 데이트 중이고, 다른 사람 신경 쓰기 싫어. 내가 눈살을 찌푸리게 할 정도로 음란 행위를 하는 것도 아닌데 누구 눈치를 봐야 해?"

재형의 말이 틀린 말은 아니지만 인경은 동의할 수 없었다. 이렇게 그와 아무렇지 않게 스킨십을 하다 보면 마음이 약해지는 법이다. 처음이자 마지막 데이트로 끝을 내야 했다. 그러니 그에게 더 이상 여지를 주고 싶지 않았다.

찰싹.

"아!"

"내 눈치를 봐요."

재형의 손등을 찰싹 때린 인경은 그에게서 두어 걸음 떨어져 걸었다. 집에 가서 옷을 갈아입고 나오며 두고 갔던 휴대폰을 열어보니 강석에게서 부재중 전화와 문자가 와 있었다.

[정말 데이트라도 갔어?]

문자를 보는 순간 한숨이 새어 나왔다.

"그쪽 아니야."

"어?"

재형이 확 끌어당기며 다시 허리를 낚아채자 인경은 맥없이 끌려갔다. 그가 이끈 곳은 큰 나무 아래 그늘이었다. 언제 준비했는지 재형은 백팩에서 자리를 꺼내 폈다. 그러고는 자리를 잡고 앉아 자신의 옆자리를 손바닥으로 가볍게 두드렸다.

"여기 앉아. 책 읽어줄게."

멀뚱한 얼굴로 쳐다보자 재형이 책을 한 권 꺼내 들었다. 인경은 그런 그의 곁에 자리를 잡고 앉아 무슨 책인지 표지를 쳐다봤다.

"한국야담? 조선왕조실록, 연금술사, 사랑 후에 오는 것들, 여인실록……"

재형이 꺼낸 다양한 장르의 책을 보며 인경은 황당하다는 표정을 지었다. 수업 시간도 아닌데 무슨 책을 이리 많이 들고 왔느냐고 핀잔을 주려 했다. 그런데 재형이 한 권을 빼놓고 나머지를 차곡차곡 쌓더니 그것을 베고 누워 팔을 옆으로 폈다.

"누워봐. 재미있는 걸로 읽어줄게."

재형이 들고 있는 것은 한국야담이었다. 개구진 구석이 있는 그를 보다 인경은 책을 받아 쥐었다.

"내가 읽어줄게요."

자신을 편하게 해주려는 그를 보자 마음의 빗장이 소리 없이 열리는 것 같았다. 그의 곁에 누워 그가 읽어주는 것을 듣고 싶었지만 그어놓은 경계를 허물 수는 없었다. 그래서 먼저 손을 뻗어 책을 잡았다.

"좋아, 야한 걸로 부탁해."

인경은 피식 웃음이 나왔다. 목차를 보며 하나를 고른 인경은 감정을 배제하고 찬찬히 읽어나갔다. 야하지 않은 것으로 고른다고 골랐는데도 얼굴이 화끈거렸다. 그만 읽을까, 하고 생각하며 시선을 들자 재형이 팔베개를 하고는 자신을 빤히 바라보고 있었다. 재형의 시선에 사로잡힌 인경은 울렁거리는 심장을 외면하며 다시 책으로 시선을 내렸다. 그런데 어디까지 읽었는지 찾을 수가 없었다.

"온유도 그렇게 책을 잘 읽었는데. 강약과 장단을 조절하고 사람들로 하여금 집중하게 만들었지. 국어 선생님은 네가 책을 읽으면 다들 집중한다고 좋아하셨어. 굳이 읽힐 필요가 없었는데도 수업 시간에 그렇게 했다고 했어. 그래서 나도 수업 시간에 해보고 싶었는데……."

인경은 아련한 눈으로 재형을 쳐다보다 눈을 감았다.

"온유야, 날 봐."

인경은 눈을 떠 재형을 바라봤다. 올곧게 자신을 바라보는 재형의 눈이 맑게 빛나고 있었다. 하지만 그의 어머니가 누구인지 떠오르자 간질거리던 두근거림까지 엉망이 되고 말았다.

'묻고 싶은 것이 있다고?'

부모님의 사고와 학교 이사장이 연관되어 있다는 태웅의 말을 듣고 밤새 한숨도 자지 못하고 학교로 나온 길이었다. 교실에 가방만 두고 나와 이사장이 출근하기만을 기다렸다.

소파에 다리를 꼬고 비스듬히 앉아 있는 모습에서 못마땅함이 묻어나왔다. 경멸하듯 보는 시선 속에서 온유는 입을 열었다. 제주도 교통사고 상대 운전자가 자신의 아버지였다고 밝히자 알아, 하며 대수롭지 않은 듯 '그래서 뭐, 어쩌라고' 하는 이시장의 말투와 태도에 반듯한 미간이 구겨졌다. 사건을 바로잡고 싶었다. 아빠의 잘못으로 알고 보상을 하고 안 하고가 중요한 것이 아니라 죽어서도 억울해하실 아빠를 생각하니 참을 수가 없었다. 늘 정도를 걸어오신 아빠의 성정을 잘 알고 있었다. 100원짜리 하나도 허투루 쓰시지 않는 분이었다. 고지식한 부분이 없지 않았지만 그렇다고 대화가 안 될 정도로 막힌 분도 아니었다. 젊은 학생들을 가르치다 보니 자신보다 유행은 더 잘 아셨었다.

'음주운전으로 신호 위반한 건 이사장님이잖아요.'

'누가? 내가?'

어이가 없다는 말투와 태도를 취했지만 당황하는 것이 보였다. 조금 더 밀어붙이면 사건을 바로잡는 것에 무리가 없다 여겼다. 하지만 화를 내며 길길이 날뛰는 이사장의 태도로 보아 절대 스스로는 인정할 것 같지 않았다. 자신을 죽일 듯이 바라보며 본인도 힘들었다고, 그런 사고를 당하고 병원에 입원을 했지만 사정을 봐줘 합의금도 받지 않고 사건을 마무리해줬으면 됐지, 뭘 더 바라느냐는 악다구니를 들어야 했다. 역겨움이 밀려 올라왔다. 뻔뻔하다는 생각도 들었다.

'이사장님의 음주운전이 한 가정을 파탄으로 몰았는데, 미안하지 않으신가요?'

떨리던 몸이 이상하게 가라앉고 마음이 담담하게 굳어졌다. 이사장과 같이 동석했던 사람은 혼수 상태로 있다 며칠 후 죽었지만 할머니가 보상을 하지 않았었다. 그 부분을 물었을 때 할머니는 어른 일에 너무 신경 쓰지 말고 공부만 하라고 하셨다. 그 의문은 의심에서 오늘 확신으로 바뀌고 있었다.

아빠가 하지 않은 신호 위반에 사람이 죽었다는 억지는 듣고 있을 수가 없었다. 그래서 이사장에게 음주운전, 신호 위반을 인정하라고 했다. 정작 죄를 짓고 벌을 받아야 하는 사람은 멀쩡하게 살아 있고 부모님은 날벼락에 맞아 돌아가신 것이다. 이건 불공평해도 너무 불공평한 일이었다.

'네 학비도 내가 다 내주고 있는데 도대체 뭐가 불만이야!'

순간 턱이 덜덜 떨렸다. 두려움에 떨리는 것이 아니라 분노로 눈이 뒤집힐 것 같았다. 사람들이 왜 살인을 하는지 알 것만 같았다.

'어디서 돈을 더 뜯어내려고.'

가슴에서 올라오던 말이 목구멍에 마구 걸려 숨도 쉬어지지 않았다. 돈만 밝히는 파렴치한이 되어도 좋으니 사과를 받고 싶었다.

화장실 변기를 붙잡고 원색적인 소리를 내며 아침에 할머니가 만들어주신 토마토주스마저 다 게워내고 말았다. 사람이 얼마나 비겁하고 비열할 수 있는지 깨달았다. 자신을 보호하기 위해 얼마나 상대를 비참하게 만드는지도 알았다.

'온유?'

세면대에서 얼굴을 씻고 고개를 드니 화학 선생님이 둥그렇게 뜬 눈으로 자신을 쳐다보고 있었다. 구역질로 인해 이사장실을 나와 선생님 전용 화장실로 들어온 것이 그제야 기억이 났다. 필름이 뚝 끊긴 것처럼 아무 생각이 나지 않더니 선생님을 보는 순간 필름이 다시 이어졌다.

'무슨 일인데 수업도 안 들…… 온유야!'

다가오는 선생님을 붙잡고 소리 내어 울어버렸다. 자신을 웃게 하는 유일한 사람을 붙잡고 울었다. 장례식 이후, 부모님이 안 계시는 그 순간부터 울지 못하던 자신이 그렇게 목을 트고 마음을 열고 울었던 것이다. 등을 토닥여주시는 선생님의 손길에 더욱 눈물이 났다. 넓은 가슴을 내어주며 울어도 된다고, 속이 뚫릴 때까지 울어도 된다고 말해주는 선생님이 한없이 고마웠다. 그때는 화학 선생님이 이사장의 아들인 것을 몰랐었다.

"화장실 좀 다녀올게요."

이사장의 표독스러운 눈과 전혀 다른 빛을 담고 있는 재형의 눈을 외면하며 자리에서 일어섰다.

"취해라. 마구."

재형은 인경의 잔에 술을 따라주면 악담을 했다. 어이없어하는 인경의 얼굴을 보며 눈을 가늘게 떴다. 공원에서 인경이 화장실을 간 사이 휴대폰이 진동했다. 보지 않으려 했는데 액정에 잠깐 떴다가 사라지는 문자를 보자 속이 뒤집혔다. 친밀함이 느껴지는 강석의 문자가 거슬렸다.

[하루 종일 시체놀이 하는 거야? 너무 많이 하면 머리 아파. 그만 일어나서 나한테 얼굴 좀 보여줘.]

간단한 문자이면서도 온유를 걱정하는 마음과 보고 싶어 하는 마음이 드러나 있어 화가 났다. 자신이 7년간 곁에 없어서 생긴 그 공백을 뺏긴 기분이었다. 비어있는 7년간이 아니라 권강석이라는 남자가 채워준 온유의 시간들에 질투가 일었다.

"뭐 불만 있어요?"

밤 12시가 다가오고 있기 때문에 자신이 까칠하게 구는 것이라 여기는 듯했다. 오늘이 지나 내일이 다가와도 오피스텔이나 회사에서 온유를 볼 수는 있었다. 하지만 볼 수 없는 시간이 볼 수 있는 시간보다 갑절이나 많아 마음에 들지 않았다. 기획본부실로 발령을 내고 싶지만 구멍가게 인사가 아니라 마음대로 할 수는 없었다.

"데이트 시간 연장해서 일요일 저녁까지 같이……."

"안 돼요."

두 번 생각하지 않고 자신의 말을 잘라버리는 인경이 야속했다.

"마셔."

재형은 잔을 부딪치고는 단숨에 술을 들이켰다. 데이트 시간이 지날수록 흡족함보다는 자꾸 온유로부터 밀려나고 있다는 생각이 들어 조급해졌다. 그러다 책을 읽어주는 온유의 목소리가 자장가같이 들려 자신도 모르게 깜빡 잠이 들었다. 화들짝 놀라 깼을 때 온유는 생각에 잠긴 눈으로 연못을 바라보고 있었다. 그 모습이 어딘지 아프고 애잔하게 다가와 심장이 조여들었다.

"다음에는 시원한 바다 보러 갈까?"

자신을 물끄러미 바라보던 인경이 술을 한 모금 마시더니 어깨를 으쓱했다.

"바다는 진짜 애인하고 보러 가시죠."

명백한 거부 의사에 재형은 미간을 구겼다. 자신의 데이트 신청에 응한 것은 딜을 했기 때문에 마지못해 나왔다는 생각이 들었다. 그렇다면 자신의 키스에 반응한 것은 어떻게 해석을 해야 하는 거지. 온유가 생각 없이 욕망을 탐할 성격은 아니지 않은가 말이다.

'그때 내가 왜 그랬는지, 무슨 마음으로 다가갔는지 모르잖아요.'

'그 이유 아시면 저한테 절대 이러시지 않을 겁니다.'

자신을 이용했다며 고백해오던 온유를 보며 처음엔 머릿속이 암전이었다. 그러다 든 생각은 그렇게 달아나지 말라고, 언제든 또 너한테 이용당해줄 테니 곁에 있어달라는 마음이었다. 한 걸음 다가갔는데 온유는 뒷걸음치고 있었다.

재형은 잔을 채우고 술을 벌컥 들이켰다. 말똥말똥한 눈으로 바라보는 인경을 향해 눈을 가늘게 떴다.

"그때 무슨 마음으로 다가왔었는데? 이유가 뭐야?"

아랫입술을 슬쩍 깨무는 인경을 보며 재형은 어금니를 맞물었다. 몰아붙여 답을 듣든 아무것도 아니라는 부정의 말을 듣든 어느 것이라도 좋으니 듣고 싶었다.

"마음에도 없는데 다가와 떨리는 입술로 수줍게 입을 맞추고는, 이제 와 이용했다는 말이 무슨 뜻이냐고?"

그 누가 대신해줄 수 없는 답을 온유가 가지고 있었다. 그런데 선뜻 답을 하지 못하는 그녀를 보며 재형은 뭔가 쎄한 느낌을 받았다.

"판도라의 상자를 열면 모든 일이 명백하게 끝나?"

"⋯⋯네."

꼭 다물렸던 인경의 입술이 열리는 것을 보며 재형은 자신의 머리를 쓸어 넘겼다. 저절로 한숨이 푹 쉬어졌다. 판도라의 상자는 어디 있으며 어떻게 열어야 하는 것인지 막막했다. 온유의 태도로 보아 아무 말도 안 해줄 것 같았다. 저러다 멀어지고 자취를 감출 것만 같아 초조했다.

"전화, 받아."

아까부터 진동하는 인경의 휴대폰을 의식하고 있었다. 솔직히 말해 전원을 꺼버리고 싶었지만 참았다. 이런 사소한 것에 간섭하고 터치하는 것은 연인 사이라면 모를까, 지금은 아니었다. 자신을 밀어내고 있는 온유에게 그건 도망갈 빌미를 주는 것이다.

"나중에 받으면 돼요."

"그럼 가자."

술맛이 떨어졌다. 낮에 본 강석의 문자 때문인지 몰라도 발신인이 강석일 것 같은 느낌에 기분이 바닥을 기고 있었다.

재형은 술집을 나서자마자 인경의 손을 잡았다.

"아직은 데이트 중이니까 손잡는 건 괜찮겠지?"

일방적으로 손을 잡아놓고는 인경이 손을 못 빼게 못을 박았다. 거래로 얻어낸 데이트가 이렇게 비참하게 막을 내릴 줄은 몰랐다. 한 걸음 뒤에서 딸려오듯 걸어오는 인경의 마음이 무척 무거웠다. 자신의 손 안에 들어온 인경의 따스한 온기가 점점 사라지는 것 같은 착각도 들었다. 집 근처 선술집에서 술을 마시고 집까지 기분 좋게 걸어갈 생각이었는데 지금은 무엇인가에 난도질을 당한 것처럼 마음이 너덜너덜이었다.

오피스텔 건물 현관에 들어서자 센서등의 켜짐으로 인해 인경의 얼굴이 명확하게 보였다. 가라앉은 얼굴에서 아릿한 통증이 전해오는 느낌이었다. 자신을 밀어내며 인경도 아파하고 있다는 것을 깨달았다. 자신이 열어야 할 판도라의 상자가 둘 사이를 판가름할 중요한 매개체임을 알았다.

"조심해서 올라가세요."

307호의 문 앞에 서자 감정이 배제된 기계적인 음성으로 인경이 인사를 건네왔다.

"데이트의 끝으로 굿나잇 키스 정도는 해줄 수 있잖아?"

난감해하며 머뭇거리는 인경의 뺨을 감싸 쥐고는 고개를 숙였다. 하지만 가까이 다가가 숨결이 섞일 정도에서 바라보기만 했다. 지금 온유가 내 손에 닿아 있는데 왜 이리 울고 싶은 것일까, 하는 생각이 들었다. 더 같이 있고 싶고, 보내고 싶지 않은 마음이 뭉게구름처럼 몽글몽글 피어올랐다.

"같이 들어가면 안 돼?"

초점을 잃은 눈으로 자신을 바라보는 온유의 얼굴에 여러 가지 감정들이 널을 뛰고 있는 것 같았다. 그 감정을 숨기기 위해 인경이 입을 다물고 있다는 생각이 들자 울분이 일었다.

"오늘 즐거웠, 읍."

전혀 즐겁지 않은 눈동자로 즐겁다고 말하는 입술을 벌하고 싶었다. 아랫입술을 깨물고 벌어진 입술 사이로 혀를 집어넣어 속살을 핥고 혀를 빨아들였다. 부드러운 속살이 닿자 심장이 욱신거리며 조여들었다. 벌어진 온유의 입술 위아래를 번갈아가며 물고 핥았다. 입술이 붓는다는 것을 생각할 겨를이 없었다. 술에 취한 것인지 온유에게 취한 것인지 구분도 가지 않았다.

"하아, 마지막 데이트일지도 모르잖아?"

다음은 없다고 말한 인경을 조롱하는 말이었다. 그런데 인경이 뜨겁게 반응하기 시작했다. 정말 마지막인 것처럼 자신을 받아들이고 탐하며 안겨왔다. 심장에 이어 머릿속을 누가 두드려 충격을 준 것처럼 아무 생각도 할 수가 없었다. 인경을 벽으로 밀어붙이고 입술을 핥고 혀를 감으며 속살을 빨아들였다. 인경의 눈동자에 담긴 정염을 보는 순간 바스라지도록 끌어안았다. 그리고 속삭였다. 마지막은 없어, 라고.

인경의 몸이 흠칫 놀라며 굳어지는 것을 느낀 재형은 뒤로 물러났다. 거칠어진 호흡을 진정시키고 있는 인경을 바라보다 다시 품에 안았다. 그러자 이번에는 인경이 속삭였다. 판도라의 상자를 여는 순간, 뒷걸음치게 될 거라고.

구내식당 테이블에 올려둔 인경과 강석의 휴대폰에 같은 메시지가 떴다.

[서광 고등학교 3-2 동창회 금일 8시 목로주점!]

번개 모임이었다. 인경은 낮게 한숨을 내쉬었다. 부모님이 돌아가시고 나서 그동안 알고 지냈던 고등학교 친구들이 겉으로는 위로를 했지만 속으로는 집이 망했다는 이유로 자신을 배척한다는 것을 단톡방의 문자로 깨달았다. 드러내놓고 말하지 않지만 은연중에 무시하는 태도에 부모님의 그늘이 얼마나 중요한지 새삼 느꼈었다.

"번개 떴다."

친구들에게 곁을 주지 않는 자신이 이 톡방에 있는 건 순전히 강석 때문이었다. 강석 때문에 이어지는 인연들이었다.

"갈 거지?"

출근 시간 엘리베이터에서 만난 강석은 폭풍 잔소리를 늘어놓았다. 어제 하루 종일 연락도 안 되고 집에 있었는지, 없었는지 추궁하는 말에 변명을 했다. 휴대폰은 전원을 꺼놓았고 집에서 자느라고 벨소리를 못 들었다 했다. 자신이 생각해도 어이없는 이유였는데, 강석은 그 순간부터 나무라는 것을 멈추었다.

"그러자."

강석과 가면 다들 또 입방아를 찧을 것이 분명했다. 하지만 인경은 참석하자는 의미로 고개를 끄덕였다.

"홈쇼핑하고 협상은 잘되고 있어?"

학교 구내식당에서부터 강석과 마주 보고 앉아 밥을 먹은 세월이 7년이었다. 그런데 오늘따라 강석이 새삼 짠하게 다가왔다.

"팀장님이 하고 계시는데 쉽지 않은 것 같아. 사은품을 과하게 요구하는 중인가 봐."

"아."

짧은 탄성을 내뱉으며 고개를 끄덕이는 강석의 뒤로 재형이 보였다. 여직원들에게 둘러싸여 밥을 먹고 있는 모습이 눈에 들어와 심란했다. 24시간 데이트라는 명목하에 그와 있으면서 매 순간순간 아픔을 동반한 고통으로 미간이 구겨졌다. 그런데 그 순간들의 틈새로 설렘이 스며들기도 했다. 그 설렘은 때론 아픔보다 더 컸고 기쁨을 안겨주기도 했다.

그에게 기우는 마음을 더는 그냥 둘 수 없다 생각해 바로 세우려 안간힘을 쓰고 있었는데 마지막 데이트일지도 모르지 않느냐는 그의 말에 넘어가 정말 마지막이라 생각해 그를 탐했다.

'생각해보니 살아가는 동안 마지막이라는 건 없는 것 같아.'

귓가에 울리던 재형의 목소리에서 강한 소유욕이 느껴져 두려움이 일었다. 그는 자신에게 오는 것을 멈출 생각이 없어 보였다. 반면 자신은 두려워 선을 긋고 그 안으로 그가 못 들어오게 하는 것에만 급급하고 있었다. 판도라의 상자를 여는 그를 상상하니 소름이 돋았다. 모든 사실을 알고 저를 떠나는 그를 바라볼 자신이 없었다. 그러니 먼저 밀어내는 것이 답이었다.

맥주집의 중앙 홀, 앉아 있는 동창들이 손을 흔들어주며 서로 인사를 나누었다.

"야! 너희는 아직도 세트로 다니냐?"

"아직도 친구라고 하고 다니냐?"

"징글징글하지도 않냐? 이제 그만 붙어 다녀라, 쫌!"

"나 같으면 강석이 자빠트려도 벌써 자빠트렸다."

누군가의 익살에 핀잔이 더해지고 나무라는 목소리가 올라갔다. 강석과의 사이를 자신만큼 오래 보아온 친구들이었다.

"강석이 버릴 거면 우리 집 앞에 좀 버려줘."

"야, 넌 유부녀가 총각은 뭐에 쓰게?"

"마당쇠로 쓸려고."

"아침마다 마당쇠 근육 보면서 침 흘리게?"

야한 농담이 오고 가도 태연한 친구들과 강석의 어중간한 표정을 보며 인경은 어색한 웃음을 지었다.

"쟤들 또 시작이다."

강석이 못 말린다는 듯 고개를 절레절레 젓자 인경은 그의 등을 톡톡 두들겨주었다.

"너 인기는 원래 많았잖아."

"그런데 너한테는 안 먹혔잖아."

강석이 부러 미간을 찌푸리며 울상을 짓자 인경은 소리 내어 웃었다. 서로가 아는 사실을 이렇듯 아무렇지 않게 툭 뱉을 수 있어 좋기는 했지만 언제까지 이 상태로 머물 수는 없었다.

"아, 나 회사 전화 온다. 잠시만."

"야! 누가 퇴근 후에 업무 전화를 하냐! 간이 부은 상사냐!"

강석이 양해를 구하고 나가자 뒤에서 투덜거리는 소리가 들렸다.

"넌 어디 가?"

"아, 난 화장실."

인경은 멋쩍은 미소를 짓고는 자리에서 일어섰다. 시끌벅적한 분위기는 좋은데 술에 취하기 전까지는 적응이 꽤 걸렸다. 같이 취하거나 같이 미치지 않으면 그건 소음에 불과했다.

화장실로 들어서자 소음은 멀리서 들리는 소리로 바뀌어 있었다. 인경은 손을 씻고 거울을 바라봤다. 눈 밑에 피곤이 한 트럭은 매달려 있었다.

혼자 남게 되자 어제의 생각들로 머리가 어지러웠다. 그와 나누었던 모든 말들이 공중에 떠다니며 자신을 괴롭히고 있었다.

끼이익. 인경은 화장실로 들어가 변기 뚜껑을 닫고 앉았다. 계속 머릿속에 사는 그를 어떻게 해야 할지 난감했다. 생각하지 말자 하고 다짐하는데도 어느 순간 정신을 차려보며 그를 생각하고 있는 자신을 발견하고는 했다.

"걔들은 언제까지 저렇게 붙어 다니기만 한다니?"

"우리가 그걸 어떻게 알아?"

"인경이 개도 참 지독하다. 잡을 것도 아니면서 놓아주지를 않으니."

"우리 강석이만 불쌍하지. 저 청춘을 불태우지도 못하고."

화장실로 들어온 무리가 나누는 대화의 주인공은 자신과 강석이었다. 달갑지 않은 상황을 맞닥트리자 인경은 화장실을 나가려 했다. 더 이상 듣고 있을 이유도 없었고 남의 험담으로 즐거워하는 그들을 방해하고 싶었다. 그런데 어디선가 들려오는, 자신을 항변하는 목소리에 문고리를 잡았던 손을 내렸다.

"너희들이 몰라 그러는데, 인경이, 강석이 단념시키려고 도형이하고 사귀는 척도 했어."

"어머! 그게 무슨 소리야?"

어이없다는 듯 콧방귀를 뀌는 목소리에 인경은 짙은 한숨을 내뱉었다.

"인경이가 강석이 벌세운다고 너희들이 착각하는데, 그거 강석이가 좋아서 하는 짓이야. 저렇게 붙어 다니면서 인경이가 강석이 마음을 모르겠어? 머리도 좋은 인경이가 모를 리 없잖아?"

사귀는 척을 해주던 도형이가 하루는 상기된 얼굴로 자신을 찾아왔었다. 도저히 못하겠다고, 강석이 녀석 불쌍해서 못하겠다고 했다. 강석이 좋은 사람을 만나기를 그 누구보다 바랐기에 자신에게 다른 사람이 생기면 포기할 줄 알았다. 그런데도 강석은 포기를 모르는 사람처럼 자신의 곁을 맴돌았다. 정곡을 찔러 너한테 줄 마음 따위 없다고 말해야 하는데 그 순애보가 너무 순결해서 상처를 주지 못하고 있었다.

인경은 밖이 조용해졌을 때야 화장실을 나와 그대로 술집을 나섰다. 오늘은 혼자가 더 좋겠다는 생각을 했다. 강석을 그냥 두는 것도 죄라는 생각이 들었다. 아니라고 분명히 말해주지 않는 건 희망을 걸게 만드는 일이었다. 미안해서, 아파서 하지 않았는데 그게 더 아프게 하는 것이었다. 그래, 자신이 생각해도 강석을 너무 오래 잡고 있었다. 마음 한 자락 내어주지 않으면서 그를 고문하고 있었다는 생각이 들었다.

편의점을 지나다 안으로 들어가 캔맥주를 하나 사서 창가 테이블로 다가가 마셨다. 창가에 서서 오고 가는 사람들을 무심한 눈으로 바라봤다.

"오빠, 하지 마!"

"왜에, 좋아하니까 그러지."

예뻐 죽겠다는 표정을 지은 남자는 여자의 허리를 안지 못해 안달하는 듯했다. 티격태격 다정한 연인들을 보며 인경은 씁쓸한 미소를 지었다.

자신은 우정이었고 강석은 그 이상이었다. 그러니 정리를 해주어야 하는 사람은 자신이었다. 자신이 강석을 사랑하지 않으니 끊어주어야 하는 것이다. 그게 강석을 살리는 길이다. 해갈되지 않을 갈증에 계속 목마르게 하는 건 강석을 죽이는 일이었다.

"하아……."

인경은 캔맥주를 쭈욱 들이켜고는 손등으로 입술을 닦아냈다. 기어이 연인의 허리를 안은 남자는 손을 들어 여자의 머리를 헝클어트렸다. 그러자 여자가 항의하듯 그의 어깨를 주먹으로 콩콩 쥐어박는 것이 보였다.

"웃네……. 서로 바라보며 웃네. 저런 웃음 짓는 사람, 나도 한 명 아는데."

이러면 안 된다고 생각하면서도 어느덧 재형의 웃는 얼굴을 떠올렸다. 그러자 그가 너무너무 보고 싶었다. 미치도록.

"야! 최인경!"

강석이 오피스텔 앞에 도착해 있었다. 생각에 잠긴 채 지하철을 탔고, 오는 길에 편의점에 들러 혼자 캔맥주까지 마신 인경은 씩씩

거리며 다가오는 강석을 멍한 눈길로 바라봤다.

"너 전화도 안 받고 말도 없이……."

걱정스런 눈빛, 이마에 배인 식은 땀, 화를 내고 싶은데 참는 입술. 강석의 모든 것이 아프게 다가왔다.

"……그만하자, 강석아."

내가 끊을게.

"뭐?"

뜬금없는 말에 강석의 눈이 커다래지는 것을 보며 인경은 아프게 웃었다. 얼음송곳을 들고 그를 찔러야 하는 상황에 직면하지 않기를 바라고 또 바랐는데, 이제는 그럴 수 없었다. 자신이 휘두르지 않으면 그는 곪아 터지더라도 자신의 곁에서 버틸 것이다.

"나 이제 너하고 친구 그만하고 싶어. 친구도 애인도 아닌, 아무것도 아닌 타인으로 살고 싶어."

강석의 얼굴이 눈에 띄게 굳어지는 것을 보며 인경은 주먹을 말아 쥐었다. 이제껏 자신이 밀어냈던 몸짓보다 더 아프게 그를 난도질해야 한다는 것이 아팠지만 인경은 입술을 사려 물었다.

"너 내 곁에 있어봐야 아무것도 못 얻어. 나는 너한테 줄 마음이 하나도 없어. 네가 바랐기에 모르는 척 친구 자리를 내어주었는데, 이제는 그게 안 돼."

"너 갑자기 왜 그래?"

충격을 받은 강석의 얼굴을 보는데 숨이 쉬어지지 않는 기분이었다. 자신이 휘두른 강펀치에 강석이 많이 아프지 않기를 바라는 모순된 마음을 내리눌러버렸다. 강석은 아파야 했다. 충분히 아파하고 아파해야 했다. 7년의 순수했던 세월을 자신이 지금 한 방에

날려 보내려 하고 있기 때문에 그는 아파야 했다.

"다른 사람 만나. 나도 그럴……."

"거짓말! 너 남자한테 관심 없잖아. 나한테만 무감한 눈이 아니었어."

"나 만나는 사람 있어."

강석의 눈빛이 한순간에 변하는 것을 보며 인경은 눈을 감았다. 못된 아이는 모두를 상처 입히는 아이였다. 그리고 그 못된 아이는 자신이었다.

"주말에 그 사람하고 있었고 둘이서 한 침대……."

"그만!"

강석이 양팔을 움켜쥐고 흔드는 바람에 인경은 휘청거렸다. 모질게 단념시키지 않으면 강석의 미련은 좀비처럼 또 강석 자신을 갉아먹을 것이다.

"나한테 왜 이래, 갑자기 나한테 왜 이러는 거야."

눈이 뒤집힌 강석의 얼굴을 보며 인경은 아랫입술을 깨물었다. 약해지지 말자, 여기서 물러서면 강석은 영원히 자신을 벗어나지 못하게 된다.

"너 그동안 속은 거야. 순진한 척, 순수한 척 구는 나한테 속은 거라고."

"너 미쳤어? 일부러 내 속을 뒤집으려고 거짓을 꾸며내는 거야?"

"거짓말 아니야."

"누군데! 누구하고 있었는데!"

"본부, 읍!"

강석의 입술이 거칠게 부딪쳐오는 순간 아랫입술이 터져 피맛이 났다. 그의 입술과 혀가 속살을 파고들려는 것을 이를 맞물어 버텨냈다. 그리고 있는 힘껏 강석을 때리고 가슴을 밀어냈다.

"하아, 하. 이러지 마."

인경은 손등으로 입술의 피를 닦아내며 강석을 노려봤다.

"나는 왜 안 되는데……. 내가 너를 얼마나 좋……!"

왜 자신의 키스는 거부하느냐고 묻는 강석을 이해시킬 필요는 없었다. 하지만 그가 단념하게는 해야 했다.

"안 떨려."

"뭐?"

벙 찐 얼굴의 강석이 눈을 부라리며 자신을 질타하고 있었다.

"너하고 하는 키스는 아무런 감흥이 없어. 하지만 본부장과의 키스는 달콤하고 온몸이 마비……."

"그만해!"

강석의 말아 쥔 주먹이 터질 것 같았다. 분노를 담은 주먹을 누군가가 맞게 된다면 그 자리에서 죽을지도 모를 일이었다.

"난 못된 아이라서 다 이용만 해. 그러니 용서하지 마."

인경은 강석의 얼굴을 외면하며 중얼거리듯이 말했다. 미안하다는 말은 하지 않았다. 지금은 하지 않는 것이 좋을 것 같았다. 훗날 강석의 마음이 편안해지면 그때 미안하다고 말하고 싶었다. 우정에 이별 통보하면서 미안하다는 말은 어울리지 않는 것이다.

쾅! 차 문이 세게 닫히는 소리에 인경의 고개가 다급하게 움직였지만 강석은 이미 그 자리에 없었다. 화가 나 거칠게 운전하다 사고라도 날까 봐 가슴이 먹먹하고 조마조마했지만 한편으로는 치러야 할 열병을 치른 기분이었다.

인경은 어금니를 맞물고 한 걸음 한 걸음을 떼었다. 모두를 이용하고 버린 못된 아이는 절대 울지 않는 것이다. 강석의 마음을 쓰다듬어주지 못한 것이 마음 아팠지만 쓰다듬어가며 버릴 수 있는 건 없었다. 자신이 휘두른 얼음송곳에 강석이 많이 다치지 않았기를, 피를 조금만 흘렸기를 바랐다.

"온유야, 정신이 들어?"

눈을 뜨니 재형이 걱정스러운 얼굴로 자신을 내려다보고 있었다. 이마에 얹혀져 있는 묵직한 무게감이 싫어 올려진 것을 내리니 열을 품은 수건이었다.

"깜짝 놀랐어."

무슨 말인지 몰라 눈을 깜빡이며 그를 바라봤다. 강석과 그 일이 있은 후 자신이 재형을 찾아왔다는 사실에 멀뚱한 표정을 지었다. 집을 착각했다기엔 어폐가 있었다.

"문을 열자마자 너 쓰러지는 바람에…… 몸은 불덩이고."

그때를 떠올리는 재형의 얼굴에 당황함과 놀라움이 고스란히 묻어 있었다.

"일어나게?"

인경은 침대에서 일어서다 눈을 커다랗게 떴다. 자신이 입고 있는 것은 그의 박스 티셔츠 하나뿐이었다.

"아, 열이 나고 땀이 나…… 옷도 젖고 해서 갈아입혔어. 너희 집 비번도 모르고 전자키는 가방에서 안 보여서. 아! 속옷은 안 건드렸어……."

"고마워요."

인경은 당황해하며 설명하는 그를 향해 괜찮다는 의미로 고개를 끄덕였다. 무의식 속에서 그를 찾았다는 사실만으로도 이미 지치는 기분이었다. 편의점에서 그가 미치도록 보고 싶다는 생각을 하긴 했는데, 그 무의식이 작용한 것일까.

"죽이라도 좀 먹어야……."

인경은 알겠다는 뜻으로 고개를 끄덕이다 두 손에 얼굴을 묻었다. 오랜 시간 동안 곁에 있던 강석을 밀어낸 일이 자신에게도 무척 고되고 힘든 일이었다.

"일어날 수 있겠…… 어!"

아무렇지 않다는 것을 보여주기 위해 벌떡 일어선 것이 문제였다. 자신을 안아준 재형으로 인해 넘어지진 않았지만 그의 품에 가득 안기고 말았다.

두근. 심장이 어디에 있는지 알려오며 그를 잡으라고 말했다. 아무것도 탐내지 않고 살았었다. 내 것이라 여겨 쉽게 굴지도 않았었다. 그런데 재형의 품은 자신의 것이고 싶었다. 고등학생이었던 온유가 마음으로 의지하고 안긴 선생님의 품은 탐이 났다.

"흑."

"온유야."

인경은 그의 품에 안겨 울음을 터트렸다. 이사장실을 나와 구역질을 하고 세면대의 거울을 바라보던 그때로 돌아가 있었다. 달라진 점은 자신이 피해자가 아닌 가해자가 되어 누군가를 힘들게 했다는 것이다. 못된 아이는 그렇게 자신이 이용한 남자의 품에 안겨 속을 비울 만큼 또 울음을 터트렸다. 자신을 웃게 하는 유일한 사람, 울음을 터트릴 수 있게 가슴을 내어주는 딱 한 사람이 재형이었다. 그래서 인경은 욕심을 내기로 했다. 비록 짧은 시간 속에서

만 그를 탐낼 수 있다 해도 후회하지 않으리.

"무슨 일인지 몰라도 괜찮을, 읍."

인경은 자신을 다독이는 재형의 입술을 물었다. 놀라 벌어진 입술 사이로 혀를 넣어 속살을 더듬고 핥았다. 순간 강석의 입맞춤이 생각나 미간이 구겨졌다. 그래서 더 깊이 재형의 입술을 물고 빨아들였다. 지금은 그의 따스한 온기로 강석의 거친 입맞춤을 밀어내고 싶었다. 떨림보다는 거부반응이 일었던 강석의 입술을 재형의 입술로 지우고 싶었다. 찢어진 입술 사이로 재형의 혀가 스치자 달콤한 향기가 스며들었다.

8화. 뜨겁게, 또는 짜릿하게

"누구세……."

인터폰 화면 가득 인경의 모습이 보이자 재형은 생각할 틈도 없이 현관으로 다가갔다. 무슨 일로 찾아왔는지 모르지만 제 발로 왔다는 것이 중요했다. 하다못해 설탕 한 컵을 빌리러 왔다 해도 기쁘게 맞아주고 싶었다. 그런 사소한 것부터 시작해 자신은 온유에게 필요한 존재로 스며들고 싶었다.

"이 시간에…… 온유야!"

온유가 떨어지는 꽃잎처럼 한가득 품에 안겨왔다. 그런데 몸이 불덩이였다.

축 처지는 온유를 침대에 눕히고 뺨을 손등으로 만지니 열감이 느껴져 이마를 다시 짚었다. 얕은 숨결에서도 열감이 느껴졌다. 식은땀을 흘리며 뜨거운 숨을 내뱉는 온유의 이마에 젖은 수건을 얹어주고 다른 수건으로 손바닥을 닦아주었다. 병원에 데려가고 싶은데 의식이 없는 온유를 데리고 갈 수는 없었다. 걱정이 되는 반면 이렇게 아픈 몸을 이끌고 자신을 찾아왔다는 것에 감사한 마음이 들었다.

땀 때문에 옷이 젖기 시작하자 재형은 자신의 면 티셔츠와 반바지를 꺼낸 후 온유의 옷을 벗겼다. 재킷을 벗기는 동안 온유는 자신의 어깨에 기대어 미동도 하지 않았다. 의식이 없어 약을 먹이기도 난감했다. 브래지어와 팬티만 입고 있는 온유의 모습이 눈에 들어와 심장이 떨렸다. 애써 외면하며 보지 않으려 했는데, 이미 각인이 된 영상은 머릿속에서 떠날 생각을 안 했다.

온유에게 면 티셔츠를 입히고 난 재형은 허탈하게 웃었다. 자신의 윗옷이 길어 반바지는 필요 없을 것 같았다. 30분 간격으로 열을 체크하고 수건을 갈아주며 무슨 일일까를 생각했다. 시간이 지날수록 온유의 짙고 긴 속눈썹이 움직일 생각을 하지 않아 애가 탔다.

그렇게 온유를 간호하다 어느 어느새 잠이 들었는지 일어나니 새벽이었다. 다행히 온유의 열은 내려 있었고 숨결은 정상으로 돌아와 있었다. 뜨거운 열감을 토해내던 입술은 조금 갈라져 있어 안쓰러움이 들었다. 김 비서에게 전화를 걸어 출근을 못한다고 하고는 경영전략팀에도 전화를 걸었다. 누구라고 밝히지 않고 최 과장이 몸이 아파 결근한다는 간단한 말만 전했다.

"무슨 일인지 몰라도 괜찮을, 읍."

온유의 까슬한 입술이 와 닿자 심장이 마비를 일으켰다. 7년 전과 같은 상황이 벌어진 듯 착각이 들었다. 장소와 나이만 다를 뿐 상황은 변하지 않아 있었다. 온유가 먼저 입술을 부딪쳐오고 놀란 자신은 떨떠름하게 있다 정신을 차리는 비슷한 일들이 반복되고 있었다.

"최온유, 너……."

흔들리는 눈동자로 자신을 응시하는 온유를 보는 순간 재형은 모든 걱정과 생각들을 밀어냈다. 온유의 입술을 열고 혀를 넣어 속살을 맛보듯이 샅샅이 훑었다. 달라진 거라면 뻣뻣하게 굳어 있던 고등학생의 온유가 이제는 부드럽게 응해온다는 점이었다. 자신의 혀를 같이 핥고 입술을 더듬으며 타액을 들이켜는 온유를 품에 바스라지도록 안았다. 자신의 목에 팔을 두르고 입술을 붙여오는 온유가 낯설면서도 익숙했다.

"하아, 하……."

거칠어진 숨을 내뱉는 온유의 뺨을 가만히 그러쥐었다. 보송보송한 솜털이 아직 남아 있는 온유는 맑고 순수해 보였다. 붉게 도드라진 입술은 다시 물고 싶은 충동을 일으켰다. 하지만 아픈 온유를 제 욕심으로 몰아붙일 수는 없었다.

"열 내렸으니…… 죽을 좀 먹고……."

"한 번 더 해주면 안 돼요?"

이건 도발이었다. 겨우겨우 마음을 추슬러 입술을 뗐는데, 애원의 눈길을 보내는 온유를 보자 이성의 끈이 끊어지기 직전이었다.

"한 번 더 하면, 못 멈춰. ……끝까지 가게 될 거야."

입술을 잘근 씹는 온유의 눈동자가 바닥을 향하더니 이내 자신의 눈을 응시했다.

"여기서 멈춰야 하는 이유가 있어요?"

"너 지금 아파."

"그런 이유 말고……. 나 안고 싶지 않아요?"

꿀꺽, 마른침이 목울대를 크게 건드리며 넘어갔다. 안고 싶지 않느냐니. 갑자기 온유의 심리에 변화가 생겼다는 것을 깨달았다.

"까불지 말고……."

온유의 입술이 다가와 부드럽게 혀를 밀어 넣자 거부하지 못하고 다시 혀와 입술을 핥고 빨았다.

"하아……. 안아줘요."

"온…… 유야."

"사실 보고 싶었어, 7년 동안."

누구를 보고 싶어 했다는 말인지 주어가 생략되어 있었지만 그 주어가 누구인지 재형도 온유도 알고 있었다.

"울어도 안 멈출 거야."

재형은 반쯤 벌어진 입술 사이로 앓는 듯한 탄성을 내뱉다 온유의 눈동자를 곧게 바라봤다. 눈빛으로 말을 걸어오는 온유를 보는 순간 더 이상 말을 하지 않았다.

뜨거운 숨결을 뱉는 온유의 입술을 물고 핥으며 혀를 밀어 넣어 숨결을 마시듯 속살을 샅샅이 집어삼켰다. 아릿한 통증이 몸을 관통하는 것을 느끼며 온유의 허리를 힘주어 안았다. 면 티셔츠 안으로 손을 넣어 등을 쓰다듬고 동그란 엉덩이를 그러쥐었다. 거친 호흡을 내뱉는 모습이 너무 유혹적이라 아무것도 보이는 것이 없었다. 오로지 온유만 보였다. 면 티셔츠를 벗기려 하자 벗기 쉽게 손을 들어주는 온유의 태도에 재형은 남아 있던 이성을 저 멀리 발로 차버렸다.

온유를 침대에 눕히고 위로 올라가 자신도 상의를 벗었다. 발갛게 물든 온유의 뺨이 복숭아처럼 달게 보였다. 한 입 베어 물면 달콤한 과즙이 입 안 가득 퍼질 것 같았다.

"하……. 정신을 못 차리겠다."

아래는 이미 성이 나서 발딱 일어선 상태였다. 앞뒤 잴 것 없이 들어가고 싶어 안달인 녀석을 달래며 온유의 뺨에 자잘한 키스를 퍼부었다. 간지러움에 까르르 웃음을 터트리는 온유의 모습에 심장은 미친놈처럼 뛰어댔다. 성숙한 여인이 되어 있는 온유를 보는데, 눈가에 물기가 어렸다. 고등학생인 온유를 여자처럼 생각하는 자신을 향해 정신 차리라고 욕설을 날렸던 지난날이 주마등처럼 지나갔다. 순수하고 맑은 눈으로 자신을 바라보는 온유에게 떨리던 심장은 시간이 지나도 여전했다. 다만 그 심장이 이제는 욕망에 물들어 미친 듯이 뛴다는 것이 다를 뿐이었다.

"흣."

귓불을 살짝 깨물자 얕은 신음을 내뱉는 온유를 향해 미소 지었다. 지금 무슨 생각을 하느냐고 묻고 싶은 것을 관뒀다. 자신을 올곧게 바라보는 온유의 눈동자가 그리웠다고 말해주는 것 같아 힘들었던 시간을 보상받는 기분이었다.

등 뒤로 손을 넣어 브래지어 훅을 열자 온유의 뽀얀 젖무덤이 쏟아졌다. 브래지어를 침대 밖으로 던지고는 다급하게 젖무덤을 감싸 쥐었다. 한 손에 넘치게 차는 젖무덤의 정점은 연한 분홍색이었다. 아직 유두가 확실하게 드러나지 않은 것으로 보아 온유가 경험이 없는 것을 알 수 있었다. 유륜까지 입 안 가득 머금고는 츕츕 소리가 날 정도로 빨고 핥았다. 빳빳하게 올라온 유두를 보자 희열감이 찾아왔다. 자신으로 인해 온유의 몸에 변화가 일어나는 게 기뻤다.

다른 젖무덤을 감싸 쥐고 같은 행위를 반복했다. 그러다 고개를 드니 온유가 손등으로 입을 막고 고개를 돌리고 있었다. 그 모습마저도 미치게 좋았다.

"온유야……. 최온유."

자신의 부름에 고개를 돌려 시선을 마주하는 온유가 그렇게 사랑스러울 수 없었다. 입술부터 시작해 뺨, 이마, 콧등, 귓불에 키스를 하고는 다시 유두를 핥고 빨았다. 온유가 움츠러드는 것을 알았지만 멈출 수가 없었다. 자신의 타액으로 젖은 온유의 젖무덤을 보자 머릿속이 하얗게 비워지는 기분이었다.

재형은 짙은 탄성을 내뱉고는 온유의 팬티를 끌어내렸다. 수줍은 몸짓으로 가슴을 가리고 있는 온유의 발목을 잡고 팬티를 완전히 벗겨냈다. 실오라기 하나 걸치지 않은 온유의 모습이 꿈처럼 느껴졌다. 이런 날은 상상도 하지 못했었다.

입술을 잘근잘근 씹어대는 온유의 얼굴을 제게로 향하게 하고는 깨물지 말라는 의미로 아랫입술을 혀로 핥았다. 그러다 불쑥 집어넣어 온유의 혀를 찾았다. 열기를 안은 온유의 혀가 자신의 혀를 감을 때 전해진 가슴 벅참은 말로 설명할 수가 없었다.

"아흣."

다리를 벌리고 손가락을 갖다 대니 온유가 몸을 비틀었지만 재형은 달아나지 못하게 막았다. 가만히 손가락을 좀 더 깊숙한 곳으로 내려 더듬자 온유가 얕은 신음 소리를 내다 자신의 입을 손으로 막았다. 수줍음, 부끄러움, 야함, 매혹적인 향내를 풍기는 온유가 더없이 소중해지는 시간이었다. 천천히 꽃샘 주위를 만지다 빙글빙글 돌리자 눈이 커다래지는 온유를 보며 웃어주었다. 무서워할 필요 없으니 안심하라는 의미였다. 천천히 움직이던 손가락에 속도를 붙이자 온유의 허리가 비틀렸다. 손등으로 입을 막고 있는 온유의 손목을 쥐고는 침대에 내리눌렀다.

"사랑을 나눌 때는 마음껏 소리 질러도 돼."

온유가 거친 호흡을 내뱉으며 난감한 표정을 짓는 것이 너무 예뻐 재형은 눈을 곱게 접었다. 이렇게 반듯한 이마와 가지런한 눈썹이 자신의 침범에 어떻게 변할지 생각하니 걱정과 기쁨이 뒤섞였다.

"네 신음 소리를 듣게 될 줄은 몰랐어. 한 번도 상상한 적이 없어서, 지금 나…… 제정신이 아냐. 그래서 너 많이 아프게 할지도 몰라."

무슨 말인지 이해한 듯 온유가 고개를 끄덕이자 재형은 온유의 입술에 자잘할 키스를 퍼부었다. 그러다 목선을 따라 입술을 내리찍고는 쇄골을 따라 내려왔다. 젖무덤의 유두를 입술로 잘근잘근 씹어주고는 배꼽 아래 단전에 진하게 입술을 붙였다 뗐다. 온유가 참았던 신음 소리를 터트리는 것을 들으며 재형은 꽃샘의 날개를 손가락으로 벌렸다. 흐웃, 하는 신음을 터트린 온유가 어쩔 줄 몰라 하는 것을 외면하며 꽃샘 입구에 입술을 붙여 또 자잘하게 입을 맞추었다. 온유의 숨소리가 점점 거칠어지는 것을 느끼며 재형은 혀를 넣어 꽃샘의 입구를 진하게 핥고 빨았다.

"하……. 그만. 흐웃, 그만, 핥으며 안 돼……. 웃!"

재형은 손가락을 넣으려다 그만 두었다. 손가락이 아닌 자신의 분신으로 온유를 먼저 차지하고 싶은 충동이 일었다. 다급하게 침대를 내려와 바지와 드로즈를 벗고 올라갔다.

"온유야, 소리 질러."

"네? ……아아옥!"

재형은 뻑뻑한 꽃샘의 입구에서부터 막혀 미간이 찌푸려졌다. 이렇게 좁아서야 제대로 들어가기나 할까 싶었다. 하지만 물러나지 않고 천천히 앞으로 다가가 꽃샘의 안쪽에 안착했다. 온유의 눈가에 눈물이 맺히는 것을 보며 그만둘까 하는 생각도 잠시 들었지만 재형은 서로가 맞물린 채로 온유의 귓불을 핥았다.

"훗, 흐윽."

신음과 울음 섞인 소리가 같이 나오는 온유를 가만히 안아주었다. 귓불을 혀로 핥아 온유의 신경이 귀로 향하게 만들며 허리를 움직였다. 자신을 마주 안아주는 온유의 행동에 따스한 기운이 전해져왔다.

자신이 밀고 들어가는 만큼 온유가 밀려 올라갔다. 그러다 자신에게 딸려 오듯이 다가왔다. 시트를 잡고 버티는 온유의 손을 잡고 손가락을 하나하나 얽으며 귓가에 속삭였다.

이 손가락처럼 서로 얽혀 떨어지지 말자고.

잠시 망설이던 온유가 고개를 끄덕이자 재형은 온유를 드나드는 몸짓을 격렬하게 바꾸었다. 빠르게 들어가서 천천히 빠져나오다 다시 그 반대로 하며 온유를 마구 흔들었다. 심장이 터질 만큼 부풀어 숨이 턱턱 막혔다. 온유의 안에 들어갔다는 희열감, 온유가 자신을 받아들였다는 기쁨에 소름이 끼칠 정도로 만족감을 느꼈다. 원하는 만큼 가지고 탐하고 안고 싶었다. 파정의 순간 재형은 콘돔을 끼지 않았다는 것을 깨달았지만 그대로 온유의 몸속에 비말을 뿌렸다.

"하아⋯⋯. 하."

재형이 천천히 남성을 거둬들이자 온유는 옆으로 돌아누우며 몸을 둥글게 말았다. 온유를 등 뒤에서 안은 재형은 입가에 만족스

172

런 미소를 지으며 그녀의 어깨에 입술을 붙였다. 가늘게 떨고 있는 온유를 품으로 깊이 당겨 안은 재형은 가만히 눈을 감았다.

"잠시만 이러고 있자."

심장이 너무 뻐근해 숨이 쉬어지지 않았다. 온유가 자신에게 다 내어주고 있음을 알았다. 거부하지 않고 다 받아주는 온유가 예뻐 미칠 지경이었다. 이러다 돌아버리는 것 아냐, 하는 생각에 이르자 재형은 혼자 피식 웃고 말았다.

"앗!"

온유는 나른한 기분에 눈을 감고 있다 재형이 번쩍 안아 올리자 비명을 질렀다. 씻어야 된다는 재형의 말에 동의는 했지만 같이 씻는 것은 사양하고 싶었다. 하지만 재형은 자신을 두고 욕실을 나가지 않았다. 마치 소중한 보물을 씻는 아이 같은 눈으로 자신을 바라보고 있었다. 그의 손이 몸을 스치고 지나갈 때마다 움찔움찔 놀랐다. 욕실 바닥으로 핏물이 흘러가는 것을 보고 있는데 갑자기 고개가 들려졌다. 그러고는 재형의 거친 입술을 받아들여야 했다. 욕실의 차가운 타일이 더 이상 차갑게 느껴지지 않을 때 그가 입술을 떼었다. 거친 숨소리가 가득 울렸던 욕실에서 그가 타월로 몸을 꼼꼼히 닦아주자 무안하고 부끄러워 얼굴이 붉어졌다. 스스로 하겠다고 했지만 그의 품으로 끌려가듯 타월에 감싸여졌다. 그리고 재형의 품에 안겨 욕실을 나왔다.

"뭐 좀 먹을까? 아님 한숨 잘래?"

"자고 싶어요."

말이 떨어지자 재형이 자신을 안고 침대에 누웠다.

"눈 감아."

그를 바라본다고 눈을 감지 않았더니 재형이 손을 들어 눈을 감 겨주었다. 그러고는 자신의 등을 토닥여주었다. 인경은 그런 그의 가슴에 가만히 손을 대어보았다.

하나가 되고 나면 그에 대한 마음이 조금은 누그러들 것이라 생 각했는데 오히려 더 그를 품고 싶은 마음이 들었다.

잠이 든 온유를 깨워 죽을 먹이고 나란히 앉아 TV를 보다 다시 서로를 탐했다. 온유를 두고 볼륨감이 좋다고 입을 모으던 남직원 들의 말은 거짓이 아니었다. 재형은 온유에게 빠져 시간 가는 줄 몰랐다. 탐하고, 탐하고, 또 탐하며 시간을 보냈다.

처음엔 서툰 자신으로 인해 온유가 아파하는 것 같아 미안했지 만 하나가 되는 횟수가 잦아질수록 그녀의 아픔도 나아지는 것 같 아 만족스러웠다.

"이대로 시간이 멈췄으면……."

온유의 말을 들으며 재형은 입가에 미소를 지었다. 자신의 품에 안겨 얌전하게 있는 온유의 존재가 꿈만 같았다. 자고 일어나면 온 유가 사라질 것 같아 졸음이 몰리는 눈을 비비며 잠을 쫓아냈다. 하지만 눈꺼풀을 이기지 못하고 잠에 빠져들었다.

"헉!"

화들짝 놀라 일어나 보니 옆자리가 비어 있었다. 온유는 온데간 데없고 빈자리엔 차가움만이 남아 있었다. 침대를 내려와 다급하 게 옷을 걸치며 거실로 나가봤지만 여전히 온유는 없었다. 전화를 걸 생각에 휴대폰을 찾았다.

[집에 갔다 올게요.]

온유에게서 문자가 들어와 있었다. 그제야 안도의 숨을 뱉으며 인경의 문자를 엄지손가락으로 가만히 만져봤다. 간다가 아니고 갔다 오겠다는 문구에 마음이 설레었다. 온유가 이제 자신의 손을 놓지 않을 것 같았다.

"깨우지 그랬어?"

──……깨우면 못 가게 할까 봐.

머뭇거리는 온유의 말에 재형은 피식 웃음이 나왔다. 전적으로 틀린 말은 아니었다. 가져올 것이 있다고 했다면 아마 자신이 내려가서 가져왔을 것이다.

"하루 더 쉬어."

-그러지 않아도 되…….

"말 들어. 본부장으로서 내리는 명령이야."

훗, 하고 웃음을 터트리는 온유의 목소리에 재형은 뻐근한 가슴을 쓸어내렸다. 이게 정말 꿈이 아닐까 하는 생각이 자꾸 들었다. 멍하기도 하고 한편으로는 히죽히죽 웃음이 터지기도 했다.

-감사합니다, 본부장님.

온유의 장난스러운 목소리를 들으며 재형은 입가에 미소를 지었다. 당장 3층으로 내려가고 싶었다.

"내일 아침 같이 먹을까?"

-늦잠 잘 건데요?

개구지게 거절하는 온유의 말에 재형은 아쉬운 표정을 지었다가 이내 흐뭇하게 웃어버렸다. 지난밤, 아파하며 입을 틀어막던 온유가 머릿속을 어지럽게 떠돌아다녔다. 온유의 몸이 아팠는데 여러 번 안았다는 사실을 뒤늦게 떠올린 재형은 미안함이 들었다.

"알았어. 늦잠 자."

-잘 자요.

정말 재워줄 것처럼 온유의 목소리가 귀에 착착 감겨들었다. 과거부터 시작해 서로에게 익숙해져 있는 시간이 많아 그런 것인지 몰라도 온유의 목소리를 들으면 마음이 편안해졌다.

"근데, 갔다 온다며? 문자엔 집에 갔다 온다고 했잖아."

-아.

짧은 탄성을 내뱉는 온유의 반응에 재형은 피식 웃음이 나왔다.

-그러려고 했는데……. 오늘 밤은 좀 편히 자야 할 것 같아서.

"누가 괴롭혔어?"

풋, 하고 웃음을 터트리는 온유의 음성에 재형은 이미 현관을 나서고 있었다.

딩동. 온유는 통화를 하는 재형에게 잠시만요, 라고 말하고는 현관으로 다가갔다. 방문자를 보여주는 인터폰의 모니터를 보고는 입가에 어이없는 미소를 지었다.

"왜 내려왔어요?"

-나는 너 없으면 편히 못 자. 진짜야.

모니터에 비친 재형이 울상을 짓자 인경은 못 이기는 척 문을 열어주었다. 문밖에 서 있는 재형의 모습이 조금씩 드러날수록 심장이 엇박자로 뛰었다.

"안녕."

재형이 손을 들어 인사하는 모습이 근사해 인경은 입술을 잘근 씹었다. 심장은 왜 자꾸 멋대로 뛰는지 알 수가 없었다. 좀 여유 있는 척 굴고 싶은데 그렇게 되지 않았다.

"안 들어와요?"

문을 열어주었는데도 재형이 움직이지 않아 인경은 의아한 표정을 지었다.

"커피 마시러 갈까? 아님, 소주 한잔하러 갈까?"

"갑자기 왜……."

"음……. 지금 들어가면 난 보나 마나 네 옷부터 벗길 거야."

인경은 재형의 말에 눈을 가늘게 뜨고는 째려봤다. 뭐라 반박하고 싶은데 그의 말이 농담이 아닌 것 같아 가만히 있었다.

"너를 탐하는 것도 좋지만 난 너하고 데이트한 기억도 많이 가지고 싶거든. 나와, 어디든 가자."

인경은 재형의 말에 그대로 현관을 나섰다. 그의 손을 잡고 비상구로 걸으며 선생님의 손을 잡고 의지했던 그때를 떠올렸다. 세상 다 무너져도 놓지 않을 것처럼 자신을 잡아주던 따스했던 손. 그 손을 지금도 잡고 있다는 생각을 하자 마음이 두근거렸다.

"읏."

계단을 몇 개 내려가지 못하고 돌아선 재형에게 입술이 물렸다. 아래 계단에 선 재형에게 붙들린 입술을 열고 그를 받아들였다. 계단에 울리는 신음 소리가 신경 쓰여 숨을 죽였지만 곧 그것 따위는 신경을 쓸 여력이 없었다. 기습적으로, 생각도 하지 않던 엉뚱한 장소에서 그와 입술을 탐하는 일이 짜릿하게 다가왔다.

"봐, 그새를 못 참고 내가 이러는데 집에 들어가면, 웃."

인경은 재형의 입술을 자신의 입술로 막고 혀를 찾았다. 남녀가

뜨거워지다 177

몸을 섞는 일에 몰두하면 눈에 보이는 것이 없다는 것을 알았다.

인경은 커피는 마실 생각도 않는 재형을 보며 고개를 기울였다. 테이블에 팔을 올려 턱을 괸 그가 자신만을 응시하고 있었다. 그런데 그 눈빛이 싫지 않았다.

강석에게 모질게 굴고 저도 모르게 재형을 찾아갔다는 사실에 적잖이 당황했지만 비로소 자신의 마음을 들여다볼 수 있었다. 그와의 키스는 온몸이 짜릿할 정도로 흥분되는 일이었다. 강석을 떼어놓기 위해 했던 말이 진심이었음을 깨달았다. 많고 많은 사람 중에 만난 재형은 자신이 유일하게 마음에 담은 사람이었다.

"왜 그렇게 봐요?"

"온유 같은데 온유가 아닌 것 같기도 해서."

"무슨 말이 그래요?"

"그러게."

눈을 반으로 접고 한쪽 입꼬리를 올리며 웃는 재형이 멋있어 가슴이 두근거렸다. 그를 밀어내야 한다는 것을 알면서도 받아들이고 말았던 것이다. 하지만 선택에 후회는 없었다. 그가 자신을 안아줄 때면 너무 뜨거워 타는 것 같았다. 시선을 마주할 때는 신뢰가 되살아났다. 그 옛날 자신을 위해 모든 것을 뒤집어쓴 재형을 생각하면 그의 어머니 이사장 따위 아무렴 어때, 라는 생각이 들었다.

"최온유."

"네?"

"진짜 여기 있네."

온유는 피식 웃으며 커피를 한 모금 마셨다. 개구진 재형과 진지했던 화학 선생님의 모습이 겹쳐 보였다. 자신의 인생에서 처음으로 흙탕물을 디뎠던 그때, 그가 있어 견뎌낸 것인지도 모른다.

"혹시 많이 아팠어?"

온유는 무슨 말인지 몰라 눈을 동그랗게 떴다가 이내 얼굴을 붉혔다. 그의 은근한 눈빛에 깃든 장난기를 본 순간 때려주고 싶다는 생각이 들었다.

"그런 질문은 하지 마요."

재형의 자잘한 키스는 몸 구석구석 닿고 뜨거웠다. 다시 자신의 안으로 들어온 재형을 받아들일 때는 처음과 달리 아무 생각도 나지 않을 정도였다. 그의 품에 안겨 처음으로 편안하다는 생각이 들었고 쉬고 싶다는 생각이 들었다.

"본부장님, 이것 드십시오."

재형은 정욱이 내미는 컵을 멀뚱한 얼굴로 바라봤다. 정욱이 헤, 하고 웃더니 간단하게 설명을 덧붙였다. 비타민을 녹인 물이라는 말과 피곤할 때 먹으면 아주 좋다는 말이었다.

"집에서 하루 쉬어서 별로 안 피곤한데?"

"피곤하셔야 할 텐데요?"

이상하게 말하는 정욱을 똑바로 쳐다봤다. 꼭 피곤해야 할 당위성이라도 있다는 듯 구는 정욱의 행동이 어딘지 수상쩍었다.

"잠은 주무셨습니까?"

"잠은…… 잤습니다만?"

"푸욱?"

재형은 이쯤 되면 왜 그러는지 이유가 나와야 한다고 생각했다.

그래서 펜을 내려놓으며 팔짱을 꼈다.

"뭡니까?"

"그게, 죽을 갖다드릴 때 현관에 여자분 신발이……."

"아!"

재형은 정욱의 날카로움에 탄성을 내뱉고는 두 손으로 얼굴을 쓸어내렸다.

"사실 그때 본부장님, 아파 보이지 않아서 준비해 간 약은 안 드렸습니다."

대단하다는 말이 나올 정도의 정욱을 보며 재형은 두 손을 들어 보였다. 이쯤 되면 정욱은 그 신발의 주인공이 누구인지도 알 것이다.

"그런데 최 과장님이 아팠던 거였다면 드리고 오는 건데……."

"하아."

재형은 졌다는 표정을 지으며 정욱에게 나가보라며 손을 내저었다. 상사의 심기가 불편하다는 것을 눈치챈 정욱이 방을 나가자 재형은 두 손으로 머리를 감싸 쥐었다.

"눈치 하나는, 쯧."

재형은 자세를 바로 잡으며 피식 웃다가 심각한 표정이 되었다. 자신을 밀어내기만 하던 온유가 변했다는 생각이 들었다. 판도라의 상자를 열어 진실을 볼 때까지 자신을 밀어낼 줄 알았는데 아니었다.

"하아, 판도라의 상자……."

지금 행복하다고 열지 않을 수 없었다. 뿌리가 굳건해야 나무가 잘 자라는 것처럼 온유와 꼬인 일을 알아내고 풀어야 했다. 재형은 책상 위를 손가락으로 톡톡 두드리다 휴대폰을 찾아 들었다.

-어, 형님이다.

싱겁게 농담을 하는 성재의 말에 피식 웃었다.

"아는 흥신소 있어?"

-갑자기 흥신소는 왜?

성재가 뜬금없다는 듯 되묻자 재형은 넥타이를 약간 느슨하게 풀어냈다. 온유가 왜 이름을 바꾸었는지부터 시작할 생각이었다. 그리고 왜 졸업한 고등학교가 달랐던 것인지도 파악해야 했다. 이사장이었던 어머니한테 물어보면 될 일이지만 내키지 않았다. 온유를 찾지 말라며 자신에게 협박을 가했던 어머니의 말은 신뢰할 수 없었다.

"일 잘하는 사람으로 소개 부탁해."

-누가 바람이라도 났어?

"어."

-누가?

화들짝 놀라는 반면 기대에 찬 성재의 음성에 재형은 피식 웃음이 나왔다. 사람들은 자신의 일이 아니면 일단 재미있어 하는 경향이 강했다.

"너."

-야, 뭔 소리야!

성재가 소리를 지르며 억울하다는 듯 짜증을 내자 재형은 손목시계를 쳐다봤다. 곧 점심시간인데 온유가 혼자 있을 걸 생각하자 마음이 조급해졌다.

"아니면 말고. 일 잘하는 사람이다."

재형은 못을 박듯 일 잘하는 사람을 강조하고는 전화를 끊었다.

"내 이럴 줄 알았어."

재형은 들고 온 쇼핑백을 거실 테이블에 내려놓고는 잠이 든 온유 곁으로 다가갔다. 늦잠을 잔다고는 했지만 점심도 안 먹고 자고 있을 줄이야.

"온유야."

단잠에 빠진 온유를 깨울 생각으로 부른 것이 아니었다. 그저 신기하다는 생각에 불렀는데, 심장이 뻐근하게 아파왔다. 살짝 벌어진 입술을 엄지로 가만히 만지던 재형의 눈꼬리가 휘었다. 가지런한 눈썹을 검지로 만지던 재형의 입꼬리가 올라갔다. 뽀얀 얼굴에 경계심이라고는 하나도 없는 온유는 아기같이 순수해 보였다.

온유의 흘러내린 머리칼을 중지로 넘겨주던 재형은 테이블 위 휴대폰의 진동에 미간을 구겼다.

[인경아……. 결근했다며?]

강석의 문자를 본 재형은 심호흡을 했다. 인경과 강석의 시간을 무시할 생각은 없었다. 인경으로 살아온 시간을 강석이 같이 보냈으니 존중할 생각이었다. 하지만 선을 넘지는 않았으면 했다.

[나한테 못되게 구니깐 아픈 거야.]

재형은 휴대폰으로 손을 뻗어 문자를 가만히 바라봤다. 금방 사라지는 문자를 보며 속이 사나워졌다.

[아프지 마라.]

아프지 말라는 걱정이 한 트럭은 되는 것 같았다.

재형은 들고 있던 휴대폰을 거실 바닥에 툭 던지듯이 내려놓았다. 온유를 바라보는 강석의 눈길을 알고 있었다. 친구인 척 굴지만 눈에 언뜻언뜻 비치는 욕망을 자신은 분명 보았었다. 자신이 느끼는데 온유가 몰랐을 리 없었다.

"너무 잘 자잖아."

재형은 뒤척이지도 않고 자는 온유의 모습에 순간 섬뜩한 기분이 들었다. 원래 좀 창백하다고 느끼는 낯빛이지만 걱정이 됐다.

"온유야, 최온유."

온유를 흔들어 깨웠다. 너무 움직이지 않아 걱정이 되었다.

"으응……"

온유가 눈을 비비며 일어나자 재형은 그제야 안심이 되었다. 자신을 알아본 온유가 입가에 미소를 짓자 짜릿한 기분이 들었다. 자신을 보며 사심 없이 웃어주는 온유가 손을 뻗으면 닿는 곳에 있다.

"출근 안 했어요?"

눈을 동그랗게 뜨고 쳐다보는 온유의 입술을 덥석 물고는 혀를 들이밀었다. 달곰새금한 맛이 전해져왔다.

"웃, 하지…… 양치 안 했어."

"상관없어."

재형은 다시 온유의 입술을 벌리고 혀를 넣어 입천장을 핥고 고른 치아를 훑었다. 양치를 안 했다며 달아나고 있는 혀를 낚아채 자신에게로 끌어당겼다. 뒤로 빼는 온유의 몸에 허리를 밀착시키며 뒷머리를 잡아당겼다. 꼼짝달싹 못하게 된 온유가 포기하자 재형은 입술을 뗐다.

"최온유는 짜릿한 맛이 나. 마치 감전되듯 저릿하면서도 달콤해서 포기할 수 없는 그런 맛."

"궤변."

재형은 쿡, 하고 웃다 좀 믿어라, 하고 말했다. 더 탐하고 싶었지만 온유에게 점심을 먹일 생각으로 왔으니 본연의 임무로 돌아가야 했다.

"점심 먹자."

재형은 종이가방에서 초밥 도시락을 꺼내 죽 늘어놓았다.

"이걸 누가 다……."

많은 양에 질려하는 온유를 보며 재형은 젓가락을 내밀었다. 다 먹어야 된다는 눈빛으로 몰아붙이다 온유가 초밥 한 개를 다 먹으면 그대로 입술을 겹쳤다. 알싸하고 화끈한 맛이 입 안에 감돌며 온유의 입술이 몸을 짜릿하게 만들었다. 재형은 온유가 7번째 초밥을 삼키자 그대로 안고 침실로 들어갔다. 그러고는 점심시간이 끝나도록 회사에 복귀하지 않았다.

"아놔! 초밥을 주문해달라고 할 때 알아봤어야 했는데……."

곧 있을 임원진 회의에 빠진다는 것은 문제가 좀 있었다. 정욱은 임원진 회의에 뭐라고 변명을 할지 고심하며 재형에게 문자를 찍었다.

[회의에 참석하셔야 합니다, 본. 부. 장. 님!]

1초, 1분, 10분이 지나도 답이 오지 않자 정욱은 미간을 검지로 문질렀다. 본부장이 자리에 없으니 자신도 사라지는 것이 맞을 것이다. 사장님 비서가 찾아도 잠수를 타야 했다.

[아프다고 해.]

정욱은 엘리베이터로 다가가다 재형의 문자에 고개를 절레절레 저었다.

"아픈 거 맞습니까?"

혼자 중얼거리던 정욱은 문자를 다시 보냈다.

[피곤하신 게 아니고요?]

184

도착한 엘리베이터에 오른 정욱은 손톱으로 휴대폰의 액정을 톡톡 두드렸다. 명강그룹의 모든 남직원들을 적으로 돌린 본부장이 어째 좀 안쓰럽기도 했다. 둘이 사귄다는 것을 남직원들이 알게 된다면 아마 재형을 물어뜯으려 들 것이다.

[어, 피곤해. 그러니까 아파.]

"그러니깐 비타민 물을 드시고 가셨어야죠."

정욱은 재형이 점심시간에 맞춰 나가기 전 비타민 물을 마셨다는 것을 모르고 투덜거렸다.

9화. 뒤죽박죽

"좀 나아졌어?"

식판을 내려놓고 자신의 맞은편에 앉는 강석을 빤히 바라보던 인경은 말없이 시선을 떨어뜨렸다. 거의 다 먹어가는 중이라 곧 일어설 생각이었다.

"나아졌어."

"오늘 반찬은 좀 부실해 보인다, 그지?"

"강석, 아니 권 부장님."

"나 지금 견디는 중이니까 그냥 받아줘. 네가 통보하면 난 무조건 받아들여야 하는 거야? 우리가 주종의 관계였어?"

신랄하다 못해 가시가 팍팍 박힌 강석의 말에 인경은 한숨을 낮게 내쉬었다. 빨리 자르지 못한 건 자신의 잘못이었다. 그러니 강석이 알았다고 할 때까지 자신은 기다릴 의무가 있는 것이다. 하지만 몸도 편치 않고, 마음도 서걱거렸다.

"알았어. 밥 먹어."

인경은 포기한 얼굴로 젓가락질을 했지만 소화가 안 되는 기분이었다. 강석이 자신에게 정말 친구의 감정만 있었으면, 하고 늘 바랐었다. 그리고 재형을 만난 후로 그 이유가 명확해졌다. 고등학생이었던 온유가 마음으로 의지했던 것이 바로 사랑이었음을 깨달았던 것이다. 그래서 안 되는 것을 알면서 재형의 손을 잡았다. 험한 길을 간다고 누군가가 나무라겠지만 하루의 사랑으로 일주일을 살고, 한 달의 사랑으로 1년을 사는 것처럼, 그렇게 버틸 생각이었다.

"결재 시스템이 바뀌었던데 너희 팀은 잘 적응 중이야? 우리 팀은 다들 버벅거려."

최근 서류를 들고 다닐 일이 사라졌다. 키보드의 엔터키나 완료라는 마우스 클릭 하나로 결재를 받을 수 있는 시스템으로 바뀌어 다들 혼란스러운 시간을 보내는 중이었다.

"필요한 거 있음 말해. 지원해줄게."

"너."

그만 먹을 생각에 물 잔을 집으려던 인경의 손이 허공에서 멈추었다. 강석의 아픈 눈이 자신을 바라보고 있었다. 자신한테는 아프지 말라고 해놓고 왜 본인은 아프냐고 말하려다 말았다.

"그건 지원불가 물품이야."

"쳇."

진지하지 않게 넘겨버린 자신의 의도를 알았는지 강석이 부러 토라진 표정을 지었다. 그런 강석에게 미안한 마음이 든 인경은 그가 밥을 다 먹을 때까지 자리에 앉아서 기다려주었다.

"너만큼 좋은 사람 만날 자신은 없지만…… 선볼까 해."

강석이 시선을 떨어트리고 밥을 먹는 척하며 중얼거리는 모습이 아프게 다가왔다.

"나 좋은 사람 아니야."

"아, 네."

"야!"

강석이 큭큭큭 하며 웃자 인경은 조금 홀가분한 얼굴로 피식 웃었다.

화장실을 나오던 인경은 타의에 의해 몸이 기울었다. 팔을 낚아채는 손이 부드러우면서도 민첩했다.

"밥 먹었어?"

점심시간이라 대부분의 사람들이 옥상의 휴식 공간이나 식당에 있기는 했지만 누군가에 들킬까 봐 불안했다. 그가 한쪽 어깨를 벽에 기대고 자신을 가려주었지만 그렇다고 완벽하지는 않았다.

"먹었어요?"

고개를 끄덕이며 되물었다.

"총알같이 먹고 들어오는 길."

인경은 재형의 말에 고개를 비스듬히 기울이며 바라봤다.

"왜?"

자신이 빤히 바라보기만 해서인지 재형이 고개를 갸웃하며 물었다.

"선생님과 본부장님과의 차이가 커서……."

"어떤 차이?"

"음……. 선생님일 때는 다정한 면만 보였는데 본부장일 때는 뭔가 치밀하기도 하고 좀 멋져 보이기도 하고."

"그런데 그 두 사람이 같은 사람이지?"

인경은 고개를 끄덕이며 눈웃음을 쳤다. 이렇게 위트 있게 받아치는 것은 여전한 것 같았다. 중간고사가 끝나고 기말고사가 다가올 때, 선생님은 학생들에게 시험문제 난이도를 팍 낮추었으니 연필을 잘 굴려 다들 뛰어넘으라고 말했었다. 그때 선생님이 이사장의 아들이라는 것 때문에 마음이 심란하고 울적할 때였는데, 문제를 많이 맞추라는 것이 아니라 뛰어넘으라는 말 때문에 피식 웃었던 기억이 났다.

"그리고 네 애인이고."

"치이, 훗."

인경은 재형이 훅 다가오자 움찔 놀라며 어깨를 움츠렸다.

"키스, 하고 싶은데……. 안 돼?"

아이가 과자를 달라고 조르는 것처럼 그는 자연스러웠다. 하지만 회사 복도에서 그러고 싶지 않아 고개를 절레절레 저었다.

"장소 때문에 그래? 화장실 앞은 좀 그런가?"

그에게 술을 사달라고 하다 딱밤을 맞았던 그날이 떠올랐다. 남녀 공용 화장실에서 엉켜 서로를 훑고 탐하던 소리를 들으며 왜 저러나 했던 그때는 그저 숨이 막힌다는 생각뿐이었는데 이제 와 보니 그 상황이 이해되기 시작했다.

"내가 술 사달라고 했던 날, 기억해요?"

"기억하고말고."

재형이 다 기억한다는 얼굴로 고개를 끄덕이자 인경은 어깨를 으쓱하며 배시시 웃었다.

"그날 화장실에서 남녀가 엉켜 붙어……."

"차를 타고 오면서 나도 너를 탐하고 싶었어. 그 화장실의 남녀처럼."

"……!"

인경은 놀라 눈을 커다랗게 떴다. 나가지 못하고 발이 붙은 것처럼 서 있었을 때 선생님이 들어와 자신을 데리고 나갔다. 기다려도 오지 않아 걱정했다는 말에 화장실 남녀의 해프닝을 말하지 않고 그냥 입을 다물었다. 그 짧은 순간 그것을 다 파악한 재형의 통찰력에 말문이 막혔다.

"그래서 그날…… 그렇게 말도 않고 눈빛은 사나워져서……."

"눈빛이 사나워져?"

"몰랐어요? 나랑 눈도 안 마주치고 내려주고는 휭 가 버렸으면서."

재형이 엄지와 검지로 자신의 이마를 받치고 쿡쿡 웃자 인경은 눈썹을 일그러뜨렸다. 그런 이유로 자신을 바라보지 못했다니 불손한 선생님 같으니라고.

"그럼 덮쳐야 했어?"

"그건 아니지만……."

"난 최온유 자체가 무기라고 생각했거든. 감당할 수 없는 무기."

인경은 어이가 없다는 듯 웃어버렸다. 온몸이 무기라는 말은 보통 농담으로 쓰이는 말인데 그에게는 다르게 해석되고 있어 난감했다.

"진짜 궤변에는 달인인 거 알아요?"

"궤변 아닌데."

재형이 억울하다는 듯 울상을 짓자 풋, 하고 웃음을 터트리던 인경은 비상구 출입문 쪽으로 끌려갔다. 그리고 등 뒤로 문이 닫히기도 전에 재형에게 입술이 물렸다. 움츠러들 수밖에 없는 공간이라서 인경은 뒤로 물러났지만 탄탄한 철문이 가로막혀 있었다.

"누가 보기라도 하면……."

볼멘소리는 저항도 못하고 그의 입속으로 딸려 들어갔다. 유연하게 들어온 그의 혀가 입천장을 핥고 혀를 낚아채 감아올리자 인경은 그의 혀를 마주 감았다. 그를 탐하는 일이 싫지 않았다. 장소가 문제기는 했지만 아무도 보지 않기를 바랄 뿐이었다.

"하아, 정말 때와 장소 구분도 없이……."

비상구 계단 위아래로 둘의 숨소리가 퍼져나가 흐트러질 때쯤 재형의 입술이 떨어졌다.

"엘리베이터 타고 할 걸 그랬나?"

"못됐어."

뼈 있는 재형의 말에 인경은 눈을 곱게 흘겼다. 재형이 그와 첫 대면했던 날을 두고 놀려먹는 것에 슬쩍 부아가 났다.

"본부장실에서처럼 해줄까요?"

"사양합니다."

인경의 말을 흉내낸 재형이 허리를 감싸 안고 입술에 버드키스를 자잘하게 퍼부어댔다.

우우웅, 우우웅, 웅웅웅.

마우스를 움직이던 재형은 진동하는 휴대폰을 집어 들었다.

-오빠아!

통화 버튼을 누르자마자 들려오는 재희의 음성에 재형은 한쪽 눈썹을 치켜 올렸다. 낯선 번호라 안 받으려다 받았는데, 통통 튀는 재희의 목소리가 전화를 뚫고 나올 것만 같았다.

"너 어디야? 한국에 들어왔어?"

-응! 인천.

재형은 미간을 찌푸리다 손목시계를 내려다봤다. 어디로 튈지 모르는 녀석을 잡으러 가야 할 것 같았다.

"너 거기 가만히 있어. 내가 갈 테니."

-아냐! 나 혼자 들어온 거 아니고 일행 있어.

"뭐?"

-저번에 말했던 그 사람하고 같이 들어왔어.

"연하남 말이야, 사귄다는?"

-응!

"그런데 넌 일도 없이 그냥 따라왔다는 말이야?"

-응!

천진난만하다고 해야 하는 건지, 생각이 없다고 해야 하는 건지 가늠이 어려웠다. 둘 다에 해당된다고 생각한 재형은 못마땅한 표정을 지었다. 일이 있어 들어온 거면 몰라도 남이 일하는 데 쪼르르 따라왔다는 말에 참 값어치 없게 군다고 야단을 치고 싶었다.

-저녁에 같이 만나자. 소개해줄게.

소개 안 해줘도 찾아갈 생각이었지만 재희가 저녁에 만나자고 하니 적어도 한국에 있는 동안 연락이 안 될 일은 없다고 생각했다.

"어디에 머물 건데?"

-호텔?

"야, 너······."

재희의 마음을 모르는 건 아니었지만 그렇다고 집을 두고 호텔에 가겠다는 걸 방관할 수도 없었다.

-농담이야. 오빠 오피스텔에 당분간 있을게.

"왜!"

재형은 순간적으로 바락 소리를 질렀다. 재희가 와 있으면 온유와의 시간을 방해받을 것이 뻔했다.

-왜 그렇게 놀라? 애인하고 동거라도 해?

위 아랫집이다, 라고 말하려다 재형은 한쪽 입꼬리를 밀어 올렸다.

"동거한다고 하면 안 올 거야?"

-와우! 더 가야지!

재희의 탄성을 들으며 재형은 앞머리를 쓸어 넘기다 자리에 털썩 주저앉았다.

"끊어."

재희가 있는 며칠 동안 온유를 못 안게 되었다는 생각을 하자 슬슬 짜증이 일었다. 근래엔 회사에서도 부딪치는 일이 줄어 심기가 못마땅했는데 이제는 동생까지 도와주지 않다니.

"불러들일 건수가 없어, 건수가."

재형은 팔짱을 끼고 책상 위에 놓인 몇 안 되는 서류를 째려봤다. 쓸데없는 종이 낭비를 줄이자는 차원에서 전자결재 시스템으로 바꾼 후 일의 진척이 빨라 좋아졌지만 인경을 만날 건수가 없어졌다.

[점심은?]

재형은 사내 메신저로 온유에게 말을 걸었다.

[구내식당.]

"하아. 짧네."

재형은 온유가 쓸데없이 말을 길게 하는 성격이 아닌 것을 알지만 자신의 마음도 모르고 메신저에서까지 간단한 타이핑만 해서 부아가 났다. 한 번쯤 점심은 어떻게 하냐고, 어디서 먹느냐고, 약속 있느냐고 되물어보면 어떠냔 말이다.

같은 동민에, 같은 오피스텔에, 같은 라인에 있으면서도 출근조차 같이 할 수 없어 불만이었다. 회사 생활은 편하게 좀 하자는 인경의 말에 더 이상 고집을 피울 수가 없었던 것이다. 복잡한 지하철에서 치한들이 그녀를 그냥 두지 않을 것 같아 늘 불안하고 초조했다. 그래서 메신저로 출근 무사히 잘했냐고 물어봐도 '응'이나 'ㅇㅇ'이 다였다.

[나도 구내식당.]

재형은 심술 난 표정으로 타이핑을 했다.

한 번은 하루종일 온유를 못 봐서 -물론 퇴근을 하면 자신의 집이나 온유의 집에서 저녁을 함께 보냈지만- 구내식당으로 내려간 적이 있었다. 덤덤한 표정으로 다가가 인경의 옆에 앉으려 했는데 그녀가 발로 의자를 툭 밀어버리며 '다른 자리에 앉으시죠' 하고 낮게 뇌까리는 바람에 사납게 노려본 적이 있었다.

[그럼 난 밖.]

"이런."

재형은 두 손으로 머리를 쓸어 넘기고는 눈을 가늘게 떴다.

[같이 밖.]

누가 이기나 해보자는 심보가 들었다. 정열적인 온유 때문에 정신을 못 차리는 밤이었지만 아침이면 꿈을 꾼 것처럼 온유가 있던 자리가 비어 있어 불만이었다.

[곤란한 내 입장 좀……]

난감하고 피곤하니 그만 징징거리라는 말 같아 재형은 입술을 비죽 내밀고 팔짱을 꼈다. 사내 연애는 제약이 많아 난감했다. 더군다나 자신의 위치 때문에 온유가 괜히 또 입방아에 오를 수도 있었다.

[보고 싶어 나도 곤란함.]

우우웅. 재형은 책상 한편에 올려둔 휴대폰의 진동에 입꼬리를 말아 올렸다. 온유가 항복을 하고 같이 점심을 먹자며 전화를 건 것이라 생각했다. 그러나 '조사 완료!'라는 문자가 떠 있을 뿐이었다. 순간 재형의 눈빛이 어둡게 가라앉았다.

인경은 메신저 화면을 보며 픽, 하고 웃었다. 길게 대화하지 않는다고 투덜거리던 재형의 마음을 모르는 것은 아니지만 화면을 오래 열어둘 수는 없었다. 지나가던 직원들이 무심결에 볼 것을 염려해 간단하게 타이핑만 하고 화면을 내렸다.

[온유야, 오늘 얼굴 볼 수 있어?]

오랜만에 메일이 아닌 휴대폰 문자로 태웅의 연락이 왔다. 멀리 떨어져 있으면서도 자신을 심적으로 챙겨주는 친구였다.

[오늘?]

얼마 전 한국에 올 것이라는 메일은 받았지만 얼굴을 마주하는 건 몇 년 만일 것이다.

부모님의 장례를 치르는 동안 물속에 있는 것처럼 몸이 제멋대로 떠올랐다 가라앉고는 했다. 미친 듯이 울고 싶은데 눈물이 말라버린 것처럼 눈물이 나오지 않았다. 태웅의 어머니가 밥을 권하셔도 먹을 생각이 없었다. 그랬더니 태웅이 다짜고짜 자신의 팔을 잡고 밥상 앞으로 끌고 갔다. 그리고 우격다짐으로 숟가락을 쥐여주며 먹어, 먹자, 하며 달래듯이 말했었다. 반찬을 집어 밥을 뜬 숟가락에 올려주던 태웅은 마치 오빠 같았다. 만일 입장이 바뀌었다면 자신도 태웅처럼 챙겨줄 수 있을까, 하는 생각을 했었다. 자신만큼 아픈 눈으로 바라보던 태웅의 눈빛이 아직도 생생했다.

[나 다른 날은 바빠서 어려울 것 같아. 오늘 나한테 인심 좀 써라. 시간 팍팍!]

태웅의 문자에 생각에서 빠져나온 인경은 입가에 미소를 지었다. 인심 쓰지 않아도 시간 팍팍 내어줄 의향이었다.

[저녁에 일이 있는데…… 내 차 가지고 퇴근해.]

마침 도착한 문자에 인경은 당연히 태웅의 문자인 줄 알고 응, 이라고 답하다가 다급하게 지웠다. 자신도 저녁에 약속이 있음을 알리자 재형의 문자가 바로 날아들었다.

[남자?]

인경은 피식 웃음이 나왔다.

[남자 맞아요.]

[바람피우냐? 현장 걸리면 죽는다.]

"쿡."

인경은 웃음을 터트리다 고개를 갸웃했다. 현장을 걸리면 죽지만 안 걸리면 무사하다는 말인가.

[현장만 안 걸리면 됨?]

[현장 안 걸려도 나 냄새 잘 맡거든.]

인경은 눈살을 찌푸렸다. 냄새 잘 맡는 애인을 두면 피곤한 점이 있다는 것을 알았다. 그건 바로 자신의 월경주기를 꿰차고 있다는 점이었다. 자신의 몸에 변화가 생기면 바로 알아채는 재형으로 인해 난감했다. 그날이 다가오면 냄새가 달라진다는 그의 말에 설마 했는데 정말 며칠 후에 생리가 터졌다. 예정일보다 5일이나 빨라져 자신은 생각도 못했던 일이었다.

[사우나 하고 가면 됨.]

인경은 그를 약 올리고 싶었다. 냄새 좀 그만 맡으라고 타박을 주어도 재형은 종종 몸 구석구석 코를 대고 냄새를 맡곤 했다.

[까분다.]

인상을 쓰며 신랄하게 말하는 그의 음성이 들리는 것 같아 혼자 유쾌하게 웃었다.

재형은 '조사 완료!'라는 문자에 퇴근 한 시간 전에 회사를 나왔다. 일하는 중간에 나올 수도 있었지만 차분하게 마음을 가라앉히고 싶어 시간을 지체했다. 가방에서 봉투를 꺼내는 흥신소 직원을 보다 카페 창밖을 바라봤다. 온유를 처음 만난 날처럼 하늘이 시리도록 파랬다.

"고생을 꽤 한 모양입니다."

상대의 차분한 목소리를 들으며 재형은 봉투를 열었다. 마음이 가라앉고 있었다. 고생했다는 말에 갑자기 울분이 일었다. 그때 어머니의 말을 듣는 것이 아니었다는 생각만 들었다.

몇 장의 사진 중에서 익숙한 사진이 있었다. 온유를 바래다줬던 그 집이었다. 세월이 흘러 주변이 많이 변했지만 그것만은 똑똑히 기억했다.

"그 사진들은 이사를 다닌 집입니다. 이게 첫 번째, 이건 두 번째, 세 번째……."

갈수록 상황이 안 좋아졌음을 단적으로 보여주는 사진이었다. 부모님과 살았을, 처음 집은 야트막한 담장에 마당이 훤히 보이는 게 참 온화한 모습이었다. 예쁜 온유한테 잘 어울릴, 그런 집이었다.

"수고하셨습니다. 계좌번호 문자주시면 입금해드리겠습니다."

"네, 또 필요한 일이 있으면 전화주십시오."

흥신소 직원이 나가고 나서도 재형은 한참 동안 자리를 뜨지 않았다. 온유의 고등학교와 대학교의 성적표, 이사를 다녔던 집의 사진들을 보는데 마음이 아파와 쉽게 일어서지 못하고 있었다. 부모님과 할머니의 납골당 사진을 가만히 보다 눈을 감았다. 곁에 있었어야 했다는 후회가 또 한 번 밀려들었다.

"이건……."

서류를 넘기던 재형의 눈빛이 날카롭게 일렁였다. '윤종희 법무사'라는 문구에 미간이 절로 구겨졌다. 외할아버지의 자잘한 일을 도맡아하는 법무사였다. 온유의 개명 절차를 이곳에서 밟았다는 건 가족 중에 온유의 개명과 연관이 있다는 말이었다.

"하아, 어머니……."

재형은 혼잣말을 하며 두 손으로 얼굴을 쓸어내렸다. 전학을 간 고등학교에서 온유는 여전히 공부를 잘했다. 하지만 자신의 성적보다 낮은 대학에 지원했음을 알았다. 아무래도 단기간 쌓은 스펙이 없어 하향 지원을 한 것 같았다. 4년 내내 장학금을 탄 온유의 대학 성적을 보며 독하게 공부했다는 것을 알았다.

"100점 받았네."

재형은 자신이 떠나고 치른 기말고사에서 온유가 받은 점수를 보며 입가에 미소를 지었다. 재형은 그 외의 나머지 자잘한 서류를 봉투에 조심스럽게 넣었다. 온유가 명강그룹에 입사할 때의 성적표와 최근 근황을 담은 사진들이었다. 더 이상의 자료가 없어 뭔가 부족하다는 느낌이 강하게 들었다.

"중요한 것을 놓친 것 같아."

재형은 봉투를 물끄러미 보며 혼잣말을 했다. 분명 온유는 자신을 이용했다고 했었다. 하지만 무슨 일로 이용했다는 것인지 이것만으로는 감을 잡을 수가 없었다. 건네받은 서류로 추정한다면 할머니의 죽음과 개명이 가장 큰 변화였지만 판도라의 상자는 아직 보이지 않는 것 같았다. 더불어 속이 답답해졌다.

"일 잘하는 사람으로 소개해달랬더니 이건 뭐……. 화장실 갔다가 뒤처리 안 한 기분이잖아."

재형은 못마땅함에 미간을 잔뜩 찌푸렸다.

[재희 들어왔다며?]

문자를 넣은 사람이 누구인지 확인하던 재형은 혀를 찼다. 재희한테 직접 전화를 걸거나 문자를 하면 될 텐데, 꼭 자신을 통하는 어머니였다.

[집에 계시면 잠시 들를게요.]

재형은 답장을 넣었다. 왜 온유의 개명에 윤종희 법무사가 개입이 되었는지, 왜 전학을 가야 했는지 답해줄 사람은 이제 어머니뿐이었다.

대문을 지나는데, 벌써 숨이 막히는 기분이었다. 어릴 때는 그렇지 않았는데 클수록 그런 기분을 떨칠 수가 없었다.

"오랜만에 얼굴을 보여주는 구나."

한번 들르라는 어머니의 전화에 내키지 않아 늘 바쁘다 말하던 재형이었다.

"무슨 일인데 그렇게 가라앉아 있니?"

자신에게 과한 관심을 가지는 분이라 표정 하나에도 이상함을 감지하는 어머니였다.

"온유……."

"……!"

온유라는 이름에 당황한 듯 눈이 커다래지는 어머니의 표정을 보며 재형은 말을 잠시 끊었다 다시 입술을 달싹였다.

"개명을 왜 윤 법무사님이 했어요?"

"갑자기 왜 그 애 얘기를 꺼내는 거니? 별로 기억하고 싶지도 않은 이름인데."

"온유의 개명에 어머니가 개입되어 있습니까?"

"뭐가 알고 싶은 건데!"

앙칼진 목소리로 소리치는 어머니를 보며 재형은 눈을 가늘게 떴다. 생각보다 반응이 너무 튀어 혼란스러웠다. 시간이 지났으니 어머니도 누그러졌을 것이라 생각했다. 하지만 단순하게 자신이 학교를 떠나 그러는 것은 아닌 듯했다.

"개명을 강요하셨어요?"

"그냥 한 게 아냐!"

계속 소리를 지르는 어머니 때문에 짜증이 일었다. 떳떳하지 못한 사람은 목소리가 높아지기 마련이다.

"고등학교는 아무 문제 없이 졸업하게 해준다고 약속했잖아요. 그런데 왜?"

재형은 어머니를 노려봤다. 이럴 줄 알았으면 학교를 떠나지 않았을 것이다. 자신만 나가면 온유는 괜찮을 거라고, 보호받을 수 있을 것이라 생각했다.

"너하고 그런 일이 있고 계속 학교에 둘 수 없었어. 학생들이, 선생들이 계속 기억하고 입방아를 찧는데 어떻게 그냥 둬!"

"내가 찾지 않는다면 안 건드리겠다고 한 건 어머니였어요."

소리치는 어머니에 비해 재형은 차분하게 응수했다. 이상하게 마음이 가라앉았다. 마치 혼합물의 층을 극명하게 보여주기 위해 물보라를 일으키지 않고 가라앉게 만드는 것처럼 고요하게 진정이 되고 있었다.

"그랬지! ……하, 하지만 나도 해줄 만큼 해주고 요구한 거야!"

뭘 해주고 뭘 요구했다는 것인지 기가 막혔다. 지금 이게 할 소리냐고 윽박지르고 싶었다.

"뭘 얼마만큼 해줬는데요?"

비아냥거리는 조소가 입가에 떠올랐다. 있는 자가 휘두른 돌팔매질이 온유를 얼마나 아프게 했을지 생각하자 화가 치솟아 모든 것이 억지같이 보였다.

"할머니 돌아가시고 밀린 병원비 다 정산해주고…… 전학을 보내서 과거는 청산하는 것이 좋으니 개명을 하라……."

"젠장할!"

재형은 허! 하는 탄성이 목구멍을 타고 올라왔다. 넘치는 돈, 그냥 주기 곤란했더라도 장학금이라는 제도가 얼마든지 있었을 것이다. 공부 잘하는 온유에게 명목을 붙이려면 얼마든지 가능하지 않았냐는 말이다. 그런데 할머니 병원비로 온유의 목을 졸랐다고 생각하니 분노가 치솟았다.

"너 미쳤어!"

"안 미쳤어요!"

부모가 정성스럽게 지어준 이름을 바꾸라는 강요에 온유가 얼마가 어이없었을지 생각하니 기가 막혔다. 소문 때문에 온유가 힘들었다면 그냥 전학을 가면 되는 일이었다. 그런데 개명이라니. 이건 정말 웃기고 황당한 일이었다.

"그래서 빚을 청산해주고 개명을 해서 강제 전학을 시키셨군요. 내가 찾을까 봐."

"그, 그런 것만은 아냐."

"뭐가 더 있는데요?"

입술을 잘근 씹으며 불안한 듯 두 손을 맞잡는 어머니의 모습에서 재형은 이상한 낌새를 느꼈다. 자신이 모르는 무언가 더 있다는 생각이 들었다.

"온유하고 어머니 사이에 뭐가 더 있느냐고요!"

"없어! 없다고!"

바락 소리를 지른 어머니가 팔을 교차해 어깨를 감싸고 떠는 것이 보였다. 그 순간 판도라의 상자는 어머니에게 있다는 것을 감지한 재형은 주먹으로 제 심장을 탕, 내려쳤다. 속이 터질 것 같았다.

"정말 없어요?"

"없다니깐!"

재형은 어금니를 맞물었다가 머리를 쓸어 넘겼다. 어머니가 가

진 판도라의 상자를 열 수 있는 사람은 온유뿐이라는 생각이 들었
다. 그래서 어머니가 온유를 건드린 것이라 생각했다.

"온유 또 건드리면 어머니 다시는 안 봐요."

"뭐? 재형아!"

그대로 집을 나와버렸다. 어머니에게 더 들을 말은 없었다.

[오빠, 늦어?]

차 안에 한참을 앉아 있던 재형은 재희의 문자에 시동을 걸었
다. 온유는 판도라의 상자를 열 생각이 없어 보였지만 자신은 그것
을 열어야 할 의무가 있었다. 온유와 한발 더 나아가기 위해서는
해결을 봐야 했다.

[오빠 거도 주문할까?]

빨리 오라며 재촉하는 재희의 마음이 보여 재형은 핸들을 돌리
며 차를 움직였다.

"망할 흥신소."

미적지근하게 알아온 흥신소 직원의 정보에 짜증이 일었다. 어
디서부터 끼워 맞춰야 아귀가 딱딱 맞아떨어지는지 찾을 수가 없
었다. 재형은 운전을 하는 내내 자신의 검지마디를 이로 잘근잘근
씹어댔다.

기분이 언짢았지만 오랜만에 보는 재희에게 못 간다는 말을 할
수 없어 나온 자리엔 인경이 앉아 있었다.

"세상에. 많은 인연 중에 어떻게 이렇게 만나지는지……."

저녁을 먹고 가까운 술집으로 자리를 옮긴 네 사람은 신기한 우
연에 대해 말을 나누고 있었다. 두 사람은 남매지간에, 두 사람은

친구 사이였다. 재희가 푹 빠져 있는 연하남이 온유의 고등학교 친구인 태웅이었던 것이다.

"이래서 세상 멋대로 살면 안 되는 거야!"

재희가 너스레를 떨자 재형은 어이가 없다는 표정으로 고개를 절레절레 저었다. 세상 제 편한대로, 멋대로 사는 사람이 할 소리는 아니라고 생각했다.

"부모님은 무슨 일을 하시는지……."

"오빠! 우리는 그런 거 안 따져."

동생이 만나는 남자의 직업이나 간단한 프로필 정도는 알아두고자 했을 뿐이었다. 그런데 재희가 자신을 구닥다리 취급하며 나왔다.

"알았어, 알았다고."

자신이 물러서자 인경이 재미있다는 듯 쿡쿡 웃었다. 그게 얄미워 허리를 감싸고는 옆구리를 지그시 당기자 움찔 놀란 인경이 하지 말라는 듯 눈으로 나무랐다.

"잠깐 실례하겠습니다."

태웅이 자리를 뜨자 그가 어디를 가는지 내내 눈으로 좇는 자신의 동생을 보며 재형은 조금 어이가 없었다. 저렇게 시선을 못 뗄 만큼 좋을까 싶었다.

"어때?"

재희가 조바심을 내고 있다는 생각이 들었다.

"네가 딱 좋아할 정도로 잘생겼네."

"그런 말이 아니잖아."

재희가 울상을 짓자 인경이 제대로 답해주라는 듯 자신의 옆구리를 팔꿈치로 툭 쳐왔다.

"결혼할 거냐?"

"하고 싶어."

"하!"

솔직한 재희의 말에 재형은 탄성을 내뱉었다. 그러다 자신의 옆에 앉은 인경을 쳐다봤다.

온유도 자신과 결혼할 생각이 있을까, 하는 궁금증이 일자 속이 답답해졌다. 판도라의 상자를 해결하기 전에는 안 된다고 할 것만 같았다.

"너만 그렇게 생각해?"

"그건 아니야."

일방통행이 아니라서 그나마 다행이라는 생각이 들었지만 기본적인 호구조사도 못하게 하는 것을 어떻게 받아들여야 할지 난감했다.

"우리 집에 대해 얼마나 아는데?"

"전혀 몰라. 그리고 말하기 싫어."

"왜."

재희가 대학교 3학년 때, 어머니에 대한 마음을 닫은 것을 알고 있었다. 집안이 발칵 뒤집힌 사건. 어머니는 젊은 남자와 차를 타고 가다가 사고가 났으며 그 수습을 외할아버지가 나서서 다 하셨다는 것 정도만 알고 있었다. 자신이 그 사건을 들었을 땐 이미 모든 것이 종료되어 있어 더 이상 관심을 두지 않았었다.

하지만 재희는 엄마가 바람을 피웠다는 것과 그 상대가 제 또래라는 말에 충격을 받은 것 같았다. 걱정이 되어 심리 상담을 받아

보라고 했지만 거부하던 재희는 그때부터 집안에서 겉돌기 시작했었다.

"외할아버지가 명강그룹 창시자고 아빠가 사장이면 뭐? 엄마가 강운 고등학교 이사장이면 뭐, 뭐가 달라지는데?"

"뭐라고 했어, 방금?"

불만이 고조된 재희의 태도와 목소리 뒤로 태웅의 목소리가 날아들었다.

"어머니가 강운 고등학교 이사장이라고?"

재형은 놀라 벙 찐 표정을 짓는 태웅을 빤히 바라봤다. 자신에게 닿은 태웅의 눈빛이 순간 날카로워지는 것을 놓치지 않았다.

"이사장이라니……."

이내 인경에게로 시선을 옮긴 태웅의 표정이 일그러져 있었다.

"그럼, 이사장 아들하고…… 온유, 너!"

중얼거리던 태웅이 온유를 향해 바락 소리를 지르자 재형은 미간을 팍 구겼다. 이사장인 어머니와 온유의 관계를 알고 있다는 확신이 들었다.

"미쳤어!"

섞이지 않고 고요하게 가라앉아 있던 혼합물이 와락 흔들리며 뒤죽박죽 엉키고 있었다.

10화. 슬픈 인연

인경은 입술만 깨물고 있었고, 친구 태웅은 화를 주체할 수 없다는 듯 주먹을 말아 쥐고는 그녀를 바라보고 있었다. 그러다 먼저 실례하겠다며 태웅이 술집을 나가고, 놀란 재희도 후다닥 따라나섰다. 찬물을 끼얹은 듯 분위기가 싸해져버렸다.

"그만 일어나자."

인경의 손을 잡고 가게를 나서면서 속이 쓰렸다. 대리 운전을 부르려다 택시에 몸을 실었다. 조금 열어둔 차창으로 바람이 불어와 인경의 머리칼을 지분거렸다. 흐트러진 인경의 머리칼을 만져주자 그녀의 눈동자에 자신이 담겼다. 울고 싶은 것인지 눈가에 그렁그렁 맺힌 눈물이 마음을 아프게 했다.

"나를 택하는 게 미친 짓인 줄 몰랐어."

시선을 외면하는 인경을 보며 재형은 낮게 한숨을 내쉬었다. 택시에서 내려 오피스텔로 걸어가는 동안 어떻게 해야 할지 고민했다. 온유를 추궁해 판도라의 상자를 열게 할지 친구인 태웅을 통해 열어볼지 갈등했다.

"네가 열어주면 좋겠어."

그냥 열어달라는 말 대신 자신의 생각과 마음을 전했다. 하지만 인경은 다시 또 입술을 깨물며 고개를 저었다. 그녀를 향해 거침없이 미쳤냐고 외치던 태웅의 눈빛이 잊혀지지 않았다. 분노나 화가 났다는 느낌보다는 기함을 한 듯한 눈빛이 날카롭게 가슴에 박혀들었다.

"난……."

인경의 목소리에 계단을 올라가던 걸음을 멈추고 돌아봤다. 창백한 인경의 얼굴은 전등 아래에서 투명해 보일 정도였다.

"열지 않을 거야."

열 수 있지만 열지 않을 거라는 말에 눈살을 찌푸렸다. 이대로 머물 수는 없는 일이라 여기는데, 인경은 거부하고 있었다.

"이용당하겠다고 분명히 말했어. 그러니 어떤 말이 나와도 괜찮아, 말해."

도리질을 치는 인경을 보는데 가슴이 답답해져 저절로 한숨이 나왔다.

"온유, 읍."

입술에 닿은 인경의 입술이 뜨거웠다. 자신의 입술을 열고 젖은 혀를 들여놓는 그녀를 힘껏 껴안았다. 시작은 인경이 했을지 몰라도 기세는 역전이 되어 그녀가 벽으로 밀리고 있었다.

"하아……. 오늘 밤 뜨겁게 안아줘요."

떨어진 입술 사이로 짙은 숨을 몰아쉰 인경이 애원하는 눈길로 속삭였다. 재형은 순간 정신이 번쩍 들었다. 자신이 아무 생각 할 수 없도록 인경이 유혹하고 있다는 생각이 들었다.

판도라의 상자를 열지 않으려 안아달라는 인경의 말에 재형은 마음이 너무 아파 그럴 수가 없었다. 태웅의 마지막 말이 내내 귓가에 맴돌았다. 침대에서 잠이 든 인경을 보며 재형은 뜬눈으로 밤을 새웠다. 같이 즐겁게 웃고 떠들던 가운데 언뜻언뜻 비치던 인경의 슬픈 얼굴이 머릿속에서 떠나지 않았다. 단지 피곤해서 그런 줄 알았는데.

재형은 휴대폰을 열어 통화 버튼을 눌렀다.

"이재형입니다."

아직 자고 있는 인경을 보며 재형은 목소리를 낮추었다. 인경을 추궁해 답을 얻을 필요는 없다 생각해 대신 답을 줄 수 있는 사람을 찾았다.

-네.

짧고 간결한 목소리에 날이 서 있었다.

"묻고 싶은 것이 있습니다."

대답을 돌려주지 않는 상대의 마음에 베이는 기분이었다.

"하아……."

재형은 휴대폰을 들고 있던 손을 아래로 툭 떨어트리고 다른 손으로 얼굴을 쓸어내렸다. 자신을 향한 적개심을 누르고 있는 상대의 음성에 영문도 모른 채 당하는 마음이 과히 좋지 않았다.

침대로 다가가 인경을 물끄러미 보던 재형은 침대에 걸터앉아 그녀의 뺨을 쓰다듬고 흐트러진 머리칼을 넘겨주었다.

"내가 감당할게. 넌 그냥 그 자리에 있어."

재형은 혼잣말을 하며 인경을 바라보다 자리에서 일어섰다. 방문을 닫고 현관을 향해 거실을 가로지르던 재형은 새삼스럽게 인경의 집을 훑어봤다. 어딘지 정리가 된 듯한 깔끔함이 되려 마음을 섬뜩하게 만들었다. 자신이 잘못 생각한 거라고 부정하며 고개를 저은 재형은 현관문을 열었다. 새벽의 푸른빛을 보는데 가슴이 시려 죽을 것 같은 기분이 들었다.

"오빠."

현관문을 열고 들어가자 한숨도 못 잔 것인지 재희가 소파에 앉아 있다 벌떡 일어섰다.

"너한테 무슨 말 했어?"

"아니, 나중에 얘기하자며 나 여기 데려다주고 갔어."

재형은 두 손으로 얼굴을 쓸어내리고는 재킷을 벗어 소파에 걸쳤다.

"근데 그 사람이 그때 그 여학생이었어?"

"어."

재형은 넥타이를 풀며 대수롭지 않은 듯 대답했지만 속은 아비규환이 따로 없었다.

"어떻게……."

재형은 뒤에서 뭐라고 말하는 재희를 두고 욕실 문을 닫았다. 샤워기의 물을 틀어놓고는 세면대의 거울을 바라봤다.

'온유하고 얘기하겠습니다.'

명백한 거절 의사. 다가오지 말라는 경고의 파장음을 내며 자신을 밀어내는 태웅의 태도에 절박함과 분노를 함께 느꼈다. 어디서 연결고리를 찾아야 할지 막막한 기분으로 퍼즐을 바라보는 심정이었다. 한 개의 퍼즐만 시작할 수 있으면 나머지는 착착 맞아 들어갈 것 같은 기분인데, 그 시작이 어려웠다.

　샤워기의 물줄기 아래 서 있으면서 재형은 윤 법무사를 떠올렸다. 시간이 지나 기억을 못한다고 할 수도 있지만 서류를 찾아볼 수는 있을 것이다.

　인경은 아침에 일어나 재형이 곁에 없음을 알자 어깨가 시렸다. 그가 어디에 있는지 알지만 갈 수가 없었다. 먼저 출근한다는 문자를 보며 어제 그에게 안아달라고 떼를 쓴 자신을 떠올렸다. 이용당해도 된다는 그의 말을 들었지만 더 이상 이용할 생각 따위는 없었다. 자신도 모르게 숨겨두었던 마음을 찾은 그 순간부터 미래는 보지 않으려 했다. 과거는 바꿀 수가 없으니 그냥 덮어두려 했다.

　지하철 타는 것을 포기하고 택시 정류장으로 걷던 인경은 태웅의 문자에 걸음을 멈추었다.

　[출근했어? 내가 회사로 갈 테니 잠깐 보자.]

　무슨 말을 들을지 알기에 태웅을 피하고 싶은 마음이었다. 하지만 내내 피할 수 있는 문제는 아니었다.

　[내가 연락할게. 나중에 보자.]

　그래도 피하고 싶은 마음이 더 컸다.

　"온유야."

　출근길, 생각에 빠져 걷던 인경은 자신의 팔을 낚아채는 남자를 멍한 눈길로 바라봤다.

"어디 가서 얘기 좀 하자."

잠을 한숨도 못 잔 것인지 태웅의 얼굴은 까칠하고 눈은 충혈되어 있었다. 연락한다고 했는데 기다리지 못한 태웅이었다.

"……길 건너 카페 가 있어. 거기서 기다려. 곧 갈게."

태웅이 잠시 망설이다 알겠다는 의미로 고개를 끄덕이고는 멀어져 갔다. 멀어지는 뒷모습이 그 옛날의 모습과 같아 보였다.

한아름 고등학교에서 강운 고등학교로 전학을 간 온유는 차차 적응을 하고 있었다. 아이들의 괴롭힘은 서서히 사라졌고 화학 선생님 덕분에 학교 가는 것이 재미있었다.

'온유야!'

교문을 막 통과해 나오자 태웅이 반가운 얼굴로 손을 흔들고 있었다. 집안끼리 친분이 있는 태웅은 같은 고등학교를 다녔었다. 장례식이 끝나는 그날까지 모든 궂은일을 도맡아 해주신 태웅의 부모님에게 고마운 마음이 늘 한곳에 존재했다.

'너…… 몰랐어?'

멀뚱한 얼굴로 쳐다봤더니 태웅이 난감한 표정을 지었다.

'너희 학교 이사장이 아저씨와 교통사고가 난 상대자잖아.'

전혀 몰랐다. 학비를 지원해준다는 할머니의 말에 군소리하지 않고 전학을 간 것이었다.

'근데 아버지가 얼핏 하시는 말을 들었는데 아저씨가 신호 위반을 한 게 아니었던 것 같아.'

가족들과 이민을 가기 전 찾아온 태웅에게서 전해들은 소식은 가히 충격적이었다. 학비 때문에 옮긴 강운 고등학교 이사장이 부모님과 사고가 난 상대자라는 말에 어간이 막혔었다.

'이사장이 젊은 남자와 술을 먹고 운전을 하다…… 차 안에 와인 병이 뒹굴고 있었대.'

신호 위반으로 마무리되었던 사고 처리가 잘못되었다는 것을 그때서야 알았다. 아빠가 신호 위반을 했다고 알고 있었는데 모두 조작이었다는 것을 깨닫자 어쩔 줄 몰랐다. 어린 자신이 할 수 있는 것이 없어 분노로 몸이 떨렸었다.

"하아……."

인경은 짙은 한숨을 내쉬고는 자신의 이마를 짚었다가 머리를 쓸어 넘겼다.

부모님의 억울한 죽음을, 자신은 힘이 없다는 이유로 외면하려 했었다. 그런데 이제 그러면 안 된다는 것처럼 여기저기서 도화선이 터지고 있었다. 재형이 나타나 잊고 살았던 기억을 되살렸고 숨겨두었던 마음을 겨우 인정했는데, 이젠 태웅이 나타나 다시 멀어지라고 할 것만 같아 막막했다.

전략팀장에게 외출을 허락받은 인경은 휴대폰만 챙기고 태웅이 기다리는 카페로 천천히 걸었다. 태웅이 무슨 말을 할지 충분히 짐작하고도 남았기에 그에게 가는 시간을 지체하고 싶었다. 하지만 아무리 천천히 걸어도 걷는 만큼 거리와 시간이 흘러가고 있었다.

전면 유리창을 통해 계속 이쪽을 보고 있는 태웅과 눈이 마주친 인경은 짙은 한숨을 내쉬고는 카페의 문을 열었다.

"너, 당장 헤어져. 이건 말이 안 돼."

자리에 앉기도 전에 태웅의 신랄한 목소리가 들려왔다. 태웅의 괴로운 얼굴보다 재형의 힘든 얼굴이 더 걱정되었다.

"너 정말…… 부모님 생각해서라도……."

"나만 생각하면 안 돼?"

자신은 이미 못된 아이였다. 돌아가신 부모님께는 있을 수 없는 일이고 죄송한 일이지만 쉽게 결정한 것이 아니었다. 그를 사랑하고 있다는 것을 깨닫는 순간 모든 것이 명확하게 드러났다. 재형이 아니면 안 된다는 것을.

"내가 결혼하겠다는 거 아니잖아."

"뭐?"

인경은 입술을 질끈 깨물고는 시선을 돌렸다. 태웅의 구겨진 눈을 보고 있을 수가 없었다. 이사장에게 품었던 독기는 그때만큼은 아니더라도 아직 증오로 남아 있었다. 그런데 재형을 생각하면 이상하게 그 증오가 희석되었다.

"그럼 연애만 할 거야?"

"그럴 생각이야."

마른세수를 하는 태웅을 보며 인경은 눈을 감았다. 자신의 주위에는 슬픈 인연뿐이라는 생각이 들었다. 자신을 사랑해주지만 보답해줄 수 없는 강석과 자신이 사랑하지만 끝까지 함께할 수 없는 선생님과의 인연이 다 슬프다고 생각했다.

"부모님 돌아가시고 내일이 없는 사람처럼 살고 싶다는 생각을 가끔 했었어. 사는 게 힘들고 재미없었는데 선생님 만나면서부터 학교 가는 게 재미가 있었어."

"선생님이라니?"

"아, 이재형 본부장이 실은 강운 고등학교 화학 선생님이었거든."

"네가 예전에 메일로 말한 사람이 본부장이었다고?"

"응."

멀리 있는 태웅과 메일로 연락할 때, 이사장의 아들이라는 것을 말하지 않은 채 그저 그가 떠났지만 보고 싶은 마음이 든다고 했었다. 그러면 태웅은 좋아했었냐고 물었었다. 그 질문에 내내 답을 생각해보았지만 그 답은 오늘날까지 하지 못했다.

"온유야, 그래도 이건⋯⋯."

"그래, 감정에 치우쳐 결정한 내가 한심해 보이겠지. 그런데 나, 각오하고 선생님 손잡았어. 예전처럼 행복하고 싶어서. 내 옆을 7년간 지켜준 사람에게 모질게 굴면서까지 그렇게 이기적인 결정을 했어. 그리고 죽을 때까지 후회 안 할 거야."

인경은 눈에 차오르는 물기를 억누르며 눈을 깜빡였다. 자신은 끝이 어떻게 될지 이미 알고 시작한 것이었다. 괴로운 것은 자신 하나면 되는 것이라 생각해서 재형에게 아무것도 대답하지 않았다. 같이 힘들고 괴로울 필요가 없다 여겼다.

"내가 어떻게 해야 할지 모르겠다."

"태웅아, 그 사람에게 사실을 말하지 말아줘. 나중에 내가 그와 헤어지면, 그때 내 등 한번 두드려줘. 잘했다고, 그렇게⋯⋯."

재형을 택하는 바람에 강석을 밀어냈으니 사랑으로 친구의 자리를 지킨 강석에게 위로를 받는 건 어림없는 일이었다. 그러니 재형과 헤어지게 된다면 모든 것을 아는 태웅에게 위로의 한마디 정도는 들을 수 있기를 바랐다.

"난 네가 하는 선택, 환영할 수 없어."

"환영, 바라지 않아. 그냥 넌 그것만 해주면 돼."

"답답한 최온유, 너 정말⋯⋯."

태웅이 두 손으로 머리를 감싸는 것을 보며 인경은 천천히 커피를 한 모금 마셨다. 닿아서는 안 되는 인연이라 밀어냈었는데, 닿고 보니 너무 달콤해 포기하기가 싫어졌다. 사랑받는 느낌이 무엇인지, 사랑하고 있는 기분이 무엇인지 알게 해준 그를 오래오래 기억하고 싶었다. 그래서 그의 곁에 머물 수 있는 한 머물고 싶었다.

"할아버지께서 아는 부분만 알려주세요."

최온유라는 이름에 흠칫 놀라는 할아버지를 바라보며 재형은 주먹을 살며시 말아 쥐었다. 7년이 넘었고 많은 이들을 상대하시니 기억을 못할지도 모른다고 생각했다. 그런데 할아버지는 단번에 알아들으신 눈빛이었다.

'이사장님이 개명을 지시하시면서 전학 절차도 같이 밟으라고 하셨습니다.'

윤 법무사는 그때의 일을 구체적으로 기억하고 있었다. 학교에서 자신과 벌어진 일도 알고 있었고 온유의 전학 절차도 같이 처리했다고 했다. 술집에 세워둔 차를 가지러 갔다가 흥신소에서 전해준 봉투를 다시 열었을 때 온유의 부모님 제적등본의 익숙한 날짜에 미간이 찌푸려졌다. 그러면서 머릿속에 불이 들어오듯 하나의 퍼즐이 맞춰지기 시작된 것이다.

"이미 지나간 일, 들춰서 무에 좋은 일이 있다고 그러느냐?"

알려줄 생각이 없는 할아버지의 방어막을 보며 재형은 고민이되었다. 날카로운 질문 하나면 저 방어막이 맥없이 뚫릴 텐데, 하는 생각을 했다. 무슨 질문을 던질지 고민하던 재형은 자꾸 그물망에 걸리듯 목구멍에 걸리는 단어를 입 밖으로 내뱉었다.

"제주도 교통사고……."

화들짝 놀라는 할아버지의 표정을 놓치지 않은 재형은 눈을 가늘게 떴다. 이 모든 일의 시발점이 교통사고라는 것을 눈치챈 재형은 넥타이를 느슨하게 풀어내며 후우, 하는 숨을 내뱉었다.

"교통사고 상대자가 혹시 온유의 부모님입니까?"

전학을 온 온유의 인적사항에는 할머니뿐이었다. 전에 다니던 고등학교가 쉽게 들어갈 수 있는 학교도 아니었고 한 학기 들어가는 학비 또한 장난 아닌 곳이었다. 그리고 상위권, 그중에서도 최상위권이 아니면 꿈도 못 꾸는 학교였다. 그 어려운 학교에 들어간 온유가 부모님의 사망이 아닌 다른 이유로 그 학교를 그만둘 리는 없다 여겼다.

"지난 일을 들춰서 뭐하려고? 다들 힘들게 이제 겨우 잊고 사는데."

재형은 자리에서 일어났다. 더 이상 입 열기를 싫어하는 할아버지와 실랑이를 해봐야 나오는 것은 없었다.

회장실로 오기 전, 엘리베이터 앞에서 인경을 만났을 때 재형은 반가운 마음 뒤로 싸한 바람이 불어와 가슴이 시렸다. 보고만 있어도 좋아 입꼬리가 올라가는데, 마냥 좋아할 수만은 없다는 것을 깨닫자 마음이 너무 아팠다. 거기에 까칠해진 인경의 얼굴을 보는데, 속이 짠하게 아파왔다.

"잊어도 되는 일은 없습니다."

재형은 굳어진 얼굴로 할아버지께 목례를 하고는 자리에서 일어섰다. 판도라의 상자를 열 수 있는 키워드를 찾은 재형은 누구를 먼저 만날지 고심했다. 그러다 휴대폰을 꺼내 통화 버튼을 눌렀다.

"어디 다녀오는 길이야?"

"어…… 넌?"

엘리베이터 앞에서 마주친 강석을 보며 인경은 머릿속이 복잡했지만 애써 미소를 지었다.

"영업 나가는 길……. 나 너한테 할 말 있는데, 이따가 밖에서 점심 같이 먹을까?"

"아, 그게……."

인경은 난감한 얼굴로 입술을 깨물었다. 예전 같으면 스스럼없이 그러자고 했을 테지만 이제는 그러면 안 될 것 같았다. 견디고 있다는 강석에게 끌려가지 않는 것이 도와주는 일이라 여겼다.

"아, 됐다. 별말 아니고 나 곧 그만두고 아버지 회사로 간다는 말 하려고 했어. 생각해보니 굳이 밥까지 먹으며 할 얘기는 아닌 것 같다. 점심 맛있게 먹어라."

강석이 손을 가볍게 흔들어주고 가버리자 인경은 그 자리에 주저앉고 싶었다. 자신의 결정으로 인해 모든 이에게 아픔을 주고 있다는 생각을 떨쳐버릴 수가 없었다. 누구도 다치게 하고 싶지 않았는데 그럴 수 없다는 것을 깨닫자 몸이 천근만근이었다. 자신이 다치는 것쯤은 아무렇지 않은데 강석을 비롯해 태웅, 재형, 그리고 그의 여동생까지 다치게 되니 막막한 심정이었다. 자신만 사라지면 다 해결이 될 것 같은 기분이 들었다.

"저는 할 말이 없습니다."

입을 다물겠다는 맹세라도 한 듯 고집을 피우는 태웅을 보며 재형은 커피를 한 모금 천천히 넘겼다. 뜨거운 커피가 속을 적시자 오늘 처음 음식을 입에 댔다는 것을 알았다.

"온유한테 미쳤다고 말할 정도로 저는 아닙니까?"

괴로운 빛이 역력한 태웅의 눈동자를 보며 재희를 떠올렸다. 어머니 때문에 사람에 대한 신뢰가 무너진 녀석이 제 입으로 좋아한다고 말한 사람이 태웅이었다.

"본부장님이 아니라는 의미는 아닙니다. 단지 처한 상황이 녹록지 않아……."

난감한 표정으로 입을 다무는 태웅에게 더 말해보라 하고 싶었지만 그만두었다. 그렇다면 질문을 돌려 하는 수밖에 없다 여겼다.

"온유가 고3 마지막 학기를 남겨두고 전학을 간 것은 압니까?"

신변잡사 쪽으로 화제를 돌려 말하다 보면 얻어걸리는 것이 있을 것이라고 재형은 생각했다. 오랜 시간 동안 메일을 통해 서로의 안부를 묻고 걱정할 정도면 온유의 과거에 대해서도 모르는 일이 없을 것이다.

"압니다."

태웅이 짧은 단답형으로 자신의 마음을 숨기는 것을 본 재형은 팔짱을 꼈다. 태웅에게서 많은 말을 들으려는 것이 아니었다. 서로 연결이 되는 단어만 들으면 나머지는 자신이 찾아서 맞출 수 있었다. 하지만 쉽게 입을 열지 않는 태웅의 태도가 어제 술집에서의 행동과 대조되어 보여 짚이는 구석이 있었다. 아무래도 온유가 입을 열지 못하게 한 것 같았다.

"온유하고 만났습니까? 아님 통화라도……."

"슬픈 인연이 될 겁니다. 서로가 행복하지 않은."

태웅의 말에 반감이 들었다. 온유가 자신과 있을 때 행복해하는 모습을 봤다면 저렇게 말하지 않을 것이라 여겼다.

"그래도 서로가 이어진 인연은 인연입니다."

슬픈 인연이든 행복한 인연이든 모두 자신이 하기 나름이고 연결 짓기 나름이라 여겼다. 그리고 자신은 지금 핵심을 벗어난 말에 얽매일 수 없었다. 치고 지나가야 할 진실을 똑바로 직시해야 했다.

"온유 부모님은 어떻게 돌아가신 것인지……."

"교통사고였습니다."

그 정도쯤은 말해줘도 상관없지 않다고 생각한 모양인지 태웅이 간단하게 대답하고 나왔다.

"누구 잘못으로……."

조금만 더 몰아붙이면 태웅에게서 사건의 전말을 들을 수 있을 것 같은 생각이 들었다. 그래서 부러 말끝을 흐렸다.

"절대 신호 위반을 할 분은 아니었어요."

재형의 눈이 가늘어졌다. 박 변호사에게 물었을 때는 상대가 신호 위반을 했다고 했다. 이미 할아버지한테 다 듣고 왔으며 단지 확인을 하고 싶다는 말에 박 변호사는 의심을 하지 않고 알려주었다. 어머니가 음주를 했기 때문에 상대의 신호 위반을 무마해주면서 그들에게 책임을 전가하지 않고 사건을 처리했다고 했었다.

재형은 자신의 퍼즐이 거의 다 맞아 들어감을 느끼며 두 손으로 얼굴을 쓸어내렸다. 이제 판도라의 상자를 열 사람은 자신이 아닌 어머니였다. 본인의 입으로 모든 사실을 낱낱이 고백하게 할 차례였다.

"온유는 그 집에 절대 들어갈 수 없어요."

재형은 적의를 드러내는 태웅을 물끄러미 바라봤다. 자신이 생각하는 퍼즐 전체의 그림이 맞다면 태웅의 말이 틀린 것은 아니라고 생각했다. 그런데 결혼을 한다고 해서 온유가 굳이 자신의 집에 들어와야 할 이유가 무엇인지 의아했다. 결혼은 동등한 관계로 이어지는 것이지 종속이 아니었다.

"그 녀석, 그걸 알고 시작했으니……."

"내가 나오면 됩니다."

당황한 듯 눈을 크게 뜨고 쳐다보는 태웅을 향해 가볍게 고개를 까딱거린 재형은 자리에서 일어섰다.

"다음에 만날 때는 재희의 일로 만납시다."

온유의 일은 내가 알아서 할 테니 넌 재희와 어떻게 할 것인지 향방을 결정지으라는 말이었다.

그래, 태웅의 말처럼 슬픈 인연일 수밖에 없다는 것을 인정했다. 그렇다고 그 끝이 마냥 슬프게 끝나라는 법은 없는 것이다.

"이 시간에…… 일은 안 하고……."

이사장실을, 이 학교를 다시 오게 될 줄은 몰랐다. 한국에 들어와서 온유와의 기억은 더듬어도 학교를 가봐야겠다는 생각은 전혀 들지 않았었다.

"물어볼 것이 있어서요."

자신을 멀뚱한 얼굴로 올려다보는 어머니를 바라보며 재형은 깊은 숨을 내쉬었다.

"제주도 교통사고……."

"……!"

할아버지와 어머니, 하나같이 얼굴이 굳어지는 것을 보고 있자니 재형은 현기증이 일었다.

"솔직히 말하세요. 신호 위반, 어머니가 한 거 맞습니까?"

"아, 아냐."

이미 확인을 하고 묻는 말인데 발뺌을 하고 나오니 미간이 있는 대로 구겨졌다.

"끝까지 아니라고 하시니 갑갑하네요. 어머니 때문에 한 가정이 파괴되고 그 아이는 하루아침에 고아가 되었는데 양심도 없으세요?"

"그래서 학비 지원해주고 돌봐줬잖아!"

바락 소리를 지르는 어머니를 보고 있자니 기가 막혔다. 돈이면 되는 세상을 살아오신 분이니 한발 양보해 이해하려 했지만 일말의 죄책감도 없어 보여 화가 나기 시작했다.

"지금 그게 할 말입니까? 부모를 죽게 만든 사람 밑에 와서 공부를 하면 그 아이가 얼씨구나 하고 고마워할 줄 알았어요?"

"시, 실수였어!"

재형은 손을 들어 자신의 두 눈을 가렸다. 온유의 가정이 무너진 것은 다름 아닌 자신의 어머니 때문이었다. 그런데도 자신에게 안겼던 온유를 생각하자 심장이 가루가 되는 것처럼 고통스러웠다. 무슨 생각으로 안겼던 것인지, 안기면서 얼마나 아팠을지 생각하니 주먹이 절로 쥐어졌다.

"젊은 남자 옆에 끼고 술을 마시면서 운전한 사람은 멀쩡하게 살아 있는데, 아무 잘못도 없는 온유 부모님은 신호 위반이라는 억울한 누명을 쓰고 돌아가셨어요. 그런데 실수라니, 정말…… 내 어머니가 아니었으면 합니다."

아들의 차분한 음성에 몸을 떨던 이사장은 표독스러운 눈빛으로 말했다.

"내가 왜 그랬는데! 밖으로만 도는 네 아버지, 한 번도 다정하게 굴지 않는 네 아버지와 살아봐! 얼마나 힘들고 진절머리 나는 일인지 넌 모를 거야!"

재형은 화가 나던 마음이 이상하게 가라앉고 있음을 느꼈다. 기가 막힌 것인지 어이가 없어 머리 회전이 되지 않는 것인지 몰라도 갑자기 화가 나지 않았다. 어머니에 대한 정이나 연민조차 느껴지지 않았다. 그저 타인의 대화처럼 다가왔다.

"넌 어릴 때부터 내 희망이었어. 나를 향해 웃어주고 내 말만 듣던 아이였어. 그런데 크면서 점점 반항하고 말수도 줄어들고……. 사는 게 재미가 없었어."

"사는 게 재미없다고 모두가 그렇게 놀지는 않아요."

"알아. 하지만 나를 보며 누나, 누나, 하면서 살갑게 구는 그 애를 보는데 네 생각이 났어. 내 아들도 이렇게 다정하게 굴어주면 좋을 텐데, 하는 생각에 그만……."

재형은 두 손으로 얼굴을 쓸어내리고는 머리를 감싸 쥐었다. 변명만 늘어놓는 어머니가 미웠다. 잘못했다고, 온유에게 빌고 용서를 구하겠다고 말하기를 원했다.

"하지만 억울하게 누명을 씌운 건 어떤 변명도 통하지 않아요."

"온유가 나를 협박했어!"

재형은 미간을 구겼다. 협박이 아니라 진실을 밝혀달라는 말이었을 것이다. 온유의 성향으로 보아 협박은 말도 안 되는 일이다.

"음주운전을 덮어줄 테니 할머니 수술비를 달라고……. 하지만 거절했어. 한 번 협박에 넘어가면 다음에는 더 큰 것을 요구할 테니까."

눈을 커다랗게 뜨고는 마치 눈앞에 그 협박이 있는 것처럼 눈동자를 굴리는 어머니를 보고 있자니 재형은 숨이 막혔다.

"어머니 잘못이었으니 평생 도와줬어도 모자랄 판이었어요."

"내가 왜!"

쾅! 빠지직, 쨍!

재형이 내리친 탁자의 유리가 깨지며 파편의 날카로운 부분으로 인해 손에서 피가 났다.

"어머니 잘못으로 한 사람의 인생이 바뀌었어요!"

"재형아! 피 나잖……."

"놓으세요. 이 정도 가지고 죽지 않으니까."

재형은 어머니의 손을 매섭게 뿌리쳤다. 이깟 피 좀 나는 게 무슨 대수라고, 사색이 된 얼굴로 손을 벌벌 떨고 있는지 이해할 수가 없었다. 온유는 억울하게 부모님을 잃어 가슴에 피멍이 들었을 텐데 이 정도 상처가 뭐라고 벌벌 떠는 것인지.

"그 애가 나한테 복수하려고 했어."

재형은 기가 막혀 눈살을 찌푸렸다.

"너하고 있었던 그 사건, 온유가 복수하려고 꾸민 짓이야."

"……!"

재형은 그제야 온유가 자신을 이용했다는 말을 이해했다. 힘을 가진 어머니를 상대하기는 버거웠을 테니 상대적으로 쉽고 가까운 자신을 이용하려 했을 것이다.

"그래서 기회를 잡았다 여겨 퇴학 운운하셨군요. 아들은 회의에 못 오게 하고선."

"그 애는 요망해. 너를 바라보는 눈빛에서 색기가 흐르는 게, 너를 파멸시킬 그런 애야."

"그런 건 잘도 꿰뚫어 보시면서 온유의 아픔은 안 보이시던가요?"

재형은 자리에서 일어나 어머니가 앉은 의자의 팔걸이에 두 손을 짚어 어머니를 가두었다. 그러고는 몸을 숙여 어머니의 귀에 속삭였다.

"온유의 복수를, 이제는 제가 도와주려고요."

"뭐, 뭐라는 거야?"

벙 찐 얼굴로 입술을 벌린 채 쳐다보는 어머니를 향해 재형은 한쪽 입꼬리를 올리며 비소를 지었다.

"그 애는 어머니의 며느리가 될 겁니다."

"뭐!"

놀라 고개를 휙 돌려 쳐다보는 어머니를 보며 재형은 천천히 입꼬리를 내렸다. 그러고는 차갑고 음산한 음성으로 속삭였다.

"며느리가 된 온유를 보며 평생 고통 받으시기를 바랍니다."

11화. '결혼하자'와 '결혼할래?'

차에 탄 재형은 생각에 잠겨 앞을 주시하고 있었다. 온유를 다시 만났을 때, 재형은 그녀와 결혼할 생각이었다. 처음 본 순간부터 빠져들었고, 떨어져 있는 7년간 내내 머리와 가슴속에 살던 아이였다. 그리고 다시 만났을 때, 온유는 자신에게 뜨겁게 안겨 왔었다.

그러나 온유가 열지 않으려 했던 판도라의 상자를 열고 나니 결혼을 할 수 있을까, 하는 의문이 들었다. 온유를 더 힘들게 하는 일이라는 생각에 다다르자 심장이 뻐근하게 아파왔다. 왜 온유가 열기 싫어했는지 이해가 되는 순간 소리 내어 엉엉 울고 싶을 정도로 비참한 기분이었다.

아까부터 울리던 휴대폰의 진동을 외면하다 마지못해 받은 재형은 차창에 팔을 걸쳤다.

-본부장님, 어디십니까?

다급하게 자신을 찾는 김 비서의 음성에 재형은 눈을 감았다 떴다.

"무슨 일 있습니까?"

-회장님이 찾으십니다.

아들에게 밑도 끝도 없이 당한 어머니가 억울하다며 손을 내밀었을 곳은 한군데뿐이었다. 할아버지에게 자기 연민에 빠져 변명만 늘어놓으며 징징거렸을 것이다.

"제가 통화하겠습니다."

-⋯⋯네.

떨떠름한 목소리의 김 비서가 통화 저편으로 사라지자 재형은 휴대폰을 조수석으로 던져버렸다.

통화할 기분도 아니었고 어떤 변명도 들을 기분이 아니었다. 어머니가 잘못된 길로 들어서면 그것을 막을 힘이 있는 할아버지조차 바른 길을 가르치지 않고 오히려 동조해 오냐오냐하며 들어주었다는 사실이 못내 짜증스러웠다.

[점심 먹었어요?]

진동하는 휴대폰을 힐끗 돌아본 재형은 인경의 문자에 눈을 질끈 감았다. 울컥하는 기분에 마음이 물기에 침윤되어갔다. 점점 마음을 차오르던 물기가 역류하려 했다.

"온유야, 보고 싶어. 지금⋯⋯."

재형은 혼자 중얼거리다 손을 들어 두 눈을 가렸다. 마음에서 역류한 물기가 손가락 끝에 묻어났다.

지하주차장에서 또각또각 구두 소리를 내며 자신에게로 걸어오는 인경을 보며 재형은 희미하게 입꼬리를 말아 올렸다. 직원들 눈치를 본다고 같이 퇴근하는 것을 꺼리는 인경에게 오늘은 고집을 부렸다.

"다쳤어요?"

조수석으로 오르던 인경이 놀라 눈을 동그랗게 뜨더니 자신의 손을 검지로 가리켰다.

"그게……."

재형은 손을 한 번 들어 보이고는 어깨를 으쓱했다. 생각보다 유리가 깊게 박혔다며 의사가 상처를 치료하는데 식염수 한 통을 다 들이부었다. 세 바늘 정도 꿰맨 다음 손을 쓰지 말라며 의사가 붕대를 감아주었다.

"온유한테 관심 받고 싶어서."

"에? 관심 받고 싶어 사고 치는 꼬마도 아닌데."

황당한 표정을 짓는 인경의 턱을 당겨 입술을 열었다. 촉촉한 혀를 찾아 가만히 감으며 숨결을 마셨다. 도톰하지만 잘 부어오르는 아랫입술을 지그시 깨물자 인경의 입에서 음, 하는 신음이 터져 나왔다. 재형은 고개를 움직여 다시 입술을 머금었다. 윗입술과 아랫입술을 번갈아 핥고 빨아들인 후 잠깐 입술을 떼었다. 숨을 고르는 인경을 보며 검지 마디로 뺨을 가만히 만졌다.

"내 옆에서 떨어지지 마, 절대."

"이미 옆에 있는데……."

인경이 멀뚱한 얼굴로 중얼거리는 것을 들으며 재형은 눈을 곱게 접었다. 판도라의 상자를 여는 순간 자신이 온유 곁에 있을 수 없는 사람이라는 것을 알았다. 자신의 어머니가 저지른 일로 인해 로미오와 줄리엣처럼 슬픈 인연이 되어버린 것을 알았지만 재형은 온유가 자신에게 안겨온 사실만 기억하기로 했다. 그래서 온유에게 자신이 판도라의 상자를 열었다는 것을 말하지 않았다. 앞으로 어떻게 될지 장담할 수 없지만 지금은 자신도 말하고 싶지 않았다.

"내 시야에서도 사라지지 마."

온유를 놓을 수 없다는 생각만 머릿속을 맴돌았다. 말하지 않으면 표면적으로는 아프지 않을 것이다, 당분간은.

"이상하네. 무슨 일 있었어요? 누구하고 싸웠어요?"

의아한 얼굴로 고개를 갸웃하는 인경을 보며 재형은 애써 웃어 보였다. 일그러지던 어머니의 얼굴과 자신 앞에 있는 인경의 모습이 겹쳐졌다 흩어졌다. 온유의 사정을 다 알게 된 지금, 그때 적극적으로 도와주지 못한 것이 아쉬울 뿐이었다. 저 작은 머릿속이 복잡하게 헝클어지도록 생각한 것이 자신을 유혹하는 일이었다니. 그것도 모르고 욕정에 치우쳐 온유의 입술을 탐했었다.

"여름휴가, 날짜 맞춰 같이 써."

"흐음."

입술을 오므렸다 비죽거리는 인경을 보며 재형은 고개를 삐딱하게 기울였다.

"언제 쓸 거야?"

"날이 겹치면 좀……."

사내 연애는 이래서 불편한 것이다. 재형은 손을 뻗어 인경의 귓불을 가만히 만지작거렸다. 어깨를 움츠리고 작게 웃는 그녀를 보며 재형도 눈을 곱게 접었다.

"아무도 신경 안 써. 솔직히, 소문이 났으면 좋겠어."

입술을 반쯤 벌리고 자신을 쳐다보는 인경에게 재형은 씨익 웃어보였다. 공개 연애를 한다면 인경에게 집적거리거나 딴마음을 먹는 녀석들이 없을 텐데. 하지만 상사의 비밀은 철저하게 지키는 비서로 인해 소문이 날 리 없었다. 이럴 땐 비서의 입이 가벼운 것도 나쁘지 않을 것 같았다.

"휴가, 하루 이틀 차이로 외국 나갔다 오면 아무도 모를 거야."

반박할 말이 없는지 입술을 깨무는 인경을 보며 재형은 엄지로 치아에 물린 입술을 빼내었다. 그렇게 깨물 거면 차라리 자신이 핥게 내놓으라고 말하고 싶었다.

"참, 너 기말고사, 화학 100점 맞았더라?"

"어? 어떻게 알아요?"

눈을 동그랗게 뜨고 쳐다보는 인경을 보며 재형은 한쪽 입꼬리를 올렸다. 그 당시 온유가 얼마나 힘들었을지를 생각하니 또 가슴이 답답해져왔다.

"100점 맞을 수 있었으면서……."

배시시 웃는 인경을 보며 재형은 짐짓 엄한 눈길을 보냈다가 피식 웃었다.

"중간고사 때 일부러 틀린 걸 나중에 알았어. 문제 풀이하는데, 네가 너무 잘 풀어서 당황스러웠거든."

"그게……."

뭔가를 말하려다 입을 다물어버리는 인경을 보며 재형은 붕대 감은 손을 들어 뒷머리를 끌어당겼다.

"그리고 풀이하는데 시선을 시험지에만 두고 나는 쳐다도 안 봐서 심술도 좀 났었어. 난 이미 너를 여학생이 아닌 여자로 보고 있었는데."

"웃. 잠시……."

귓불을 혀로 살짝 핥고 뺨에 입을 맞추자 어깨를 움츠리며 인경이 달아나려 했다. 그러자 재형이 뒷머리를 잡은 손에 힘을 주며 이마를 맞대었다. 인경의 꿈 많았던 시절을 보상해주고 싶지만 이미 시간이 흘러 불가능하다는 것을 알고 있었다. 그래서 재형은 앞으로 인경에게 든든한 지붕이 되어주고 싶었다. 비바람에도 끄떡없는, 안심하고 머물 수 있는 지붕이 되어주고 싶었다.

"우리 결혼하자."

"……!"

눈을 커다랗게 뜨는 인경을 보며 재형은 입술 끝을 말아 올렸다.

"다들 꺼려하는 시월드, 너한테 명함도 못 내밀게 할게."

"……말도 안 돼."

"말 돼."

고개를 비스듬히 기울인 재형은 인경이 다른 말을 할까 봐 그대로 입술을 물었다. 갈급하게 찾은 혀를 감았다 풀어주며 다시 낚아채 단물을 빨아들이듯 타액을 모조리 핥아 빨아들였다.

"하……. 집에 가자."

욕망에 사로잡힌 재형의 목소리가 쉰 듯 갈라져 나왔다. 당장 인경을 안고 싶어 조바심이 났다. 고개를 끄덕이는 인경의 뺨에 입술을 붙였다 떼며 재형은 시동을 걸었다.

"하아……."

붉게 물든 온유의 뺨을 붕대에 다 감기지 않은 손가락으로 가만히 만지던 재형은 그대로 입술을 겹쳤다. 부어오른 온유의 입술을 가르고 혀를 찾았다. 마중을 나오듯 자신을 안아주는 앙증맞은 혀에 취해 더 깊이 파고들었다.

"온유야……."

목소리가 잔뜩 갈라져 나왔다. 자신을 바라보는 온유의 모습에 재형은 눈을 감았다. 심장이 아프다고 아우성을 치고 있었다. 온유를 담아야 하는데 너무 많은 것들이 들어앉아 있다고 투덜거려댔다.

재형은 온유를 안아 일으켜 품에 가득 안았다. 자신에게서 나는 샴푸 냄새가 온유에게서도 나자 입가가 빙긋 올라갔다. 한집 살림을 하면 이렇게 사소한 것부터 같아지는 것이라 생각했다. 온유와 같은 비누, 같은 타월, 하나의 소파에 나누어 앉고 한 침대를 은밀하게 공유하는 모습을 상상하자 자신의 분신이 더 크게 부풀어 올랐다.

브래지어의 어깨끈만 내려 젖무덤의 정점을 왈칵 머금었다. 아이가 배고픔에 젖을 찾듯 덥석 물고는 진득하게 빨아들였다. 귓가에 온유가 흘리는 신음이 맴돌았다. 입술로 젖무덤의 정점을 물고 쭈욱 당겼다가 깨물기를 반복하며 허리를 끌어안았다.

"갈수록 능숙해져."

침대에 다시 눕히기 전 등 뒤로 손을 돌려 브래지어 훅을 한 손으로 쉽게 풀어내자 온유는 곱게 눈을 흘기며 나무랐다. 재형은 그런 온유의 입술을 살짝 깨물었다 놓아주며 혀를 밀어 넣었다. 속살을 하나도 빠짐없이 핥듯이 빨고는 귓불을 지그시 물었다. 온유가 웃, 하는 신음을 터트리는 것을 들으며 재형은 입가에 미소를 지었다. 붕대를 감는 바람에 손을 쓸 수는 없지만 온유의 어깨를 팔로 끌어안고는 짓궂게 속삭였다.

"너도 갈수록 능숙해지고 있거든."

"허……."

어이가 없다는 듯 탄성을 터트리는 온유를 보며 재형은 피식 웃다 자잘하게 입을 맞추었다. 이마부터 시작해 가지런한 눈썹, 콧등, 눈꺼풀, 뺨에 입을 맞추고는 살짝 벌어진 입술 사이로 혀를 집어넣어 속살을 핥았다. 마주 응해오는 온유의 앙증맞고 촉촉한 혀에 재형은 저도 모르게 낮은 신음을 흘렸다.

고개를 숙여 젖무덤의 유두를 왈칵 삼키자 온유가 야릇한 신음을 흘리며 허리를 비틀었다. 재형이 혀로 유두를 밀었다가 지그시 눌렀다가 입술로 깨물자 온유는 간지럽다며 까르르 웃었다. 그 웃음소리가 너무 청명해 심장이 맑아지는 기분이었다.

"나 오늘 콘돔 사용 안 하면……."

"맞고 싶어요?"

"하, 알았어. 그냥 해본 소리야."

재형은 뽀로통한 표정을 짓는 온유의 볼을 한번 꼬집고는 눈을 반으로 접었다. 온유를 닮은 딸이든 아들이든 태어나면 얼마나 예쁠지, 상상만 해도 기분이 좋았다. 하지만 온유가 합의하지 않으면 절대 일방적으로 강요할 생각 따위는 없었다.

"설마 콘돔을 바늘로 찔러뒀거나 그런 건 아니죠?"

"아! 그런 방법이 있었네?"

"아, 뭐야!"

온유가 주먹을 쥐고 콩콩 때리자 재형은 소리 내어 웃었다. 자신의 아래에서 발그레하게 물든 온유가 사랑스러워 견딜 수가 없었다. 성이 난 분신은 어서 빨리 들어가자고 아우성이었지만 재형은 마음을 다스렸다.

온유의 허벅지를 벌려 꽃샘을 가리고 있는 수풀을 가르자 여린 분홍 속살이 모습을 드러냈다. 재형은 검지, 중지, 약지를 애액이 번들거리는 꽃샘의 입구에 비볐다. 손등으로 입을 틀어막고 있는 온유를 보며 재형은 언제까지 그렇게 신음을 참을 수 있는지 한번 보자 하는 심정으로 애무를 했다.

"아, 아항, 하……."

참을 수 없는 듯 온유가 등을 휘며 신음을 터트리자 재형은 가슴이 뿌듯했다. 자신의 분신으로 꽃샘의 입구를 살살 문지르다 살짝 집어넣던 재형은 미간을 구겼다. 이대로 끝까지 들어가고 싶은데 비옷을 입지 않으면 온유에게 혼이 날 것이기 때문이었다. 빠른 손길로 분신에게 비옷을 입힌 재형은 봐주지 않겠다는 듯 쭈욱 밀고 들어갔다.

"으훗!"

온유의 고개가 뒤로 젖혀질 만큼 버겁게 들어갔다는 것을 안 재형은 미안한 표정을 지었다.

"아파?"

"아니……. 아픈 게 아니라 너무 꽉 차게 들어와서."

재형은 몸을 숙여 온유의 입술을 핥았다. 혀를 가만히 감았다 풀어주며 허리를 움직였다. 웃, 하고 신음을 터트리는 온유를 보며 재형은 눈을 가늘게 떴다. 가슴 가득 안겨오는 그녀로 인해 심장이 아파 죽을 지경이었다. 도대체 어떻게, 얼마나 온유를 안아야 만족할지 늘 의문이었다.

재형은 온유의 뺨을 가만히 만지고 목을 그러쥐었다가 젖무덤의 정점을 검지와 엄지로 비틀었다. 그러자 자신의 분신을 쭉 끌어당기는 듯한 힘에 움찔 놀랐다. 다시 다섯 손가락의 끝을 이용해 뽑아낼 것처럼 유두를 잡아당기자 꽃샘이 더 찔꺽거리며 물기를 쏟아내는 것이 느껴졌다.

"야하다."

"훗."

"이렇게 달뜬 얼굴하며 나한테 반응하는 몸 하며…… 아무도 모르는 최온유의 얼굴을 내가 볼 수 있어서 너무 좋아."

"이상한 말 좀……."

온유가 부끄럽다는 듯 눈살을 찌푸리며 나무라자 재형은 움직임을 빨리 했다. 온유의 몸에 드나들 수 있는 유일한 남자라는 생각을 하자 이성이 사라졌다. 천천히 몸을 뒤로 빼던 재형은 다급하게 온유의 몸속으로 밀고 들어가 자신의 존재를 알리고는 다시 몸을 뒤로 물렸다. 반복되는 움직임에 헐떡이는 온유를 보며 재형은 입꼬리를 밀어 올렸다. 자신을 적극적으로 받아들이는 연인인 온유가 예쁘고 사랑스럽고 애틋했다.

"아, 아항, 아아앙."

야하고 젖은 신음 소리를 들으며 재형은 다리를 더 벌려 자신의 위치를 잡았다. 온유의 엉덩이를 살짝 들어 올린 재형은 위에서 아래로 내리찍듯이 몇 번을 움직이고는 침대 머리판까지 온유를 쳐올리듯이 몰아붙였다. 온유의 출렁이는 젖무덤이 너무 아름답고 자신을 품은 모습이 너무 예뻐 미쳐버릴 것 같은 기분이었다. 온유를 더 헤집고 싶은 마음을 주체하지 못하던 재형은 시원하게 파정을 했다.

"하아, 하아."

숨을 몰아쉬던 재형은 거친 호흡을 내쉬는 온유의 흐트러진 머리칼을 가만히 쓰다듬어주고는 도장을 찍듯 입술을 붙였다 뗐다. 발그레하게 볼이 물든 온유의 안에서 빠져나가기 싫어 재형은 잠시 동안 그대로 있었다. 분신이 다시 커지는 것을 감지한 인경의 눈이 커다래지기 전까지.

인경은 약간 심란한 마음으로 노트북 모니터만 쳐다봤다. '우리 결혼하자'라는 말을 '밥 먹었어?' 하는 것처럼 너무 자연스럽게 말하는 재형을 보며 아무런 대꾸도 할 수가 없었다.

그와 결혼까지 생각진 않았다. 언젠가는 서로 이루어질 수 없는 사이라는 것을 알고 각자의 길로 갈 것이라 생각했다. 그런데 재형의 말을 듣는 순간 마음이 설레고 말았다. 스산하게 불었던 바람은 따스한 바람으로 바뀌어 있었다.

우우웅. 진동하는 휴대폰을 들던 인경은 멈칫했다. 오피스텔 관리실에 반찬을 맡겨두었다는 강석 어머니의 문자였다. 선을 보겠다는 강석 때문에 놀라신 것이지 얼마 전 전화가 왔었다.

'언젠가는 네가 강석에 대한 마음을 어떤 방향으로든 정할 거라고 생각했지……. 그러는 와중에 나도 일말의 희망을 걸었나 봐. 사고만 치던 강석이, 인간 만든 건 너였잖아. 네 말은 뭐든지 고분고분 듣는 녀석이라서 솔직히 기대를 했었다. 네가 달리 누구를 사귀지도 않고 그래서……. 아휴, 내가 넘겨짚으려던 게 아닌데.'

엄마처럼 대해주신 것을 잘 알고 있었다. 애지중지하는 아들을 아니라고 밀어내는데도 딸이나 마찬가지라고 다독여주시니, 어찌할 줄을 몰랐다.

인경은 강석의 어머니께 고맙다는 인사와 잘 먹겠다는 문자를 드리고 강석에게 저녁에 술 한잔하자며 문자를 보냈다.

"이 많은 걸 누가 다……."

이제는 비번을 자연스럽게 누르고 마치 제집처럼 들어오는 재형이었다. 인경은 재형을 힐끗 돌아보고 '왔어요?' 하고는 반찬들을 하나씩 열어보고 있었다.

"왜 대답을 안 해?"

까칠하게 나오는 재형을 보며 인경은 눈치를 보듯 눈동자를 이리저리 굴리다 멋쩍은 미소를 지었다. 강석의 어머니가 해주신 반찬이라고 하면 뭐라고 할지, 어떤 반응을 보일지 불안했다. 구내식당에서 강석과 마주치거나 마주 앉아서 밥만 먹어도 예민하게 구는 재형이었다. 그에게는 가까이 앉게 하지도 않으면서 강석에게는 유하게 군다는 것이 그의 불만이라는 것을 잘 알고 있었다.

"뭐야? 내가 알면 안 되는 거야?"

"그게…… 강석이 어머니께서……."

"아!"

재형이 놀란 얼굴로 탄성을 내뱉자 인경은 미안한 표정을 지었다. 참 난감한 상황이라는 생각이 들었다.

"맛있겠다. 밥은 없어?"

자신의 말을 댕강 자른 재형이 밥솥을 열며 짐짓 아무렇지 않은 척하자 인경은 그의 등 뒤로 가서 가만히 안아주었다.

"뭐 하는 거야?"

"그냥 안아주고 싶어서."

"이렇게 말고 찐하게 안아주면 안 돼?"

그의 목소리가 잠겨 있는 것을 안 인경은 멈칫하다 장난스럽게 그의 등에 머리를 콩, 찧었다.

"나 저녁에 약속 있어요."

"누구 만나는데?"

뒤돌아선 재형이 마주 안으며 정수리에 턱을 괴자 인경은 그의 품으로 파고들었다. 지금처럼 잔잔한 일상이 계속 이어지기를 바랐다.

"권강석."

재형이 아무 대답도 않고 있자 인경은 긴장으로 마른침을 삼켰다.

"네가 권 부장, 친구 이상으로 생각 안 한다는 거 아는데 심술은 나."

그가 조심스럽게 하는 말에 인경은 입술을 꼭 다물고 있었다. 모질게 밀어냈던 강석을 지금은 달래는 중이었다. 다른 곳을 보라고, 이제껏 한 번도 안 본 곳을 보면 더 좋은 것이 많다는 것을 알려주려 했다. 하지만 마음이 없는데 보기 좋다는 이유로 아무나 덥석 물지는 않기를 바랐다.

"알았어, 다녀와."

"잘 다녀올게요."

인경은 재형의 허리를 안으며 품으로 더 파고들었다. 이렇게 안을 수 있는 재형이 곁에 있어 감사하다는 생각을 하며 가만히 눈을 감았다. 미래 따위 없어도 된다고 생각했다.

태웅은 여전히 미친 짓이라며 말리고 나왔다. 하지만 자신의 코가 석 자가 되다 보니 머리가 아픈 것 같았다. 그의 동생인 재희를 가볍게 만난 것이 아니라 본인도 생각이 많은 듯했다. 한국에 있는 동안 통화만 하다 돌아간 태웅은 결국 재희와 손을 잡고 같은 비행기를 탔다. 그들이 어떤 미래를 만들어 보여줄지는 자신도 알 수 없었다. 그 부분에 있어서는 재형도 굳이 끼어들고 싶어 하지 않았다. 성인이면 자신의 선택에 책임질 나이지, 라는 그의 말은 마치 자신에게 하는 말 같기도 했다.

"여긴 어디야? 처음 와보는데."

강석은 그동안 자주 가던 술집이 아닌 곳을 택한 인경을 돌아봤다. 낡고 닳은 나무들에서 느껴지는 정겨움이 있었다. 거기에 오뎅 특유의 구수함이 묻어났다.

"온유 왔어?"

"……!"

"네, 아저씨. 안녕하세요."

강석은 인경을 '온유'로 부르는 주인아저씨를 한 번 돌아보고는 벙 찐 표정으로 다시 인경을 돌아봤다.

"앉을까?"

담담하게 구는 인경을 보며 강석은 눈을 가늘게 떴다.

"오늘은 일행이 있네? 친구?"

"네."

"늘 먹던 것보다 오뎅 더 많이?"

"네."

오래 드나들었던 것인지 주인과 친분이 있는 듯한 인경의 태도에 강석은 한숨을 내쉬었다. 부모님의 기일이면 인경은 늘 사라졌었다. 처음에는 기일인지도 몰랐었다. 하루 종일 연락이 안 되어

화를 냈더니 기일이었다고 말했었다. 그날이 되면 납골당에 같이 가려고 해도 인경은 연락이 두절되었다. 혼자 보내는 게 염려되어 화를 내보기도 했고 달래도 보았지만 인경은 절대 자신을 데리고 부모님의 납골당에 가지 않았다.

"온유? 최온유가 네 이름이야?"

"응, 전학 가기 전에 개명했었어."

아득한 과거의 일을 회상하는지 인경의 눈동자에서 초점이 사라지고 있었다. 강석은 두 손으로 얼굴을 쓸어내리고는 인경을 바라봤다.

"혹시 본부장이 그때 선생님?"

"너 그걸 어떻게……."

당황한 듯 눈을 커다랗게 뜨는 인경을 보며 강석은 씁쓸한 미소를 지었다. 영화관에서 설마 했던 의심이 적중하자 짙은 한숨이 절로 나왔다. 그렇게 이어진 인연인 줄은 몰랐다. 그래서 서로 바라보는 시선이 애잔하고 뭔가 아프게 보였구나, 하고 생각하니 말문이 막혔다.

강석은 두 손으로 얼굴을 쓸어내리고는 인경을 바라봤다.

"그때 헤어졌어?"

"응."

부러 명랑하게 응수하는 인경을 보며 강석은 술잔에 술을 부었다. 오늘은 좀 마셔야 할 것 같은 예감이 들었다.

"결혼…… 할 거야?"

자신의 질문에 답은 않고 술을 들이켜는 인경을 보며 강석은 미간을 구겼다. 자신에게는 친구 자리만 고집하던 인경이 본부장을 택했을 때는 다 이유가 있었을 것이다. 하지만 누구의 잘잘못을 떠나 본부장의 집안에선 선생이었던 아들의 길을 막은 인경이 환영받을 수 있을지 의문이 들었다.

"우리는…… 결혼할 수 없어."

"뭐? ……왜?"

그냥 스쳐 지나간 인연도 아니고 오랜 시간이 지나 다시 만났고 서로 좋아 죽는 게 보이는데, 결혼을 할 수 없다니 이건 또 무슨 말인지.

"꼭 결혼으로 이루어져야 해? 그냥 이대로도 좋은데?"

강석은 아무래도 뭔가 이상하다는 생각을 하며 인경을 빤히 쳐다보다가 입을 열었다.

"그럼 나랑 결혼할래?"

"사양한다."

느닷없는 자신의 말에 황당한 표정을 지었지만 망설임 없이 대답하는 인경을 보며 허탈하게 웃었다.

"너 본부장 시월드, 보통이 넘을 텐데……. 너 못 견뎌."

"시월드는 무슨……. 그런 거 만들 일 없어."

"너 진짜 본부장이랑 결혼 안 해? 아니면 평생 결혼 같은 거 안 할 생각이야?"

자신은 인경이 아니면 결혼 따위 아무래도 상관없다고 생각했다. 그런데 인경 또한 본부장과의 결혼이 안 된다면 결혼을 아예 할 생각이 없는 것 같았다.

"참, 너 선본다며?"

화제를 돌려버리는 인경을 보며 강석은 술을 벌컥 들이켰다. 아버지가 바라는 건, 장남이 사업을 이어받고 번듯한 가정을 이루는 것이니 그걸 보여드리고 싶었다. 사고를 치던 철없던 아이가 아니라 든든한 아들이 되어드리고 싶었다. 그렇게 가정을 이룬다면 아내의 자리에는 당연히 인경이 있을 거라고 생각했다. 지금은 다 부질없는 일이 되어버렸지만.

강석은 다시 술을 들이켜며 인경을 쳐다봤다. 생각에 잠긴 듯 소주잔만 빙글빙글 돌리는 폼이 어딘지 씁쓸해 보였다. 본부장 성향에 인경과 아무 생각 없이 그냥 만나는 것은 아닐 텐데 왜 결혼을 할 수 없다고 하는지 의문이 들었다.

"아버지 밑에 가서 잘해. 말 안 해도 잘할 테지만."

"이별주냐?"

피식 웃는 인경을 보며 강석은 술잔을 기울였다. 이제 눈에서도 서서히 멀어지게 되었다. 매일 보며 살아왔던 지난 시간들을 접고 앞으로 견뎌내야 했다.

"이제 집적거리는 남자들……."

"걱정하지 말지?"

인경이 고개를 비스듬히 꼬며 그런 걱정 따위 넣어두라는 표정을 짓자 강석은 허탈한 웃음이 나왔다.

"그래, 걱정 안 해."

신입사원 환영회 겸 전체 회식을 위해 빌린 고깃집은 홀이 무척 넓었다. 시끌벅적한 사람들이 모인 곳에서 인경은 강석과 재형을 번갈아 쳐다보고 있었다.

결혼하자, 라고 말한 재형의 말에는 놀라 아무런 대답을 못했는데 결혼할래? 라고 말한 강석에게는 두 번 생각하지 않고 지체없이 거절의 답이 나왔다.

결혼하자, 라고 말한 재형을 물끄러미 바라보던 인경은 눈이 마주치자 입가에 미소를 지었다. 그러자 재형이 술잔을 살짝 들어 보였다.

뭔가 같이 가자고 하며 끌어주는 느낌이 강한 결혼하자, 때문에 재형이 더 단단하고 든든하게 다가왔다. 반면 결혼할래? 는 선택의 책임을 떠넘기는 듯한 기분이 들었다. 강석이 그런 의도로 말하지는 않았겠지만 둘의 다른 의미를 담은 같은 말에 피식 웃음이 나왔다.

"최 과장님, 한 잔 드세요."

"내년에도 우리는 최 과장만 믿어."

체육대회에서 종합우승한 덕분에 받은 회식 금일봉에 전략팀 전원은 다들 기분이 업되어 있었다.

"팀장님, 우리 팀 회식비는 나중에 따로 쓸 거죠? 나중에 우아하고 멋지게 칼질하러 가요. 네, 팀장님?"

은진의 애교에 팀장이 사람 좋은 미소를 지으며 술잔을 기울였다.

"최 과장님!"

그리 멀지 않은 테이블 하나 건너에서 정 대리가 벌떡 일어나 시선을 모았다.

"생산관리팀의 정형우입니다."

생산관리팀의 정 대리가 정색을 하고 나오자 인경은 술잔을 들다가 멀뚱한 표정을 지었다.

"……압니다."

인경은 재형의 날카로운 눈빛이 정 대리를 향하고 있다는 것을 눈치채고는 짧게 대답했다. 간만에 합동 회식을 하게 된 자리라 어수선하고 다들 지방 방송이 장난 아닌 상황이었다. 인경 또한 전략팀과 모여 수다를 떨고 술을 마시고 있었다. 그러다 간간히 마주치는 재형의 개구진 눈빛에 피식피식 웃으며 술을 마시고 있는 중이었다. 그런데 한순간에 모두의 시선이 자신에게 모여들었다. 생산관리팀의 정 대리 때문에.

"이 자리를 빌어……."

"뭐지?"

은진이 눈을 크게 뜨고는 의아한 표정을 짓는 가운데 인경은 작게 중얼거렸다.

"하지 마라, 제발."

이렇게 많은 부서 직원들이 있는 데서 고백 같은 거, 제발 하지 않기를 바랐다. 그러나 이미 말리기에는 늦어 보였다. 취기가 오른 신입, 정 대리는 모두의 시선을 등에 업고 선포를 하듯이 자신의 이름을 부르지 않았느냐 말이다. 강석과 눈이 마주치자 그도 어쩔 수 없다는 듯 고개를 절레절레 저으며 피식 웃고 있었다.

"저와 사귀어…… 주십시오!"

야유와 환호성이 이는 가운데 픽, 하는 콧방귀와 혀를 차는 소리가 더해졌다.

"사양합니다."

꽤 용기 있는 고백인지 몰라도 무모하기 짝이 없는 고백이라 생각하며 인경은 일언지하에 잘라 대답했다. 인경의 행동을 충분히 짐작했던 직원들이 신입 정 대리를 향해 격려의 박수 비슷한 것을 치며 또 한 번 야유와 환호를 했다.

"쯧……."

아까부터 재형의 눈빛이 자신을 뚫을 듯이 바라보고 있어 뭔가 불편했다. 자신의 잘못이 아닌데 질책을 하는 것 같아 못마땅함도 들었다.

누군가가 정 대리를 데리고 술집을 나가고 한바탕의 해프닝은 이제 생산관리팀을 넘어 모든 직원들의 안주 거리가 되고 있었다.

"최 과장, 오늘도 한 건 했네."

입사 동기인 생산관리팀의 박 대리가 다가와 알은체를 하자 인경은 나지막하게 속삭였다.

"부하 직원 제대로 안 가르쳐? 이게 뭐냐고."

인경은 신랄하게 말하며 박 대리를 째려봤다.

"쟤 완전 너한테 푹 빠져서 상사병 수준이야. 아무도 못 말려."

"아, 피곤해."

"그러니깐 연애를 해. 네가 요즘 강석이랑 뜸하니까 다들 눈에 불을 켜고 있어."

인경은 눈을 가늘게 뜨다 술잔을 박 대리 앞으로 툭 밀었다.

"술이나 마셔."

"연애도 그냥 연애 말고, 공개 연애를 해. 그래야 순진한 정 대리같이 순진한 어린 양이 저런 미친 짓을 안 하지. 안 그래?"

"시끄러."

"최 과장, 지금 연애하고 있습니다."

"……!"

술잔을 입에 가져가던 인경은 화들짝 놀라 눈을 커다랗게 뜨고는 얼어붙어버렸다.

"보, 본부장님……. 그게 무슨 말이신지."

돌아보는 박 대리의 얼굴이 당황으로 물들어 있었다.

"전략팀 최. 인. 경. 과장, 저하고 연애하고 있다는 말입니다."

"네?"

"대에박!"

어디선가 흐억! 하며 크게 숨넘어가는 소리가 나고, 주위가 쥐죽은 듯이 고요해졌다. 이 상황을 어쩌면 좋으냐는 표정을 짓던 인경은 천천히 고개를 돌려 재형의 얼굴을 쳐다봤다. 한쪽 입꼬리를 올리고 묘하게 웃고 있는 그가 참 어이없으면서도 멋져 보였다.

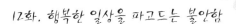

12화. 행복한 일상을 파고드는 불안함

일대 파란이 일었다. 회식 자리에서 본부장의 선포가 전 직원들을 유체이탈의 경지로 이끌었다. 남직원들은 본부장을 향해 경외감이 어린 눈총과 '나아쁜 놈!'이라는 질시의 눈총을 쏘아댔고 여직원들은 낭패라는 듯 울상을 지었으며 더러 몇몇은 인경을 무자비하게 째려봤다.

"내가 미쳐."

"내가 그랬어."

"뭐가요?"

운전하는 재형을 향해 눈을 가늘게 뜬 인경은 못마땅해 죽겠다는 얼굴로 그를 쳐다봤다. 술을 마셔 취기가 올라 욱하는 마음에 그런 것이라면 어느 정도 용서나 이해가 될 텐데 그것도 아니었다. 회식 자리에서 자신을 향해 술잔을 들어 보이기에 술을 마신 줄 알았는데 아니었다. 그리고 그는 웬만큼 마셔서는 취하지도 않았다. 본부장 환영식 때도 그 술을 다 받아먹고도 버텼던 그였지 않나 말이다.

"그 직원이 너에게 고백하는 것을 바라보고만 있어야 해서 미치는 중이었다고. 내 사람이라고 말도 못하고, 벙어리 심정이 이런 것이구나 했지."

"그래서 폭탄 투하하듯이 그랬다고요?"

인경은 뭔가 짜증을 낼 상황은 아닌데 짜증이 난다는 듯 구시렁거렸다.

"폭탄 투하가 아니라 사실을 밝힌 거지. 없는 사실을 내가 만든 건 아니잖아?"

얄밉게 자신의 행동을 변호하는 재형을 보며 인경은 눈을 게슴츠레 떴다. 어째 한 마디도 지지 않는 것이 마음에 들지 않았다. 이럴 때는 네 입장 고려하지 못하고 즉흥적으로 행동해서 미안하다고 숙이고 들어오는 게 맞는 것 아닌가 말이다. 멋져 보이던 순간이 반감되는 기분이 들었다.

"아이스크림 먹을래?"

인경은 눈을 가늘게 뜨고 입꼬리를 올리며 웃고 있는 재형을 쳐다봤다. 승리한 자의 웃음 같아 보여 슬쩍 부아가 치밀었다.

"아님 술을 더 마실래?"

고개를 살짝 기울이며 쳐다보는 재형을 향해 인경은 미간을 구겼다. 미워야 하는데 저리 웃고 있으니 미워할 수도 없고, 심장은 야속하게 두근거려 속상했다.

"술 먹어요!"

재형이 소리 내어 웃더니 차를 한곳에 세웠다. 오피스텔 가기 전에 있는 큰길 편의점 앞이었다.

"저기 잠시만 앉아 있어."

편의점 안으로 들어가는 재형을 보다 인경은 편의점 앞에 놓인 간의 의자에 앉았다.

우우웅, 그때 진동 소리를 들은 인경은 가방에서 휴대폰을 꺼냈다.

[만인의 연인에서 한 사람의 연인이 된 거…… 짜증 난다--^]

강석에게서 온 문자를 보며 피식 웃다 인경은 '어?' 하는 표정으로 고개를 돌렸다. 재형이 휴대폰을 낚아채서 보고는 못마땅한 얼굴로 서 있었다.

"짜증은 무슨."

본인이 더 짜증 난다는 듯 구시렁거리는 재형을 보며 인경은 캔맥주를 따서 한 모금 쭈욱 들이켰다. 그나저나 내일부터 어떻게 회사를 다니지, 진짜 피곤해졌네. 라는 생각이 들었다.

"자, 이거 먹고 화 풀어."

아이스크림을 불쑥 들이미는 재형을 보며 인경은 떨떠름한 표정을 짓다 피식 웃어버렸다.

"즉흥적으로 행동해서 미안해."

인경은 난감한 표정으로 재형을 쳐다봤다. 제 속을 들여다본 것처럼 미안하다고 사과를 하고 나오니 아까 투덜거린 것이 미안해지기 시작했다.

"독심술 해요?"

"내가 정곡을 찔렀어?"

"뭐……."

인경은 그렇다고 인정하기가 싫은 마음이 살짝 들어 말을 얼버무렸다.

"내가 니 속을 몇 번을 드나들었는데 그걸 모르겠…… 으왁!"

인경은 포장도 뜯지 않은 아이스크림을 야하고 이상한 말을 하는 재형에게 던졌다. 중의적인 의미가 있는 말을 아무렇지 않게 약올리듯이 하는 것이 얄미웠다.

"야, 너 먹는 걸……."

"손들고 벌서고 싶어 그러는 거라면 내 속을 더 뒤집든지."

"아, 왜에?"

억울하다는 얼굴로 자신을 향해 항의하는 재형을 보며 인경은 인상을 팍 구겼다.

"일주일간 우리 집 출입 금지예요."

살짝 굳어진 얼굴로 눈동자를 굴리는 재형을 보며 인경은 회심의 미소를 지었다. 옆에서 떨어지면 큰일이라도 나는 사람처럼 매시간 붙어 있기를 바라는 재형에게 일주일의 시간은 자신이 생각하기에도 큰 벌칙이었다.

"알았어."

그러나 의외로 쉽게 수긍하는 재형의 말에 인경은 병 찐 표정을 지었다. 왜 그래야 하느냐고, 싫다고 떼를 쓸 줄 알았는데, 오히려 당황스러웠다.

"그럼, 우리 집에 있어. 일주일간 재워주고 먹여주고, 씻겨줄 수도 있어."

"아냐."

인경은 못 말리겠다는 의미로 자신의 이마를 짚다가 머리카락을 쓸어 넘겼다. 말을 지지리도 안 듣는 개구쟁이 꼬마를 상대하는 기분이었다. 미꾸라지처럼 요리조리 빠져나가는 재형이 그 옛날의 선생님이 맞는지 갑자기 의심이 들었다.

"그날 생각난다."

"으응?"

"휴대폰 납치 사건이 있던 그날 저녁에도 우리 이렇게 편의점 앞 의자에 앉아 있었는데."

인경은 피식 웃고는 캔맥주를 다시 한 모금 마셨다. 허탈하게 웃던 재형을 택시 안에서 바라봤던 그때. 이렇게라도 얼굴을 볼 수 있다는 것에 만족을 하려 했는데, 역시 미래는 예측할 수 없는 것이다.

"음, 냄새 좋다."

주말, 집 안에 가득 퍼진 음식 냄새가 허기를 자극했다. 주방에서 인경이 음식을 만드는 것을 지켜보는 것이 행복했다. 자신을 위해, 둘이 먹기 위해 음식을 하는 인경이 사랑스러웠다. 동거는 아니지만 동거 같은 나날이었고 결혼을 하지 않았지만 부부 같은 나날이었다.

가는 목선이 드러나게 머리를 올려 묶고는 청소기를 돌리는 인경을 보고 있으면 이상하게 몸이 달았다. 빨래를 널고 있는 온유를 보고 있으면 심장 언저리가 화끈거리는 것이 말로 설명하기 난해한 감정이 들었다. 어릴 때부터 살림이 손에 익은 것이 보여 그런 것인지도 모를 일이었다.

"내가 도와줄까?"

"접시 좀 꺼내……."

재형은 인경의 말이 떨어지기 전에 위쪽 서랍장을 열어 접시를 꺼내고 식탁에 수저를 놓았다. 평소 인경이 잘 먹지 않는 반찬들을 보니 이상한 느낌이 들었다.

"무슨 날이야?"

자신의 질문에 어깨를 흠칫하던 인경이 대꾸를 하지 않자 재형은 탁상 달력을 쳐다봤다. 달력보다는 휴대폰에 일정을 기록하기에 아무런 표시가 되어 있지 않았지만 재형의 눈빛이 가라앉았다.

"얼른 먹어요."

지쳐 보이는 인경을 보며 재형은 숟가락에 밥을 뜨고 그 위에 그녀가 한 갈비찜을 적당한 크기로 잘라 올렸다.

"아, 해봐."

군소리하지 않고 밥을 받아먹는 인경이 기특해 재형은 손을 뻗어 머리를 쓰다듬었다. 7월로 접어드니 인경이 더위에 약한지 많이 지쳐 보였다. 가끔은 말이 없어지기도 했다. 교실에서 창백한 얼굴로 앉아 있던 모습과 오버랩되면 가슴이 섬뜩해져서 싫었다. 그래서 더 장난을 치고 개구지게 굴었다. 그러면 인경은 웃으며 다 받아주었다.

"잘 먹네."

"안 먹어요?"

"너 다 먹여놓고 먹을게."

자신을 빤히 보던 인경이 뭔가 기운 없이 웃는 게 마음에 안 들었지만 재형은 모르는 척을 했다.

"밥 먹고 갈 곳이 있어."

"어디요? 나도 오늘 갈 곳이 있는데……."

난감한 얼굴로 말끝을 흐리는 인경을 보며 재형은 내 볼일 먼저, 라고 말하며 입을 다물어버렸다. 인경이 한숨을 푹 내쉬는 것을 들으며 숟가락에 밥을 다시 떴다.

씻고 나오니 재형은 집에 없었다. 깨끗하게 치워진 식탁과 싱크대를 보는데 기분이 이상했다. 철두철미한 성격의 소유자다운 뒤처리였지만 쓸쓸함이 들었다. 마치 흔적을 지운 듯한 기분이 들어 못마땅함도 들었다. 조금 서툴게, 식탁이 덜 닦였거나 물이 튄 싱크대를 닦지 않은 것처럼 여기에 그가 있었다는 흔적이 남아 있기를 바라기도 했다.

"타."

내려오라는 문자에 오피스텔 건물 현관으로 나가니 재형은 벌써 준비를 마치고 차 앞에 서 있었다. 어디를 가는 것인지 깔끔한 블랙 슈트를 입은 그는 군더더기 없는 동작으로 차 문을 열어주었다.

"빨리 끝나는 일이죠?"

자신의 재촉에 고개를 끄덕이던 재형이 운전석으로 오르자 차는 부드럽게 출발했다. 차창을 열자 따스하지만 시원한 감촉이 담긴 바람이 불어왔다.

"그런데 우리 지금 어디 가는 거예요?"

바람에 흩날리는 머리카락을 한 손으로 그러쥐고 그를 바라봤다. 그러자 재형이 손을 뻗어 왼손을 잡았다.

"네가 나한테 속을 좀 터놓으면 좋겠는데…… 그게 아니라서 가끔은 속이 상한다."

어딘지 모르게 가라앉은 재형을 보며 인경은 눈동자만 가만히 굴렸다. 그에게 터놓지 못한 얘기는 없었다. 강석과의 일도 다 말했는데 무엇을 더 터놓으라는 말인지. 가만히 손가락을 얽듯이 맞잡는 재형의 손길에 심장이 욱신거렸다. 그와 닿는 모든 것이 좋은 반면 씁쓸하기도 했다. 닿음으로써 존재를 느끼게 되는 사람이 재형이었다.

"지금 대원사 납골당으로 갈 거야."

"······!"

"부모님 기일이라고, 먼저 말해주기를 바랐는데······."

그와 유일하게 터놓을 수 없는 일이라 여겨 입을 열지 않았었다. 그런데 먼저 알아서 움직여주는 그에게 고마움이 들었다.

"볼일이라는 것이 그럼······."

입가에 애써 미소를 짓고 있는 그를 보자 입이 다물어졌다. 누군가가 속을 할퀴어 쓰리고 따가운 것처럼 아파왔다. 그와 같이 부모님에게 가게 될 줄은 몰랐다. 내딛는 한 걸음 한 걸음이 떨리고 불안했다.

자신의 손을 잡고 납골당의 복도를 지나 부모님과 할머니가 나란히 계시는 방으로 들어가는 재형을 보며 인경은 고개를 갸웃했다. 처음 오는 것일 텐데도 그는 너무 잘 찾아가고 있었다.

"혹시······."

"할머님, 재형이 왔습니다."

혹시 여기 온 적이 있느냐고 물으려던 인경은 재형의 말에 눈물이 왈칵 쏟아져 고개를 푹 숙였다.

'뭐? 돈을 달라고?'

할머니의 수술은 나이가 있어 희망적이진 않지만 그렇다고 포기할 수는 없었다. 문제는 역시 돈이었다. 이사장을 찾아가 수술비를 빌려달라고 했다. 자신에게 미안한 마음이 있다면 당연히 그렇게 해줄 것이라 생각했다. 원수에게 손을 내밀어야 한다는 것이 죽기보다 싫었지만 할머니가 우선이었다. 돈을 가진 원수가 미운 거지, 돈은 필요했다. 하지만 이사장은 죽어도 신호 위반을 안 했으며 음주운전은 더더구나 한 적 없다며 발뺌을 했다.

'내가 빌려줄 의무도 없고, 신호 위반, 음주운전도 한 적 없어! 그 할망구 죽든 말든 내 상관이 아니라고!'

오로지 할머니만 생각했다. 사건의 진실이 중요한 것이 아니라 할머니를 살리고 싶은 마음이 더 컸다. 벼랑 끝에 몰리면 사람이 살기 위해 능히 추잡해질 수 있듯이 자신도 그랬다.

'만약 아들이 그렇다면 그냥 죽게 내버려둘 건가요?'

'미쳤니! 이미 죽을 날을 받은 노인네, 수술한다는 게 더 고통스럽게 하는 거야. 생각해봐. 너 머리 좋잖아?'

자신의 아들은 소중하고 중요한데 자신의 할머니는 죽게 내버려두라는 말에 어금니를 물었었다. 그래서 네가 사랑하는 아들을 부숴버리겠다고, 네가 보는 앞에서 반드시 부숴주겠다고 다짐했었다. 자신처럼 비참한 기분을 느끼게 해주고 싶었다.

"온유야."

재형의 부름에 인경은 상념을 떨쳤다. 자신이 누구를 택했는지 정신이 번쩍 드는 기분이었다. 이제껏 신경 쓰지 않으려 무심하게 굴었다는 것을 깨달았다. 부모님에게 죄책감이 들었다. 그리고 재형에게도 죄책감이 밀려들었다.

"온유, 잘 보살피겠습니다."

고개를 들어 재형을 바라보자 그는 시선을 부모님에게 두고 있었다. 가라앉은 목소리만큼이나 표정도 가라앉아 있었다.

돌아가신 할머니의 말이 귓가에 맴돌았다.

'이래서 외동은 안 좋아. 혼자 둬서 미안하⋯⋯'

부모님 두 분 다 외동이어서 친척들이 없었다. 그리고 자신도 형제가 없었다. 그 여름, 지독할 정도로 대신 울어주던 매미들의 울음소리에 인경은 눈을 질끈 감았다.

"그리고 죄송합니다, 죄송합니다."

인경은 재형의 젖은 목소리에 미간을 살짝 찌푸렸다.

"미안하다."

시선을 마주한 재형의 눈동자에 어린 물기가 자신을 침수시킬 것만 같았다. 많은 의미를 내포한 '미안하다'가 심장 밑바닥에서부터 진동하더니 온몸으로 퍼지고 있었다. 떨지 않으려 주먹을 말아 쥐자 그 손을 재형이 가만히 잡아주었다. 그리고 정수리에 입을 맞추며 속삭였다.

"힘들면 나한테 기대. 언제라도."

하지만 지금이라고 얽힌 인연이 달라질 게 있을까. 인경은 혼란스러운 눈으로 재형을 바라봤다.

"온유 왔어? 안 그래도 올 시간이 됐는데 싶어⋯⋯ 누구?"

옆에 선 재형을 본 오뎅집 주인아저씨가 궁금한 얼굴로 묻자 인경은 뭐라고 말해야 할지 막막해 입을 열지 못하고 있었다.

"이재형이라고 합니다."

"그럼 온유⋯⋯ 친구?"

"아닙니다."

"아!"

어떤 사이인지 더 이상 말하지 않아도 알겠다는 듯 주인아저씨가 화색이 도는 얼굴로 웃자 인경은 난감한 미소를 지었다.

"어서 앉아요. 온유가 애인을, 허허……. 오래 살고 볼 일이네."

주인아저씨가 소탈한 웃음을 지으며 주방으로 사라졌다.

"자주 오나 봐."

"기일에만."

평소와 다른 의식을 치른 기분이 들었다. 그가 있어 든든한 반면 더 아파오는 날이었다. 재형이 입을 굳게 다무는 것을 보고 인경은 익숙한 손길로 소주잔을 꺼내 들고는 자리를 잡았다. 오늘은 평소 주량보다 더 마실 것 같았다.

"어떻게 알았어요, 오늘이 기일인 거?"

재형에게뿐만이 아니라 자신과 가까웠던 강석에게도 말하지 않았다. 그런데 그가 알고 있어 순간 의심이 들었다.

"뒷조사했어요?"

"최온유가 최인경으로 살아가는 이유가 궁금했어."

"했구나."

인경은 피식 웃고는 술잔을 기울였다. 그가 판도라의 상자를 열었을 것이라는 생각이 들었다. 그런데 자신에게 내색하지 않는 이유는 뭘까. 자신과 헤어질 생각이 없어서일까.

전혀 내색하지 않는 그에게, 힘들 텐데 항상 자신을 향해 웃어주고 장난을 쳐주는 그에게 고마움이 들었다. 반면 이 행복이 깨질 시간이 점점 다가오는 것 같아서 불안한 마음이었다.

"천천히 마셔."

인경은 재형의 말에 고개만 끄덕이고는 다시 잔을 비웠다.

"안 마셔요?"

"안 마셔."

"왜요?"

어딘지 불만을 담은 인경의 목소리에 재형은 낮게 한숨을 쉬고는 입술을 달싹였다.

"최온유를 집에 안전하게 데려가고 싶어서."

"믿고 마시라는 말 같은데 맞아요?"

혀가 약간 꼬인 인경의 말에 재형은 고개만 끄덕였다. 힘들어 보이는 그녀의 모습에 자신의 심장도 이미 너덜너덜해진 상태였다.

결혼은 두 집안의 결합이라는 성재의 말에 반항하듯 술을 마셨지만 해결되는 건 아무것도 없었다. 그렇게 쉽게 끊어지는 것이 아니라서 천륜이다, 라는 말에 돌아버리는 줄 알았다.

7년 전 어머니를 버렸었다. 그럼에도 정기적으로 전화를 걸어 울며불며 떼를 쓰시는 분이었다. 돌아오라고, 곁에 있어달라고 호소하는 분을 매몰차게 내쳤었다. 새벽에 전화를 받으면 다짜고짜 들리는 울음소리에 어머니에 대한 걱정보다 항상 온유를 생각했었다. 그 아이도 이렇게 울고 있는 건 아닐까, 하는 생각을 하면 기분이 정말 더 이상 끌어올릴 수 없을 정도로 바닥을 기었다.

어머니가 온유에게 한 짓을 알게 되자 더욱 진저리가 쳐지고 오만 정이 다 떨어졌다. 차라리 자신이 고아였으면 하고 바랐다.

"그만 마셔."

말없이 술을 마시는 인경을 보고 있자니 견딜 수가 없었다.

"더 마실 수 있는데."

술잔을 뺏어가는 재형을 물끄러미 보다 인경은 눈을 감았다. 눈꼬리에 머물던 물기가 전체로 퍼지는 것을 느끼며 고개를 푹 숙였다.

오늘 같은 날, 취하지 않고는 잠을 잘 수 없을 것 같았다. 지금만 행복하면 된다고 생각하며 앞도 뒤도 보지 않으려 했다. 그런데 할머니를 뵙고, 부모님을 만나고 오는 오늘 같은 날, 아이러니하게도 그가 옆에 있어 더 힘들었다.

"온유야, 제발……."

재형은 매달리는 온유를 달래고 있었다. 온유가 자신에게 안아달라고 때를 쓰는 날은 불안을 느끼기 때문이라는 것을 알고 있었다.

"왜 거부해요?"

"너 내일 아침이면 후회할 거야, 분명."

"아! 내 속을 드나들어서 그렇게 잘 아시는구나."

인경의 비아냥에도 재형은 꿈쩍하지 않았다. 아침에 일어나 자신에게 안겼던 일을 끔찍이 느끼는 건 바라지 않는 일이었다.

"그 대신 나랑 오늘 같이 자. 우리 집에서."

자신을 멍한 눈빛으로 바라보는 인경의 뺨을 가만히 감싸 쥐었다. 발그레하게 물든 뺨이 무척 유혹적이었지만 안을 수는 없었다.

"양치하자."

변기 뚜껑을 닫고 그 위에 인경을 앉힌 재형은 치약을 묻힌 칫솔로 양치를 시작했다. 얌전하게 입을 벌리고 자신을 쳐다보는 인경의 풀린 눈을 보며 재형은 손을 빨리 움직여 양치를 끝냈다.

비틀거리는 인경의 옷을 편한 옷으로 갈아입힌 재형은 오피스텔을 나섰다. 인경을 등에 업고 계단을 통해 자신의 집으로 향했다.

"선생님, 왜 내 생일이 비번이에요?"

도어락을 해제하는데 인경이 물어왔다.

"내 애인 생일이니까."

등에 업혀 여전히 꼬인 발음으로 말하는 인경을 추슬러 현관문을 열었다.

"와- 우리 집하고 구조가 같다."

재형은 인경이 주사를 부려도 내버려두었다. 그만큼 힘이 들어 너스레를 떠는 것임을 잘 알고 있었다. 1년 동안 다른 학생들은 눈에 들어오지 않고 온유만 보고 살았었다. 온유 때문에 출근하는 발길이 즐거웠었다. 녀석의 한 마디 한 마디에 반응하던 심장과 몸을 아직도 생생하게 기억하고 있었다.

"침대에 눕혀줄게."

"아니아니, 우리 영화 봐요."

술에 취해 정신도 없으면서 영화를 보자며 횡설수설하는 온유를 다시 추슬러 업었다. 영화, 볼 거냐고 되묻자 등에 업혀 잠이 들었는지 인경은 조용했다. 자신의 목을 끌어안고 등에 기댄 온유가 눈물 나게 고맙고 아팠다.

너 이렇게 힘든데, 내가 너를 놓을 수가 없어. 그래서 미안해.

재형은 방으로 걸음을 옮기며 속으로 중얼거렸다.

각 팀의 책임자들이 모인 회의. 본부장이 무심하게 서류만 내려다보고 있자 정욱은 자신이 더 애가 탔다. 공개 연애를 선언했으면서 그다지 눈에 띄게 굴지 않는 두 사람을 보면서 서로 연애를 하고 있는 것이 맞는지 의심이 들 정도였다.

"최 과장님 들어옵니다."

자신의 말에 재형이 고개를 끄덕이자 정욱은 씨익 웃었다. 알려 주지 않으면 회의가 시작되기 전까지 모르고 서류만 보고 있었을 것이라 생각했다.

"들어온 거 알아."

"네? 보지도 않으셨는데 어떻게……."

정욱은 분명 재형의 시선이 움직이지 않았음을 알고 있는데 이미 알고 있다고 하니 의아했다.

"김 비서."

가까이 오라는 손짓을 하자 정욱은 허리를 푹 숙여 재형의 말을 들으려 했다.

"온, 아니 최 과장이 문을 여는 순간 특유의 냄새가 내 코에 닿았거든."

"네에?"

정욱은 황당하다는 표정으로 자신의 상사를 내려다봤다. 정말 냄새로 최 과장의 등장을 알았다면 이건 완전 개코는 명함도 내밀지 말라는 소리가 아닌가 말이다.

"혹시 본부장님…… 개콥니까?"

쿡, 하는 웃음을 터트리는 재형을 보며 정욱은 눈썹을 일그러뜨렸다. 호랑이는 한 번 친밀도를 쌓은 사람의 냄새를 10년간 기억한다고 했다. 하지만 사람의 후각이 아무리 뛰어나다 해도 이렇지는 않을 것 같았다. 아니 얼마나 붙어 있었으면 냄새로 알아본단 말이냐고.

정욱은 욱하는 마음으로 최 과장을 쳐다봤다. 전략팀 팀장과 심각하게 말을 나누고 있는 최 과장을 게슴츠레한 눈으로 훑다 다시 재형을 바라봤다.

"하루 종일, 아니아니, 밤새 붙어서 뭐 합니……."

"김 비서?"

"네."

재형이 손가락을 까딱거려 다가오라고 하자 정욱은 민첩하게 한 발 다가갔다. 상사의 은밀한 밤 생활을 들을 수 있는 기회가 어디 흔하냔 말이다.

"우리……."

정욱은 재형의 가라앉은 목소리에 마른침을 꿀꺽 삼켰다. 위 아랫집에 살면서 누구의 집에서 더 많이 머무르는지 궁금했다. 너무 깊이 알아도 좋을 것이 없는데 상사의 일이라는 핑계로 귀를 쫑긋 세웠다.

"회의 시작합시다."

"하아……. 넵."

정욱은 정색하는 재형을 보며 실망한 표정을 감추고 마이크가 있는 단상으로 다가갔다. 그리고 회의 시작하니 착석해주십시오, 라고 안내를 했다.

"부서별로 검토를 잘하셨을 것이라 생각합니다. 먼저 경영전략팀의 의견을 듣고 싶습니다."

재형의 말에 전략팀장과 말을 나누던 인경이 간단하게 브리핑을 하기 위해 앞으로 나가자 정욱은 계속 최 과장과 본부장만 쳐다봤다.

"기획팀의 보고서는 잘 검토했습니다."

남의 연애에 과한 관심을 보이는 것은 실례지만 명강그룹에서 만인의 연인이었던, 철옹성 같았던 최 과장의 연인이 자신이 모시는 본부장이라 관심을 안 가질 수가 없었다.

"일단 기본적인 문제가 있습니다."

"문제가 뭡니까?"

의자에 느긋하게 기대며 팔짱을 끼는 재형의 눈은 인경에게서 떨어지지 않았다. 부딪치는 둘의 시선을 보며 정욱은 여기 이곳에 아무도 없다면 저 시선이 얼마나 농밀하고 야릇하게 변할지 궁금했다.

"외국은 사이즈가 통합, 일반화되어 있는 데 반해 국내는 브랜드마다 사이즈가 서로 많이 다릅니다. 그 과정을 하나로 통합하는 일이 먼저입니다."

정욱은 인경의 말에 고개를 끄덕였다. 다른 나라 모 기업이 싸고 질 좋은 의류매장을 내세우며 뉴욕의 명품관들이 입점해 있는 거리에 들어간 것을 두고 본부장이 내내 고심하고 있었음을 알고 있었다.

"우리도 규격화해서 대량생산을 하면 되지 않습니까?"

정욱은 깔끔하게 요점을 집어내는 재형을 보며 흐뭇한 미소를 지었다. 재형의 사업 추진력은 이미 해외지사에 있을 때부터 공격적이라는 말을 듣고 있었다. 한발 앞서 나가려는 본부장의 의지를 높이 존경했다. 그래서 그가 한국에 들어온다고 했을 때 자신이 비서로 배정되기를 바라기도 했다.

"그 과정이 쉽지 않을 겁니다. 그리고 규격의 일반화 기준을 어디에 두느냐도 중요합니다. 국내 브랜드 중에서 고를 것인지 외국 기업들이 쓰는 표준을 가져다 쓸 건지도 생각하셔야 합니다."

재형이 넥타이를 느슨하게 풀어내자 정욱은 지금 그의 속이 타고 있다고 생각했다. 지적을 하고 있는 이가 전략팀이지만 지금 말하고 있는 이는 본부장의 연인이지 않은가 말이다. 하지만 사전에 정보를 주지 않은 것이 분명했다. 최 과장님, 독하기도 하지, 쯧.

"외국기업의 표준을 가져다 쓰면 문제가 발생한다는 말, 맞습니까?"

"네, 맞습니다."

정욱은 눈을 가늘게 뜨고 둘을 번갈아 쳐다봤다. 일을 하는 동안은 연인 사이가 아닌 것 같아 보였다. 워크홀릭이라도 걸린 사람처럼 의견을 주고받는 모습에서 기 싸움이 장난 아니었다.

"이 부분에서 막히는 바람에 다른 부서들의 일이 모두 멈췄습니다."

간단하면서도 군더더기 없는 최 과장의 말에 재형의 미간이 구겨지자 정욱은 피식 웃음이 나왔다. 일하다 연인한테 한 방 먹은 기분이 어떨지 궁금했다. 아마 그다지 좋지는 않을 것이라 생각하며 재형의 얼굴을 다시 쳐다봤다. 그런데 어라? 저 입가에 미소는 뭐지.

"국내의 몇몇 브랜드를 골라 사이즈의 규격화를 먼저 추진하는 것이 좋을 듯 합니다."

최 과장의 의견에 정욱은 물개박수를 소리 나지 않게 쳤다. 신발 하나도 사이즈가 다르니 난감할 때가 있었다. 하물며 선물로 옷이나 신발을 주고 싶어도 쉽지 않은 실정이었다. 신어보지 않으면 살 수 없는, 입어보지 않으면 살 수 없는 것들의 불편을 해소할 수 있을 것이다.

"그럼 브랜드를 고르는 일부터 추진해야겠군요."

"네. 그 부분은 전략팀과 기획팀이 힘을 합쳐서⋯⋯."

"알겠습니다. 그럼 그 부분을 먼저 해결하고 나서 다시 회의 소집하겠습니다."

인경의 말을 받아 재형이 빠르게 정리하고 회의를 끝내자 다들 민첩하게 회의실을 빠져나갔다. 정욱은 서류를 챙기는 본부장을 보다 반대편 문으로 빠르게 다가가 나가는 직원들을 대신해 문을 잡아주었다. 그러다 인경이 나가려고 하자 소매 끝을 살짝 잡아당기며 고개를 저었다. 당황한 인경이 눈으로 연유를 묻는 것에 눈을 찡그리며 고갯짓을 했다.

"수고들 많으셨습니다."

회의실을 다 빠져나간 직원들의 뒤에다 대고 인사를 한 정욱은 인경을 돌아보며 씨익 웃었다.

"김 비서님, 무슨 일⋯⋯."

"좀 있다 나오십시오."

떨떠름한 표정을 짓는 인경을 보며 정욱은 의미심장한 미소를 짓고는 회의실을 나갔다.

"가끔 오버를 좀 해."

회의 테이블 끝에서 재형이 어이없는 웃음을 짓고 있자 인경은 어깨를 으쓱했다.

"귀여운 구석도 있긴 해. 지금처럼."

천천히 걷는 것 같은데도 서로의 거리가 빠르게 좁혀졌다. 약간 풀어진 재형의 넥타이를 보며 인경은 입꼬리를 올렸다. 완벽한 모습보다는 이렇게 흐트러진 모습이 좋았다. 어딘지 자신이 들어갈 구석이 있는 느낌이 들고 빈틈이 있는 사람처럼 정겹게 느껴졌다.

"느슨해졌는데……."

손을 올려 넥타이를 고쳐주자 재형이 허리를 가만히 끌어안았다. 가까워진 시선만큼 서로의 숨결이 뺨에 닿았다.

"오류 지적 고마워."

인경은 피식 웃었다. 입으로는 고맙다고 하는 눈빛에는 섭섭함이 역력했다.

"천만의 말씀."

재형이 어이없다는 듯 허탈하게 웃자 인경은 뒤로 물러나려 했다. 하지만 그가 허리를 놓아주지 않아 물러설 수 없었다.

"저녁에 퇴근하면서 뭐 먹을까?"

"우리 팀 회식입니다."

"또?"

"또? 라니? 회식 금일봉 나온 거 이제 쓰러 가는 건데. 그리고 기획팀이 아이템 던져줘서 우리 정말 머리 많이 굴렸거든요."

"그게 뭐?"

"고단백질이 필요하다고요."

픽, 웃던 재형이 고개를 숙이자 인경은 화들짝 놀라 손으로 입을 막았다. 입술이 부은 채로 회의실을 나설 순 없었다.

"안 치워?"

인상을 쓰는 재형을 보며 인경은 고개를 저었다. 아무리 공개 연애라지만 이건 좀 아니지 않느냐 말이다.

"저녁에 나 혼자 있어야 하는데 지금 애교 좀 부리고 가는 게 좋지 않을까?"

"치이."

"어? 내가 회식 방해하는 수가 있어. 저녁에 야근시킬 거……!"

쪽.

"읍."

인경은 마지못해 재형의 입술에 도장을 찍듯이 입술을 붙였다 떼고 말 생각이었다. 그러나 재형에게 그대로 물리고 입술이 열려버렸다. 속살을 휘젓듯이 들어온 혀에 핥아지고 빨려 혀가 얼얼할 정도였다.

"하, 이러지 않으려 했는데……. 어쩔 수가."

"읏."

다시 다가온 재형의 입술과 혀에서 강한 소유욕이 느껴져 인경은 어깨가 움츠러들었다. 입술을 벌리고 들어온 혀는 고른 치아를 만지듯이 훑고는 아랫입술을 빨아들였다. 자연스럽게 벌어진 입 안으로 들어온 재형이 윗입술을 빨아먹듯이 핥는 바람에 입술이 부어버렸다.

"하아, 부었어. 내가 진짜 못 살아."

인경은 울상을 지으며 자신의 입술을 손끝으로 매만졌다.

"불안해서 확인하고 싶었어."

생산관리팀의 정 대리 일로 재형이 집착에 가깝게 굴고 있다는 생각이 들었다.

"내 눈에는 이재형밖에 안 보이고 내 마음에는 선생님밖에 없는데 뭐가 두려운 거예요?"

"그래서 두려워."

인경은 말의 어폐에 눈을 가늘게 떴다. 그런데 그의 얼굴은 정말 두려움에 떨고 있는 듯 그늘이 졌다. 그의 불안이 무엇인지 인경은 충분히 짐작하고 있었다.

"두려워하지 말아요."

인경은 자신이 먼저 재형의 입술을 찾았다. 천천히 부드럽게 벌어진 그의 입술을 지나 난폭함을 숨기고 있는 혀를 찾았다. 쪽쪽 소리가 회의실에 퍼져나가는 만큼 둘의 숨소리도 거칠어졌다.

"하아……. 나 지금 여기 있잖아요."

흔들리는 재형의 눈동자를 보며 인경은 나지막이 읊조렸다. 나중은 장담할 수 없지만 지금은 자신이 곁에 있다는 말이었다. 그가 불안을 느끼는 만큼 지신도 흔들리고 있었다. 그래서 마음이 아려왔다.

"어제 잘 들어갔어요?"

"은진 씨도 잘 들어갔어요?"

"네."

은진의 아침 인사에 인경은 애써 웃음을 지으며 고개를 끄덕였다. 다들 수고했다며 서로를 격려하고 칭찬하며 술잔을 기울였던 어제저녁, 10시가 넘어가자 휴대폰에 불이 나는 줄 알았다. 어디냐고 묻는 재형의 문자를 처음에는 무시했다. 그런데 다음 문자에 화들짝 놀랐었다. 30초 내로 나오지 않으면 찾아오겠다는 말에 좌불안석이 되었던 것이다. 우물쭈물하는 사이 재형이 들어와 직원들에게 자신을 데리고 가겠다며 양해를 구했다. 난감한 얼굴로 어쩔 줄 몰라 하는데 직원들이 어서 가라며 등을 떠밀었다. 공개 연애를 선언한 본부장님이 멋져서 오늘만 특별히 허락한다는 팀장의 말에 다들 박수를 쳤었다.

이게 뭐냐고 술도 제대로 못 마시고 회식 기분도 못 냈다며 투덜거리자 재형이 자신을 데리고 간 곳은 어느 술집 룸이었다. 둘이서 있기엔 넓었지만 재형의 따스한 눈빛에 투덜거렸던 마음도 스르륵 녹아내렸다. 직원이라도 남자하고 술을 마시는 것에 난색을 표하는 그가 어이없으면서도 기분 좋았다. 이제부터는 자신하고만 술을 마시자고 하는 바람에 유쾌하게 웃었다.

술을 얼마 마시지 않았는데도 그가 자신을 즐겁게 만들어주려 노력하는 것이 보여 기분이 좋았다. 술 한 잔에 안주로 입술을 탐하는 그 때문에 아침에 또 얼음을 찾아야 했지만 사랑받고 있다는 느낌을 확실하게 깨달았던 것이다.

"본부장님, 확실하게 직진만 하시네요. 여직원들이 처음에는 과장님 잡아먹으려고 난리더니만 이제는 다들 포기한 분위기예요. 최 과장님을 향한 본부장님의 행동은 진리예요, 진리."

인경은 허탈한 웃음이 나왔다.

"남직원들은 언제 깨지나 내기했다는데, 본부장님 하는 거 보고 다들 두 손 들었다네요."

"뭐?"

인경은 눈썹을 일그러뜨리며 은진을 쳐다봤다.

"제가 봐도 빈틈이 없는데 누가 딴마음을 먹겠어요?"

은진이 그렇지 않느냐는 표정으로 어깨를 으쓱하다 자리로 돌아가자 인경은 난감한 얼굴로 이마를 짚었다. 모두의 입방에 오르다 못해 내기의 주인공까지 되니, 참 하루도 조용한 날이 없었다.

"저기, 최 과장님."

"네?"

인경은 난감한 표정을 지우고 고개를 돌렸다. 뭔가 당황한 듯한 직원의 태도에 의아한 표정으로 고개를 기울였다.

"회, 회장님 호출입니다."

아. 인경은 속으로 탄성을 터트리고는 때마침 진동하는 휴대폰을 내려다봤다.

[입술 괜찮아? 얼음 넣은 커피 마시러 갈까?]

재형에게서 온 문자를 가만히 쳐다보던 인경은 짙은 한숨을 내쉬고는 등을 곧게 폈다.

[여름휴가, 같이 가요.]

공개 연애를 하기 때문에 더더욱 휴가를 같은 시기에 쓸 수 없다고 버텼었다. 그러나 이제는 그러기 싫어졌다. 불안함 때문에 행복한 것을 미룰 수는 없다는 결론을 내린 것이다.

13화. 애매한 마음

"허⋯⋯."

같은 날, 휴가를 못 간다고 버티던 인경이 보낸 문자에 재형은 자신도 모르게 한탄 같은 탄성을 내뱉었다. 무슨 심경의 변화가 있었기에 이리 나오는지 궁금증이 일었다.

"본부장님!"

김 비서의 다급한 목소리에 재형은 고개를 들었다. 들고 있던 휴대폰과 자신을 번갈아 보던 정욱이 전해주는 말에 튕기듯이 자리에서 일어섰다.

회장님이 최 과장을 호출했다는 말에 순간 이건 아니라는 생각이 들었다. 재형은 본부장실을 나서 엘리베이터까지 가는 데 몇 초가 걸리지 않았지만 엘리베이터는 올 기미가 안 보였다.

"본부장님⋯⋯."

여차하면 계단으로 갈 생각을 하며 층수를 나타내는 숫자를 쳐다보는데, 정욱이 조심스럽게 불렀다. 그 표정에서 무엇인가를 느낀 재형은 얼굴을 한 번 쓸어내렸다.

"그냥 모르는 척하는 게 더 낫지 않을까요?"

외할아버지께서 무슨 말을 하려고 인경을 불렀는지 모르는 상황에서 섣불리 나서면 일이 더 꼬일 수도 있었다. 업무적인 일인데 자신이 오버를 하는 것일 수도 있었다.

"아무리 책임자급이라지만 회장님이 평사원을 부를 일이 뭐가 있을까…… 찝찝해."

"그렇긴 하지만 어설프게 나서면 안 그래도 힘든 최 과장님……."

재형은 바지 주머니에 양손을 찔러 넣고는 생각에 잠겼다. 남들은 이름뿐인 명예 회장이 무슨 힘이 있을까, 라고 생각할지 모르지만 그렇지 않았다. 외할아버지는 일주일에 서너 번은 출근해서 회사의 모든 보고를 받고 계셨다.

'노선 확실하게 하지 않으면 피해는 최 과장님이 보실 겁니다.'

첫 회식 자리에서 정욱이 했던 말이 귓가를 맴돌자 마음이 서걱거리기 시작했다. 사람들의 입방아에 오르내리고, 정욱의 말대로 피해를 입는 건 자신보단 인경이었다.

나서서 막아주는 일에는 한계가 있는 법이기에 스스로 헤쳐나가기를 바라지만 힘들어 하는데 물러서 있을 수만은 없었다.

엘리베이터에서 내린 인경은 회장님의 부름을 받으면서 기분이 착잡해졌다. 선생님 곁에 머물면 한 번쯤은 치를 일이었지만 금방 끝날 연애라면 치르지 않고 넘어갈 수 있는 문제라 여겼다. 조용히 넘어가기를 바랐는데, 공개 연애를 선언했기 때문에 오늘의 결과가 나왔다고 생각했다. 역시 인생은 생각대로 되는 것이 아니었다.

"안으로 들어가시면 됩니다."

회장의 비서가 깍듯하게 고개를 숙이며 문을 열어주자 인경은 심호흡을 한 후 들어갔다. 책상에 앉아 서류를 보다 고개를 드는 모습이 재형과 닮아 있었다. 단지 자신을 보는 눈빛만은 달랐다. 예리한 시선으로 자신을 빠르게 훑어보는 눈길에 심장이 찌르르 긴장을 했다.

"앉게나."

재형의 묵직한 저음이 누구를 닮았는지 알 것 같았다. 이사장의 화려함은 동생 재희가 닮았지만 외할아버지의 중후한 멋은 재형이 닮았다는 느낌이 들었다.

"본부장과 소문이 났더구나."

핑계 같다는 느낌이 들었다. 외손자가 연애를 한다고 이렇게 독대를 하는 회장이 있을까. 몇 명을 사귀게 될지 알 수 없는데 그때마다 이렇게 다 만난다는 건 모순이다. 정 궁금하다면 사람을 시켜 사진 몇 장을 찍어오게 하면 되는 일이었다.

"재형이 녀석, 원래 심성이 착한 녀석이라서……."

착한 녀석이라서 여자가 들러붙으면 거절하지 못한다는 말처럼 들렸다.

"그래, 재형이와는 언제까지 만날 생각인가?"

"생각해본 적이 없습니다."

못마땅하다는 듯 입을 굳게 다물고 있는 회장을 보며 인경은 낮게 한숨을 내쉬었다. 발에 채이는 작은 돌멩이 하나하나가 작은 것이 아니었다. 재형과 관계된 모든 것이 빙산의 일각처럼 보이지만 땅속에 묻힌 그 묵직함은 이루 말로 할 수 없음이었다.

"강운 고등학교를 다녔더구나."

명강그룹에 이력서를 낼 때 강운 고등학교를 언급한 적은 없었다.

"네."

가만히 고개를 끄덕이던 회장의 눈길이 왼쪽 뺨에 와 닿자 얼굴이 화끈거리는 것 같았다. 무엇을 찾고 싶어 하는지 모를 눈빛으로 자신을 탐색하는 시선이 마음에 들지 않았다.

"복수하고 싶어 온 것이냐?"

피우웅! 하늘로 쏘아올린 폭죽이 화려한 불꽃을 터트리지 못하고 불발로 끝나는 느낌이 들었다. 복수라. 어이없는 실소와 웃음소리가 나올 뻔했다.

"그것도 생각해본 적이 없습니다."

"복수가 아니다? 그런데 재형과 만난다는 것을 난 어떻게 받아들여야 하는 거냐?"

그래, 어떻게 받아들이든 그건 각자의 몫이었다. 굳이 내가 이러이러하다고 말할 필요는 없는 것이다.

"받아들이시는 것까지 제가 답을 드려야 할 필요는 없는 것 같습니다."

끄응, 하고 앓는 듯한 신음을 내뱉는 회장을 보며 인경은 낮게 한숨을 내쉬었다.

"안타깝지만…… 악연이다."

그러니 헤어져, 라는 말이 뒤에 감춰져 있다는 것을 알았다. 악연인 것을 알기 전 이미 선생님을 마음에 담았다는 것을 그때는 몰랐었다. 그래서 이용하려 했고 선생님이 망가지기를 바랐었다.

"정리를 하는……."

"고등학생 최온유는 이제 성인이 되었습니다."

이래저래 휘두르고 싶겠지만 쉽지 않을 거라 말하고 싶었다. 절대 휘둘릴 생각 따위는 없었다. 그럴 거면 선생님을 잡는 일은 애초에 하지도 않았을 것이다.

"포기 못하겠다는 말이냐?"

끝까지 갈 수 없는 사이라는 것을 알고 시작했다. 끝을 알고 시작한 것은 처음엔 자신뿐이었지만 이제는 그 내막을 안 선생님 또한 자신의 손을 놓지 않고 있었다. 서로 알지만 입 밖으로 말하지 않는 진실 앞에서, 둘은 어쩌면 비겁한 것이지도 모를 일이다. 그래도 지금이 좋다. 이대로만 쭈욱 살아야 한다고 해도 후회하지 않을 것이다.

"그가 포기하지 않으면……."

"재형이가 포기하지 않을 거라는 자신을 하다니……. 인생은 그렇게 장담할 수 있는 것이 아니다."

인경은 저도 모르게 눈살을 찌푸렸다. 틀린 말은 아니지만 회장님은 선생님의 의지를 얼마나 안다고 저리 장담을 하는 것일까.

"본부장님 이재형은, 화학 선생님이었던 이재형 선생님은 저를 포기하지 않을 겁니다."

"뭐라?"

어이가 없다는 얼굴로 반문하는 회장님의 얼굴이 일그러졌다. 그와 헤어진다는 건, 그가 포기한다는 건 자신이 그를 버린다는 말이었다. 하지만 자신은 아직까지 재형을 버릴 생각 따위 전혀 없었다.

"당차지만 당돌하구나."

"당돌한 것이 아니……."

"당돌로 말할 것 같으면 어머니만 한 분이 없을 겁니다."

"너……."

갑자기 들린 재형의 목소리에 고개가 돌아갔다. 불쑥 끼어든 재형을 바라보는 회장의 얼굴이 벌겋게 상기되고 있었다.

"외손자 사생활에 개입하는 건 아니라고 봅니다."

자신과 눈이 마주친 회장님이 가만히 고개를 젓는 것을 보며 인경은 속입술을 깨물었다. 그가 와서 다행이라는 생각과 다행이 아니라는 생각이 섞여들었다.

"총알같이 달려왔구나."

허허, 웃음을 짓는 외할아버지를 재형은 인상을 쓰며 바라봤다. 애초에 사태를 바로잡지 않은 장본인이 인경을 향해 당돌하다는 말을 하는 건 아니라고 생각했다. 무릎을 꿇고 빌어도 시원찮을 판에 누구더러 당돌하다고 하는지, 그렇다면 어머니는 당돌이 아니라 파렴치하다고 했어야 했다.

"사적인 일로 오라 가라 하지 마십시오."

"이 녀석이!"

"제 애인이지만 회사에선 저도 사적으로 오라 가라 하지 않습니다."

재형은 테이블 위를 쓰윽 쳐다보고는 눈살을 찌푸렸다. 아무것도 놓여 있지 않은 빈 테이블을 보며 속으로 혀를 찼다. 아무리 그래도 차 한잔 내어주지 않았다니.

"최 과장님, 업무로 복귀하십시오."

자신과 시선을 맞춘 후 자리를 일어서는 인경을 보며 재형은 가슴을 쓸어내렸다. 외할아버지에게 눌려 약하게 굴고 있으면 어쩌나 조마조마했는데 당차게 대면하는 듯한 모습에 조금 안심이 되었다.

"그만 내려가겠습니다."

목례를 하고 소파를 빙 돌아 나가는 인경을 바라보는 외할아버지의 얼굴이 어두웠다.

"사생활 운운할 줄 알았으면 집으로 부를 걸 그랬구나."

어딘지 놀리는 듯한 외할아버지의 말에 재형은 한쪽 눈썹을 치켜 올렸다. 그렇지 않느냐는 표정으로 자신을 쳐다보는 외할버지의 얼굴에 엷은 미소가 드리워 있었다.

재형은 인경이 집으로 불려가는 생각만으로 뒷목이 뻣뻣하게 굳어졌다.

"아까도 말씀드렸지만 제 사생활에 감 놔라, 배 놔라 하지 마십시오. 제 인생입니다."

"뭐, 제 인생이라고?"

기가 찬다는 듯 중얼거리는 외할아버지의 말을 무시하고 회장실을 나섰다. 등 뒤에서 고얀 놈, 이라고 중얼거리는 말이 들려왔지만 상관하지 않았다. 늘 자신의 편을 들어주던 외할아버지한테서 처음으로 들은 험한 소리였다.

"알고 온 거예요?"

엘리베이터에서 자신을 빤히 올려다보는 인경의 눈동자에 빨려 들어가는 기분이었다. 자신에게서 벗어나지 말라고 말하는 듯 묘하고 울렁거리는 눈빛이었다. 재형은 손을 뻗어 인경의 얼굴을 감싸 쥐었다.

"하나도 안 떠네?"

당차게 버텨준 인경이 고마우면서도 안쓰러워 속이 상했다. 회장인 외할아버지와의 독대가 끝났으니 긴장했던 마음을 내려놓고 떨어도 괜찮을 텐데 너무 담담해 오히려 자신이 무기력감을 느꼈다.

"떨었어요."

기운 없이 피식 웃는 인경을 품에 가득 안아버렸다. 품 안에 넣은 후 떨었다는 인경의 말이 사실임을 알았다. 막아주지 못한 것 같아 부아가 치밀었다. 사자의 우리 안에서 인경이 얼마나 독하게 버티고 있는지 몰랐던 것이다.

사방이 적이었다. 단순하게 질투를 하는 이들로 시작해서 회장님인 외할아버지의 견제와 공격까지, 인경이 담담하게 받아치고 있음을 알자 자신을 때려주고 싶었다.

"미안해, 너만 더 힘들어지게 만들었어."

"미안하다는 말 안 하면 안 돼요? 난 선생님한테 미안한 짓 해도 절대 미안하다고 말하지 않을 거예요."

재형은 인경을 더욱더 품 속으로 끌어안았다.

"그래, 안 할게."

재형은 인경의 어깨에 머리를 기대었다. 묵직한 두통이 마음과 몸을 가라앉게 만들었다.

평온한 듯 흘러가는 일상의 반복 속에서 시간은 또 흘러가고 있었다.

"외근은 같은 부서 직원이랑 나가면 안 돼요?"

인경은 재형이 서서 기다리는 곳으로 다가가며 볼멘소리를 했다.

"남자랑 가면 재미 없어. 타."

그가 문을 열어주며 고갯짓을 하자 인경은 마지못해 차에 올랐다.

"그럼, 여자랑 가면 되잖아요?"

운전석으로 오른 그를 향해 투덜거렸다.

"그래서 너 불렀잖아?"

인경은 재형의 말에 어이가 없다는 얼굴로 쳐다봤다. 무슨 핑계를 대든 재형이 자신과 같이 있으려고 꼼수를 쓴다는 것을 알고 있었다.

"네 입으로 기획팀과 전략팀이 힘을 합쳐야 되는 일이라고 했으니 같이 가는 게 맞지."

어깨를 으쓱하고는 시동을 거는 재형이 일하러 간다는 것을 어필하자 인경은 뚱하게 쳐다보다 피식 웃어버렸다.

"그래서 어느 업체를 만나러 가는 건데요?"

"일단 두 군데로 좁혀놓았는데 이곳에서 좋다고 하면 바로 추진해볼 생각이야. 그러면 다른 기업들도 따라올 거고."

긍정적으로 생각하며 일을 추진하는 재형에게서 밝은 에너지가 발산되는 것 같았다. 주변까지 환하게 밝혀주면서 따스한 기운을 주는 오렌지빛 에너지.

"왜 그렇게 봐?"

"음……. 내 애인이 좀 멋있는 것 같아서요."

"그걸 이제 알았다니 섭섭하네."

말로는 투덜거리지만 얼굴엔 웃음을 띤 재형이 한쪽 눈을 찡긋해 보였다. 인경은 그 모습을 가만히 보다 낮은 한숨을 내쉬었다.

같이 있어 좋다는 것을 심장이 먼저 알리고 나왔다. 회장님을 만나면서 내내 바닥을 기었던 기분이 재형으로 인해 조금 회복되는 것 같기도 했다.

하지만 밝고 긍정적인 에너지를 주는 재형의 뒤에서 아무것도 모르는 척 가만히 있을 수는 없다는 생각이 들었다. 어느 방향으로 튀어갈지 정리를 해야 할 것 같은데 해결할 의지가 없는 것처럼 아무것도 하기가 싫었다. 갈등하는 마음에게 그냥 이대로 좀 내버려두라고 말하고 싶은 심정이었다.

아웃도어 브랜드로 꽤 인지도가 높은 '니즈'의 홍보과장과 미팅하는 내내 재형은 기분이 좋아 보였다. 것도 그럴 것이 상대도 호의적으로 나왔고 은근 골칫거리였던 사이즈 통합에 반가움을 표했던 것이다.

"뭐 먹을래?"

다음 미팅 때는 구체적인 사이즈 샘플을 협의하기로 하고 헤어져 나오며 재형이 물었다.

"별로 생각이 없는데……."

"생각으로 먹는 게 아니라 네 몸을 아끼라는 의미에서 먹는 거야. 특히 넌 그럴 의무가 있어."

"에?"

인경은 눈썹을 일그러뜨리며 난감한 표정을 지었다. 뭔가를 자꾸 먹으려는 태도가 마치 어미 새 같다는 생각이 잠깐 들었다.

"여기 근처에 괜찮은 레스토랑이 있는데 거기로 가자."

엘리베이터를 내리자마자 자신의 손을 꼭 잡고 성큼성큼 걷는 재형 때문에 인경은 잰걸음을 걸으며 말했다.

"천천히 가요. 늦게 간다고 자리를 안 주는 것도 아닌데."

"내가 급해서 그래."

"뭐가 급한데요?"

"일단 타."

인경은 자신을 차로 밀어 넣다시피 하는 재형의 손길에 치여 차에 올랐다.

"읍!"

긴 다리로 성큼성큼 차를 돌아와 운전석에 오른 재형은 갈급하게 자신의 입술을 열었다. 무방비하게 있다가 혀를 낚아채인 인경은 그의 어깨를 밀며 말리려 했지만 되지 않았다. 혀를 풀어준 그가 입 안 볼살을 혀로 쓰다듬듯이 핥고 아랫입술을 빨아들이더니 입술을 뗐다.

"하아, 키스하고 싶어 죽는 줄 알았네."

"이런."

재형이 겨우 욕구를 해소했다는 듯 빙긋 미소를 짓자 인경은 어이가 없어 탄성을 내뱉었다. 그러다 재형이 쪽쪽 소리가 나게 입술을 부딪쳐오자 손으로 입을 막으며 투덜거렸다.

"또 부어요!"

재형이 크게 웃어버리자 인경은 눈을 곱게 흘겼다.

레스토랑에 도착해 자리에 앉을 때까지 재형은 자신의 손을 놓지 않고 있었다. 그리고 오는 도중 주문한 음식이 자리에 앉은 지 얼마 지나지 않아 나오자 재형은 음식이 담긴 그릇들을 인경의 앞으로 밀었다.

"이것도 먹고, 요것도 먹고, 그것도 먹고."

"픕."

재형은 웃음을 터트리는 인경을 보며 같이 미소를 지었다. 시간이 흐를수록 더 애틋한 감정에 휩싸이듯 심장의 반응 강도가 높아졌다. 책을 읽다가도, 서류를 보다가도 보고 싶다는 생각이 불쑥 솟아나 심장이 두근거렸다.

"휴가 어디로 갈까?"

"아."

짧은 탄성을 내뱉고는 시간을 벌려는 듯 물을 마시는 인경을 보며 재형은 눈을 가늘게 떴다. 이전에 휴가를 함께 가자고 문자를 넣은 건 평소의 그녀라면 그러지 않았을 텐데, 즉흥적으로 결정을 내린 느낌이 들었다. 하지만 이제 와 같이 못 간다고 버텨봤자, 둘러메고라도 갈 생각이었다.

"그냥 가까운 곳으로……."

"내가 살던 뉴욕 아파트, 보고 싶지 않아?"

"아직 정리 안 했어요?"

"정리해야 돼?"

눈동자를 살짝 굴리는 인경을 보며 재형은 입꼬리를 올렸다. 마음에서 절대 가라앉지 않는 기억 속 온유와 같이 보낸 뉴욕의 아파트였다. 전면 베란다의 창을 통해 햇살이 들어오면 기분이 울적했고 비가 와서 안이 침침해지면 오히려 기분이 나아졌던 뉴욕의 아파트 거실이 눈에 어른거렸다.

"다시 갈 생각으로 정리 안 했어요?"

"그럴 생각이었는데…… 최온유를 만나고 나서 별 미련이 없어졌어. 같이 간다면 돌아갈 생각은 있지만."

"어? 재형이 아니니?"

피식 웃는 인경을 따라 한쪽 입꼬리를 올리는데 누군가 알은체를 해왔다. 고개를 돌려보니 선우그룹의 사장인 선우현의 어머니였다.

"안녕하세요, 어머니."

"그래, 재형아. 이렇게 얼굴 보니 너무 반갑구나. 우리 한 7년 만이지? 아, 일행이 있었네?"

"안녕하세요."

인경이 인사를 하자 그녀의 얼굴이 궁금증으로 물들었다.

"어머, 만나서 반가워요."

인경을 바라보던 현의 어머니가 자신을 보며 '아가씨가 너무 예쁘다. 애인?'이라며 묻자 재형은 눈을 곱게 접으며 웃었다. 애인, 사랑하는 사람의 정의를 한 단계 넘어선, 죽을 때까지 같이 있고 싶은 사람. 생의 마지막까지 눈에 담고 싶은 사람이었다.

"결혼할 사람입니다."

"어머나! 그러니?"

화들짝 놀라던 현의 어머니가 반가운 웃음을 짓는 것과 달리 인경의 얼굴이 어두워지는 것을 본 재형은 눈을 가늘게 떴다.

안아도 안아도 부족한 기분을 떨칠 수가 없었다. 결혼이라는 말에 얼굴이 굳어지던 인경에게서 시린 기운이 느껴져 마음이 허한 상태였다. 퇴근 후 같이 저녁을 먹고 각자 할 일을 하다 인경을 안았다. 자신에게 다 내어주는데도 채워지지 않는 허기를 느끼며 재형은 미간을 찌푸렸다. 분명 온유의 속을 자신이 차지하고 있는데도 뭔가 닫힌 기분이었다.

"여름 지나 가을이 오면 결혼하자."

입술을 질끈 깨무는 인경을 보며 재형은 허릿짓을 멈추었다. 턱을 잡고 고개를 돌려 시선을 마주한 인경을 질책하듯 바라봤다. 결혼이라는 말에 자신을 감추는 인경을 보고 있자니 부아가 치밀었다.

"이번에는 대답 들을 거야."

몰아치듯 허리를 한 번 튕기자 인경의 입에서 훗, 하는 신음이 터져 나왔다. 여전히 입술을 다물고 있는 모습을 보니 불안감이 스멀스멀 기어 올라와 소름이 끼쳤다. 이 아이는 자신과 결혼할 의사가 없다는 생각이 들자 화가 나기 시작했다.

"최온유, 너 나하고 이런 야한 짓 해놓고 결혼은 안 할 거야?"

발갛게 물들어버리는 인경의 뺨을 손등으로 쓰윽 만지고는 입술을 탐했다. 그러면서 다시 한 번 인경의 속으로 밀고 들어가 안을 헤집었다. 부드럽지만 꽉 조여드는 자극에 재형은 참았던 숨을 터트렸다.

"하아, 고집쟁이 최온유. 대답 안 해?"

"결혼이 끝은 아니지 않…… 읍."

짜증과 화가 나 인경의 입술을 물어버리듯이 벌리고는 혀를 찾아냈다. 왜 자꾸 도망갈 여지를 두고 있는지 야단을 치고 싶었다. 그러는 마음을 모르는 것도 아닌데 속이 상했다. 원수의 아들과 사랑을 하는 온유의 심정을 헤아리려 하는데도 마음과 달리 머리는 다르게 움직였다.

"흐웃, 선생님. 그, 그만……."

젖무덤의 정점을 깨물듯이 물고, 핥고, 빨자 버거웠던 것인지 인경이 손으로 가리고 나왔다. 하지만 재형은 가리지 못하게 손목을 틀어쥐고는 다시 핥았다. 핥을 때마다 분신을 조이는 기분이 남달랐다. 이렇게 적나라한 행위를 자신과 하면서 결혼에 관해서는 묵비권을 행사하는 인경이 야속했다. 빈말이라도 그러겠다고 하면 얼마나 좋으냐 말이다. 왜 망설이는지, 왜 대답하지 못하는지 아는데도 마음은 갈갈이 찢어지는 기분이었다.

"읏······."

재형은 인경과 맞물린 상태에서 그녀를 안아 올렸다. 자신을 더 깊숙이 머금는 온유를 품에 바짝 끌어안았다. 목을 끌어안으며 어깨에 기대는 인경의 볼에 입을 맞추었다.

"사랑해."

귓불을 핥다가 속삭이듯이 고백했다. 그러자 흠칫 몸을 굳히는 인경으로 인해 남성이 비틀리자 동시에 재형의 입에서 윽, 하는 신음이 터져 나왔다. 마치 자신을 놓지 말라는 듯 온유의 몸이 화답하는 것 같았다.

자신이 움직이는 만큼 인경이 올라갔다 내려오는 반경이 크게 흔들리고 있었다. 야릇하면서도 수줍은 신음 소리가 끊어질 줄을 몰랐다. 귓속을 긁어대는 온유의 신음 소리에 재형은 더 흥분되었다. 인경의 속을 마구 헤집고 싶었다. 범하듯이 안고 휘젓고 소유하고 싶었다. 하얗고 눈이 부신 피부가 붉게 물드는 것을 보며 유륜까지 덥석 물었다. 인경의 고개가 뒤로 젖혀지는 것을 알면서도 무자비하게 물고 핥았다.

아프다고 말하는 것을 삭 무시하고 다른 유두를 입에 머금었다. 깨물고 빨다 입술을 떼고 확인했다. 얼마나 빳빳하게 일어섰는지,

얼마나 붉어졌는지 보고 싶었다. 자신의 흔적을 고스란히 간직한 유두를 보며 재형은 만족한 미소를 지었다. 결혼하자는 말에 대답만 시원하게 해주면 더 바랄 것이 없을 것이다.

"끝까지 대답 안 할 거야?"

인경의 입술을 뚫어져라 바라봤다. 꽉 다물린 입술을 비집고 자신이 원하는 답이 나오기를 바랐다.

"나, 난……."

입술을 달싹이다 마는 인경의 입술을 그대로 물고 빨았다. 끝까지 결혼에 관해 언급을 안 하는 인경이 야속하고 미워 눈물이 날 지경이었다.

"아버지가 미친 거야. 잊어버려."

강석은 어이가 없어 소주잔에 술을 따르며 심드렁하게 말했다. 해외에 지사를 하나 설립할 계획을 예전부터 해왔다는 것은 알았지만 그 일에 인경을 끌어들이고 싶어 하시는지는 몰랐다.

"지사 설립에 대한 의지가 확고해 보이시던데……."

"야, 그래도 명강그룹이라는 대기업에 다니는 너한테 할 제안은 아니지."

강석은 못마땅한 얼굴로 술을 벌컥 들이켰지만 사실은 인경이 아버지의 회사로 온다면 대환영이었다. 가질 수 없는 사람이 되어 버렸다 할지라도 예전처럼 매일 보고 살 수 있다면 다 감수하고 싶은 마음이 또 머리를 들었다.

"만일 명강그룹을 나간다면 아버님 제안 받아들이고 싶어."

"뭐?"

인경이 명강그룹을 나갈 일이 뭐가 있을까, 라고 생각하다 얼마 전 했던 말이 떠올라 강석은 미간을 구겼다.

"내내 궁금했는데, 결혼을 못한다는 말이 뭐야?"

재형의 눈가에 맺혔던 물기가 내내 인경의 마음을 적시고 있었다. 결혼하자는 말에 대답을 미적거리는 바람에 그가 많이 화났음을 알고 있었지만 아무런 답도 할 수가 없었다.

그에게 미래를 줄 수는 없고 현재만 줄 수 있었다. 이 현재가 언젠가는 또 다른 과거가 되겠지만 자신이 장담할 수 있는 건 미래가 아니었다.

"……로미오와 줄리엣이라서?"

피식 웃으며 술잔을 기울이는 인경에게서 무거운 기운이 느껴져 강석은 고개를 갸웃거렸다. 한창 연애를 하고 있으니 좋아 보여야 하는데 언뜻언뜻 비치는 씁쓸함이 마음에 걸렸다. 인경과 본부장의 사이가 로미오와 줄리엣이면 서로 원수라는 말인데 무슨 연유로 원수라고 말하는지 알 수가 없으니 답답할 노릇이었다. 서로 열렬히 사랑했지만 집안의 반대로 이루어질 수 없다는 말인가.

"그 키스 사건으로 본부장이 선생을 그만두게 돼서 그쪽 집안에서 너한테 앙금이 남아 있는 거야?"

"그건 아니야."

"그럼, 왜 원수가 됐는데?"

말없이 술잔을 기울이던 인경이 어깨를 으쓱하며 고개를 젓자 강석은 눈을 가늘게 떴다. 똑 부러지는 인경이 유부남을 좋아하고 만나는 것도 아닌데 왜 저리 한 발 물러서 있는지.

"본부장이 결혼 얘기는 전혀 안 해? 아님 너하고 결혼은 안 하고 엔조이만 하겠다고 하는 거야?"

픽. 인경의 입에서 바람 빠지는 듯한 웃음이 나오자 강석은 애매한 표정을 지었다. 어떻게 해석해야 될지 막막했다. 공개 연애도 선언했고 서로 바라보는 눈빛에서 두 사람이 꽤 깊은 사이라는 것이 드러나는데 결혼은 안 한다? 정말 이해하기가 쉽지 않았다.

"어쩌면 내가 엔조이인지도 모르지."

"무슨 말이야?"

강석은 머릿속이 어지러웠다.

"내가 본부장을 갖고 노는……."

강석은 인경의 말에 미간을 구기다 성큼 다가온 그림자에 눈을 커다랗게 떴다.

"너 왜 그래? 내 뒤에 뭐 있……!"

뒤를 돌아보던 인경은 입을 다무는 것과 동시에 자리에서 일으켜 세워졌다.

"데리고 가겠습니다."

강석은 재형의 말에 싸늘한 서리가 내려앉는 것처럼 팔에 소름이 오소소 일었다.

"헛!"

말릴 사이도 없이 인경의 허리를 낚아채 나가버리는 모습에 잠시 할 말을 잃은 강석은 막힌 숨을 터트리듯 숨을 내뱉었다. 그러다 정신이 들어 다급하게 술집을 나섰다. 하지만 차에 인경을 태우는 재형의 손길이 한없이 조심스럽고 애틋한 것을 보자 더 이상 다가갈 수가 없었다. 자신이 낄 자리는 없었다. 인경의 고민이 뭔지 덜어주고 싶다는 생각도 했지만 이제 제 손을 벗어났다는 것을 다시 한 번 깨달을 뿐이었다.

　등받이에 몸을 깊게 기대고 있는 인경을 보며 재형은 차에 시동을 걸었다. 저녁에 갈 곳이 있다는 말에 알았다고 했었다. 그런데 시간이 지나도 연락을 안 하는 인경 때문에 속이 탔다. 어디 있느냐고 문자를 보내도, 전화를 걸어도 받지 않아 부글부글 화가 치밀기 시작했다. 결혼하자는 자신의 말에 항의하는 것이라 여겼다.

　"얼마나 마신 거야?"

　"……조금."

　술에 취해 노곤한 것인지 중얼거리듯 말하는 인경의 뺨을 한 번 쓰다듬고는 안전벨트를 채워주었다.

　"휴대폰 줘봐."

　멀뚱한 표정을 짓는 인경에게서 휴대폰을 받아든 재형은 구겼던 미간을 폈다. 휴대폰이 무음으로 되어 있는 것을 보니 고의로 받지 않은 것은 아닌 듯해 마음이 조금 누그러들었다.

　"최온유, 술이 너를 먹은 거냐, 네가 술을 먹은 거냐?"

　"아마도 둘 다?"

　배시시 웃는 인경을 보며 재형은 고개를 절레절레 저었다. 인경이 자주 가는 술집은 정해져 있었다. 몇 군데 되지 않는 곳을 처음부터 뒤지며 찾아다녔다. 강석과 같이 있는 것을 알았을 땐 안도감과 함께 짜증이 치솟았다. 자신에게 털어놓지 못하는 고민을 강석에게는 털어놓는 것 같아 섭섭한 마음도 들었다.

　'어쩌면 내가 엔조이인지도 모르지.'

　'내가 본부장을 갖고 노는…….'

재형은 멍한 눈길로 정면을 보고 있는 인경의 고개를 돌려 자신을 향하게 했다. 발그레하게 술기운이 오른 뺨을 손가락으로 가만히 만지다 입술을 가볍게 부딪쳤다. 알싸한 술맛이 느껴졌다.

"나, 얼마든지 갖고 놀아."

이용당해도 좋고 갖고 놀아도 좋으니 자신의 곁에서 떠나지만 않으면 되는 것이다.

"예전에는 이용하고 버릴 수 있었을지 몰라도 이제는 안 될 거야."

입술을 반쯤 벌리고 흔들리는 눈동자로 쳐다보는 인경을 향해 재형은 한쪽 입꼬리를 밀어 올렸다.

"너 나 못 벗어나."

알아? 나도 너 못 벗어나.

14화. 다시없을 사랑처럼

　늦은 퇴근을 한 재형은 씻고 나오자마자 자신을 안고 침대로 향했다. 거침없이 들어온 재형을 받아들이며 인경은 숨을 몰아쉬었다. 갈급하게 자신의 안으로 들어온 그를 나무랄 생각은 없었지만 아픔이 동반되자 눈물이 왈칵 쏟아졌다. 손끝으로 눈물방울을 거둬가는 재형을 말없이 바라봤다. 그의 눈빛이 침잠되어 있어 무슨 생각을 하는지 알 수가 없었다. 그 눈물방울이 재형의 입 속으로 빨려 들어가자 다시 또 눈물이 나왔다.

　자신이 왜 우는지 아는 것처럼 그는 묻지 않고 가만히 안아만 주었다.

　"흐윽."

　그의 목에 팔을 둘러 그를 끌어안았다. 가까워진 시선으로 인해 그의 눈동자가 젖어 있는 것이 보였다. 서로가 고통스럽고 아픈 사랑이라는 생각을 떨칠 수가 없었다.

"뉴욕으로 가요, 우리 휴가."

"……응."

입가에 희미한 미소를 짓던 재형이 고개를 숙이자 인경은 검지 마디로 눈가를 닦아냈다. 안아줄 수 있을 때, 사랑할 수 있을 때 최선을 다하고 싶었다.

"으윽!"

파정을 한 재형이 숨을 몰아쉬는 것을 들으며 인경은 몸을 추욱 늘어트렸다. 그가 갈급하게 들어올 때면 저도 모르게 몸에 힘이 들어갔다. 그의 미간이 잔뜩 구겨지는 것이 긴장으로 굳어진 자신 때문이라는 것을 알면서도 힘을 뺄 수가 없었다.

"잠시만 이대로 있자."

재형이 자신의 위로 무너지듯 몸을 겹치자 인경은 그의 머리카락 속으로 손가락을 집어넣어 쓸어내리듯이 매만졌다. 젖은 머리칼이 손가락 사이를 빠져나가는 촉감이 부드럽고 기분이 좋아 손을 자꾸 놀렸다.

"유혹하지 마."

그의 음성이 잔뜩 성이 난 것처럼 거칠어져 있었다. 하지만 그가 그러거나 말거나 인경은 그의 머리카락을 만지다 귓불을 만지작거렸다.

"기다려."

재형이 몸을 벌떡 일으키더니 정액으로 가득 찬 콘돔을 빼 휴지통에 버리고 화장실로 들어갔다. 남성만 씻고 나온 것으로 보아 콘돔은 더 없는 것 같았다. 부풀어 있는 남성을 보며 순간 움찔 놀란 인경은 그의 유혹하지 말라는 말이 어떤 의미인지 깨달았다. 콘돔이 없어도 오늘 멈추지 않으려는 것을 알았다.

"아흑!"

배 위로 올라온 재형이 유두를 덥석 물었고, 빠는 힘에 놀라 신음을 터트렸다. 지분거리듯이, 핥아 먹듯이 빨아대는 재형의 구순력에 자제하지 못하고 신음을 터트렸다. 겨드랑이 안쪽 살을 입 안에 동그랗게 넣고 빨아대는 재형 때문에 인경은 눈을 질끈 감았다.

가슴살처럼 부드럽다는 살을 입술로만 만지는 것이 야릇해 흥분이 되었다. 두 손을 위로 올리게 하고 젖무덤의 처진 살을 깨물고 빨 때는 자지러지는 신음이 튀어나왔다. 너무 밝히는 여자 같아 자제하고 싶은데 묘한 감각에 머릿속이 비는 기분이었다. 몸 구석구석을 물고 빠는 자신의 애인이 신기하기도 했다. 아까처럼 부푼 남성을 어서 넣지 못해 안달할 법도 한데 전혀 서두르지 않아 자제력이 뛰어나다고 생각했다.

"아, 아아항. 하……."

그가 두 손에 젖무덤을 그러모아 쥐고 입으로 쪽쪽 빨아대자 감각이 이쪽에서 저쪽으로 뛰는 것처럼 정신이 없었다. 허리가 비틀리고 엉덩이가 들썩여졌다. 재형의 입 속으로 들어갔던 유실이 공기와 만나자 오소소 소름이 돋아났다. 그의 입 속이 얼마나 따스한지 알 수 있는 순간이었다.

"헛!"

재형이 발목을 쥐고 다리를 벌리자 인경은 흠칫 놀랐다. 다리 사이로 체온과 다른 공기가 닿자 아래가 절로 움찔거려졌다. 하지만 그것은 시작에 불과했다. 재형의 긴 중지가 꽃샘을 덮고 있는 날개를 벌리자 몸이 둥글게 말렸다. 하지만 재형이 다리 사이에 앉아 있어 실제로는 몸을 웅크릴 수 없었다. 인경은 두 손에 얼굴을 묻고는 심호흡을 했다. 천천히 같은 곳을 자극하며 문지르는 재형때문에 앓는 신음이 터져 나왔다. 그의 손이 닿고 입술이 닿는 모든 곳에서 열꽃이 피었다.

"아앙."

꽃샘으로 들어와 마구 휘젓는 중지로 인해 숨을 헐떡이고 말았다. 그런 저를 감상하듯이 바라보는 재형의 눈빛에 온몸이 화르르 타는 듯했다. 중얼거리듯 아름다워, 라고 말하던 재형이 아랫입술을 씹듯이 물고 빨아대자 안 그래도 부푼 입술이 더 부풀고 말았다.

"아홋."

길게 들어왔던 그의 중지가 쑥 빠져나가자 인경은 몸을 옆으로 돌리며 둥글게 말았다. 손가락을 혀로 할짝여 빨아먹고 있는 재형을 보며 눈살을 찌푸렸다. 먹지 말고 닦으라고, 씻으라고 몇 번을 말해도 듣지 않았다.

자신의 목덜미를 감싸 쥔 재형이 입술을 부딪혀오자 비릿한 내음이 입 속으로 스며들었다. 자신의 애액과 재형의 타액이 섞여 만들어낸 조합이 달짝지근한 것이 희한하다고 생각했다.

"지금 정말 야하게 누워 있는데…… 욱!"

적나라한 말을 하려는 재형을 향해 작은 쿠션을 집어 던졌다.

"참나, 맞고 사는 남편이 여기 있었네."

어이없다는 듯 말하는 재형을 보다 고개를 돌렸다. 언제부터인가 자신을 남편이라고 말하는 재형 때문에 심장이 울렁거렸다. 듣기 좋은 건지 거북한 건지조차 가늠이 어려웠다. 그래서 하지 말라는 말도 못하고 내버려두었었다.

"오늘 각오해."

술집으로 재형이 찾아온 날 이후로 거의 매일 그와 정사를 나누고 있었다. 그가 일이 있어 퇴근이 늦어지거나 술자리에 가지 않는 한 침대가 마구 흐트러질 정도로 한 몸이 되었다. 그에게 익숙해져버린 몸과 마음으로 인해 인경은 혼란스러움을 겪기도 했다. 그러다 이제는 반 포기 상태로 그와의 정사를 즐겼다. 마치 오늘이 마지막인 것처럼 그를 안고 받아들였다.

"하앗!"

그가 몸을 반듯하게 돌려 눕히고 다시 다리를 벌리자 기대에 찬 몸이 떨렸다. 그의 입술이 소음순에 닿자 알고 있었으면서도 화들짝 놀라 엉덩이를 들썩였다. 집요하게 파고드는 그의 입술은 아무것도 아니었다. 꽃샘의 날개에 입을 맞추고 애액을 다 삼키듯이 움직이던 입술이 혀로 바뀌는 순간 까무러칠 정도의 희열에 휩싸였다. 앓는 소리보다 더 큰 신음이 입술을 비집고 나왔고 저도 모르게 그의 팔에 손톱을 박고 등을 휘었다.

"아! 아아항."

침범하듯 들어온 그의 분신에 몸이 바르르 떨렸다. 벅차면서도 아픔을 동반한 그의 삽입으로 인해 몸이 점점 뜨거워졌다. 열을 발산하듯 그를 머금고 움직였고, 열을 나누듯 서로 부둥켜안았다. 천천히, 또는 빠르게를 적절히 배분하는 그는 능수능란해 보였다. 언제 이만큼 늘었을까, 하는 의문이 들 정도였다. 그의 테크닉이 느는 만큼 자신의 몸이 그에게 맞춰지고 있음을 알았다. 기억은 잃을 수 있다지만 몸으로 익힌 건 사라지지 않는다는 말처럼 몸에 새겨진 그를 내내 잊지 못 할 것이다.

"으으윽, 으……. 하악!"

배 위로 뜨뜻한 정액이 쏟아지는 것을 보다 몸을 축 늘어뜨렸다. 가끔 콘돔이 없으면 재형이 쓰는 피임법이었다. 콘돔이 없어 관계를 거부했을 때 그가 자신을 믿어보라며 안았었다. 미간을 잔뜩 구기고는 아쉬운 듯 배꼽을 겨냥해 비말을 뿌리는 그의 얼굴을 가만히 손으로 만졌다.

"하아……."

입술 사이로 뜨거운 숨이 뱉어졌다. 그가 젖무덤의 정점을 아쉬운 듯 빨고 핥아대는 것을 가만히 두었다.

"우왓."

등 뒤로 팔을 돌려 가만히 안아주던 그가 자신을 번쩍 들어 올리자 놀라 비명이 터져 나왔다. 서로 맞닿은 복부 사이로 끈적한 정액이 비벼지고 있었다.

"나한테 상 줘야 해."

자신을 마주 안은 채로 욕실로 가며 재형이 억울하다는 듯 볼멘소리를 했다.

"왜요?"

"안에다 뿌리고 싶은 거 얼마나 참았는지 알아?"

자신을 올려다보는 그의 머리카락에 손가락을 집어넣고 가만히 입술을 맞대고 속삭였다.

"배란기 아닐 때 기회를 한 번 드리지요."

훗. 맞닿은 입술에서 그의 입꼬리가 씨익 올라가는 것이 느껴졌다.
물의 온도를 손으로 체크하는 재형을 가만히 바라봤다. 매번 정사가 끝나면 자신을 씻겨주는 그의 손길은 조심스럽고 부드러웠다. '아팠어?' 하고 묻는 목소리는 괜스레 눈물이 날 만큼 다정하게 들렸다. 꼼꼼히 몸을 닦아주던 그가 가볍게 몇 번의 버드키스를 하면 입가가 올라갔다. 지그시 바라보는 그의 눈빛이 심장을 간질이는 것 같아 무척 설레었다.

씻고 나오니 갈증이 일었다. 그냥 물이 아닌 시원한 맥주를 마시고 싶었다. 편의점에 간다고 하니 재형이 따라 나섰다.

"내 저럴 줄 알았어."

"뭐가요?"

옆을 지나쳐가는 남자를 째려보던 재형이 반바지가 짧다고 타박하며 자신을 위아래로 훑어보고는 혀를 찼다.

"어디에 함부로 눈을 두는 거야."

그냥 지나쳐가며 의미없이 눈길을 한 번 주었을 뿐인 행인을 향해 투덜거리는 재형이 웃겨 인경은 소리 내어 웃었다. 웃지 마, 라고 엄한 표정을 짓는 재형을 보며 더 웃어 보였다. 그렇게 도착한 편의점에서 캔맥주를 사서 돌아오는 길에 하나를 땄다. 한 모금씩 나눠 마시며 돌아오는 길이 더 시원하게 느껴졌다.

"온유야."

"으응? 윽!"

밤하늘을 올려다보던 인경은 무심결에 고개를 돌리다 재형에게 입술이 물렸다. 벌어진 입술 사이로 재형의 체온을 담은 맥주가 흘러 들어왔다. 목울대를 넘어가는 맥주의 알싸함에 취해 재형의 입술을 열었다. 맥주에 젖어 차가워진 입술 안쪽 살과 혀가 닿았다.

"하아, 빨리 가자."

"왜요?"

거칠어진 숨을 감추고 그가 손을 잡아끄는 것을 보며 인경은 알면서 물었다. 2부 예고편 끝났으니 본편 들어가야지, 라고 말하는 재형 때문에 인경은 아까보다 더 크게 웃었다.

행복한 나날이 이어지면 불행이 시기를 한다 했던가. 너무 밋밋하게 달리면 재미없어 과속방지턱을 두었다 했던가.

"과장님, 어떻게 이런 일이……."

인경이 생산관리팀으로 발령나자 경영전략팀은 완전 초상집 분위기였다. 느닷없는 발령에 다들 할 말을 잃은 듯했다.

"최 과장, 잠시 나와봐."

똥 씹은 표정을 짓는 팀장을 따라나서는 인경의 머릿속은 암전 상태였다. 누가 손을 썼는지 뻔히 아는 상황이라서 아무 생각도 나지 않았다.

"참나……."

휴게실 자판기에서 식혜 음료를 두 개 뽑아온 팀장이 자리에 앉으며 어이없다는 듯 고개를 저었다. 보란 듯이 갈구겠다는 의사 표명이었다. 다음 수순으로는 서울 외곽 지역, 그 다음은 지방 발령이 될 것이다.

"말은 생산관리팀에서 최 과장을 보내달라고 떼를 섰다는데……."

팀장이 괴로운 얼굴을 손으로 쓸어내리자 인경은 식혜를 따 한 모금 쭈욱 들이켰다. 퇴근 시간에 맞춰 낸 인사 통보를 보며 이런 게 가진 자들의 횡포구나, 싶었다. 따지러 갈 시간도 주지 않겠다는 어이없는 술수에 픽, 하는 웃음이 새어 나왔다. 대기업이라도 결국 속을 들여다보면 오너 개인의 생각과 기분으로 움직이는 집단이었다.

"하, 내가 힘이 없는 팀장이었다는 것에 화가 나네."

자책을 하는, 부하 직원 하나 케어하지 못했다는 것에 힘들어하는 팀장을 보고 인경은 어깨를 으쓱하며 명랑하게 대꾸했다.

"그러게요. 어쩌다 경영전략팀이 생산관리팀에 다 밀리고."

속은 말이 아니었지만 같이 풀 죽어 있기 싫었다. 끝까지 가보자 하는 오기가 일기도 했다. 당당하게 입사 시험과 승진고시로 불법도, 편법도 없이 차지한 자리였다. 부당한 처우를 하면 노동청에 신고를 해서라도 버티는 것을 보여줄 것이다.

"최 과장은 똑 부러지니까 거기서도 인정받을 거야."

먹먹한 눈으로 말하는 팀장을 보며 인경은 씁쓸한 미소를 지었다. 환하게 웃는 모습을 보이고 싶은데 팀장님의 눈가가 붉어지는 것을 보니 그럴 수가 없었다.

"네, 열심히 하겠습니다."

같이 울음을 터트리면 얼마나 볼썽사납겠는가.

"아, 전화 오는데 받아. 나 먼저 들어갈게."

"네."

휴게실을 나가는 팀장의 등을 한참 바라보다 인경은 통화 버튼을 눌렀다.

-인사 발령이 났다는 게 무슨 말이야?

놀라고 당황한 듯한 재형의 음성을 들으며 인경은 고개를 기울였다.

"애인을 잘 둔 덕분이라고 해야 할 것 같은데."

가볍게, 대수롭지 않게 넘기듯이 대꾸했다. 지금 그에게 어떻게 이런 수가 있느냐고 화를 내봐도 뾰족한 수가 없을 것이다. 전 직원이 다 알게 된 인사 통보를 뒤집을 수는 없는 것이다. 그도 본부장이기 이전에 일개 직원일 뿐이었다.

-어디야?

외근을 나간 재형이 당장 올 것처럼 말했다.

"휴게실."

-바로 퇴근해. 난 볼일 한 군데 더 보고 갈 테니까.

그의 가라앉은 목소리가 시한폭탄 같은 느낌이 들어 눈이 가늘어졌다.

"사고 치지 말아요."

그가 어이없다는 듯 웃는 것을 따라 웃었다. 솔직히 울고 싶은데 자꾸 웃음이 나왔다. 억울해 미칠 것 같은데도 피식피식 웃음이 나와 기가 찼다.

-술 마시지 말고 집에 가 있어.

"치이."

이런 날 술을 마시지 말라니, 못됐다.

-금방 갈게. 집에서 봐.

인경은 풀 죽은 얼굴로 고개를 끄덕이며 대답하고는 식혜를 마저 마셨다. 좀 시원하지만 지나친 달달함이 싫은 식혜였다.

"어머, 재형아! 오면 온다고 전화라도 좀 하지 그랬어. 아줌마!"

현관문을 열자마자 들려오는 어머니의 목소리에 짜증이 치솟았지만 어금니를 사려 물며 속을 가라앉혔다.

"아줌마, 재형이 왔으니 갈비살 좀 꺼내요."

"저녁 먹으러 온 거 아닙니다."

주방을 향해 외치던 어머니가 멀뚱한 표정을 짓는 것을 보니 다시 속이 뒤집혔다. 어떻게 저리 아무것도 모르는 얼굴로 자신을 대한단 말인가. 신물이 올라왔다.

"그럼?"

아닌 척, 모르는 척 굴다 재형이 세게 나오니 낭창한 태도를 보이는 어머니였다.

"할아버지는 안에 계십니까?"

재형은 대답을 들을 생각도 하지 않고 할아버지의 방으로 곧장 걸었다. 언제까지 어머니의 세 치 혓바닥에 놀아날 생각이냐고 따지고 싶었다.

"아버지, 재형이 왔어요."

방문을 벌컥 열자 언제 따라왔는지 어머니가 뒤에서 말했다. 바둑판을 뚫어져라 보던 할아버지가 고개를 들고는 기다렸다는 듯 손짓했다.

"들어와."

재형이 방으로 성큼 들어서자 외할아버지가 뒤따르는 어머니를 향해 고갯짓을 했다. 고개를 돌려보니 머뭇거리던 어머니가 마지못한 얼굴로 문을 닫았다.

"그리 서 있지 말고 앉아."

재형은 외할아버지와 마주 보는 자리에 소리 나게 털썩 앉았다. 자제를 하기 위해 말아 쥔 손에 자꾸 힘이 들어갔다.

"녀석, 화가 났음을 상대에게 보이는 것은 어리석은 짓이다. 유리한 고지를……."

"유리한 고지를 확보하고자 온 것이 아닙니다. 권력은 힘없는 자에게 쓰는 것이 아니라 자신을 짓밟는 자에게 쓰라고 가르치신 분이 할아버지십니다."

할아버지는 쓰고 있던 돋보기안경을 벗으며 얼굴에 알 듯 말 듯 한 미소를 지었다.

"내가 최인경 과장을 생산관리팀에 배속시켰다 생각하느냐?"

"아닙니까?"

재형은 미간을 찌푸렸다. 늘 속을 알 수 없는 분이라 생각했다. 사업하는 자들은 속을 감추어야 한다고 가르치시던 분이기도 했다.

"대기업이라 칭하는 명강그룹을 이끌면서 정에 이끌려 사업을 한 적은 없었다."

"오해라는 겁니까?"

"오해일 수도 있고 아닐 수도 있고."

애매한 답변에 재형은 갑갑한 기분이 됐다. 넥타이를 느슨하게 풀어내고는 한숨을 푹 내쉬었다.

"그리 좋으냐?"

어딘지 장난스러운 외할아버지의 음성에 재형은 놀라 눈을 커다랗게 떴다.

"반듯하게 컸더구나."

"지금……."

장난칠 기분이 아니라고 말하려다 입을 다물었다.

"안타깝지만 너희는 인연이 아니다. 네가 그렇게 잡고 있으면 그 애만 더 힘들어져."

"압니다."

온유가 얼마나 힘들어하는지 알면서도 놓아줄 수 없었다. 하지만 자신이 해줄 수 있는 것도 없는 처지에 놓이자 맥이 탁 풀렸다.

"그렇다면 훨훨 날 수 있게 놓아주어야지. 너에게 묶여 날지도 못하고 시름시름 앓고 있지 않느냐."

"할아버지는 사랑을 해보셨습니까?"

알면서도 놓지 못하는 건 그 사람이 없으면 죽을 것 같은 사랑 때문이었다. 사랑, 사랑, 사랑하다가도 한순간 변하는 것이 사람의 마음이라지만 자신은 그렇지 않았다. 온유를 못 보고 살 때도 그 애만 기억하며 버텨냈다. 그때는 미치지 않기 위해 이를 악물었지만 지금은 온유 옆에서 서서히 미쳐가고 있었다. 그것이 자신에게는 사랑이었다.

"먹고살기 바쁜데 사랑은 무슨."

사랑을 해보지 못한 분이라 안쓰러움이 들었다.

"온유, 건드리지 마세요. 어머니한테도 분명 제 뜻 전했습니다. 또 이런 일 만들면 온유랑 저, 아무도 찾지 못하는 곳으로 갈 겁니다."

"사랑에 미친 녀석이 여기 있구나."

외할아버지의 말에 재형은 눈을 가늘게 떴다. 사랑에서 약자가 되어보지 않은 자는 자신밖에 모르는 자다. 왜냐하면 사랑은 제정신으로는 할 수 없는 것이기에.

"최 과장 인사 발령, 취소하겠습니다."

"명강그룹이 구멍가게였더냐?"

신랄하게 비꼬는 외할아버지의 말에 미간에 절로 금이 갔다. 그러게 왜 처음부터 일을 이 지경으로 만들었느냐 말이다.

"본부장인 저도 모르게 낸 인사 발령을 보니 명강그룹, 구멍가게 맞더군요."

맞받아치자 외할아버지가 녀석이, 하며 피식 웃었다.

"그만 가겠습니다."

재형은 자리에서 일어서며 가볍게 고개를 숙였다.

"어머니를 버릴 수 있느냐?"

문을 열려던 재형의 손이 허공에서 멈추었다. 한 번만 더 온유를 건드리면 어머니를 다시는 안 본다고 했지만 사실 자신은 한국을 떠나던 7년 전 이미 어머니를 버렸었다. 온유의 일만 아니면 어머니와 마주할 일은 없었을 것이다. 앞으로, 영원히.

"이미 버렸습니다."

"망할 놈."

들릴 듯 말 듯 외할아버지의 말이 등 뒤로 따라붙었다.

"재형아!"

방을 나서자 문 앞에서 다 들었던 것인지 어머니가 바들바들 떨며 자신을 불렀다. 힐끗 돌아보니 얼굴이 파리하게 질려 있었다. 누군가를 버리는 일이 쉬운 일이 아님을 알지만 마음에서 밀어낸 지 오래였다.

"너 그게 할 소리야!"

발악을 하듯 소리치는 어머니를 뒤에 두고 현관으로 저벅저벅 걸었다. 온유에게 가야겠다는 생각만 들었다.

"재형아! 너 정말, 요망한 애한테 미쳐서……."

"어머니!"

재형은 현관문을 잡은 채로 뒤돌아섰다. 목소리에 한기가 스며들어 차갑기 그지없었다. 잘못이 누구에게 있는지 보려 하지 않는 태도에 진저리가 쳐졌다.

"물러서는 게 그 애를 지킨다는 잘못된 판단은 한 번으로 족합니다. 이제 더 이상 그런 비겁한 수에 넘어갈 당신의 아들은 이제 없습니다. 죽어도 온유 옆에서 죽을 겁니다."

"너 단단히 미쳤어!"

억울하다는 얼굴로 자신을 노려보는 어머니를 향해 재형은 한쪽 입꼬리를 올렸다.

"온유한테 어떻게 했는지 벌써 잊으시면 곤란합니다. 두고두고 되새김질하시고, 살아가는 매 순간순간 고통 받기를 바란다고 분명히 말했습니다."

"헛."

손으로 입을 틀어막으며 숨이 넘어갈 듯 꺽꺽거리는 어머니를 보다 재형은 돌아섰다. 저런 오버액션에 속은 것이 한두 번이 아니었다. 다음 수순으로는 아주머니가 전화를 해서 어머니가 병원에 입원했다고 알려올 것이다. 정말 이곳에만 오면 젠장할, 이라는 욕이 절로 나왔다.

"이게 다…… 술이네요?"

인경은 재형이 마트 두 봉지 가득 들고 온 각종 술을 보며 눈을 커다랗게 떴다. 맥주, 소주는 기본으로 와인, 복분자술, 국화술, 안동소주, 양주도 종류별로 있었다.

"안주는 뭘로 만들어줄까? 먹고 내일은 개기는 거야. 인사 발령 때문에 열 받아 하루 출근을 안 하는 거지."

"헐."

인경은 허탈한 웃음이 나왔다. 이런 날 술을 못 먹게 해서 미워하려고 했는데 오히려 술을 더 많이 사들고 와서 자신을 달래주려하다니. 하는 짓이 예쁘다고 엉덩이를 팡팡 소리 나게 두드려줘야할 것 같았다.

"감자는 여기 있고. 저번에 사놓은 소시지는 어디 있지?"

옷도 갈아입지 않고 냉장고 문을 열고 재료를 꺼내는 재형을 보며 인경은 고개를 절레절레 저었다.

"옷이라도 갈아입고……."

"벗겨줘."

야하게 들리지 않아야 하는데 야하게 들려 웃음이 나왔다.

"빨리."

재형의 재촉에 인경은 넥타이를 풀었다. 그리고 소매 단추를 풀어 소매단을 몇 번 접어 올렸다. 손목에 차고 있는 시계를 풀어 식탁에 올리고 그를 쳐다봤다. 더 이상 자신이 벗길 것은 없지 않으냐는 표정으로 쳐다보는데 입술이 벌어졌다. 거침없이 파고든 재형의 혀는 곧장 자신의 혀를 찾아내 핥고 빨았다. 그의 목에 팔을 두르고 같이 입술을 맞대었다. 숨이 넘어갈 것 같지만 간간히 드나드는 공기로 버티고 있었다.

"하아, 술보다 침대로 먼저 가…… 읏."

"오늘은 술부터."

재형이 불쌍한 표정을 지으며 안 되겠느냐는 신호를 보냈지만인경은 엄한 눈짓으로 고개를 저었다. 마지못한 재형이 안주를 만드는 동안 그녀는 거실 탁자에 술잔과 술을 가져다놓았다. 냉장고에 넣어둔 참외와 수박 반쪽도 꺼냈다.

"맥주부터 마실까?"

재형의 말이 떨어지기 무섭게 인경은 캔맥주를 시원하게 들이 켰다. 나란히 앉아 술잔을 기울이고 텔레비전에서 나오는 드라마를 보며 지적질을 했다. '저건 현실에선 불가능해!'라고 외쳤지만 자신들의 상황이 더 불가능하다는 것을 서로 잘 알고 있었다.

"재미없다, 다른 데 보자."

재형이 채널을 이리저리 돌리다 딱 걸린 장면이 정사 장면이었다. 화면을 보지 않고 술을 마시던 인경은 어느 순간 손에서 사라진 캔맥주의 행방을 찾아 고개를 돌리다 재형의 입술을 받아들여야 했다.

술에 취하진 않았지만 재형의 입술에 취하는 기분이었다. 떨어지고 싶지 않은 애틋한 감정으로 인해 심장이 무리를 느낄 만큼 흥분하고 있었다.

"읏."

반바지 사이로 재형의 손이 들어와 팬티 위를 지그시 눌렀다.

"젖었다. 벌써."

인경은 한쪽 입꼬리를 밀어 올렸다. 술부터라고 외쳤는데, 소용이 없을 것 같았다.

거실 바닥에 자신을 눕힌 재형이 날렵하게 올라타 윗옷을 들추었다. 말아 올린 티셔츠 아래에서 브래지어가 드러나자 재형이 그대로 손에 쥐었다. 악력을 가해 만지는데, 몸이 화끈거렸다.

"훗."

재형이 브래지어를 위로 밀어 올리고 유두를 손가락으로 비틀자 인경은 신음을 삼켰다. 브래지어 끈에 눌린 젖무덤은 더 탱글한 모양이 되었다. 재형의 입술이 닿자 고개가 뒤로 젖혀졌다. 아릿한 통증과 버거운 흥분이 몰아쳐 아래가 묵직해졌다.

"여기가 내 침으로 범벅이야."

재형이 눈을 곱게 휘며 젖무덤을 가리키자 인경은 볼을 붉혔다.

"취했어요?"

"캔맥주 세 개 먹고 취했을까?"

"그럼 야한 말은 원래 자동 옵션인가?"

"뭐?"

재형이 웃음을 터트리다 두 젖무덤 사이에 코를 대고 숨을 들이켜자 인경은 숨을 몰아쉬었다.

"사과향이 난다."

"윽."

자신을 벌떡 일으킨 재형이 윗옷을 벗기고 브래지어를 풀어내자 젖무덤이 소담하게 쏟아졌다. 입술을 맞댄 재형이 속살거렸다.

"오늘 안에다 해도 돼?"

인경은 입가에 미소를 짓다 재형의 입술에 쪽 소리 나게 입을 맞추고는 고개를 끄덕였다. 몇 시간이 지나지 않아 인경은 후회했다. 재형이 몸 안에 몇 번이나 사정하는 바람에 계속 아래가 축축하게 젖어 있어야 했던 것이다.

"반갑습니다. 최인경입니다."

인사 발령을 취소한다는 재형을 말렸다. 기분은 나쁘지만 한 기업이 이랬다 저랬다 하는 모습을 보이는 건 아니라 생각해 그를 말린 것이다.

"어서 와요, 최 과장."

생산관리팀장이 악수를 청하며 어깨를 가볍게 두드려주었다. 입사 동기인 박 대리가 너스레를 떨며 반겨주는 것을 들은 팀장이 호칭은 제대로 쓰라며 일침을 주었다. 그러자 박 대리가 '님' 자를 붙이며 깍듯하게 허리까지 굽혀 다들 한바탕 웃음바다가 되었다. 한 사람 한 사람 인사를 건네다 정 대리 앞에 서자 그가 멋쩍은 얼굴로 뒷머리를 긁었다.

"잘 부탁해요, 정 대리."

"네, 과장님. 잘 부탁드립니다. 그리고 저번 일은⋯⋯."

"무슨 일 있었나요?"

"네? ⋯⋯아, 아닙니다."

인경이 모르는 척 되묻자 그 뜻을 알아챈 정 대리가 환한 미소를 지으며 눈치 빠르게 대꾸했다.

"자! 새로 식구도 늘었는데 열심히 일해보자고."

인경은 새로 배정받은 낯선 자리에 앉아 가만히 모니터를 쳐다봤다. 업무를 익히려면 시간이 필요했고 본의 아니게 팀에게 민폐를 끼칠 수도 있었다. 더군다나 일주일 후에는 여름휴가까지 있어 눈치가 보였다. 이럴 줄 알았으면 휴가를 일찍 다녀오는 거였는데, 괜히 8월 셋째 주까지 기다렸다는 생각이 들었다.

"과장님, 이거 공장별로 묶어둔 파일입니다. 보시고 궁금한 점 있으시면 문의해주세요."

"네, 고마워요."

생산관리팀에는 여직원이 딱 한 명이었다.

[나 없다고 너 벌써 찬밥 됐다며? 그러게 나 있을 때 잘하지, 쯧.]

약 올리는 강석의 문자를 보는데 픽 하고 웃음이 새어 나왔다.

뜨거워지다　309

여름은 완전히 지나야 그만둘 줄 알았던 강석은 부서 직원들의 여름휴가가 마무리되자 바로 사표를 제출했다.

[새 자리가 신선해서 좋아.]

답장을 보내자 '창가 옆이냐?' 하고 놀리는 문자가 또 들어왔다.

"이것이 누님 알기를 우습게 알……."

우우웅, 우우웅. 강석에게 전화를 걸려고 휴대폰을 들던 인경이 멈칫하며 웃음기를 머금었던 입꼬리를 내렸다. 낯선 번호가 울리는데 이상하게 가슴이 섬뜩해졌다.

진동으로 해두었지만 조용한 사무실에서는 진동도 그리 조용한 것이 아니었다. 인경은 빠른 걸음으로 사무실을 벗어나 비상구 문을 열며 통화 버튼을 눌렀다.

"여보세요?"

―……나다.

잠시의 침묵을 뚫고 들려온 목소리에 인경은 흠칫 놀랐다. 익숙하지 않은 목소리인데도 누구인지 단번에 알아차려버린 것이다.

―저녁 8시, 쉐라톤 호텔 스카이라운지에서 보자.

뚝. 일방적으로 끊어진 통화, 쌀쌀맞은 목소리. 변한 게 없어 보이는 이사장의 태도에 미간이 절로 구겨졌다. 인경은 계단에 걸터앉아 두 손에 얼굴을 묻었다. 여러 가지 감정들이 헝클어지다 마지막엔 무슨 감정을 먼저 드러내야 할지 모르게 되어버렸다.

"8시에 예약되어……."

"네."

직원이 깍듯한 태도로 고개를 숙여 인사를 하더니 앞장서 걸었다. 인경은 무의식적으로 직원을 따라 걸었지만 아무 생각도 할 수가 없었다.

"일행분이 도착하셨습니다."

10분 일찍 도착했으니 혼자 생각할 시간이 있을 줄 알았다. 그런데 이사장이 먼저 와서 앉아 있었다. 여전히 화려한 치장을 한 이사장은 나이를 먹지 않은 것 같았다.

"앉지 그래?"

무슨 말을 해야 할지 막막해 멍하게 서 있는데 이사장은 마치 어제도 만났던 것처럼 대수롭지 않게 굴었다.

"간단하게 주문했으니 먹으면서 얘기해."

"그냥 지금 말씀하시죠."

인경은 자신도 모르게 말이 튀어나와 당황했다. 다정하게 마주 앉아 음식을 먹을 사이가 아니라는 건 서로가 아는 사실이지 않은가 말이다.

"넌 자존심도 없니? 어떻게 명강그룹에…… 하!"

어이가 없다는 듯 탄성을 내뱉는 이사장을 바라보며 인경은 낮은 한숨을 쉬었다. 자존심을 건드려 이성을 잃게 하고 싶은 것이라면 약간은 성공했다고 말해주고 싶었다.

"거두절미하고, 재형이하고 헤어져. 너도 안 된다는 건 알고 있잖아?"

사나운 눈빛만큼 목소리도, 표정도 사나워 보였다.

"왜 헤어져야 합니까?"

누가 헤어져라 마라 했다는 이유로는 그만둘 생각이 없었다.

"너…… 우리가 무슨 사이인지 잊었니?"

어이가 없다는 듯 콧방귀를 끼는 이사장을 보며 인경은 고개를 살짝 기울였다.

"무슨 사이였는데요?"

낭창하게 굴었다. 그 옛날 낭창하게 굴며 사람 속을 뒤집었던 이사장 흉내를 냈다.

"너희 부모님이 돌아가신 게 나 때문이라며? 그래서 우리 재형이 엉망으로 만들려고 만나고 있는 거잖아? 복수하려고."

이사장이 눈을 커다랗게 뜨고 하는 말에 인경은 피식 웃음이 나왔다.

"전 선생님이 이용당하겠다고 하셔서 그저 이용 중입니다."

언젠가는 헤어져야 한다는 것을 알고 만나고 있었다. 그래서 조금만 더 기다리면 알아서 정리를 하려 했다. 그런데 이렇게 성정 급하게 나타나 배알이 꼬이게 만들다니.

"뭐?"

기함을 한 듯 입술을 벌리고 쳐다보는 이사장을 향해 인경은 미소를 지어 보였다. 하지만 속은 폭탄이 터져 너덜너덜해진 것처럼 아수라장이 따로 없었다.

"지금 재형이를 이용한다고 했어?"

테이블을 짚은 이사장의 손이 바들바들 떨리는 것을 보며 인경은 눈을 감았다가 떴다. 아들 일에는 저리 약한 모습을 보이니, 측은하기까지 했다.

"너 그때도 재형이한테 의도적으로 접근해서……."

"네, 선생님을 망가트리기 위해 다가갔습니다. 지금도 마찬가지입니다."

인경은 속입술을 사리물고 허벅지에 올려둔 두 주먹을 꽉 쥐었다.

"재형이가 잘못한 것은 아니잖아?"

울 것 같은 표정의 이사장을 보며 인경은 7년 전을 떠올렸다. 이사장에 대한 복수의 칼날을 재형에게 들이밀었던 그때, 파리하게 질리던 이사장의 얼굴이 볼 만했는데 지금도 볼 만하다는 생각을 했다.

"그렇죠, 잘못은 이. 사. 장. 님이 하셨죠."

비아냥거리는 말투가 나왔다.

"내, 내가 어떻게 하면 재형이와 헤어지겠니?"

"무릎이라도 꿇고 저한테 잘못을 비시면……!"

이사장이 벌떡 일어나자 인경은 눈을 커다랗게 떴다. 설마 진짜 무릎을 꿇고 빌려고 그러는 것일까.

"지금 와서 무릎 꿇고 비는 것이 무슨 소용이야! 죽은 사람이 살아 돌아오는 것도 아닌데! 차라리 돈을 달라고 해, 그때처럼!"

눈을 희번득하게 뜬 이사장이 자신을 내려다보고 소리 지르는 것을 보며 인경은 허탈한 듯 웃었다. 선생님이 저 배 속에서 나고 자란 것이 맞을까, 하는 생각이 들었다. 맞다면 어머니를 닮지 않아 천만다행이었다.

"돈을 달라고 한 적은 없습니다. 오래돼서 기억이 희미하신가 본데 그때 분명히 빌려주시면 갚는다고 했습니다. 그런데도 그 정도 나이면 죽을 때도 됐다고, 그 할망구, 죽든 말든 본인이 상관할 일이 아니라고 소리치셨습니다. 기억나시나요?"

"그, 그때와는 달라졌잖아, 상황이."

"네, 달라졌죠. 이번에는 선생님과 한 침대에서 뒹굴어도 아무

탈 없는 성인이 되었으니까요."

벙 찐 표정으로 떨고 있는 이사장을 향해 인경은 입꼬리를 삐뚜름하게 올렸다. 상대가 떨고 있으니 더 가혹하게 굴고 싶은 기분이 들었다.

"선생님이 저 아니면 안 된다고 하는데 이제 어떻게 하실 겁니까? 저는 이제 돈도 필요 없는데."

"너 정말 재형이를 망가트리려는 거야, 아니지?"

일말의 희망을 거는 듯한 이사장의 얼굴을 보며 입술을 달싹였다.

"희망을 저버려 미안합니다."

인경은 자리에서 일어섰다. 더 이상 할 말도 들을 말도 없었다. 판도라의 상자 속, 마지막 희망을 바라고 나온 자리였다. 미안하다고, 정말 미안하다고, 그때는 잘못된 판단으로 그런 짓을 저질렀다고 빌기를 바랐다. 그런데 깨어진 판도라의 상자에서 나온 희망은 이제 연기처럼 사라져버렸다.

"내가 가만있을 줄 알아! 넌 절대 재형이와 안 돼! 내가 가만있지 않을 거라고! 쥐어뜯어서라도 말릴 거야!"

악에 받친 이사장의 악다구니를 무시하며 문을 열었다.

"아! 저기, 음식이…… 안녕히 가십시오."

음식을 들고 오던 직원이 당황하다 인사를 건네고는 자신을 비켜 안으로 들어갔다. 등 뒤로 접시 깨지는 소리와 날카로운 비명이 앞으로 나아가는 걸음걸음에 따라 붙었다. 재형과의 사이를 뜯어말리겠다는 이사장의 외침이 귀에 먹먹하게 울렸다.

땡. 도착한 엘리베이터에 오른 인경은 벽에 몸을 의지했다. 이제 악에 받친 이사장이 그와 자신을 갈라놓기 위해 수단과 방법을 가리지 않을 것 같았다. 상처입고 싶지도, 다치고 싶지도 않았다. 자신이 다치면 그건 재형을 다치게 하는 일과 같다는 생각이 들었다. 같이 아파하고 함께 울 것 같은 그를 그냥 바라볼 수는 없을 것이다. 그리고 자신을 낳아준 분에게서 받은 상처를 감당하려는 재형을 온전히 바라볼 수 있을지 의문이 들었다.

어차피 아니라는 것을 알고 시작했으니 정리하는 것이 맞다 여겼다. 고등학생 온유가 가졌던 그와의 봄, 여름, 가을, 겨울을 어른이 된 인경으로서도 함께하고 싶었다. 너무 긴 시간 함께하면 켜켜이 쌓인 시간 때문에 그를 떠날 수 없다 생각해 1년만 욕심을 내고 있었다. 그러다 막연하게 언제까지라는 것을 지워버렸었다. 그런데 이제는 그만두어야 할 때가 온 것이다. 그가 다치는 일이 없도록 정리를 서둘러야 함을 깨달았다.

5개월만 더 늦게 찾아올 것이지. 그와 첫눈은 꼭 같이 보고 싶었는데.

눈을 감은 인경의 뺨 위로 눈물이 주르륵 흘러내렸다.

15화. 사랑의 속삭임, 이별, 그리고 절규

"온유야, 무슨 일 있어?"

주인아저씨의 걱정스러운 눈길에 인경은 애써 미소를 지으며 고개를 저었다. 기일에만 오더니 요즘 자주 온다고 생각하실 것이다. 집이 아닌 곳 중에서 부모님의 기억이 가장 많은 곳이 오뎅집이었다. 그리고 보니 이 집도 꽤 오랜 세월 버티고 있다는 생각이 들었다.

"오늘 술은 공짜야. 얼마든지 말해."

"네? 정말요?"

인경은 부러 장난기 가득한 웃음을 지었다. 슬픈데 슬프다고 표를 내고 싶지 않았다. 이미 혼자 이곳에 찾아온 것이 슬프다는 반증이니까.

"저번에 같이 온 남자는 안 와?"

멀뚱한 얼굴로 쳐다보자 옆에 있던 주인아주머니가 뭔 쓸데없는 참견이냐고 타박을 하셨다. 멋쩍은 듯 헤, 하고 웃는 아저씨를 보며 인경도 피식 웃었다.

소주 한 잔에 선생님이었던 재형을 떠올렸다. 누구에게나 다정했던 모습이 자신에게로 국한되는 순간이 좋았다.

소주 두 잔에 자신의 손을 잡아주던 선생님을 떠올렸다. 그 손만 잡고 있으면 세상 무서울 것이 없을 것 같았는데.

소주 세 잔에 가벼운 입맞춤에 놀라 눈을 커다랗게 뜨던 선생님을 떠올렸다. 타는 갈증을 버티지 못하고 자신의 입 안을 마구 헤집던, 뜨거운 욕망으로 점철되어 있던 선생님.

소주 네 잔에 모든 것을 책임진다며 나서던 선생님의 등을 떠올렸다. 그 등 뒤에 숨어 버렸던 자신의 비겁한 모습.

소주 다섯 잔에 자신이 누구인지 의심하며 바라보던 재형을 떠올렸다. 묘한 반가움으로 입가에 미소가 그려지던 그 순간이 영원했으면.

소주 여섯 잔에 자신의 귀를 틀어막아주던 본부장 재형을 떠올렸다. 여전히 다정하고 책임감 강한 자신의 연인.

소주 일곱 잔에 인경은 손을 들어 물기 젖은 두 눈을 가려버렸다.

"약속 있다더니 언제 들어온 거야?"

자고 있는데 자신을 만지는 느낌에 눈을 뜨니 재형이 흐트러진 머리카락을 넘겨주고 있었다. 무거운 눈꺼풀을 껌뻑이며 재형을 바라봤다. 입가에 드리운 미소와 반으로 접힌 눈, 자신을 만지는 손에서 애정이 느껴졌다.

"저녁은 먹었어?"

집에 들어와 허한 마음에 밥을 꾸역꾸역 입 속으로 밀어 넣었었다. 울음이 올라올 것 같아 다시 밥을 입에 욱여넣고 씹었다. 그러다 구토증에 전부 토해버렸다. 괜찮은 척 굴고 싶은데 그렇게 되지 않아 속이 상했다. 화장실 바닥에 주저앉아 엉엉 소리 내어 울어버렸다. 헤어지고 싶지 않은데, 헤어져야만 해서 몸이 아프기 시작했다.

"온유야, 어디 아픈 거야?"

이마를 짚어주는 손길에 눈물이 울컥 쏟아질 것 같아 고개를 저으며 돌아누웠다. 그렇게 다정한 목소리로 부르지 말고, 걱정하지 말라고 짜증을 내며 소리칠 것만 같아 이를 사리물었다.

"알았어. 피곤할 텐데 그만 자. 나 밖에서 일하고 있을 테니까 필요하면 불러."

쳐다보지도 않고 고개만 끄덕였다. 재형이 머리카락을 귀 뒤로 넘겨주고 방을 나가자 인경은 이불을 머리까지 뒤집어썼다.

"끝내야 해. 끝낼 수밖에 없는 사이야. 미래가 없다는 것에 동의하고 시작한 거, 너도 알고 있었잖아."

인경은 자신을 향해 혼자 중얼거리다 다시 밀려온 구토증에 후다닥 침대를 벗어났다. 마음과 달리 머리가 앞서가자 속이 뒤틀린 것이다.

"온유야!"

거실에서 노트북을 켜놓고 있던 재형이 놀라 다가오는 것이 보였지만 화장실 문을 잠궈버렸다. 속을 거의 다 토해버려서 말간 액만이 올라올 뿐이었다.

"온유야, 괜찮아? 무슨 일인데?"

문밖, 재형의 목소리에서 걱정스러움과 같이 있어주지 못하는 안타까움이 전해져와 눈물이 쏟아졌다.

"……괜찮아요."

겨우 대답을 하고는 일어서서 칫솔을 꺼내 들었다. 나란히 꽂혀 있는 재형의 칫솔을 보자 눈물이 쏟아졌다. 손으로 입을 막으며 세면대의 물을 틀어놓고 숨죽여 울었다. 이제 저 목소리를 더 이상 듣지 못할 것이다.

"온유야……."

문을 열고 나오자 계속 서 있었던 것인지 재형이 앞을 가로막았다. 걱정스러운 눈길을 피하며 변명을 했다.

"너무 급하게 먹어서 그래요."

"아닌 것 같은데?"

뭔가 미심쩍다는 듯 자신을 살피는 재형의 시선을 피하며 주방으로 들어가 물을 마셨다. 그러다 정리하지 않고 두었던 싱크대를 보며 고무장갑을 꺼냈다. 생각이 많아지거나 화가 날 때의 인경에겐 청소가 제일 좋은 처방이었다.

"피곤해서 잔다더니……. 내가 할게. 앉아서 쉬어."

재형이 다가와 어깨를 잡고는 방향을 틀어 거실로 등을 밀었다. 인경은 재형을 한 번 돌아보고는 알겠다는 의미로 고개를 끄덕였다. 그리고 인경은 거실에 앉아 재형의 뒷모습만 바라봤다.

그의 움직임을 기억하고 싶어 눈에 담았다. 그런데 눈앞이 점점 흐릿해졌다. 눈을 깜빡이자 눈물이 흘렀다. 재형이 보지 못하게 얼른 손으로 훔쳐낸 인경은 채널을 이리저리 돌리다 건강식품 광고를 무의미하게 바라봤다. 쇼핑호스트가 설명하는데, 무슨 말인지 머릿속에 전혀 들어오지 않았다.

"어디 봐."

거실로 나온 재형이 턱을 가볍게 쥐고는 시선을 마주하자 인경은 당황스러웠다.

"……울었어?"

아니라고 도리질을 쳤지만 재형은 믿지 않는 얼굴이었다.

"나한테 좀 기대면 안 돼?"

속이 상했는지 재형의 목소리가 까칠하게 나왔다. 인경은 뭐라고 말해야 할지 막막해 고개를 푹 숙였다. 기대고 의지하다 재형이 없어져버리면 견디지 못할 것이다. 그러니 애초에 기대는 건 하지 말아야 했다.

"온유야."

재형이 가만히 안아주자 인경은 그의 어깨에 머리를 기대고는 눈을 감았다. 이대로 잠들고 싶다는 생각만 들었다. 자는 동안에는 다 잊을 수 있겠다 싶었다.

"나 잘래요."

인경은 재형의 품에서 벗어나 방으로 들어갔다. 등 뒤에서 재형이 한숨을 쉬는 것이 들렸지만 그대로 방문을 닫았다.

"현재 일을 아주 자아알 하고 계신답니다."

재형은 멀뚱한 얼굴로 정욱을 쳐다봤다. 그러자 정욱이 '최 과장님 말입니다' 하고는 씨익 웃었다. 그의 웃음에 재형도 쓸쓸하게 따라 웃었다.

"쓸데없는 보고는 안 해도 됩니다."

"에? 애인의 일거수일투족을 알고 싶으신 것 아니었습니까?"

"내가 알고 싶은 건 중원기업입니다만?"

"아!"

정욱이 눈을 동그랗게 뜨고 짧은 탄성을 내뱉더니 빠르게 보고를 시작했다. 최근 밥그릇 쟁탈전에 뛰어든 중원기업을 그냥 두기에는 무리수가 있었다. 같이 손을 잡을 것인지 애초에 싹을 틔우지 못하게 자를 것인지 양단간에 결정을 지어야 했다.

"그들도 표준화 작업에는 긍정적으로 나온다고 합니다."

규격의 표준화에 두 기업이 선두에 나설 수는 없었다. 나중이라도 분쟁의 소지는 만들지 않는 것이 상책이었다.

"미팅 잡……."

"내일이면 여름휴가 가셔야 하는데……."

"아, 시간이……."

일이 꼬이는 기분이 살짝 들어 재형은 미간을 구겼다. 이럴 때는 자신이 아닌 전략팀을 내세울 수밖에 없었다. 인경이 전략팀이 아니라 생산관리팀인 것이 이럴 때는 좋다고 생각했다.

"미팅은 전략팀이 나갑니다. 보고는 전화나 문자, 메일로 해주시고, 웬만하면 방해는 안 되는 시간에 부탁합니다."

"언제 하면 방해가 안 되십니까?"

멀뚱한 얼굴로 되묻는 정욱의 표정에 재형은 삐뚜름하게 한쪽 입꼬리를 올렸다. 시간까지 정해주랴, 하고 속으로 투덜거리다 정욱의 다음 말에 그만 큰 웃음이 터지고 말았다.

"24시간도 모자랄 텐데 틈새를 어떻게 찾아야 할지……. 침대에서 나오는 시간이 언제인지 알려주시면 그때를 맞춰 보고하겠습니다."

어이없어하며 웃던 재형은 고개를 절레절레 저었다. 난감한 얼굴로 인상을 구기는 정욱이 참 귀엽다는 생각이 들었다.

"전화 보고는 취소합니다. 문자나 메일로. 나중에 확인하면 되니까."

"아! 네, 알겠습니다."

고민이 해결되었다는 듯 환하게 웃는 정욱 때문에 재형은 다시 한 번 웃었다.

"최 과장님, 여기 커피……."

"아……. 고마워요."

생산관리팀의 정 대리가 건네는 커피를 받아 들며 인경은 창밖을 쳐다봤다. 일이 손에 잡히지 않아 잠시 머리를 식힐 겸 나온 휴게실이었다.

"제가 최 과장님 스토커, 아니 옛날에 말입니다. 스토커같이 과장님 보려고 매일 전략팀에 올라갔었거든요. 다들 제가 과장님 얼굴에 빠져서 그런다고 생각하는데, 절대 아니거든요."

인경은 이 대목에서 좀 웃어야 할 것 같았지만 웃음이 나오지 않았다. 회식 자리의 고백 사건이 있기 전 가끔 전략팀에서 정 대리를 본 일이 있긴 했다. 낯선 얼굴이라 생각했고 일이 있어 왔을 것이라 여겨 건성으로 보았었다.

"과장님이 못마땅하다는 듯 입을 삐죽거리면 그게 너무 예뻐서……. 뭔가 사람 냄새가 나는 것 같기도 하고 여신처럼 보이던 과장님이 가까운 사람같이, 그러니까 친구 같은 느낌도 들어서 아주 좋았어요."

"좋게 봐줘서 고맙네요."

정 대리가 멋쩍은 듯 픗, 하고 웃음을 터트리는 모습이 꽤 순진하게 보였다. 지금 아무 상관이 없는 사람에게 자신의 고민을 털어놓는다면 마음이 조금은 홀가분해질 것 같다는 생각이 들었다. 그러나 정 대리가 아무 상관없는 사람이 아니라 입이 떨어지지 않았다.

"최 과장님이 누구를 바라보는지 알면서 미친 척하고 대시를 한 겁니다. 한 번은 해보고 싶었거든요. 안 그러면 후회할 것 같아서."

인경은 입술을 벌리고 정 대리를 멍하게 쳐다보다 피식 웃어버렸다. 자신의 눈동자는 늘 재형을 향해 있었다는 말에 위로가 되었다. 자신의 마음이 누구에게 있는지 확인을 받은 기분이었다. 남들의 눈에 자신이 재형을 사랑하지 않은 것이 아님을 인정받은 기분이었다.

"부탁이 하나 있어요."

"네?"

눈을 동그랗게 뜨고 자신을 보는 정 대리를 향해 인경은 아프게 웃었다. 자신의 부탁을 들은 정 대리가 난감한 표정을 짓더니 이내 알았다며 고개를 끄덕이고는 먼저 자리를 떴다.

정 대리가 멀어지는 것을 보다 인경은 창밖으로 시선을 두었다. 낮인데도 꼬리를 물며 이어지는 차들의 행렬, 어디를 가는지 모르지만 횡단보도를 건너는 무리들, 더위를 식히기 위해 치솟아 오르는 분수가 눈에 들어왔다.

저 낯익은 풍경들이 어느 날 문득 그리워질지도 모르겠다는 생각이 들었다.

"머리가 아직 아파?"

아니라는 듯 미소를 지으며 고개를 젓는 인경에게 걱정스러운 눈길을 보냈다. 장시간 비행기를 타고 가야 하는데, 며칠 전부터 컨디션이 안 좋은지 인경은 집에만 오면 내내 잠을 잤다. 그래서 휴가를 취소할까도 했지만 인경은 그러지 말라고, 정말 뉴욕의 아파트에 가고 싶다고 해서 강행을 했다. 그런데 여전히 기운 없고 아파 보이는 그녀의 모습에 재형은 마음이 편치 않았다.

"커피 마실래? 아님 다른 거라도……."

"그럼, 달달한 캐러멜 마끼야또 부탁해요."

"금방 다녀올게."

재형은 튕기듯이 자리에서 일어나 정면에 보이는 커피전문점에 들어갔다. 생각보다 사람들이 많아 주문하는 데 줄을 서서 기다려야 했다. 조금만 기다리라는 신호를 하려고 뒤돌아 인경을 바라보다 미간이 구겨졌다. 두 손에 얼굴을 묻고 있는 인경은 아무래도 컨디션이 엉망인 것 같았다. 역시 다음에 가는 것이 좋겠다는 생각과 함께 행선지를 바꿀까 하는 생각도 들었다. 무리하게 비행기를 탈 필요는 없었다.

"자, 주문한 거."

"감사."

인경이 부러 명랑하게 대답하며 잔을 받아 들자 재형은 고개를 비스듬히 기울여 바라봤다. 자신이 바라보는 것을 이상하게 여긴 인경이 눈으로 연유를 묻고 있었다. '왜 그래요? 뭐 잘못됐어요?' 하고 말하는 듯했다.

"너 몸도 안 좋은데 뉴욕은 다음에……."

"꼭 가고 싶어요."

인경이 고개를 좌우로 까딱거리며 장난스럽게 굴자 재형은 피식 웃었다. 아프면서도 저리 고집을 피우니 못 이기는 척 들어주어야겠다고 생각했다.

기내에 앉아 잡지책을 뒤적이던 인경이 곧 잠에 빠져들자 재형은 인경의 이목구비를 하나하나 만져보았다. 처음에 깊이 잠들지 않았을 땐 졸린 눈을 반쯤 뜨고는 하지 말라며 손을 밀어내더니, 이제는 움직이지도 않고 있었다.

가지런한 눈썹을 검지로 만지고 오똑하게 서 있는 콧등을 따라 내려와 인중을 훑었다. 도톰한 아랫입술을 검지로 누르듯이 벌리자 분홍색 혀가 모습을 드러냈다. 인경이 자고 있지 않았다면, 장소가 기내가 아니라면 벌써 물고 빨았을 터였다.

고개를 살짝 숙여 콧방울에 가볍게 입을 맞추고는 등받이에 깊게 기대었다. 인경이 자고 있으니 할 일이 사라져버린 느낌이었다. 손가락을 마주 얽어매고는 팔걸이에 올렸다. 가늘고 긴 인경의 손가락이 제 손에 얽혀 있는 것을 보자 심장이 간질거렸다. 미친 듯이 달리다 딱 멈추어 선 것처럼 심장이 제정신이 아니었다. 재형은 몸을 숙여 한 번 더 가볍게 입을 맞추었다.

아무것도 모르고 자는 인경을 보며 휴가를 다녀오고 나면 결혼식 준비를 차근차근 진행해야겠다는 생각으로 피식, 웃었다.

"와우!"

현관문을 열자마자 인경이 탄성을 내질렀다. 자신이 7년간 머물렀던 뉴욕의 아파트에 인경이 서 있는 모습이 생소하면서도 즐거웠다.

"거실이 내 오피스텔 3배는 되는 것 같아……. 와, 전망이……."

전면 유리창으로 다가가 아래를 내려다보는 인경을 지켜보며 재형은 캐리어 가방을 옮겼다.

"근사해요."

인경이 돌아보며 맑은 미소를 짓자 재형은 어깨를 으쓱했다. 밖이 훤히 보이는 아파트 창 앞에 서서 늘 생각했었다. 저 건물 건너, 저 공원 건너, 저 바다 건너가면 온유를 만날 수 있을 거라고. 그런데 늘 시간만 보낼 뿐 가지 못했었다. 미칠 것 같은 마음으로 겨우 버텼던 지난 날과, 어느 날 걸려온 전화에 한국행을 결정짓지 못하고 방황한 시간들이 주마등처럼 지나갔다.

"여기서 비 오는 거 보면 정말 멋있어."

재형은 인경의 뒤로 다가가 가만히 허리를 끌어안았다. 인경의 머리에 뺨을 대고 눈을 감았다. 상상하지 못한 장면을 만나니 가슴이 벅차오르면서 기뻤다. 하늘의 태양을 보며 집 안으로 몸을 숨기던 날이나 비가 와 하늘을 바라보던 날이나 자신은 늘 온유 때문에 하루하루를 버텨내곤 했다.

"진짜 멋졌을 것 같아요. 비 오는 거 같이 보고 싶은데……."

재형은 인경의 목덜미에 코를 박고는 숨을 들이켰다. 어깨를 움츠리며 달아나는 인경을 한 팔로 꽉 끌어안고는 고개를 돌려 입술을 부딪쳤다. 자연스럽게 열린 입술 사이에서 혀를 찾아 물었다. 기내에서 내내 참았던 마음을 터트리듯 거칠게 탐했다.

"하아……."

맑은 유리창에 어른거리는 인경의 얼굴이 홍조로 물든 것이 보였다.

"고민이네."

"뭐가요?"

"너를 먼저 먹을지, 밥을 먼저 먹을지."

어이없다는 듯 눈을 곱게 접고 웃는 인경을 보다 허리를 감싸안은 팔을 풀었다.

"나가자."

분명 지금 침대로 직행하면 격렬한 정사 후 잠에 곯아떨어질 것이 분명했다. 그러면 만 하루 정도는 음식을 입에 대지 못하는 불상사가 생기는 것이다.

햇빛이 부서지는 뉴욕의 거리를 인경과 손을 잡고 걷는데, 심장이 부서질 정도로 벅차올랐다. 지나가는 모든 이들에게 축복의 말을 해주고 싶을 정도로 행복에 젖었다. 인경의 웃음 하나에 심장이 울렁거리고 인경의 토라짐 한 번에 입가에 미소가 걸렸다.

이른 아침을 대충 샌드위치로 해결하고는 마트에 가서 장을 봤다.

"내가 파스타 맛있게 해줄게."

"뉴욕에 있는 동안 음식 담당할 거예요?"

응, 이라고 흔쾌히 답을 하자 인경이 멋지다며 손뼉을 쳤다.

"휴가 왔을 때까지 여자한테 밥하라고 시키면 벌 받는대."

"누가 그래요?"

"친구 성재가."

아, 하며 짧은 탄성을 내뱉는 인경의 허리에 팔을 두르고는 마트를 거닐었다.

"먹고 싶은 거 다 말해."

"다 해줄 거예요?"

"아니, 그중에서 내가 할 수 있는 것만."

풋, 하며 웃음을 터트리는 인경이 너무 예뻐 관자놀이에 입을 맞추었다. 그러자 화들짝 놀라며 주위의 눈치를 보는 모습까지 너무 해맑아 보여 그대로 입술을 부딪쳤다.

장을 봐서 다시 아파트로 들어오는 순간까지는 인고의 시간이었다. 마트에서 입술을 훑고 나자 인경을 안는 일을 먼저 했어야 했다며 속으로 혼자 투덜거렸다. 나가지 않고 음식을 해결할 수 있을 만큼 사 와 차곡차곡 정리해놓고는 인경을 데리고 욕실로 들어갔다.

"왜 이렇게 서둘러요?"

"거의 만 하루를 보고만 있었잖아? 아니다, 넌 자고 있었네."

"아……."

무슨 의미인지 알아들은 인경을 보며 재형은 눈을 접고 웃었다. 붉은 입술을 열고 앙증맞은 혀를 찾아 훑았다. 인경의 잇새로 옅은 신음이 나오는 것을 들으며 원피스의 지퍼를 열었다. 바닥으로 나동그라진 원피스를 걸쳤던 인경의 몸이 눈앞에 드러났다. 늘씬한 바디 라인을 보며 재형은 침을 꿀꺽 삼켰다.

"눈빛이 야해."

"뭐?"

"한입에 꿀꺽할 것처럼 집요하게 바라보고 있잖아요?"

"너를 구석구석 훑고 싶은 건 맞아."

재형은 자신의 옷을 벗으며 인경에게서 시선을 떼지 않았다.

"하지만 아껴서 먹을 거야. 한입에 꿀꺽해서 아쉽게는 안 끝낼 거야."

어이없다는 듯 웃는 인경의 입술을 다시 물었다. 샌드위치 맛을 담고 있는 혀를 빨아 자신의 입 안으로 끌고 들어와 질척하게 핥았다. 자신의 목에 팔을 두르고 매달려 있는 인경의 허리를 감싸 안고 몸에 밀착을 시켰다. 살과 살이 닿으며 열이 오르기 시작했다. 부드러운 인경의 젖무덤에 코를 박고 숨을 들이켜다 입술을 대었다. 붉은 꽃을 피워내는 하얀 피부에 더 지분거리고 싶었다.

"읏."

이로 깨물자 인경의 입에서 낮은 비명이 터졌다. 고개를 들어 다시 인경의 아랫입술을 빨았다. 입 안으로 딸려 들어오는 여린 속살에 미간을 구겼다. 만족이 없는 것처럼 더, 더 갈구하게 되고 채워지지 않아 불만이었다.

실오라기 하나 걸치지 않은 인경을 물고 빨고 핥으며 탐했다. 당연히 자신이 가지는 게 맞다는 듯 다 열어주는 인경으로 인해 이성은 사라진 지 오래였다.

뭔가 아주 슬픈 울림이 온몸을 잠식하는 기분이 들었다. 눈을 뜬 재형은 흐릿한 시야를 회복하기 위해 눈을 두어 번 깜빡였다.

"흑."

순간 울음소리에 고개를 돌려 인경을 바라봤다. 그녀는 미간을 잔뜩 찌푸린 채 슬픈 꿈을 꾸는지 약간 흐느끼고 있었다. 깨워야 할 것 같아 손을 들다 멈칫했다.

"엄마……. 내가, 흑. 그랬어……. 흑흑."

재형은 심장이 굳어진 것처럼 숨이 쉬어지지 않았다. 꿈은 무의식의 반영이라 했다. 온유가 죄책감을 느끼는 것 같아 마음이 울적해졌다. 서로가 안 되는 이유는 명백했지만 된다고 우기며 잡고 있었다. 그런데 저렇게 흐느끼며 괴로워하는 그녀를 보고 있자니 자신이 못할 짓을 한 것 같아 죽을 맛이었다.

"내가 못된 아이라서, 흐으흑, 아빠……."

"온유야, 온유야, 일어나 봐."

재형은 인경을 흔들어 깨웠다. 얼마나 힘든지 알지만, 그렇기에 이대로 계속 힘들어하게 둘 수는 없었다. 눈가에 흐른 눈물을 닦아주고 아직 잠에서 깨지 않은 인경을 안아 일으켰다.

"걱정하지 마, 아무 일 없을 거야. 우리 온유, 괜찮을 거야."

품에 가만히 안고 등을 쓸어주었다. 그러자 인경은 잠에서 깬 것인지 살짝 몸을 움직였다. 하지만 꿈에서 깨어 아직 멍한 상태인지 자신에게 기대어 숨만 고르고 있었다. 등을 토닥이며 괜찮다는 말만 들려주었다.

"이제 좀 괜찮아, 응."

인경의 입술이 거침없이 다가오더니 자신의 혀를 찾았다. 불안한 마음이 들었을 인경을 생각하니 안지 않을 수가 없었다. 자신이 안아주면 불안을 좀 떨칠 수 있을 것이라 여겼다. 갈급하게 맞물린 입술 사이로 숨결이 드나들고 타액이 섞여들었다. 익숙한 손놀림으로 온유의 옷을 벗기고 하나가 되었다.

손등으로 쓰다듬는, 인경의 발갛게 달아오른 얼굴마저도 섹시하고 황홀했다. 침대의 스탠드 불빛에 물든 인경이 자신을 한없이 나락으로 끌고 가고 있었다.

하루 종일, 몇 날 며칠을 바쁘게 지낸 기분이었다. 유명한 곳을 찾아가지 않고 그냥 둘이서 그날그날 발길이 닿는 곳으로, 기분이 닿는 곳으로 다녔다. 그러다 밤이 되면 서로를 미친 듯이 탐했었다. 시간이 어떻게 가는지도 모르게 흘러가고 있었다.

오늘 인경은 노트북을 켜는 재형에게 산책을 하고 오겠다며 나선 길이었다. 센트럴 파크까지 걸어갈 생각이었는데 그만두고 길가에 놓인 벤치에 앉아 생각에 잠겼다.

'너 여기서 뭐 해? 전화도 안 받고.'

생각이 많아지고 귀찮은 일에 말리고 싶지 않을 때, 온유는 늘 미술실 창고에 있었다. 그것을 아는 선생님이 자신을 찾으러 온 것이었다. 며칠 동안 머리가 터질 만큼 생각했다. 어떻게 갚아줘야 가장 아프게 갚아줄 수 있는지 내내 생각했었다. 가장 소중한 것을 없애거나 부서뜨리면 본인이 당하는 것보다 더 아플 것이라 생각했다. 예전에는 화학 선생님으로 보였는데 이제는 이사장의 아들로만 보였다.

이사장이 무척 아낀다는 아들이 화학 선생님이라는 것이 너무 싫었다. 그는 이사장의 아들이 아니라 자신의 히어로인 화학 선생님이어야 했다.

'선생님과 키스하고 싶어요.'

이사장을 생각하자 부서뜨리고 싶다는 생각이 먼저 들었다. 아끼는 아들이 여자한테 휘둘려 정신을 못 차린다면, 복수가 되지 않을까, 하고 생각했었다.

자신의 떨림이 전달되지 않기를 바라며 다가가 그의 팔을 잡았다. 발뒤꿈치를 들고 입술에 입을 맞추었다. 살짝 닿았다 떨어진 것이 어설프게 생각되어 다시 시도를 했다. 이번에는 살짝 벌어진 입술로 선생님의 입술을 물었다.

'읏!'

선생님의 입술이 거칠게 부딪쳐오며 아릿한 통증을 동반했다. 놀라 벌어진 입술 사이로 선생님의 혀가 들어와 자신의 혀를 감고 옭아매자 심장이 터질 것 같았다. 정신없이 핥고 빨아대는 선생님의 혀를 감당하지 못해 머리가 어지러웠다. 쓰러질 것 같은데, 허리를 받쳐주는 선생님의 단단한 팔에 의해 가슴이 맞닿았다. 닿았다 떨어지는 입술 사이로 뿜어져 나온 열기에 움츠러들었다. 무섭다는 생각이 드는 것도 잠시, 다시 제 속을 빨아들이는 선생님에게 매달렸다.

'어머, 이재형 선생님!'

그때, 경악에 가까운 비명 소리와 놀란 여섯 개의 눈동자가 융단 폭격처럼 마구 쏟아졌다.

이후 한바탕 난리가 난 학교를 버티듯이 다녔다. 약해진 체력 때문에 더 이상 항암치료조차 받을 수 없는 할머니는 고통에 몸부림을 쳤다. 수건으로 입을 막다 안 돼서 입 안으로 쑤셔 넣고 고통스러운 신음을 삼키는 할머니를 지켜보는 일이 제일 힘들고 고통스러웠다.

찌는 듯한 더위 속에서도 할머니가 있는 병원까지 매일 다녔었다. 힘들 텐데 집에서 쉬라는 할머니의 만류에도 버스를 탔다. 남은 것은 집뿐이었다. 병원에서 더 먼 곳으로, 더 작은 평수로 돈에 맞춰 옮겨야 했다. 그래서 점점 버스를 타고 가는 시간이 길어졌었다.

그런 와중에도 온유는 이따금 눈이 시리도록 파란 하늘을 보며 선생님이 타고 간 비행기는 어디로 지나갔을까를 생각했었다. 그리고 시간을 건너 자신은 재형과 그가 떠났던 곳으로 함께 와 있었다.

일주일이 무척 짧다는 것을 처음 느끼며 재형은 그동안 들어온 메일을 체크했다. 혼자 산책을 간 인경을 기다리는 시간이 조금은 지루했다. 전화를 걸어 어디냐고 물어볼 수도 있고, 같이 갈 수도 있었지만 혼자 시간을 갖고 싶어 하는 것 같아 그러라고 했었다.

중원기업과 관련된 자료들을 하나하나 검토하던 재형은 무심결에 고개를 들었다. 창에 굵은 빗방울이 죽죽 그어져 있었다.

"비가……."

우산 없이 나간 인경이 걱정되어 재형은 재킷을 걸치고 현관으로 향했다. 신발장 안에 있는 우산을 꺼내 현관을 나서는데 인경이 젖은 채로 걸어오고 있었다.

"온유야, 다 젖었네."

"갑자기 비가 와서……."

인경의 손을 잡고 집으로 들어간 재형은 욕조에 따스한 물을 받았다. 인경이 샤워하는 동안 커피를 내리고 기다렸다.

"마셔."

간단하게 샤워를 마치고 나온 인경에게 커피를 건넸다. 한 모금 마신 인경이 살 것 같다는 말을 하는데, 애잔한 마음이 들었다. 비를 맞고 들어온 모습에 새삼 처량하고 안쓰러운 마음이 밀려들었던 것이다. 얼마나 멀리 나갔었는지를 물어도 인경은 그저 배시시 웃을 뿐이었다.

"아, 내일이면 돌아가야 한다니……."

두 사람은 유리창 앞에 나란히 앉아 커피를 마셨다. 씁쓸하게 입꼬리를 내리는 인경을 보는데, 순간 섬뜩함이 밀려들었다.

"너……."

멀뚱한 얼굴로 자신을 바라보는 인경을 향해 미간을 구겼다.

"일부러 비를 맞은 거야?"

감이 왔다. 비가 오는 것을 알면서도 인경이 바로 돌아오지 않았다는 것을. 젖은 눈으로 비가 오는 창을 바라보는 눈빛이 여느 날과 달랐다.

"비를…… 맞고 싶었어요."

재형은 자신의 이마를 짚으며 다른 손으로 인경의 이마를 짚었다. 안 그대로 컨디션이 안 좋았으면서 일부러 비를 맞다니 얘가 제정신이야, 하는 힐난이 나왔다. 또 배시시 웃는 인경을 더 이상 야단치지 못한 재형은 그대로 인경의 허벅지를 베고 누워버렸다. 비 오는 것을 바라보는데 기분이 이상했다.

"난 비 오는 날이면 기분이 나아졌어. 햇살이 밝은 날에는 울적했거든. 혹시 그래서 너도 비를 맞은 거야?"

고개를 들어 바라보자 인경이 입꼬리에 미소를 지은 채 웃기만 했다. 재형은 인경의 표정이 묘하게 다가와 심장이 울렁거렸다. 원래 비 오는 날은 기분이 좀 더 센치해지는 거라 여겨 그런가 하고 넘겼다.

"다음부터는 비 맞지 마."

고개를 끄덕이는 인경을 향해 돌아누워 숨을 들이켰다.

"다리 아파요."

"내 머리에 든 게 많아서 그래."

훗, 하고 웃는 인경의 웃음을 들으며 등 뒤로 팔을 둘러 감싸 안았다. 뉴욕의 아파트에서 같이 비 오는 것을 보게 될 줄은 몰랐다. 빗소리가 자장가처럼 들려 잠이 스르륵 왔다. 인경의 숨소리와 비가 창에 떨어지는 소리가 마치 합주곡같이 들렸다.

"아프지 말아요."

혼자 중얼거리는 인경의 말이 마치 아득히 멀리서 들리는 말 같았다. 그래서 잠결에 자신이 베고 누워 다리 아프다는 말로 잘못 들었다.

"무슨 말입니까!"

당황한 정욱을 향해 소리를 버럭 질렀다. 직원이 사표를 썼는데 본부장이 몰랐다는 것도 어이없고 이제 와 보고를 한다는 것도 기가 찼다.

"당장 오라고 하세요."

"이미 회사를 나갔습니다."

재형은 커다래진 눈으로 정욱을 보다 미간을 찌푸렸다. 다급하게 휴대폰을 찾아 전화를 걸었지만 전원이 꺼져 있다는 음성만 나왔다. 아침에 혼자 출근하는 것이 아니었다.

"하아, 이게 도대체……."

싸한 바람이 심장을 관통하는 기분에 눈살을 찌푸렸다. 누군가가 목을 조르는 것처럼 숨이 쉬어지지 않았다.

"나가서 어떻게 된 것인지 사태 파악을 하고 오겠습니다."

정욱이 빠른 걸음으로 본부장실을 나가자 재형은 자리에 털썩 주저앉으며 두 손에 얼굴을 묻었다. 인경이 말도 없이 사표를 냈다는 건 자신에게 알리지 않고 사라지겠다는 의도였다.

뉴욕에서 비를 맞고 온 저녁, 인경을 안았을 때 속삭여주던 말에 심장이 터질 만큼 행복했었다. 사랑한다고 한 번도 말해주지 않던 인경의 사랑 고백에 입술을 물고 또 물었었다. 그런데 이렇게 홀려놓고 사라지다니.

쾅! 재형은 주먹을 쥐고 책상을 내리쳤다. 인경이 사라져버릴까 봐 늘 불안했었다. 하지만 의연하게 자신의 옆에 버티고 있어서 괜찮을 것이라 여겼다. 자신만 흔들리지 않는다면 인경도, 온유도 버틸 것이라 생각했다.

"이거였어. 며칠 동안 행복한 마음에 불안하게 스며들던 정체 모를 기운이……."

재형은 휴대폰을 열어 강석의 이름을 찾았다. 현재 인경의 행방을 가장 잘 알고 있는 사람은 강석일 거라는 생각이 들었다.

"젠장!"

하지만 재형은 휴대폰을 냅다 던져버렸다. 강석에게 인경의 행방을 묻는 것이 죽기보다 싫었다. 자신은 외면하며 등지면서 강석을 찾아갔다는 생각을 하자 눈이 뒤집어질 것 같았다. 그래서 인경이 강석에게 손 내밀었다는 것을 확인하기가 싫었다.

옆에서 떨어지지 말라고 말했는데 떨어져 나간 인경이 미웠다. 시야에서 사라지지 말라는 경고를 무시한 온유가 야속했다.

[생산관리팀의 정 대리입니다.]

화면 하단 메신저 창에 뜬 이름을 보며 재형은 눈을 가늘게 떴다.

[최인경 과장님의 부탁을 받았습니다. 메일함을 열어보십시오.]

재형은 인경의 이름을 뚫어질 듯이 바라보다 느릿하게 손을 움직였다. 주체할 수 없는 분노가 일었다.

[선생님이 판도라의 상자를 열었다는 것을 알고 있습니다. 알면서도 모르는 척을 했습니다. 그런데 제가 가지고 있던 판도라의 상자가 얼마 전에 깨져, 모든 희망이 사라져버렸습니다.]

감정을 넣지 않은 딱딱한 인경의 메일을 보는 순간 재형은 맥이 탁 풀렸다. 판도라의 상자. 덮어두고 모른 척하면 되는 일이 아닌데도 무시하고 모르는 척을 했다. 열지 않으면, 서로 모른 척하면 아무 일 없을 것이라 생각했다.

[얼굴 보고 이별을 말해야 하는데 그러지 못해 죄송합니다. 부디…… 많이 아프지 않기를 바랍니다.]

이별마저 담담하게 행하는 인경이 야속해 재형은 어금니를 맞물었다. 휴가 가기 전 며칠 동안 말도 제대로 안 하고 피곤하다는 이유로 자기만 했던 인경이 사실은 이별을 준비하고 있었다는 사실에 울분이 일었다.

재형은 그대로 사무실을 나와 지하주차장으로 갔다. 아침에 인경이 출근하는 것을 못 봤으니 어쩌면 집에 있을 수도 있다 생각했다.

부아아앙. 엔진의 굉음 소리가 지하주차장에 울렸다. 재형은 액셀러레이터를 꾹 밟으며 앞으로 나아갔다. 늦지 않으면 잡을 수 있을 거라는 생각을 하자 마음이 조급해졌다.

오피스텔 계단을 서너 칸씩 성큼성큼 밟고 올라가 인경과 자신이 머물렀던 307호의 문을 열어젖혔다.

쾅. 열어젖힌 현관문이 반동으로 반쯤 되돌아왔다. 가구는 여전히 있었지만 집에는 온유의 온기가 하나도 남아 있지 않았다.

"최온유!"

재형은 힘없이 바닥으로 무너지고 말았다.

16화. 7년간의 사랑

"짐작 가는 곳도 없습니까?"

마른세수를 하는 강석을 보며 재형은 짙은 한숨을 푹 내쉬었다. 강석에게는 알렸을 것이라 생각했는데 예상이 빗나갔다. 아이스커피를 벌컥벌컥 마시는 강석의 모습에서 무척 안타까워한다는 느낌이 전해졌다.

"전혀 눈치도 못 챘습니까?"

강석의 원망 섞인 목소리를 들어도 마땅하다는 생각이 들 정도로 자신은 모르고 있었다. 새로 기획한 사업에 정신을 팔고 있어 인경이 피곤해서 그렇겠거니, 부서가 바뀌어 적응한다고 힘들었겠거니 그렇게만 생각했다. 그래서 휴가를 가서 잘 챙겨주어야겠다는 생각만 했지, 인경의 변화는 눈치채지 못했다.

"그게, 나도 바빠…… 아, 잠시만……. 이재형입니다."

진동하는 휴대폰을 받아 든 재형은 미간을 구기다 손으로 얼굴을 쓸어내렸다. 웨딩플래너에게서 걸려온 전화였다. 일정에 관한 상의를 하려 한다는 말에 말문이 막혔다. 신부가 될 사람이 사라졌다고, 흔적도 없이 사라졌다고 어떻게 말한단 말인가.

　"연기 신청을 하겠습니다."

　순간 침묵을 지키던 웨딩플래너가 짧은 탄성을 내뱉고는 사정이 있으면 그럴 수 있다며 오히려 위로의 말을 전했다. 재형은 곧 연락을 하겠다는 말을 끝으로 통화를 끝냈다.

　"오피스텔은……."

　"다른 입주자가 들어왔습니다."

　인경이 떠난 다음 날, 이삿짐이 들어왔다. 이렇게 빨리 다른 입주자가 생길 줄은 몰랐다. 쓰던 가구들이 그대로 있어 일시적인 잠적이라 여겼었다. 그런데 들어온 새 입주자에 머릿속이 암전이었다. 부동산과 임대업자를 찾아가 계약에 대해 상세히 묻고 계약서까지 확인을 했다. 집 안에 있던 가구들을 같이 넘기는 조건으로 계약이 남아 있는데도 보증금을 받고 나간 것이었다.

　"금융거래는 확인해봤습니까?"

　울상이 된 강석에게 안 해본 것이 없다고 말해주고 싶었다. 개인정보를 알아내는 것이 쉽지 않지만 은행직원에게 부탁을 해 알아봐 달라고 했었다. 적금은 만기가 안 끝나 아직 그대로지만 나머지 펀드나 예금은 다 인출을 한 상태였다. 주식펀드 같은 경우는 3일 전에 해지 신청을 해야 하는 상품이기 때문에 인경이 철저하게 준비했다는 것을 알았다. 아무것도 몰랐던 자신을 향해 빌어먹을, 이라는 욕설이 튀어나올 정도였다.

혹시나 하는 생각에 경찰서에 실종 신고를 하러 갔다가 그냥 돌아와야 했다. 가족이 아니므로 신고를 받아줄 수 없다는 말만 들었다.

"그만 일어나야겠습니다."

강석도 아버지 회사 일로 바빠 최근에 연락이 뜸했다고 했다. 마지막 통화에서 무슨 낌새를 못 챘는지 물었지만 부서 발령으로 문자를 주고받은 것이 다였다고.

재형은 차로 걸어가며 통화 버튼을 눌렀다.

-오빠!

반가운 음성으로 전화를 받는 재희와 달리 재형은 죽을 지경이었다. 작정하고 사라진 사람을 찾으려면 어떻게 해야 되는지 가르쳐주는 곳이라도 있으면 찾아가고 싶은 심정이었다.

"서태웅, 연락처나, 같이 있으면 좀 바꿔줘."

물에 빠진 사람이 지푸라기라도 잡는 심정을 이제는 이해할 것 같았다.

-지금 일한다고 독일에 가 있어.

외국에 있는 바쁜 동창에게 연락을 하지는 않았을 것 같았지만 혹시 모르니 메일 주소와 연락처를 묻고 전화를 끊었다.

"내가 찾아낸다, 반드시."

재형은 시동을 걸고 핸들을 내리쳤다. 들어서 좋을 일이 아니라 굳이 입에 올리지 않았는데, 이럴 줄 알았으면 인경이 부서지는 한이 있어도 서로 진실을 다 말하고 서로 이루어질 수 없다 해도 놓지 못한다고 말할 걸 그랬다. 그랬으면 인경이 안 떠났을지도 모를 일이었다. 혼자 이별을 고민하고 아파하는 줄 몰랐던 자신이 원망스럽고 둔치 같아 화가 났다. 자신을 보며 얼마나 괴로웠을지 생각하니 온몸이 조여드는 느낌이었다.

"본부장님, 그게……."

난감한 얼굴로 뭐라 말을 해야 할지 막막해하는 정 대리를 보며 재형은 인상을 썼다. 며칠 제대로 먹지를 못하고 술만 들이부어 속이 쓰렸다

"사표를 낸지는 아무도 몰랐습니다. 생산관리팀장님마저도 그날 알았던 모양입니다."

같은 부서 책임자가 부하직원이 사표를 낸 줄도 모르고 있었다는 것이 말이 되느냐고 말하려다 낌새가 이상해 미간을 구겼다. 책임자도 모르게 사표를 낼 수 있다는 건 그보다 더 위의 사람과 거래가 있었다면 가능한 일이었다.

정 대리는 자신이 늦지 않게 메일을 열어볼 수 있도록 인경이 준비한 장치라는 생각밖에 들지 않았다.

"저기…… 본부장님."

정 대리가 뭔가 자신 없는 목소리로 입을 열었다.

"그날, 최 과장님이 생산관리팀으로 오신 날……. 휴대폰을 들고 다급하게 나가시더니 얼굴이 심각하게 변해서 들어오셨어요."

"그날이 언젭니까?"

"14일입니다."

재형은 눈을 가늘게 뜨고 기억을 더듬었다. 14일이라면 휴가 일주일 전이었다. 약속이 있다고 했지만 누구를 만나는지 말하지 않았기에 더 캐묻지 않았다. 그리고 그때부터 인경이 조금 이상했음을 깨달은 재형은 가만히 주먹을 말아 쥐었다. 인경의 심리에 큰

영향을 줄 수 있는 사람은 어머니밖에 없다 여겼다.

자신이 어머니를 무시하면 다 되는 일이라 생각했는데 그건 자신의 좁은 생각일 뿐이었다. 자신과 결혼하게 되면 온유가 어머니한테서 자유로울 수는 없다는 것을 몰랐다. 아무리 발버둥을 쳐도 자신이 이사장의 아들이라는 사실은 바뀌지 않았다. 인경은 그 점을 늘 맘에 두고 있었을 것이다. 그 점을 헤아려주지 못한 것이 이제 와 미안하고 후회스러웠다. 철저하게 막아줄 수 있다는 것을, 더는 아프게 하지 않겠다는 것을 인경에게 주지시키지 못했기에 이런 사태가 벌어졌다 여겼다.

"김 비서. 오피스텔 정리해주세요."

"네?"

자신을 따라 본부장실로 들어온 정욱이 의외라는 듯 눈을 동그랗게 뜨고 되묻자 재형은 넥타이를 느슨하게 풀었다. 인경이 돌아올 때까지 오피스텔에서 머물 생각이었는데, 생각이 바뀌었다.

"정리, 하루면 됩니까? 전 오늘부터 본가에 들어갑니다."

자리에 털썩 소리 나게 앉은 재형은 빠르게 지시하고는 모니터에 눈길을 두었다. 밀린 결재서류를 확정과 보류로 구분을 하다 정욱을 올려다봤다.

"안 나갑니까?"

"네? 지, 지금 나갑니다."

정욱이 떨떠름한 얼굴로 본부장실을 나가자 재형은 두 손으로 마른세수를 했다. 온유의 보모님 두 분 다 외동이라서 형제들이 없지만 혹시나 하는 마음에 고향에 사람을 보내 수소문을 하게 했다. 하지만 아무런 성과가 없었다. 어디로 사라진 것일까. 연고지가 없는 인경이 어디로 사라져야 잘 사라졌다고 할 수 있는 것인가. 만일 자신이 그렇게 잘라내야 할 상황이었다면 어떻게 했을지를 고민했다.

우우웅, 우우웅. 재형은 낯선 발신번호에 빠르게 통화 버튼을 눌렀다. 인경이기를 바라며 가라앉은 목소리를 가다듬었다.

-서태웅입니다. 온유가 사라졌다는 게 무슨 말입니까?

인경일 거라는 기대감이 사라지자 몸에서 힘이 빠졌다. 혹시나 했는데 역시나여서 재형은 실망스러웠다. 시간이 흐를수록 더 찾기 어려워질 거라는 생각이 들자 신경이 예민해지기 시작했다. 철저하게 혼자 떨어져나간 인경이 야속해 눈물이 날 지경이었다. 태웅도 아무것도 모르는 것을 확인하자 잡고 있던 끈이 탁, 하고 풀어지는 기분이었다. 이제 어디를 쑤셔봐야 할지 막막한 심정이었다.

"너무 많이 마신 거 아냐?"

성재가 걱정스러운 얼굴로 쳐다보는 것이 마음에 안 들어 인상을 구기다 손으로 얼굴을 쓸어내렸다.

"안 마시면 못 견딜 것 같아."

"이런 말 해서 미안한데, 그 아가씨 좀 독하네."

진짜 연락도 없이 사라졌느냐고 몇 번이나 묻던 성재는 그렇다는 말에 입을 다물고 술만 마셨다, 자신보다 더 많이.

"사람 찾아주는 곳 알아볼까?"

재형은 어이가 없어 피식 웃었다. 망할 흥신소라고 욕한 지 얼마나 지났다고.

이렇게 인경의 주변을 모르고 살았나 싶어 자신에게 짜증이 일었다. 어떤 마음으로 자신의 곁에 머물렀는지 알면서 그냥 덮어두려고만 했던 자신이 너무 싫었다. 훌훌 털어내지는 못해도 신경 쓰지 않게, 마음 아프지 않게 다독이고 감싸주었어야 했었다.

'온유, 친구 안 만들어요.'

고등학교 때 마음의 상처를 입어 친구를 만들지 않는다는 말에 누군가가 심장을 찌르는 기분이었다. 그 모든 것이 자신과 관련 있다고 생각하니 침울해졌다.

"야, 바로 착수할 수 있다는데 어떻게 할까?"

"메일로 자료 보낸다고 해. 그리고 일 제대로 안 하면 한 푼도 못 준다고 해."

성재가 통화하는 모습을 보며 재형은 다시 술을 들이켰다. 최근에 마신 술의 양이나 7년 동안 마신 술의 양이나 거의 비슷할 것 같다는 생각이 들었다. 하지만 아무리 마셔도 취하지가 않아 더 괴로웠다.

"……온유야, 좀 받아라."

"야, 너 뭐 해?"

재형은 탁자에 한쪽 팔을 베고 누워 인경에게 전화를 걸었다. 전원이 꺼져 있다는 안내 음성은 늘 똑같이 나왔다. 목소리가 듣고 싶고, 만지고 싶고, 안고 싶었다. 낭랑하게 들리는 음성은 마음을 간질였고 잘 붓는 입술은 다시 물고 싶을 만큼 달달했다. 그리고 뜨겁게 안겨오던 뉴욕의 마지막 밤을 생각하면 눈물이 핑 돌았다.

"온유야, 보고 싶어……. 내가 움직이지 말라고 했는데……."

"정신 차려!"

성재가 등을 맵게 한 대 후려치고는 휴대폰을 뺏어갔다. 재형은 비어버린 손을 물끄러미 보다 눈을 감았다. 물기가 떨어져 탁자에 동그란 무늬를 만들었다.

"어머, 재형아!"

비틀거리기는 했지만 몸을 못 가눌 정도는 아니었다. 자신을 부축하려는 어머니의 손을 매섭게 쳐낸 재형은 그대로 이 층으로 걸음을 떼었다. 얼굴도 마주하고 싶지 않았다.

"하아……."

방문에 기대어 서 있던 재형은 바닥으로 주르륵 미끄러졌다. 술을 마셔 그런지 몰라도 속이 불덩이를 삼킨 것처럼 뜨겁다 못해 고통스러웠다. 재형은 옷도 벗지 않은 채 욕실로 들어가 샤워기 아래에 섰다. 차가운 물이 머리 위에서 쏟아지자 살 것 같은 기분이 들었다.

"재형아! 이게 무슨 일이야!"

욕실까지 자신을 찾으러 와 물을 잠그는 어머니를 보며 재형은 입을 열었다.

"안 부끄러우세요?"

"뭐?"

"부끄러우셔야 하는데, 너무 당당하셔서 어머니가 부서졌으면 합니다."

"왜, 그 애가 사라진 것이 내 탓 같니? 난 제 주제를 알고 먼저 떨어져나가줘서 얼마나 다행인지 모르겠는데."

재형은 기가 차 허탈한 웃음을 지었다.

"어떻게 하면 그렇게 파렴치할 수 있어요?"

"너 머리 굵어졌다고 말을 막 하는데, 그래도 난 네 엄마야!"

"그러면 부끄러워하셔야죠. 아들 같은 남자와 놀아나면서 본인 아들이 최고라는 듯 엉덩이를 두드릴 게 아니라."

"너!"

손이 뺨에 부딪치는 짝, 소리가 먼저인지 너! 라고 외친 소리가 먼저인지 알 수 없지만 재형의 얼굴이 오른쪽으로 확 돌아갔다.

"……쿡쿡쿡."

재형은 어이없다는 듯 웃음을 흘렸다. 그 웃음은 점점 소리를 크게 키워갔다.

"재, 재형아, 엄마가 미, 미안……."

어쩔 줄 몰라 하며 얼굴을 확인하려는 어머니의 손을 밀쳐낸 재형은 젖은 머리를 쓸어 넘겼다.

"이제 그만 방황해. 네가 아무리 연을 끊었다고 해도 이렇게 집에 들어왔잖아, 안 그래? 이렇게 얼굴 보니 좋다만 이제 떠난 애는 그만 생각하고 술도 그만 좀 마셔. 그 애는 너를 이용할 생각뿐이었어. 네가 이렇게 망가지면 그 애만 좋아할 거라고."

재형의 눈빛이 한순간 광기를 머금은 듯 붉어졌다.

"착각하시는 겁니다."

"뭐?"

"제가 본가에 들어온 건 어머니 좋으시라고 들어온 게 아니라 아들이 어떻게 망가지는지 보라고 들어온 겁니다!"

두 손으로 입을 가린 채 바들바들 떠는 어머니를 보며 재형은 다시 입술을 달싹였다.

"여자 하나 때문에 정신 못 차리는 놈이 아니라 어머니가 한 짓으로 인해 망가지는 아들이라는 것을 절대, 절대 잊지 마세요. 부디……."

부디, 라는 말을 내뱉은 재형은 온유의 메일이 생각나 자신의 입술을 아프게 짓이겼다.

"부디 고통 받으시길 바랍니다."

"재, 재형아……."

재형은 물이 뚝뚝 흐르는 채로 욕실을 벗어났다.

"선생님!"

"어, 수찬아."

쪼르르 달려와 덥석 안기는 수찬의 애교에 인경은 눈을 곱게 접었다. 초롱초롱한 눈빛으로 자신을 보는 눈에는 처음과 달리 신뢰가 가득 담겨 있었다.

성당에서 운영하는 고아원에서 자라는 수찬은 또래보다 키가 작고 마른 편이었다. 그래서 덩치 좋은 녀석들에게 늘 맞았다. 더 이상 맞지 않는 방법을 물어왔을 때 뭐라고 대꾸해주어야 할지 막막했다. 그래서 공부를 잘하면 아무도 못 건드린다고 했더니 그때부터 공부를 하겠다고 의지를 불태우는 중이었다.

"나 구구단 다 외웠어요!"

"그래? 어디 한번 볼까?"

긴장한 모습으로 2단을 외우는 모습에 자꾸 웃음이 나왔다. 그러자 수찬은 자신이 실수한 줄 알고 큰 눈동자를 이리저리 굴리며 쭈뼛거렸다.

"틀…… 렸어요?"

"아니, 너무 잘해서 상을 줄까 하는데?"

"와!"

인경은 사탕 한 개를 꺼내 내밀었다. 별거 아닌 사탕이지만 이 사탕이 가지는 의미는 아주 커다랗다는 것을 이곳에 와서 깨달았다. 모두가 똑같이 먹어야 하고, 똑같이 가져야 하는 이곳에서 사탕 하나를 소유하는 것이 세상을 소유한 것처럼 다가온다는 것을 알았다. 그리고 자신은 재형 하나를 소유하지 못해 떠나버렸다.

"저 다음에는 3단 외울게요!"

사탕을 받자 얼른 입으로 넣은 수찬이 한쪽 볼을 볼록하게 만들고는 헤벌쭉 웃었다. 그 모습이 너무 귀여워 인경은 머리를 쓰다듬어주었다.

"최 선생님, 김 선생님과 결혼한다는……."

"수찬이는 가서 3단 외울까?"

네! 하고 힘차게 대답한 수찬이 원장실을 나가자 인경은 멋쩍은 미소를 지었다. 정처 없이 걷다 발길이 머문 곳이었다. 크지는 않지만 주변과 잘 어울리는 성당으로 들어간 것은 또 다른 인연을 만나기 위한 일이었는지도 모른다.

처음 자신이 찾아왔을 때, 눈동자에는 금방이라도 울음을 터트릴 만큼 슬픔이 가득한데 얼굴은 너무 담담해 보여 오히려 원장님이 울컥했었다고 했다. 그렇게 맺어진 인연이 3개월을 넘어서고 있었다.

"그나저나 둘이 언제 그렇게 사이가 발전했대요?"

"음……. 처음 본 순간부터 반했다고……."

"아이고, 우리 김 선생님, 보기보다 속물이네."

"김 선생님이 들으시면 섭섭해하시겠네요."

"결혼한다고 들떠 있어 내 말은 안 들릴 거예요."

너스레를 떠는 원장님을 보며 인경은 피식 웃었다.

이제 곧 겨울이 닥칠 것이다. 시리고 아픈 겨울을 어떻게 보내야 할지 막막한 마음이었다. 너무 아파도 아프다고 말하지 않고 지내다 보니 조금은 무뎌진 것 같기도 했다. 그런데 시간이 지날수록 보고 싶었다. 그립고 그리워 눈물이 차오르는데, 흐르지는 않았다. 모두를 떠난 지금이 행복하기를 바랐다. 하지만 잠을 자지 못하고 뒤척이는 불면의 밤이 이어지고 있었다.

"주말에 반지 맞추러 간다며?"

"아, 네."

인경은 생각에서 벗어나며 고개를 끄덕였다. 재형과는 커플 반지 하나 사서 끼지 않았다는 생각이 들었다. 사진 한 장도 같이 찍지 않을 만큼 서로가 바빴던 것일까. 이미 전원이 꺼진 지 오래된 휴대폰은 짐을 풀지 않은 캐리어 가방 안에서 잠들어 있었다.

"어? 최 선생님, 또 이 노래 듣고 있네요?"

"아, 그냥 무한 반복이라서……."

"옛날 노래는 가사가 참 애절한 게 많아요. 난 요즘 노래를 들으면 가사가 안 들려. 내 귀가 먹어 그런가 멜로디가 가사를 잡아먹는 느낌이 들어."

호호호, 하며 무안한 듯 웃던 원장이 나가자 인경은 무거운 한숨을 내쉬었다. '7년간의 사랑'. 노래 가사가 마치 제 처지와 비슷한 것 같아 마음이 아렸다. 마지막에 사랑해, 하고 말하는데 정말 가사의 주인공처럼 울고 말았다

"주말에 나오라고 해서 미안."

재형은 그다지 미안하지 않은 얼굴로 정욱을 향해 말했다. 새로

런칭하게 된 브랜드의 백화점 입점을 위해 사전조사 차원으로 나온 길이었다.

"아닙니다. 백화점은 역시 붐벼야 제 맛이니 평일보다는 주말이죠."

사방이 트인 카페라 오고가는 이들의 동선이 잘 파악되는 곳이었다. 들고 온 커피를 내려놓으며 주위를 훑는 정욱을 보다 재형은 뻑뻑한 눈을 감았다.

"얼굴이 많이 상하셨습니다."

"안 죽어."

다들 자신을 보면 그 말부터 했다. 하지만 자신은 인경을 찾기 전에는 죽을 수도 없다. 무슨 상처를 안고 사라졌는지 자신만큼 잘 아는 사람이 없는데, 그 상처를 치유해주기 전까지는 죽을 수 없었다. 그래서 힘들어도 버티고 아파도 버티는 중이었다. 반드시 만날 것이라는 기대를 내려놓지 않고 있었다.

"그나저나 백화점이 입점을 허락할까요?"

"하게 만들어야지."

재형은 커피를 한 모금 마시고는 눈을 비볐다. 인경과 살던 오피스텔에서 편의점까지, 편의점에서 오피스텔까지 무작정 걸었었다. 손을 잡고 걸었던, 투닥거리면 걸었던, 서로 떨어지면 큰일이라도 나는 듯 딱 붙어 걸었던 그 길에 서니 주체할 수 없는 눈물이 솟구쳤다. 담벼락에 몸을 기대고 꽉 막힌 목을 뚫고 올라오는 울음을 쏟아냈다. 한참을 울고 담에 기대었던 몸을 일으켰다.

다시 걷다 또각거리는 하이힐 소리에 심장이 덜컥 내려앉았다. 자신의 곁을 스치는 이가 인경이 아님을 알게 되자 그대로 주저앉고 말았다. 울지는 않았지만 일어설 수가 없었다. 길을 가다 그냥 주저

앉아 우는 것과 담벼락에 기대 우는 것은 달랐다. 의지가 되는 담벼락과 달리 아무것도 없는 바닥은 일어서기가 더 힘들었다. 그리고 깨달았다. 자신은 인경에게 담벼락조차도 되어 주지 못했다는 것을.

"여기 커피, 은근 맛이……."

"……!"

재형은 자리에서 벌떡 일어나 주위를 살폈다.

"본부장님?"

"온유 냄새가 나."

당황스러운 얼굴로 눈만 껌뻑이는 정욱을 두고 재형은 카페를 나와 주위를 두리번거렸다. 절대 다른 냄새와 혼동할 수 없는 온유의 냄새였다.

"이곳에 있어. 분명해."

재형은 혼자 중얼거리며 주변을 뒤졌다. 카페를 따라나선 정욱이 덩달아 뛰고 있었다. 냄새의 진원지를 찾으면 찾을 수 있을 것이라는 기대에 재형은 마음이 급해졌다. 이런 일이 일어날 확률은 몇 천만 분의 일도 안 될 것이다. 그러니 이건 하늘이 내려준 기회나 다름없었다.

"어서 오십시오, 쥬얼리 '아름다운 에코'입니다."

매장에 들어서자 90도 각도로 허리를 숙여 인사를 하는 점원들이 부담스럽게 다가왔다.

"결혼반지를 좀 보려고 하는데……."

"네, 이쪽으로 안내해드리겠습니다."

미소를 가득 담은 점원이 손짓하는 곳으로 걸으며, 인경은 눈이 아팠다. 보석들을 빛나게 할 목적으로 설치된 조명들이 반사되어 눈을 피곤하게 했다.

"피곤하죠?"

"네? 아, 아뇨."

김 선생의 미안한 웃음에 인경은 아니라고 고개를 저었다. 점원이 몇 가지 디자인의 반지들을 가져와 테이블에 놓아주며 설명을 하기 시작했다. 다이아몬드가 몇 캐럿인지, 서브 다이아몬드는 몇 개가 들어갔는지 등을 세밀하게 설명하고 있었다. 유심히 듣는 김 선생과 달리 인경은 자리가 불편했다. 마치 오지 말아야 했던 자리처럼 심장이 이상하게 울렁거렸다.

"디자인이 마음에 안 드시면 이건 어떤가요?"

보석 매장의 여직원이 하얀 면장갑을 끼고 반지를 내밀었다. 그 반지를 김 선생이 받아 들고 이리저리 살피는 모습을 보며 인경은 씁쓸한 미소를 지었다.

"마음에 안 들어요? 다른 걸로 볼까요?"

"아, 그게…… 좀 화려한 것이 나을 것 같은데요."

"그래요?"

김 선생이 점원을 향해 고개를 돌리자 눈치 빠른 점원이 다른 것을 가져오겠다며 자리에서 일어섰다.

"잠시 화장실 좀 다녀올게요."

"네, 다녀와요."

매장의 큰 유리문을 열자 바깥 공기의 유입으로 숨통이 트이는 것 같았다. 화장실이 어디인지 두리번거리던 인경은 이내 방향을 틀었다. 모퉁이를 돌아 화장실로 들어서는 순간 재형과 김 비서는 그곳을 두리번거리며 지나쳐갔다.

"회장님이 부르십니다."

회장님의 수족처럼 움직이는 박 비서가 찾아와 조심스럽게 전하자 재형은 고개를 삐딱하게 꼬았다.

"부르면 가야 합니까?"

"네?"

당황한 비서가 눈을 커다랗게 뜨고 쳐다보자 재형은 비소가 지어졌다. 휴일 아침부터 할아버지의 얼굴을 마주하고 싶지 않았다. 본가에 들어온 목적만 이루면 그만이었다. 살뜰하게 마주 앉아 밥을 먹고 싶지도, 대화를 나누고 싶지도 않았다.

"식사도 안 하시고 하니……"

"박 비서님이 제 식사까지 챙길 필요는 없습니다."

집에서는 한 끼의 식사도 하지 않았다. 출근을 해서 낮에 김 비서와 점심을 먹는 것이 다였다. 아침은 거르고 점심은 구내식당에서 위장이 아우성치지 않을 만큼만 먹었고 저녁은 술이 밥이었다.

"얼굴이 많이 상하셨습니다."

"안 죽습니다."

짜증이 일었다. 박 비서에게 낼 짜증이 아닌데도 성가셨다. 온유의 일이 아니면 그냥 좀 내버려두라고 하고 싶었다.

우우웅, 우우웅.

[이재형 님, 메일로 자료 보냈습니다. 확인 부탁합니다.]

문자를 보던 재형은 다급하게 노트북을 열었다. 메일을 클릭하는데 박 비서가 뒤로 다가와 나지막하게 속삭였다.

"최 과장님 있는 곳을 회장님이 아시는 것 같습니다. 그러니 내려가서……."

재형이 뒤를 돌아 박 비서를 빤히 쳐다보자 어서 가보라는 듯 그가 고개를 끄덕였다. 박 비서를 쳐다보는 재형의 뒤로 몇 장의 사진이 노트북에 나타났다.

"집에 들어온 목적이 망가지는 것을 보여주기 위한 것이었더냐? 크흠."

입을 굳게 다물고 있는 재형을 보며 회장은 못마땅한 기침을 끌어 올렸다.

"녀석, 그렇게 입을 닫고 있으면 답이 나오느냐?"

"이미 아시면서 왜 물으십니까?"

재형의 목소리가 차가운 얼음 속에서 나온 것 같았다. 밝게 빛나던 손자의 얼굴빛이 어두워지고 눈빛이 광인처럼 빛나는 것이 마음에 들지 않았다. 여자 하나 때문에 저리 망가져서야, 원.

"잊어라."

"잊고말고 할 사람이 아닙니다."

"그쪽은 너를 잊었는데 넌 붙잡고 살 것이냐?"

"온유가 저를 잊었는지 안 잊었는지 어떻게 아십니까?"

툭. 서류 봉투를 재형의 앞으로 던진 회장은 열어보라는 듯 손자를 빤히 바라봤다. 노려보던 봉투를 열어 내용물을 꺼내는 재형을 보며 회장은 다시 컬컬한 목을 틔우기 위해 크흠, 하는 기침을 끌어올렸다.

"이제 알겠느냐?"

사진을 쥔 손이 가늘게 떨리는 재형을 보며 회장은 눈을 감았다 떴다. 이미 떠난 인연이고 잡지 말아야 할 인연이었다. 그런데도 저리 미련을 두고 있으니 나서서 끊어줄 수밖에.

"결혼반지를 맞추러 왔다 하면 이미 끝난 것 아니냐."

인경이 백화점 쥬얼리 매장에 남자와 나타나 반지를 맞추고 갔다는 보고였다.

"……처음부터 어디 있는지 알고 계셨군요."

자신을 똑바로 쳐다보는 재형의 눈빛이 검게 물들고 있었다. 그동안도 아파 방황하더니, 이제 더 많이 방황하겠구나 싶었다. 하지만 담금질이 모질수록 더 단단해지는 법이다.

"잊어. 한때 불타는 연애 한번 안 해본 사람 없듯이, 그냥 추억으로 가져가."

"나가보겠습니다."

"찾아가봐야 소용없는 짓이다."

"소용이 있고 없고는 제가 결정합니다."

찬바람이 일 정도로 매섭게 돌아서는 재형을 보며 회장은 눈을 지그시 감았다. 여자 때문에 망가지고 있으면서도 일은 차질없이 하는 모습에 기특함보다는 애잔한 마음이 먼저 들었다. 6개월로 예정 잡았던 새 브랜드 런칭을 단 3개월 만에 해내는 것을 보며 흡족한 마음보다는 걱정스러움이 먼저 들었다.

"녀석, 너무 뜨거우면 주위가 녹아버리는 것을 언제 알게 될지, 쯧쯧."

성당의 푸른 잔디밭에 차려진 조촐한 식탁을 보며 인경은 눈을 찡그렸다. 하얀 식탁보가 햇빛을 반사하는 바람에 시선을 돌렸다.

"결혼 뒤풀이를 이렇게 하니 뭔가 운치도 있고 좋은 것 같네."

"나름 신경 많이 썼는데, 마음에 드세요?"

"내 마음에 들어 뭐하려고."

원장이 싱거운 농담을 건네며 앞마당에 다녀오겠다고 하며 자리를 떴다.

오늘은 결혼식이 있는 날이었다. 두 사람의 사랑으로 하나의 길을 걷기로 약속하는 날이었다. 하얀 봉투 안에 든 화려한 문양의 청첩장을 보는데 자꾸 눈물이 났다. 자신이 울 일이 아닌데 눈물은 머리를 배반하고 거꾸로 흘러나왔다.

우우웅, 우우웅. 테이블에 올려둔 휴대폰이 진동하고 있었다. 연락이 안 되면 답답하다는 이유로 원장님이 군대 가 있는 아들 휴대폰을 잠시 빌려주신 거였다. 인경은 낡은 휴대폰으로 한 손을 뻗었다. 일손이 부족해 통화를 하면서도 부지런히 손을 움직여야 했다.

"여보세요?"

인경은 휴대폰을 귀에 대고 테이블을 돌며 냅킨을 꽂고 있었다.

"전화를 하셨으면 말씀을 하세요."

상대의 침묵이 마음에 들지 않아 인경은 빠르게 말했다. 잘못 걸었으면 사과하고 끊으면 그만인데 왜 이리 뜸을 들이나 싶었다. 안 그래도 바쁜데.

-내가 못 찾을 줄 알았어?

"......!"

어깨를 움츠린 인경은 천천히 뒤를 돌아봤다.

17화. 미련은 갈등 속에서 피어난다

"비밀에 붙여달라?"

"네."

망설임 없이 단호하게 말하는 인경을 보며 홍 회장은 낮은 신음을 삼켰다.

머리가 아프다며 제주도로 휴가를 다녀오겠다던 딸이 새파랗게 질린 목소리로 전화를 걸어왔었다. 횡설수설하는 말을 들으며 혈압이 상승했다. 말이 떨어지기 무섭게 원하는 것을 턱밑에 갖다 바치며 키운 자신의 잘못이라는 것을 알았지만 이제 와 감옥에 가게 둘 수는 없었다.

"재형이는 포기하지 않은 것으로 아는데?"

나이가 들수록 죄는 짓지 말아야지 했지만 세상만사가 그리 마음대로 되지 않았다. 죄 없는 사람에게 죄를 뒤집어 씌워 제

딸을 구제하고 나니 무력감이 들어 만사가 다 귀찮았다. 속죄하는 마음으로 베풀라 했다. 두고두고 네가 무엇을 잘못했는지 뼈에 새기라 했다. 그랬더니 피해 학생의 학비를 지원하겠다 하여 알아서 처리하라고 하고는 신경을 쓰지 않았더니 재형이 학교를 그만두는 사태에 이르러서야 그 아이가 강운 고등학교에 와 있는 것을 알았다.

"사표를 쓴다고 해결이 되는 것인가?"

학교에서 벌어진 일련의 사태를 박 비서에게서 전해 들으며 혀를 찼다. 명문대는 능히 들어갈 인재라는 말에 박 비서를 멍하게 쳐다봤었다. 둘이 보통 사이가 아니라는 말에 눈을 질끈 감아버렸었다. 인연을 악연으로 만든 것은 자신의 딸이었다. 그래서 재형이가 해외지사로 나가겠다고 했을 때 바락바락 반대하는 딸을 못 본 척하며 그러라고 했던 것이다.

"지금 추진하는 사업, 본부장님이라면 6개월 안에 끝내실 겁니다. 그러면 뉴욕지사로 다시 내보내시고……."

"넌 그동안 숨어 있겠다는 것이냐?"

생각을 하는 것인지 눈을 내리뜨고 있는 인경을 찬찬히 살폈다. 또렷한 이목구비야 부모님이 물려주신 것이니 자신의 의지가 아니라지만 강단 있게 모진 풍파를 다 헤쳐 나온 성격은 가히 칭찬을 하고 싶을 정도였다.

"숨지 않습니다."

"그럼?"

"그를 버리는 겁니다."

하. 탄식을 삼켰다. 인경이 독하게 마음을 먹었다는 것을 알았

다. 6개월의 시간만 끌어주면 정리가 될 것이라고 계산하는 것을 보며 고개를 절레절레 저었다.

아니나 다를까 재형은 미친놈이 되어 집에 들어왔다. 몇 달을 지내는 동안 얼굴도 보여주지 않을 뿐 아니라 마주치면 더러운 것을 본 듯 눈빛을 번뜩였다. 어머니에게 독설을 퍼붓는 것은 예사였다. 자신의 앞에 앉아서 펑펑 울어대는 여식을 보면 입 안이 쓰다 못해 바짝 마르는 것 같았다.

"아버지, 차가 식습니다."

생각에 잠겨 있던 홍 회장은 찻잔에 손을 뻗으며 딸 명은을 물끄러미 바라봤다. 눈에 넣어도 아프지 않은 재형을 놓치고 싶지 않았다. 천륜이 끊는다고 마음대로 끊어지는 건 아니지만 외손자가 그리 생각하고 행동하니 마음 한 구석이 늘 바늘에 찔리는 것처럼 편치 않았다.

"빌어라."

"……!"

너무 황당해 할 말이 없다는 듯 입만 벌리고 있는 명은을 보며 다시 입을 열었다. 아들을 살리고 싶으면 그렇게 하라고 했다. 달달 떨면서도 그리하겠다는 말을 입에 올리지 않는 명은의 고집에 한숨이 쉬어졌다.

"그럼, 재형을 너도 버리거라."

아들을 버리라는 말에 안 된다고 소리를 지를 줄 알았는데 두 손으로 입을 막고 꺼이꺼이 우는 명은을 그냥 내버려두었다. 뿌린 만큼 거두는 세상 이치를 가르치지 않은 제 잘못이었다. 몸이 약한 안 사람에게서 겨우겨우 얻은 여식이 귀해 매를 들지 않은 탓이었다.

"저…… 최 선생님."

"네."

가끔 같이 술을 마시는 사이였지만 말을 하는 쪽은 김 선생이었다. 재형을 떠나는 순간부터 말이 사라졌다. 마음속에 갇힌 수많은 말들을 다 쏟아내면 죽을 것만 같았다. 그래서 안으로 재워두고 재워두었다.

"제가 얼마 전에 현지한테 청혼을 했어요."

아! 이럴 땐 축하한다고 말하는 것이 맞는 것 같은데 그저 짧은 탄성을 내뱉는 것이 고작이었다. 자신의 슬픔이 너무 커 타인의 기쁨은 그저 무감하게 다가왔다.

"그래서 말인데요, 저 좀 도와주시면 안 될까요?"

"……제가 무슨 도움이 되어드리면 될까요?"

내키지 않았다. 누구의 결혼식을 도와줄 만큼 마음이 평온하지 않았다. 그런데도 말은 예의 바르게 나왔다. 하루에 수십 번씩 그에게 돌아가고 싶어 갈팡질팡했고 그런 마음을 누르려 입술 안쪽을 세게 물어 살이 너덜너덜한 지경이었다.

"문제는 신부가 될 사람이 한 달 동안 출장을 가야 한다고 해서……. 제가 다 준비를 하고 싶은데 뭐부터 해야 할지 몰라서."

김 선생의 애인인 현지는 공인회계사였다. 가끔 해외로 한 달씩 출장을 다녀오는데 한 번 나갔다 올 때마다 특별상여금이 장난 아니었다. 적게는 몇 백만 원에서 많게는 2천만 원까지 받는다고 했다.

"어떻게 만났어요?"

문득 그들의 연애가 궁금해졌다. 꿈을 꾸는 듯 몽롱하게 변하는 김 선생의 눈동자를 보며 인경은 시선을 피해버렸다. 자신도 저런 눈빛을 한 적이 있다는 것을 인지하자 심장이 으스러졌다.

-최인경입니다.

낯선 번호였지만 살다 보면 무언가 예감이 드는 때가 있다. 예상한 대로 인경의 목소리가 들려왔다.

"무슨 일이냐?"

-결혼반지를 맞추러 갑니다.

누구의 결혼반지냐고 묻지 않았다. 왜 그런 말을 하느냐고도 묻지 않았다. 장소와 시간, 날짜를 알려주고 전화는 뚝 끊겨졌다. 나머지는 알아서 정리하라는 말로 들렸다.

전해진 사진들을 보며 깊은 생각에 빠졌었다. 하지만 자신이 결정할 일은 하나도 없다는 결론만 얻었다. 보고 판단하는 것은 재형의 몫이라 여겼다.

툭. 사진을 보며 낮은 신음을 흘리는 재형의 눈빛이 싸늘하게 변하자 홍 회장은 입안이 까끌해졌다.

"결혼반지를 맞추러 왔다 하면 이미 끝난 것 아니냐."

한 치의 오차도 없이 말한 날짜에, 장소에 인경이 나타났다는 보고를 받자 이상하게 가슴 한쪽이 서늘해졌었다. 처음부터 어디에 있었는지 알고 있었다고 오해하는 재형의 눈빛이 다시 광기로 번뜩이자 잇새로 신음이 터질 것 같았다. 벌떡 일어서서 나가는 재형의 손에 사진 한 장이 쥐여져 있음을 똑똑히 보았다.

"녀석."

인경이 재형과 연애를 한다는 말에 뒷조사를 시켰었다. 재형이 인경과 둘이 뉴욕으로 휴가를 떠난 것을 알고 사람을 붙였었다. 사진 속 두 사람, 서로를 바라보는 눈빛과 얼굴은 한없이 밝고 행복해 보였다. 그런데 재형의 시선을 피해 바라보는 인경의 얼굴이 너무 아파 보여 자신도 모르게 혀를 찼다.

"어찌 이리 불쌍하게 바라봐. 크흠."

홍 회장이 툭 내려놓은 사진 속의 인경은 비를 맞으며 재형의 뉴욕 아파트를 올려다보는 사진이었다.

재형은 방에 들어서자마자 휴대폰의 통화 버튼을 눌렀다.

"이재형입니다. 한 가지 더 알아봐줄 것이 있습니다."

-추가 조사가 필요하신 겁니까?

"네."

반지를 맞추러 갔다고 다 결혼하는 것은 아닐 것이라 여겼다. 사진 속, 쥬얼리숍에서 반지를 고르는 인경은 즐거워 보이지 않는 얼굴이었다. 적어도 결혼을 결심한 정도의 상대라면 인경이 그런 눈빛을 보이지는 않을 것이라는 확신이 있었다. 차가운 듯 보이지만 자신이 사랑하는 사람한테는 꽤 적극적인 태도를 보이는 온유였다. 그러니 사진 속의 인경에게 다른 사정이 있을 것이라는 생각이 들었다.

그리고 자신의 고용인이 보내온 사진 속에서 인경은 그 남자와 다른 장소에 있었지만 여전히 다정하게 바라보지 않고 있었다. 이어폰을 끼고 음악을 듣고 있는데 눈길은 멍한 상태였다.

"듣고 있는 휴대폰 번호도 알아낼 수 있습니까? 이틀 내로 알아오면 계약금의 50퍼센트를 더 드리죠."

늘 전원이 꺼져 있는 휴대폰이 아닌 다른 폰을 들고 있는 것에 유독 눈길이 갔다. 몇 다리를 거쳐 통신사를 통해 알아본 바에 의하면 인경의 명의로 된 다른 휴대폰은 없었다. 전원이 꺼져 있어 위치도 찾을 수 없었다.

-50퍼센트, 준비하고 계십시오.

자신만만한 상대의 대답에 입꼬리가 올라갔다. 메일에 첨부된 사진을 차근차근 보던 재형은 담배를 들고 베란다로 나갔다.

"후……."

베란다에서 밤하늘을 보며 재형은 담배를 깊게 빨았다가 연기를 내뱉었다. 당장 달려가고 싶은 마음을 누르고 있었다. 미심쩍은 부분을 해결하지 않고 갔다가는 인경이 결혼이라는 단어 아래로 또 도망을 칠 것 같았다. 반지를 내려다보는 무감한 눈동자에 감이 대충 왔지만 어설프게 몰아붙이면 되레 당할 수도 있었다. 똑똑한 인경를 잡으려면 방심은 금물이었다. 그러니 그물은 구멍 난 곳이 없어야 했다.

"후우."

재형은 길게 담배 연기를 내뿜으며 다시 입꼬리를 밀어 올렸다. 실로 간만에 미소가 지어졌다.

"재형아……."

그때 등 뒤로 들리는 목소리에 입가의 미소가 사라졌다. 천천히 돌아보자 어머니가 두 손을 맞잡고 방 한가운데 서 있었다. 담배를 꺼야 함에도 불구하고 재형은 한 모금을 더 깊이 빨아들였다.

"무슨 일입니까?"

불씨가 남아 있는 담배의 끝을 손가락으로 튕겨 끈 재형은 심드렁한 표정을 지었다.

"정말 이 엄마는 버릴 거니?"

픽, 실소가 터지고 말았다. 몇 번을 말해야 알아들을 건지.

"7년 전 이미 버렸다고 말했습니다."

하얗게 질린 얼굴로 입술을 깨무는 모습을 보고 있자니 오히려 속이 뒤틀렸다.

"내, 내가 너희 둘을 인정해주면……."

"인정이라고 했습니까?"

베란다의 창틀이 마치 둘의 세계를 가르는 경계같이 보였다. 쌀쌀한 바람이 불어오는 베란다와 조명 아래 선 명은의 모습은 극과 극이었다. 아들과 어머니가 아닌 죄인과 죄인을 단죄하러 온 사신같이 보였다.

"저한테 버림받은 사람의 인정이 왜 필요합니까?"

"너무한 거 아니니."

울먹이는 어머니의 음성에 재형은 고개를 돌려버렸다. 인간으로서 마땅히 해야 할 도리에 어긋난 패륜아로 찍힌다 해도 미련 없었다.

"너무한 건 어머니, 당신 아닙니까? 힘없는 온유를 미끼로 저를 협박하실 때 이런 사태를 한 번쯤 생각하셨어야 했습니다."

속이 뒤틀리다 못해 미식거렸다.

"저번에 분명 온유 건드리지 말라고 했는데도 무시하고 만나러 갔다는 건 저와의 인연을 끊겠다는 생각 아니었습니까?"

"그, 그건……."

말을 하려다 입술을 깨물고 마는 어머니를 보며 재형은 머리를 쓸어 넘겼다

"내가 빌면 다 해결이 되는……."

"늦었습니다."

어찌할 바를 몰라 하며 떨고 있는 어머니에게서 시선을 들어 하늘을 바라봤다. 이제 완벽하게 저버렸다는 것을 머리보다 가슴이 먼저 깨닫고 있었다.

고요한 적막 속에서 분노로 똘똘 뭉쳐 굳어 있던 심장이 놀란 얼굴로 돌아보는 인경을 보자 뛰기 시작했다. 흔들리는 눈동자로 바라보는 인경의 눈에 자신이 가득 담기자 온몸이 뻐근하게 아파오기 시작했다. 둔통에 시달리는 것처럼 피부가 아려왔다.

"나한테서 벗어나지 말라고 했어."

"선생님한테 속한 적 없어요. 그러니 벗어나는 게 아니라 원래 자리로 돌아가는 거예요."

"돌아가는 거라고? 네 눈빛을 보고 말해. 지금 나를 보는 그 아련한 눈빛을 감추고 그런 말을 하라고."

눈을 질끈 감아버리는 인경을 그대로 안아버리고 싶었다. 찾았다는 안도감과 눈앞에 있다는 현실감이 마구 뒤섞여 어지러웠다.

"어린아이처럼 떼쓰지 말아요."

하. 재형은 어이없는 탄성이 나오다 말았다.

"왜 하필 그렇게 행복했을 때…… 너는 판도라의 상자를 깨트렸을까 수없이 생각했지. 그런데 원인은 어머니였더군. 너를 찾아왔다는 말을 나한테 했었어야 했어. 나 이렇게 힘드니까 도와달라고,

뜨거워지다   365

손 내밀고 나한테 원망을 쏟아부었어야 했어. 얼마든지 다 감수할 생각이었어. 평생 너한테 속죄하는 마음이 아닌…… 사랑하는 마음으로 너와 함께할 생각이었어. 어머니의 만행을 다 알고 나서도 너를 더 사랑해버려서, 난 그렇게 마음먹었거든.”

“……우리는 헤어지는 게 맞아요.”

재형은 물기가 차오르는 자신과 달리 차분하게 말하는 인경이 미워 죽을 지경이었다.

“그래서 그렇게 떠났나? 메일 한 통 달랑 던져두고?”

“적어도 이별 통보는 하고 가는 게 맞다고 생각했어요.”

“난 너하고 못 헤어져.”

소리를 지르지는 않았지만 단호한 재형의 음성에 인경은 움찔했다. 잠을 자지 못하는 나날이 이어지고 있어 이대로는 곧 죽을지도 모르겠다는 생각이 들었다. 그가 한국을 떠나는 날을 당기기 위해 홍 회장에게 던졌던 수가 자신을 찾아내게 할 줄은 몰랐다.

“몇 번을 말해요! 우리는 안 된다고!”

입술을 질끈 깨무는 인경을 보며 재형은 한 발 더 다가섰다.

“그럼 내가 수긍할 수 있는 이유를 대!”

“나, 죽어도 이사장님 용서 못해요!”

재형의 입꼬리가 서서히 위로 말려 올라가는 것을 보며 인경은 입술을 꾹 다물었다. 너무 어이가 없어 머리가 어찌 되었는지, 그가 미소를 짓고 있었다.

“너한테 용서하라고 한 적 없어.”

부드러우면서도 강인한 마음이 느껴지는 말이었다. 그랬다. 그는 그 일을 입에 올리지 않았을 뿐만 아니라 용서의 ‘ㅇ’도 꺼내지 않았었다. 늘 안타까운 눈으로 자신을 바라보다 눈이 마주치면 환하게 웃어주었다.

"그게 이유라면 난 받아들일 수 없어."

"가장 큰 이유예요, 우리가 헤어져야 하는."

"나 사랑해? 뉴욕의 아파트에서 나에게 안겨 속살거리던 그 말, 진심 아니었어?"

인경은 얼굴이 화끈거렸다. 마지막이라 생각해 그에게 그 말을 남기고 싶었다. 그리고 그 마음은 재형의 말처럼 진심이었다. 절대 변하지 않는, 변할 수 없는 진심.

"나 사랑하지 않아?"

다정하던 그의 얼굴은 딱딱하게 굳어 있었다. 지금 원하는 대답을 하지 않으면 물러서지 않을 것처럼 단단하게 버티고 서 있었다.

"……사랑 하나만 보고 살기에는 내가 너무 세상에 닳아버려서."

정말이었다. 사랑 운운하며 살아갈 수는 없었다.

"다른 말 다 집어치우고, 사랑 해, 안 해?"

사랑한다. 사랑인 줄 몰랐는데 깨닫는 순간 그가 너무 좋아 미쳐버릴 것 같았다. 옆에 있어 미칠 것 같다는 그의 말에 자신도 더 미치고 있는 중임을 알았다.

"안…… 읍."

그대로 입이 막혔다. 그의 커다란 손이 숨을 쉬지 못하게 가로 놓여 있었다.

"진심을 들여다보고 대답해. 7년 전 너를 두고 떠났던 나도 사실은 독한 구석이 있어. 그러니 지금 네가 대답을 제대로 하지 않으면 우리는 영원히 평행선이 될 거야."

평행선. 절대 만날 수는 없지만 끝없이 바라볼 수는 있는 사이. 손을 들어 그의 손을 천천히 끌어내렸다.

"사랑……."

그가 원하는 대답을 해줄 수 있을까. 입술을 달싹였지만 말이 나오지 않았다. 그의 눈동자와 겹쳐 잡은 그의 손이 떨리고 있었다. 그 떨림이 전해져 온 정신을 뒤흔드는 것 같았다.

"최 선생님!"

원장님의 부름에 그의 미간이 잔뜩 구겨지는 것을 봤다. 타이밍 한번 기가 막히네, 라는 그의 말을 들으며 고개를 돌렸다.

"여기 있으면 어떡해? 결혼식 곧 시작되는…… 아!"

"원장님, 먼저 가 계시면 곧 가겠습니다."

인경의 고개가 재형을 향해 휙 돌아갔다. 원장님인 것을 어찌 알았을까. 자신을 찾아왔고 휴대폰 번호까지 알아냈으니 원장님을 알고 있는 것도 당연한 것인가. 그렇다면 그는 언제부터 알고 있었던 것일까. 알면서 찾아오지 않았다는 것일까. 정말 알면서도 찾아오지 않았다면 그가 단단히 화가 났다는 말 같아 입 안이 모래를 삼킨 것 마냥 서걱거렸다.

"네? 아, 네……. 그럼…… 두 분, 얼른 와요."

"네."

인경은 기어 들어가는 목소리로 대답하고는 마른침을 꿀꺽 삼켰다. 당장 든 의문을 해결하기보다는 재형과의 해결이 먼저였다.

"네가 결혼을 했다고 해도, 아니 오늘 신부의 자리에 네가 서 있는다고 해도 상관없었어."

재형이 포기하기를 바랐다. 자신을 찾지 말고 이사장의 귀한 아들 자리로 돌아가길 바랐다. 그래서 그가 보고 실망할 사진을 제공했었다. 그런 반면 마음 한편엔 최소한의 예의로 그가 분노해주기를 바라기도 했다.

"얼마든지 갖고 놀라고 했어. 하지만 버릴 수 없을 것이라는 말, 그냥 뱉은 말이 아니라 너와 나를 지키기 위해 뱉은 말이야."

"아!"

자신의 손목을 아프게 잡고 성큼 걷는 그를 따라 걸을 수밖에 없었다.

"어디 가는 거예요. 나 지금 결혼식장……."

긴 다리로 성큼성큼 걸어간 재형은 결혼식이 열리고 있는 앞마당으로 인경을 데리고 들어섰다.

"오늘 참석하셔서 자리를 빛내주신 분들에게 신랑, 신부가 감사의 인사를 올리겠습니다."

신랑인 김 선생의 친구가 사회를 보고 있는 앞마당은 좁은 탓에 손님들이 북적이는 것 같이 보였다.

"조조가 자신의 꾀에 넘어갔지."

비아냥거리는 재형의 말에 인경은 입술을 질끈 깨물었다. 7년 전, 그때도 그랬다. 선생님을 유혹하겠다는 생각으로 시도한 일이 서로 헤어지는 도화선이 되었었다. 교무실에 멍하게 서 있으면서 생각했던 것이 조조가 자신의 꾀에 넘어갔다는 거였다.

"더 이상 달아날 수 없는 거 알아요. 그러니 놔줘요."

그의 곁에 서 있는 것이 힘겨워 자리를 옮기고 싶었지만 재형은 잡은 손의 힘을 빼지 않고 있었다.

"입 다물어."

쳐다보지도 않고 싸늘하게 말을 내뱉는 그의 모습은 어딘지 위협적이었다.

"아파요."

"여기서 네 입술을 물 수도 있어."

고개를 돌린 재형의 눈빛이 딱딱하게 굳어 있어 인경은 입을 다물었다. 유책이 자신에게 있다는 것을 주지시키는 눈빛이었다. 아프다고 하면 놓아줄 줄 알았는데 아니었다.

"흡!"

인경은 손을 빼려고 비틀다 몸을 홱 돌린 재형 때문에 놀라 어깨를 잔뜩 움츠렸다.

"하는지 못 하는지 알고 싶어서 그러는 거라면……."

"가, 가만히 있을게요."

재형이 달라졌다는 것을 깨달았다. 그런데 그 변화가 자신 때문이라서 원망도 할 수 없었다.

"뒷마당에 조촐한 뒤풀이가 준비되어 있습니다. 지금부터 부지런히 이동하겠습니다."

사회자의 안내에 다들 자리를 뜨고 있었다.

"가봐야 해요."

자신이 생각하고, 계획하고 준비한 자리에 가서 안내를 해야 했다.

"어디 가는 거예요!"

몸을 홱 돌려 걷는 재형의 방향이 뒷마당이 아닌 성당 주차장 쪽이었다. 더 큰 소리를 쳤다가는 사람들의 이목을 끌 것 같아 종종걸음으로 따라 걸으며 항의를 했다.

"일손이 부족해서 가야 해요. 정말 안 달아날 테니, 헛."

그가 갑자기 얼굴을 불쑥 들이미는 바람에 인경은 숨을 삼켰다. 그의 눈빛이 사납게 변해 있는 것이 보였다. 그 사나운 눈빛 속에 자신이 담겨 있었다.

"……안 어울려요."

"뭐가?"

그의 목소리가 잔뜩 가라앉아 있어 마음에 걸렸다. 아프지 않기를 바랐는데, 혹시 아팠던 것일까.

"눈빛, 사나워졌어요."

"누구 때문에."

일말의 망설임도 없이 날아든 질책 같은 말에 인경은 미간을 구겼다.

"5분이면 돼."

다시 성큼성큼 걸어가는 재형의 보폭에 맞춰 잰걸음을 디딘 인경은 떠밀리듯이 차에 올랐다. 재형이 운전석으로 돌아오는 것을 보며 차 문을 열려고 했지만 문이 열리지 않았다.

"소용없어."

운전석에 앉아 자신을 조롱하듯이 바라보는 재형을 향해 눈살을 찌푸렸다. 이대로 납치라도 하겠다는 건지.

"안에서는 열리지 않게 해뒀어. 그러니 쓸데없이 힘 빼지 마."

인경은 그 말에 문고리를 잡았던 손을 내렸다. 재형이 단단히 준비했다는 생각이 들었다.

"이거 받아."

인경은 뭐냐고 물어보려다 항공사의 마크를 보고 입을 다물었다.

"뉴욕행 티켓이야. 출발은 모레."

그가 원하는 것이 무엇인지 의아한 얼굴로 바라봤다.

"아무것도 필요 없어. 나를 사랑하는 너만 오면 돼."

왈칵 쏟아지려는 눈물을 감추기 위해 입술을 깨물고 고개를 숙였다.

"이번에도 나 버리면 정말 끝나는 거야."

이용하고 버릴 수 없을 것이라던 그가 스스로 끝이라는 말을 입에 올리자 눈물이 뚝 떨어졌다. 그의 말처럼 한 번만 미련을 버리고 참아내면 모든 게 끝이 나는 것이었다.

"갈등하지 마. 그냥 직진해서 오는 거야, 나한테."

그가 부드럽게 턱을 들어 올리자 눈물이 흘렀다.

"온유야."

손등으로 눈물을 닦아주던 그가 뭔가 말했는데 들리지 않았다. 그리고 닿은 입술에서 열기가 전해져왔다. 뜨거운 혀가 들어와 속살을 흩뜨려놓고 치아를 차례대로 훑고 지나갔다. 제 숨을 다 들이마시려는 듯 틈을 주지 않는 그의 입술에 치여 숨을 헐떡였다. 울음이 섞인 신음이 새어 나오고 혀가 얼얼해지기 시작했다. 윗입술과 아랫입술을 번갈아 깨물고 핥는 그의 입술에 매달렸다. 마지막일 것 같은 기분을 떨칠 수가 없었다. 그래서 좀 더 그를 기억하고 싶어 혀를 움직였다. 그런데 그 순간 재형이 떨어져나갔다.

"시간 지켜."

그 말을 한 재형은 더 이상 자신에게 시선을 두지 않고 있었다. 그의 외면이 심장을 콕콕 쑤시고 있었다.

"기어이 떠나겠다는 거냐?"

"네."

망설임 없이 단호한 대답. 어찌 이리도 닮았을까.

홍 회장은 눈을 가늘게 뜨고 앞에 놓인 바둑돌을 내려다봤다. 애초에 재형을 불러들이지 않았다면 이렇게까지 되지는 않았을지도 모른다.

"고얀 녀석이 하는 짓도 고약해. 안 나올 것이라 생각한다."

피식 웃는 재형을 보며 홍 회장은 낮게 한숨을 내쉬었다.

"이제 사람 그만 붙이세요."

"크흠."

인경을 찾아가서 끌고 올 줄 알았더니, 뉴욕행 티켓만 주고 돌아왔다는 보고에 녀석의 꿍꿍이가 무엇인지 궁금했다.

"그만 가보겠습니다."

재형이 일어나 반듯하게 서더니 큰절을 올렸다. 그 모습에 눈이 시큰해진 홍 회장은 고개를 돌렸다. 새로 런칭한 브랜드의 뉴욕 입점을 멋지게 성사시킨 재형은 다시 해외로 나가기를 원했다. 아마도 자신이 죽는 그날까지 재형을 볼 수 없으리라는 예감이 들었다. 그래서 큰절을 올리는 모습을 끝까지 바라볼 수 없었다. 서로가 마지막이라는 것을 입에 담지는 않았지만 알고 있었다.

"부탁드립니다."

누구를 부탁하는지, 말하지 않아도 알고 있었다. 버렸다면서 왜 부탁하느냐고 비꼬려다 말았다.

"네 부탁이면 다 들어주어야 하느냐?"

괜히 배알이 꼬였다. 이제 살날도 얼마 남지 않은 늙은 할애비를 두고, 아들이라면 끔찍하게 생각하는 제 어미를 두고 여자 하나 때문에 떠난다는 것이 밉고 야속하며 또 서러웠다.

"이제부터 제대로 가르치시면 더 좋고요."

"망할 놈."

"고얀 놈, 망할 놈 말고 새로운 욕도 좀 계발하시구요."

"사랑이 다 해줄 것 같겠지만 아니라는 것을 알지 않느냐."

"사랑, 그거 하나도 못하는 놈이 다른 건 뭘 할 수 있을까요?"

뼈 있는 재형의 말에 홍 회장은 눈을 감았다. 멀어지는 발소리가 가슴을 저미고 있었다. 눈을 뜬 홍 회장은 닫히는 방문 사이로 얼핏 보이는 하얀 발을 다시는 볼 수 없음을 깨달으며 또다시 눈을 지그시 감았다.

어수선하고 부산스러운 공항 로비의 소음을 들으며 눈을 감았다 떴다. 각오하고 나온 마음이었다. 그런데 시시각각 초조하고, 불안하고, 막막하고, 답답해졌다.

"후우."

길게 한숨을 내뱉은 재형은 두 손으로 머리를 쓸어 넘겼다. 입국 심사까지 시간이 얼마 남지 않았다. 변호사를 써서 비자 신청도 어렵게 받아낸 상황이었다. 그러니 인경이 30분 내로 와야 했다. 오지 않으면 정말 자신이 내뱉은 말처럼 모두 끝이었다.

눈물을 보인 온유를 믿고 있었다. 이재형이라는 시체를 치우고 싶거든 안 나와도 된다고 했던 것은 절박한 마음의 표출이었다. 만일 온유가 갈등한다면 그것은 자신에 대한 사랑 때문이라고 단정했다. 만일 온유가 미련을 버리지 않았다면 많은 갈등 속에서 자신을 택할 것이라 여겼다. 하지만 막상 시간이 흐를수록 끌고 왔어야 했다는 생각이 늘어났다.

"선택하게 하지 말걸."

얼마 남지 않은 시간을 보며 재형은 마른세수를 했다. 긴 다리를 꼬고 앉아 연신 출입구 밖 버스정류장과 택시정류장만 바라봤다.

인경을 만나기 전, 원장에게 전화를 걸어 따로 만났었다. 이것저것 물어보고 싶은 것도 많았지만 제일 알고 싶은 건 인경의 마음이었다. 원장님이 전해준 말 속에서 인경은 만신창이였다. 잠도 자지 못하고 말수도 줄었다는 것을 알게 되었다. 실제로 인경을 찾아갔을 때, 마른 녀석이 더 말라 있는 것을 보니 속이 쓰라렸다. 그렇게 아플 거면서, 그렇게 아파할 거면서.

우우웅, 우우웅. 발신인을 보던 재형의 입매가 살짝 굳어졌다.

-오빠, 공항이야? 온유와 같이 있어?

온유를 찾았다는 말에 축하한다는 말을 하던 재희는 다시는 놓치지 말라고 했었다.

"⋯⋯아직 안 나왔어."

-⋯⋯뭐야? 아직이라니?

뭔가 이상함을 눈치챈 것인지 재희의 목소리가 떨떠름하게 변했다.

"곧 도착할 거야. 나중에 보자."

재희를 향해 하는 말이 아니었다. 자신의 조마조마한 마음에 하는 말이었다. 택시가 한 대 서기라도 하면 심장이 두근거리며 빠르게 뛰어댔다. 그러다 내리는 사람이 인경이 아닌 것을 알면 심장은 뜨거운 피를 다 쏟아버린 것처럼 차갑게 얼어버렸다. 몇 대의 택시가 지나가는 것을 바라보고 있었던 건지, 이제는 택시회사의 이름을 외울 정도였다.

뚜루루루, 뚜루루루, 뚜루루루. 맞춰둔 알림이 울리자 재형은 천천히 휴대폰을 꺼내 알람 해제를 눌렀다.

"……타임아웃."

씁쓸한 미소와 함께 중얼거린 말을 뒤로하며 재형은 자리에서 일어섰다. 하지만 말만 그렇게 했을 뿐, 마음은 아직 아니었다. 한 무리의 사람들이 이동하면 썰물과 밀물처럼 자리가 변했다.

툭. 잡고 있다고 생각한 티켓이 바닥으로 떨어졌다. 마치 누군가가 잡아당겨 바닥에 내동댕이친 것처럼 힘없이 나뒹굴고 있었다. 한쪽 무릎을 접고 티켓을 줍기 위해 몸을 낮추자 시야에 익숙한 신발이 들어왔다. 본부장실에서 얄짤없이 자신의 정강이를 찼던 스틸레토 구두였다. 천천히 고개를 들어 구두의 주인을 확인하던 재형의 얼굴이 변했다.

픽, 재형의 입술을 비집고 웃음이 새어 나왔다.

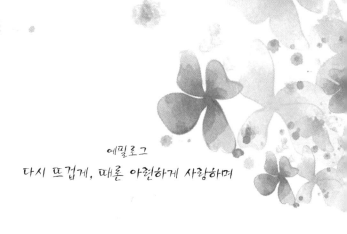

에필로그
다시 뜨겁게, 때론 아릿하게 사랑하며

'너에게 용서하라고 한 적 없어.'

살다 보면 은연중에 화해하고 잘 지내기를 바라는 것이 사람의 일이었다. 더군다나 재형에게 생명을 만들어준 분이 아닌가. 그래서 용서하지 않아도 된다고 말하는 그를 받아들일 수 없었다.

"최 선생님, 무슨 생각을 그렇게 해요?"

원장의 말에 인경은 생각에서 벗어났다.

"아, 아니…… 에요."

고개를 숙인 채 살래살래 흔들었다. 결혼식 날, 재형과 일면식이 있는 듯했던 원장님에게 그를 아느냐고 물었을 때, 그가 찾아왔었다는 것을 알았다. 먼발치에서 아이들과 노는 자신을 보고 그냥 돌아갔다는 말에 입술 안쪽을 깨물었다. 입 안이 쓰라렸다.

"최 선생님, 가요."

"네?"

원장님이 온화한 미소를 지으며 자신의 맞은편에 앉았다. 그리고 손을 잡아주며 조곤조곤한 목소리로 속삭였다.

"살아가면서 후회할 일을 만들지 않기를 바라지만 늘 후회가 드는 것이 삶이죠. 하지만 함께하지 않아 드는 후회는 만들지 않는 게 맞아요. 살아온 날보다 최 선생님, 살아갈 날이 더 많은데 그 피멍을 다 어찌하려고."

인경은 무슨 말을 해야 할지 몰라 고개를 푹 숙였다. 그의 말대로 평행선이냐 아니냐는 자신의 결정에 달린 일이었다.

"처음 만났을 때 눈동자가 왜 그렇게 아프게 보였는지 이제 알 것 같아요. 그러니 고민하지 말고 잡아요. 사랑에 있어서 고민은 아무런 해결이 되지 않아요."

자신의 등을 토닥여주던 원장님의 온기가 사라지자 인경은 어깨를 떨었다. 추웠다. 겨울이 시작되고 있었기에 그와 함께했던 여름이 서서히 사라지고 있었다. 추억을 잡고 싶은데 눈앞이 점점 뿌옇게 흐려졌다.

닫아야 하는 추억이었다. 그리고 닫아버리는 순간, 다시는 열지 않고 살아가야 할 것이다.

"최 선생님, 커피 마실래요?"

"아, 네. 제가 준비할게요."

아이들이 학교를 가고 한산해지는 시간이었다. 학교를 가지 않는 아이들은 학교에 간 아이들이 돌아오길 애타게 기다리는 시간이기도 했다. 오후 2시가 넘으면 다시 북적거리는 소란스러움이 찾아올 것이다.

하루가 매일 같으면서 다른 나날이었다. 누군가 울음을 터트리기도 했고 또 모두가 까르르 웃어젖히는 날도 있었다. 사랑과 미움, 다툼과 화해가 어쩔 수 없이 뒤섞여 있는 공간이었다.

매일 투덕거리며 싸우는 아이들의 이유는 아주 다양했다. 어처구니가 없거나 황당한 이유로 싸우기도 했고, 억울함에 사과하기 싫어도 원만하게 지내기 위해서는 손을 내밀어야 하는 곳이었다. 그런 아이들을 보며 자신은 다 괜찮아질 거라고 말했다. 시간이 지나면 생각이 자라서 다르게 보인다고 말했다.

그런데 정작 자신은 생각이 자랐을까. 그리고 다르게 보았을까. 이해를 하려 했을까. 무수한 질문을 던져도 답은 하나였다. 용서는 없다는 생각. 아집으로 뭉쳐져 있다고 해도 어쩔 수 없다는 답만 나왔다. 이런 자신이 재형과 같이 미래를 만들어간다는 게 말이 되는 것일까. 이 문제에 봉착하면 더 이상 생각도 말도 나오지 않았다.

"원장님, 여기 커피."

"고마워요. 날이 점점 추워지네."

창가에 기대 서 있는 원장님과 나란히 선 인경은 마당에서 놀고 있는 아이들을 바라봤다. 서로 잡기놀이라도 하는지 뱅글뱅글 돌던 아이가 넘어지자 뒤에서 따라가던 아이가 다가가 손을 잡아 일으켜주고 옷의 먼지를 털어주는 모습이 보였다.

"녀석들, 천방지축인 것 같아도 속은 어른이네요."

원장님의 말에 인경은 가만히 고개만 끄덕였다.

'애들이 많이 괴롭혀?'

힘들던 시간, 자신에게 손을 내밀어준 선생님.

다시 만난 재형은 오로지 직진만 안다는 듯 자신에게 다가와 손을 내밀었다. 마치 저 아이처럼 상대를 살피고, 지친 어깨를 토닥여주고 괜찮다고 하며 자신의 등을 어루만져주었다.

"이번 첫눈은 좀 빨라지려나."

원장님의 말에 눈길은 자연스럽게 하늘로 향했다.

2학년 2학기 기말시험이 끝나고 맞은 겨울방학으로 인해 선생님을 만날 수 없었다. 공부를 하다가도 문득 떠오르는 얼굴. 민망한 듯 웃다가 헛기침을 하며 정색하던 선생님이 내내 보고 싶었다. 전화를 걸면 받으실까, 받으면 무슨 말을 할까 하고 고민했었다. 그러다 바라본 하늘. 하얀 꽃송이 같은 눈이 내리고 있었다.

소담스럽게 내리는 눈송이는 바닥에 닿는 순간 사라졌다. 뻗은 손바닥 위에 눈송이가 앉자 반가운 미소가 지어졌다. 그리고 이 눈을 선생님과 같이 보고 있다면 얼마나 좋을까 하고 생각했었다.

"원장님."

"으응?"

어느새 눈물이 차올랐는지 원장님의 얼굴이 뿌옇게 보였다.

"그래요, 잘 결정했어요."

말하지 않아도 안다는 듯, 눈빛만 봐도 안다는 듯 원장님은 고개를 끄덕였다.

"아이들에게는……."

"괜찮아요. 떠나지만 우리를 잊지 않을 거잖아요."

인경은 고개를 크게 끄덕이며 울음을 삼켰다.

"어서 준비해요!"

짐을 챙길 시간이 없었기에 재형의 말대로 그를 사랑하는 자신만 갈 생각이었다.

"최 선생님, 좋은 소식 있으면 꼭 연락줘요."

옷을 갈아입고 나오자 원장님이 택시를 불러주고 택시비까지 계산을 끝낸 상황이었다. 고맙다는 말과 아이들에게 작별 인사를 못해 미안하다는 말을 했다. 나중에 여유 있을 때 다시 오라는 원장님의 말을 뒤로하며 택시는 자리를 떴다.

어디로 가야 할지 막막한 마음이었다. 일단 택시에서 내려 거의 달리듯이 공항 건물로 들어왔는데 어디부터 찾아봐야 할지 난감했다. 정신없이 나오다 보니 휴대폰도 없이 나와 연락을 할 수 없었다. 광대한 인천 국제공항 건물에서 그를 찾기란 불가능해 보였다.

뉴욕으로 나가는 출국장이 어디인지 확인하고는 뛰었다. 하지만 그 앞에서 재형을 찾기란 쉽지 않았다. 출국장엔 다른 곳으로 나가는 이들도 많았다. 이리저리 뛰며 찾았지만 찾을 수가 없었다. 숨은 차오르고 머릿속의 공기는 줄어들어 헉헉거리는 숨찬 소리만 나왔다.

다시 아래층으로 내려온 인경은 공중전화를 찾으며 천천히 걸었다. 너무 서두르다 보면 못 보고 스칠 수도 있다는 생각에 숨을 고르고 꼼꼼히 사람들을 훑었다. 하지만 마음이 급해서 그런지 사람들의 얼굴이 제대로 눈에 들어오지 않았다. 안 되겠다는 생각으로 공중전화를 먼저 찾으려고 방향을 틀던 인경은 그대로 멈춰 섰다. 고개를 숙이고 있지만 그라는 것을 심장이 먼저 알아보고 미친 듯이 뛰기 시작했다. 티켓을 줍는 가늘고 긴 손가락, 천천히 움직이는 머리, 맞닿은 시선. 떨림이 멈추지 않았다. 그리고 자신을 알아본 재형의 입술 끝이 살짝 올라가는 모습. 정말 그였다. 두근거리는 심장이 어서 그에게 다가가라고 외치는 것 같았다.

"선생님하고……."

입가에 가벼운 경련이 일었다. 그를 만났다는 안도감과 동시에 너무 쉽게 만나져 착각을 하는 건 아닐까 하는 생각을 하며 입술을 달싹였다.

"첫눈을 같이 보고 싶어요."

천천히 일어선 재형은 아무 말 없이 바라보기만 했다. 시끄러운 실내의 웅성거림으로 인해 말소리를 듣지 못한 것인지 그는 입을 꼭 다물고 있었다.

"선생……."

"최온유, 사람 간 떨리게 하는 덴 선수네."

그가 한쪽 입꼬리를 올리며 씨익 웃자 눈물이 핑 돌았다.

뉴욕의 고질병인 늘 막히는 도로, 서로 높이를 자랑하듯 서 있는 건물들. 그 사이를 천천히 누비는 택시 안에서 인경의 손을 놓지 않았다. 시선이 마주치면 수줍은 듯 웃어 보이는 인경이 너무 예뻐 속이 간질거렸다. 그래서 막히는 도로가, 지름길로 가지 않는 택시 운전사가 야속했다.

쿵! 아파트 문을 닫자마자 재형과 문 사이에 끼인 인경은 입술을 내주어야 했다. 거침없이 들어온 재형의 혀가 속살을 훑고 입안을 유영하듯이 휘저었다. 숨을 모두 마셔버리려는 것처럼 갑급하게 구는 재형을 말릴 재간이 없었다. 살짝 떨어진 입술 사이로 유입된 공기로 호흡을 하며 그에게 팔을 둘렀다.

"왜…… 요?"

치마를 들추고 손을 집어넣던 재형이 미간을 팍 구기자 인경은 뭐가 잘못되었는지 의아해 물었다.

"스타킹을 신었어. 그것도 팬. 티. 스타킹을."

"풋."

못마땅함이 여실한 재형의 표정에서 인경은 웃음이 터졌다. 잔뜩 기대했는데 먹을 수 없게 되었다는 듯 울상을 짓는 것만 같았다. 속상해하는 그의 귓가에 대고 그럼 찢어버려요, 라고 속삭이자 재형의 눈이 커다래졌다.

"사람 깜짝깜짝 놀라게 하는 재주가 아주 탁월해."

부우욱, 찌지직.

"훗!"

찢어진 스타킹을 지나 팬티를 옆으로 젖힌 재형의 손가락이 검은 숲을 헤치고 들어오자 인경은 숨을 참았다. 그의 손가락이 천천히 애액을 퍼트리듯 문지르자 헐떡이는 소리가 나왔다. 소음순을 만지작거리던 그의 손가락이 불쑥 들어와 질벽을 긁자 으읏, 하는 신음이 터져 나왔다.

"여기가 조여들어서, 뜨거…… 웁."

재형이 야한 말을 또 할까 봐 인경은 입술을 물었다. 가만히 혀를 밀어 넣어 고른 치아를 훑고 그의 입천장을 긁었다. 그러고는 기다리던 그의 혀를 찾아 감았다. 두 사람은 누가 먼저랄 것도 없이 서로 뒤엉켰다.

찰캉, 그의 허리벨트가 풀리는 소리에 인경은 입술을 지그시 깨물었다. 집 안으로 들어서지도 못하고 현관에서 자신을 가지려는

뜨거워지다　383

재형의 마음을 모르지 않기에 거부하지 않았다. 그의 손에 의해 치마가 끌어 올려지고 다리가 한없이 벌려졌다. 그리고 닿은 그의 남성 끝부분이 꽃샘의 입구를 번들거리게 만들었다. 그녀의 애액과 그의 쿠퍼액이 뒤섞여 미끌거렸다. 한 번의 망설임도 없이 밀고 들어온 재형으로 인해 인경은 숨을 급하게 몰아쉬었다. 머리끝이 쭈뼛하게 일어설 정도로 벅찬 희열을 느꼈다.

"사랑해요."

눈이 마주친 재형이 움직이지 못하고 잠시 굳어지는 것 같았다.

"사랑해, 라는 말이 세상에서 제일 좋은 말이라는 걸 아는데 네가 그 말을 하면 이상하게 무섭다는 생각이 들어."

"아."

그가 왜 굳어졌던 것인지 깨달은 인경은 짧은 탄성을 내뱉었다. 그에게 늘 하고 싶었지만 하지 못했던 말을 마지막에는 해주고 싶어 뱉었는데 그게 그에게 있어 트라우마 같은 말이 되었다는 것을 깨닫자 가슴이 아팠다.

격렬한 정사를 끝낸 뒤 나른한 잠에 빠져드는 순간이 좋았다. 자고 일어났더니 비가 내리고 있었다. 먼저 일어난 인경이 커피를 내려 멍한 정신으로 소파에 앉아 있는 자신에게 가져다주었다. 옆자리를 톡톡 두드려 앉으라는 신호를 하자 인경이 당연하다는 듯이 옆에 와 앉았다. 이런 사소한 일들이 행복으로 다가올 줄은 몰랐다.

"여기서 앉아 비를 보는 일이 즐거운 일이 되게 해줘서 고마워."

재형은 인경의 머리를 쓰다듬으며 어깨를 감싸 안았다.

"겨울비는 어딘지 쓸쓸할 거라 생각했는데……."

재형은 인경의 말에 피식 웃고는 커피를 한 모금 마셨다. 인경이 공항에 나타나지 않았다면 지금 이 비를 보는 자신은 그러했을 것이다.

우우웅, 우우웅, 우웅, 웅웅웅.

두 사람의 눈이 현관 바닥에 떨어져 있는 휴대폰으로 향했다.

"풋."

"훗."

동시에 웃음을 터트린 두 사람은 이내 소리 내어 웃기 시작했다. 하나가 되는 일이 급해 휴대폰을 챙길 여유 따위는 없었다. 그런 자신의 처지가 불쌍하다는 듯, 반항하듯 휴대폰이 현관에서 계속 울려댔다.

휴대폰을 집으려고 다가간 재형은 발신인을 보고 한쪽 눈썹을 치켜 올렸다.

-권강석입니다. 인경과 통화를 하고 싶은데 가능하겠습니까?

'여보세요?'도 기다리지 않고 다짜고짜 인경을 찾는 강석 때문에 재형의 한쪽 눈썹이 또 한껏 치켜 올라갔다.

그에게 인경과 같이 뉴욕으로 갈 것이라는 정보를 준 것은 성급한 일이었다는 생각이 들었다. 하루도 안 지나 이렇게 찾아대니 말이다.

-옆에 있으면…….

"무슨 일인지는 모르지만 지금은 곤란합니다."

인경을, 온유를 독점해야 했다. 다른 곳으로 신경을 돌리는 인경은 싫었다. 자신에게만 신경 쓰게 하고 싶었다. 비록 오래 지속되는 독점욕이 아닐지라도 지금은 그랬다.

-사업적인 일입니다. 안…… 되겠습니까?

꽤 적극적으로 나오는 강석의 태도에 미간이 슬쩍 구겨졌다.

"전할 말이 있으면 하십시오. 전해드리죠."

-하…….

꽤 깐깐하게 바리케이드를 치는 재형의 태도에 강석이 짙은 한숨을 내쉬었다. 사실 강석의 입장에서 본다면 이건 좀 쪼잔한 태도였다.

-전에 말하던 해외지사 일 때문이라고 전해주십시오.

"그러죠."

재형은 통화를 끝내고 돌아서다 다시 울리는 휴대폰을 째려봤다.

"어, 왜?"

시큰둥하게 말이 나왔다.

-오빠! 뉴욕에 도착했어? 우리 내일 갈게.

언제나 활기가 넘치는 재희의 음성이었다. 이 녀석은 뭐가 이리 좋아 맨날 새실거리는 건지 모르겠다.

"방해하지 마."

-뭐?

3개월이 넘게 못 본 인경이었다. 적어도 30일은 혼자 독차지하고 볼 생각이었다. 그런데 방해를 하려는 재희를 그냥 두고 볼 수 없었다.

"나 이제 겨우 만 하루 독점했거든."

-어이없는 거 알지?

재희가 엉뚱하다는 듯 나무랐지만 재형은 물러서지 않았다.

"내가 연락할 때까지 전화하지도 말고, 오지도 마."

-옵…….

재형은 뚝 끊어버린 휴대폰을 거실 벽 한편에 놓인 세티 소파에 툭 던져버렸다. 그러고는 인경에게 곧장 다가가 허리를 굽혀 입술을 열었다. 고개가 한껏 젖혀진 인경의 입에서 신음 소리가 새어 나오는 것을 들으며 번쩍 안아 올렸다.

"흐윽."

더 깊게 들어오지 못해 애달아하는 것처럼 집요하게 파고드는 재형 때문에 인경은 물기 젖은 숨을 내뱉었다. 베어 물듯이 입 안에 머금는 재형으로 인해 유두가 아릿하게 아파왔다. 혀로 슬쩍슬쩍 건드리다 감싸고 쪽쪽 빨아대는 힘이 장난 아니었다.

아래를 파고든 뜨거움과 유두를 빨아대는 짜릿함이 뒤섞여 신음이 절로 흘러 나왔다. 익숙한 그의 뉴욕 아파트, 그리고 그의 방, 그의 침대에서 하나가 되어 있었다.

"밤새도록 너를 안고 싶어."

그의 마음이 어떤 기분인지 전해져 심장이 얼얼해지는 느낌이었다. 아파트 문을 여는 순간 조금의 망설임도 없이 재형은 자신을 안았고 떨어져 있었던 3개월 동안의 아쉬움을 털어내리려는 듯 엄청나게 밀어붙이고 있었다. 시차적응도 되지 않은 상황에서 몸이 가라앉듯이 무거웠다. 하지만 그의 뜨거운 몸과 마음을 거부하지 않았다.

"뭐라도 좀 먹어야 하지 않, 읍."

딴소리하지 말라는 듯 재형이 입술을 막아버리자 인경은 이내 포기했다. 사라져버린 자신의 잘못을 만회하고 싶어 군소리를 안 했더니 그는 점점 집요하게 자신을 헤집고 있었다.

"결혼반지 맞추던 날…… 네 반지는 아니었지만."

인경은 그의 말에 가만히 시선을 마주했다.

"나도 그 백화점에 있었어. 온유 냄새가 나서 너를 찾았는데 찾지 못했지."

"내 냄새가 났다고요?"

인경은 황당하다는 생각이 들어 눈썹을 일그러트렸다. 그 넓은 공간에서 자신의 냄새를 맡았다는 것이 어쩐지 믿기지 않았다.

"믿기에는 뭔가 어이없다는 생각이 드는데……."

그 말에 재형의 입술 끝이 올라갔다. 믿든지 말든지, 라고 중얼거린 재형이 다른 유두를 핥고 빨기 시작하자 인경은 얕은 신음을 내뱉었다. 자신을 헤집지 못해 안달하는 재형을 보며 그의 머리를 가만히 안아주었다. 몸 여기저기에 그가 남긴 흔적들이 난립을 했다.

"으흣, 하아, 아!"

점점 뜨거워지는 것을 감당하지 못하는 사람처럼 재형은 폭주하고 있었다. 그가 뽑을듯이 유두를 핥고 빠는 바람에 비명이 터졌다. 그의 입술에 의해 또 신음 소리가 막혔다. 부드럽게 핥고 빨아들이는 입술에 취할 것 같은 기분이 들었다. 강약을 조절하며 안는 재형으로 인해 정신이 들쑥날쑥하는 기분이었다. 몽롱하게 취해 있다가 차가움에 정신이 번쩍 드는 것처럼 자신의 속을 빠져나간 재형의 남성으로 인해 아래가 허전했다. 하지만 곧 그의 뜨거운 혀가 밀려들어와 어루만지듯이 유영을 했다. 허리가 움찔거려지고 엉덩이가 들썩였다. 입에서는 달뜬 신음과 열기가 새어나왔다.

"이렇게 며칠이라도 할 수 있을 것 같아."

"이미 한계에 다다른 것 같은데요?"

"난 아직 멀었어."

그의 말에 인경은 곤란한 표정을 지었다.

"표정이 왜 그래?"

"일은 안 해요? 출근 같은거 안 해도 되나?"

"굶겨 죽일까 봐?"

"아뇨, 먹혀 죽을까 봐."

하하하! 재형의 웃음소리가 침실을 가득 메웠다. 그의 조급함도, 집
착도, 초조함도 다 이해가 되어 가만히 안아주고 등을 쓸어주었다.

-일은 잘 돼?

"보고 싶어요."

-…….

그의 침묵에 인경은 가만히 눈을 감았다. 들숨과 날숨의 교차가
가져다주는 간극이 아릿하게 전해져왔다. 자신도 보고 싶지만 참
고 있다는 듯 말하는 그의 호흡이 마음에 들었다.

-나도.

넘치는 마음을 자제하며 들려주는 대답에 미소가 지어졌다. 떨
어져 있는 동안 그는 한 달에 한 번 어김없이 한국으로 들어와 주
말을 같이 보내고 돌아갔다. 하지만 그가 가고 나면 더 허전하고
아릿해져서 힘겨웠다.

"다음 주면 들어갈 것 같아요."

정말? 하며 반색하는 그의 음성에 인경은 눈을 곱게 접었다. 미
친 듯이 일했다, 재형이 보고 싶어서. 회사는 다르지만 그나마 같
은 뉴욕에 있는 지사라 더 동분서주하며 일을 했다. 이 일만 마치

면 그에게 갈 수 있다는 생각에, 그와 같이 있을 수 있다는 생각에
며칠 밤을 새우는 일은 다반사였다. 강석은 몸도 챙기면서 하라고
윽박질렀지만 들리지 않았다. 강석의 어머니도 하루 정도라도 휴
가를 내고 쉬라며 걱정했지만 그저 배시시 웃는 것으로 넘겼다.

"통화 아직이냐?"

강석이 자신의 책상에 걸터앉으며 삐뚜름하게 돌아보자 인경은
눈을 흘겼다.

"강석이가 빨리 끊으래요."

"야! 내가 언제."

강석이 어이없다는 듯 언성을 높이자 인경은 혀를 내밀었다가
쏙 집어넣었다.

-내가 혼내줄게.

"뭐가 그렇게 웃기냐?"

인경이 큭큭큭 하며 웃자 강석의 눈썹이 꿈틀거렸다.

"선생님이 너 혼내준대."

재형과의 통화를 끝내고 인경이 일러주듯이 말하자 강석이 황
당하다는 표정으로 고개를 절레절레 저었다.

"그거 뭐야?"

"아, 이거…… 너 해외지사 정식 인사발령 서류와 항공권. 아버
지가 널 해외지사장으로 발령 내셨어. 잘해봐."

지사장은 바라지도 않았다. 그저 작은 자리에서 보탬이 되면
되는 것이라 생각해 노력했다. 그동안의 은혜에 보답할 수 있는 길
이라 여겨 성심성의껏 일을 했다. 무료로 봉사한다는 생각으로 했
는데 월급을 챙겨주셔서 깜짝 놀랐다. 정식으로 입사한 것도 아니

니 받을 수 없다고 했지만 아버지는 용돈밖에 안 된다며 넣어두라고 하셨다.

이렇게 받기만 해도 되나 싶을 정도로 극진하게 챙겨주는 가족들이었다. 가끔 강석이 사람 속을 박박 긁어대는 건 애교로 봐줄 정도로 고마운 분들이었다.

"있지, 우리는 전생에 뭐였을까?"

"왜? 지사장 발령이 너무 고마우냐?"

투덜거리듯이 시비를 거는 강석을 보며 인경은 눈을 곱게 흘겼다.

"아마 우리는 사자와 호랑이가 아니었을까 싶다."

"오! 밀림의 왕 사자가 나고 넌 호랑이?"

"넌 사자 하면 밀림의 왕밖에 생각 안 나?"

"그럼 뭐가 있는데?"

강석이 멀뚱한 표정을 지으며 쳐다보자 인경은 가볍게 어깨를 으쓱했다.

"넌 사냥을 하는 암사자고 난 그런 너를 불쌍하게 쳐다보는 호랑이."

"야!"

풋. 인경은 바락 소리를 지르는 강석을 보며 유쾌하게 웃었다.

"어디 있어요?"

-나 아직 안 보여?

입국장을 들어서면 바로 보일 줄 알았던 재형이 보이지 않아 인경은 휴대폰을 귀에 댄 채 두리번거렸다. 오고 가는 외국인들 속에서 동양인들은 눈에 띄기 마련이었다. 그런데 이렇게까지 찾을 수 없다는 건 작정하고 숨은 것이라 여겼다.

"장난하지 말아요."

-장난 아닌데.

"엄마야!"

느닷없이 뒤에서 나타난 재형으로 인해 인경은 화들짝 놀랐다. 어디서 지켜보고 있다가 다가온 것이 분명했다.

"불공평해."

"뭐가?"

재형이 가방을 대신 들어주며 멀뚱한 표정을 짓자 인경은 입을 비죽 내밀었다. 혼자만 자신을 보고 즐겼을 것을 생각하니 괜히 토라졌다.

"숨어서 보고 정정당당하지 못하게."

"네가 못 찾은 거야."

"아!"

재형이 딱밤을 날리자 인경은 이마를 문지르며 눈을 가늘게 떴다. 그런 인경의 손을 잡은 재형은 성큼성큼 걸으며 걸음을 재촉했다.

"오늘 비가 많이 온다네."

벌써 장마가 시작되는 여름이었다. 그와 첫눈을 같이 보고 싶었는데 강석의 아버지 회사 일로 다시 한국으로 들어가는 바람에 물거품이 되어버렸다. 아쉬워하는 자신을 위해 재형이 영상 통화를 걸어와 같이 첫눈을 보기는 했지만 아쉬운 건 아쉬운 거였다.

1년을 내다보고 준비한 해외지사 설립을 반년이나 앞당긴 인경의 저력에 다들 놀랐지만 정작 본인은 애가 타는 상황이었다. 재형에게 대시하는 여자들이 은근 많다는 것을 알자 조바심이 났다. 그가 넘어갈 일은 없으리라 생각하면서도 의구심이 들어 힘들었다.

"저녁은 뭘 먹을까?"

"이재형."

우뚝 걸음을 멈춘 재형을 보며 배시시 웃었다.

"많이 싱싱할 거야. 장담해."

풋, 하고 웃음이 터진 인경을 보며 재형은 손을 들어 뺨을 가만히 감싸 쥐었다. 많은 사람들이 오가는 가운데서 그렇게 마주 보고 한참을 서 있었다. 그들만 시간이 정지된 듯했다.

"흐웃. 하……."

목마름을 채우려는 것처럼 꽃샘을 핥아대는 재형으로 인해 인경은 시트를 움켜쥐었다. 분명 자신이 재형을 먹겠다고 했는데 역전이 되어 자신이 먹히고 있는 실정이었다. 허벅지 안쪽을 손으로 쓸어대는 그의 손이 뜨거웠다. 그 손길에 허벅지가 달구어지는 것처럼 숨이 점점 거칠어지고 있었다. 그가 꽃샘에 혀를 집어넣을 때는 저도 모르게 비명을 지르고 말았다. 그리고 눈앞이 순간 깜깜해졌다.

절정에 닿았다 내려오니 온몸이 물먹은 솜처럼 나른해졌다. 그가 유두를 빨고 입술로 깨물자 정상 호흡을 찾지 못하고 헐떡였다. 그의 머리칼을 움켜잡았다가 쓸어내리기를 반복하고 있었다. 정신이 혼란스러울 정도로 열감에 들떠 앓는 소리를 연신 내뱉었다.

"으으웃."

재형이 남성을 갖다 대자 자신도 모르게 어깨를 움츠렸다. 그가 꽃샘 입구에 문지르며 살짝 넣었다가 다시 빼자 아쉬움에 한숨이 나왔다.

"윽."

몇 번이나 귀두로 지분거리기만 하는 재형을 참다못한 인경이 그의 남성을 잡고 꽃샘으로 밀어 넣으려 했다. 하지만 생각만큼 잘 되지 않아 헛손질만 했다.

"최온유, 너 진짜 사람을……."

그의 생략된 뒷말이 무엇인지 알기에 웃음이 나왔다. 성교는 서로를 맞추어 나가는 일이라는 것을 배웠다. 그가 자신에게 주는 애무만큼 그에게 돌려주려 애를 썼고 노력했다. 일방적인 사랑이 아닌 서로가 나누는 사랑을 했다.

"내가 들었다 놨다 하는 건 좀 잘하죠?"

"하."

재형이 눈을 가늘게 뜨고 머리를 쓸어 넘기는 모습이 무척 섹시했다. 그가 움직일 때마다 꿈틀거리는 잔근육들이 멋있었다.

"보고 싶었고, 안고 싶었고, 갖고 싶었어."

"이제 왔으니 보면 되고, 지금 안고 있으니 됐고, 이미 가졌으니 조급해 말아요."

자신의 입술에 자잘한 키스를 퍼붓는 재형을 두 팔 벌려 안았다. 가슴 가득 안겨오는 그가 너무 사랑스러웠지만 사랑한다는 말을 할 수 없었다. 그는 해도 되지만 자신은 금기시 되어버린 단어였다.

"내가 많이 많이……."

"사랑하는 거 알아."

뒷말을 채워주는 그를 향해 눈을 곱게 접었다.

-뉴욕에 비 온다는데 맞아?

잠결에 울리는 휴대폰을 받자 태웅이 뭔가 심기가 불편한 듯 물어왔다. 고개를 돌려보니 베란다 창이 꽤 젖어 있었다.

"응, 비 와."

사라졌었다는 걸로 태웅에게 엄청 혼이 났었다. 재형과 헤어졌을 때 어깨를 토닥여달라던 위로가 꿀밤으로 바뀔 뻔했다. 재형의 엄한 눈길에 태웅이 나무라는 것으로 끝이 났지만 한 번만 더 소리 소문 없이 사라지면 그땐 꿀밤으로 안 끝난다고, 태웅은 윽박질렀었다.

-비 온다고 오지 말래.

누가 그랬을지 말하지 않아도 알 만 했다. 재형은 비가 오면 둘만 있기를 바랐다. 그래서 주말에 만나기로 한 동생과 태웅에게 오지 말라고 연락을 한 것 같았다.

"주말 잘 보내."

-야! 너도 동조하냐?

신랄한 태웅의 말에 인경은 응, 하고 답을 하고는 전화를 끊었다.

"온유야, 어? 일어났네?"

"태웅이 오지 말라고 했어요?"

침대에서 일어서자 재형이 자신을 덥석 안고는 정수리에 턱을 올렸다.

"응, 비 오잖아."

당연한 것 아니냐는 그의 말에 인경은 피식 웃었다.

전면창에 빗줄기가 죽죽 그어지는 것을 보며 둘은 나란히 앉아 와인을 마셨다. 비를 보며 밥을 먹고 커피를 마시며 시간을 보냈다. 그리고 시간은 오후를 향해 달리고 있었다.

"우리 이렇게 앉아 함께 비를 보는 게 몇 번이나 됐을까요?"

무릎을 세우고 팔을 괸 채 밖을 바라보는 두 사람의 뒷모습이 닮아 있었다.

"몇 번 안 되지만 앞으로 수없이 많아질 거라는 건 내가 장담해."

재형의 말에 인경은 해사하게 웃으며 입술을 열었다.

"잠시 일어나 봐요."

"왜?"

인경은 입가에 엷은 미소를 머금고 얼른, 이라며 재형을 향해 재촉을 했다.

"뭐 하는 거야?"

일어나라고 재촉하는 자신의 말에 재형이 못 이기는 척 일어서 자 한쪽 무릎을 바닥에 대고 다른 무릎을 세웠다. 그러고는 재형의 손을 잡고 시선을 마주했다.

"고등학생이었던 최온유의 첫사랑인 이재형 선생님, 저와 결혼 해주시겠습니까?"

"하아⋯⋯."

그의 입에서 한탄 같은 한숨이 나왔다. 뭔가 선수를 뺏긴 듯 그 가 아쉬운 표정을 지으며 입을 열었다.

"이런 건 남자인 내가 먼저⋯⋯."

"선생님이 나를 더 많이 사랑한다고 착각하지 말아요. 알고 보 면 내가 더 많이 사랑하는지도 모르니깐."

"⋯⋯까분다."

재형의 말에 인경은 웃음을 터트렸다. 항상 할 말이 없으면 까 분다로 일축하는 재형을 모르지 않았다.

"대답 안 해요?"

"난 이미 오래전에 너의 남편이었고 넌 내 아내였어. 그러니 대답은 당연히 yes."

재형이 입가에 미소를 짓자 인경은 반지를 꺼냈다.

"생각보다 잘 맞네요."

반지를 끼워주고 흡족한 표정을 짓자 재형이 잠시만, 하고는 방으로 들어갔다 나왔다. 그러고는 다가온 재형이 무릎을 꿇었다.

"제 흉내 내는 건가요?"

부러 장난스럽게 말했지만 재형은 진지한 표정을 고수했다.

"내가 먼저 하려고 근사한 레스토랑도 예약했는데……. 아쉽네."

아! 인경은 탄성을 내뱉으며 눈을 곱게 접었다.

"누가 먼저 하면 어때서."

재형이 손등에 가볍게 입을 맞추고는 반지함을 내밀었다.

"고등학생이었던 최온유는 내 첫사랑이자 첫 여자였어. 그래서 고등학교 졸업하자마자 낚아채가려고 했는데, 너무 오래 걸렸다. 나와 결혼해주시겠습니까?"

인경은 환하게 웃으며 그의 반지를 받았다. 약지에 끼워지는 반지를 보며 눈을 깜빡이자 눈물이 또르르 볼을 타고 내렸다.

"자식은 힘닿는 데까지. 동의하지?"

재형이 볼을 적신 눈물을 닦아주며 익살스럽게 말했다.

"너무 추상적이잖아요."

이런 감동적인 상황에서도 따지고 드는 게 스스로도 조금 어이없지만 그를 다 받아주다가는 몸이 남아나지 않을 것 같았다.

"그럼, 힘 빠질 때까지."

인경은 황당한 표정을 짓다 이내 웃어버렸다. 그를 닮은 아들이나 딸을 낳는다면 엄청 신기할 것 같은 기분이 들었다.

"가자."

"어디를요?"

"힘 빠질 때까지 침대에서 놀아야지."

"악!"

　인경은 비명을 지르며 자신의 손을 잡아끄는 그의 팔을 콩콩콩, 때렸다. 내 아내가 되어주셔서 감사합니다, 라고 정중하게 말한 재형은 밤새 온유를 뜨겁게, 뜨겁게 안으며 사랑을 불태웠다.

-마침-

작가 후기

묵혀두었던 시놉을 다시 떠올리며 디테일한 부분을 서로 끼워 맞추는 작업을 머릿속으로 하며 글을 시작했습니다. 연재를 하는 동안 의욕(?)이 과해 한 회 분량을 훌쩍 뛰어 넘는 글을 썼더니 수정할 때 무진 애를 먹었습니다ㅜㅜ

하여 삭제된 부분이 많습니다. 특히 강석의 분량이 많이 수정되다 보니 연재와 다르게 느껴질 수도 있을 듯합니다.

현실에서 두 주인공 같은 인연이면 어떻게 될까를 수없이 고민하고 생각했습니다. 그래서 연재 시 독자분들께 결말이 어떨지 상상의 나래를 펴보라며 열린 결말로 마무리를 지었습니다. 출간 때도 열린 결말로 갈까 하다 현실은 팍팍하지만 로맨스소설에서는 해피엔딩을 보고 싶다던 독자분의 말이 떠올라 뒷이야기를 더 썼

습니다. 배부르게 에필을 채우고 싶었는데 그것 또한 분량의 압박으로 쉽지 않았습니다ㅜㅜ

뜨거웠던 그들은 각자의 선택에 책임을 질 것이며 또 그 책임에 최선을 다해 나아갈 것임을 믿습니다.

글을 마무리한 지금 늘 하는 말로 시원섭섭합니다. 몇 번의 수정과 리뷰, 교정을 거치면서 고생하신 박지은 편집자님! 정말 수고 많으셨어요~ 분량 조절에 실패한 작가 덕분에 같이 헤매셨죠?^^;;;
소중한 인연을 이어주고, 새로 인연을 맺은 와이엠 출판사 식구들 모두에게 감사합니다.

이 글을 읽는 모든 분들에게 행복이 가득하길 바라며 두 주인공처럼 뜨거운 사랑을 하시길 바랍니다.^^
덥다 못해 폭염주의보가 발동되는 여름날 건강에 유의하시길 바라며 김미정(현재라는 선물), 이만 물러갑니다^^

2016년 8월
제목처럼 뜨거워지던 어느 날
김미정 드림.